U0740897

多维学科视域下的
中西文学研究

黄义娟◎著

Wuhan University Press
武汉大学出版社

图书在版编目（CIP）数据

多维学科视域下的中西文学研究 / 黄义娟著. —武汉：武汉大学出版社，
2018.9（2023.8重印）

ISBN 978-7-307-20567-3

Ⅰ. 多… Ⅱ. 黄… Ⅲ. 比较文学－文学研究－中国、西方国家 Ⅳ. I0-03

中国版本图书馆 CIP 数据核字(2018)第 223691 号

责任编辑：黄朝昉　王婷芳　　责任校对：孟令玲　　版式设计：三山科普

出版发行：武汉大学出版社　　（430072　武昌　珞珈山）

　　　　　（电子邮箱：cbs22@whu.edu.cn　网址：www.wdp.com.cn）

印　　刷：廊坊市海涛印刷有限公司

开　　本：787×1092　1/16　　印　张：13.25　　字数：260 千字

版　　次：2018 年 9 月第 1 版　　2023 年 8 月第 2 次印刷

书　　号：978-7-307-20567-3　　定　价：40.00 元

版权所有，不得翻印：凡购买我社的图书，如有质量问题，请与当地图书销售部门联系调换。

前言

比较文学作为一门独立的学科诞生于 19 世纪 70 年代的欧洲。在新兴学科林立的世界当代学术园林中，比较文学无疑是引人注目的"显学"。同时该学科不断发生危机也不断地被质疑，正因如此，才推动着比较文学不断进行自我反思，从而在学科建设和基本理论建构方面飞速发展。当然，在今后相当长的一段时期内，比较文学还需要有一个不断探索、补充、完善的过程。

跨学科研究主要涉及与文学相关的、有着独立的系统性的其他学科，如哲学、心理学、艺术、宗教、自然科学等。比较文学的跨学科研究主张文学与哲学的比较研究、文学与宗教的比较研究、文学与心理学的比较研究、文学与其他艺术的比较研究、文学与自然科学的比较研究等。但这种比较研究必须是立足于哲学、宗教、心理学和其他艺术学科作为一门独立的、系统的学科基础上展开的。

本书主要探讨几个与文学关系较为密切的学科领域，即文学与社会科学、文学与艺术、文学与自然科学等。

文学与社会科学的关系十分密切，对文学做理性的、思辨的、科学的分析研究的文艺学本身就属于社会科学的范围。在文学发展的漫长历史中，宗教、哲学对文学的影响乃至控制处处可见。文学与社会科学的关系，按经济基础与上层建筑的关系来考察，一般分为两大层次：一是文学与上层建筑及各种意识形态的关系；二是文学与社会经济基础的关系。它们同处于一个反映社会存在的总的关系网络之中，相互之间的交叉互渗呈现出多重形态。

文学与艺术自原始时代起就已存在天然的姻缘关系。在广义的概念上，文学属于艺术，艺术不仅包括文学，还涵盖音乐、绘画、舞蹈、雕刻、建筑、影视等不同的艺术门类；在狭义的概念上，文学处于与艺术同等的学科地位，研究文学与艺术的关系，就是在狭义上探讨文学与各艺术门类的关系。文学与艺术因其姻缘关系而有着许多交叉共同之处，但它们毕竟分属于不同的学科门类，带有明显的差异性。因此，在文学与艺术的差异性中去寻找共同的"诗心"和"文心"，成为跨学科研究的主要课题。

文学与自然科学的关系，涉及文学与数学、物理学、化学、天文学、地理学、生态学、计算机科学以及各种现代高科技领域的关系。文学与自然科学本属于极不相同的知识系统，但是随着现代科学的深入发展，文学与自然科学之间的共同属性以及深层的内在联系正在被逐渐地揭示出来，构成了文学与自然科学你中有我、我中有你、相互融合、相互影响的综合化趋势。

本著作从比较文学跨学科研究的视域，以中西方文学为研究对象，探讨了文学与宗教、哲学、心理学、艺术、自然科学等学科的关系，重点考察了中西方文学中蕴含的其他学科因素。其学术价值及优劣判断，我不能妄下结论，读者自有评判。我想表达的是，这种研究方法是值得肯定的，这是一次难能可贵的探索，这种探索让我们看到了希望。

我愿意借此机会，真诚祝愿广大青年学者以"仰望星空"的姿态，为了国家、民族的未来而贡献自己的青春、智慧和力量！

南阳理工学院 黄义娟
2018 年 9 月

目 录

第一章 宗教视域下的中西文学研究

宗教和文学的关系，是比较文学跨学科研究的一个重要课题。文学和宗教虽然是两种不同的意识形态，但却是人类文化孕育出的最优秀的双胞胎，它们有着千丝万缕的联系。从宗教的视角研究文学也是比较文学跨学科研究的一个主要维度。研究了解文学与宗教的关系，我们不仅能更好地掌握它们各自的特点——文学的产生与发展，它的内容与形式，宗教的性质与特征，它的作用与影响，二者的相互影响和关系，而且还能从跨越学科的高层次角度做出比单侧面研究更深层的理性探索。

第一节 文学与宗教的关系

从比较文学跨学科研究的角度讲，文学与宗教的关系的主要方面，在于宗教对文学的影响。大致表现在以下几方面。

一、文学史与宗教

在中西方文学发展史上，宗教对文学产生了深刻而持久的影响，两者之间具有密切复杂的关系。在西方，《圣经》同古希腊文学一起，构成了西方文学的两大源头。从某种意义上说，西方文学是在宗教的怀抱里长大的，基督教与西方古典文学的关系之密切怎样估计也不过分。美国比较文学学者斯托尔克奈特曾说："对过去十六七个世纪里西方文明的任何时期的精神和文化生活的评论必然涉及那一时期的领导者如何理解和解释《圣经》。"纵观西方文学史，《圣经》不仅为作家和诗人提供了大量的题材和人物原型，而且基督精神往往内在于文学作品之中。可以说，《圣经》是理解西方文学乃至西方文化的"密码"，离开基督教的知识和背景，很难真正读懂西方文学。

佛教与我国古代文学之间的相互依存、相互生发的关系是有目共睹的。

佛教自东汉传入中国之后，不仅给中国古代文学输入了新内容，带来了新的形式，而且潜移默化地改变着中国文人的思维方式和表达方式。其中比较重要的有两点：一是格律，发端于沈约、谢朓等人倡导的永明体，就是从梵文经典那里学来的，它受到佛经的启发。永明体开创"四声八病"说，经过后来诗人的不断改进，到初唐以后就形成严格的作诗格律，为唐代诗歌的繁荣奠定了形式基础。二是变文的讲唱体和铺叙手法，可以说唐宋以来的各种通俗文学形式，如话本、鼓子词、诸官调、弹词等都与佛教有渊源关系。而近代以来，中国新文学的先驱则看到了基督教文化的价值和独特作用。陈独秀的《基督教与中国人》一文，对基督教的平等博爱、牺牲奋进、至上人格、反思忏悔等精神品格作了热烈的颂扬。由于受到基督教牺牲自我、救赎众人的伟大精神的影响，不少中国现代作家的创作中都出现了一些具有牺牲精神的救世者形象。如鲁迅《药》中的夏瑜，就与《马太福音》中的耶稣相似。曹禺戏剧中的原罪意识、郁达夫小说中的忏悔和冰心的爱的主题等，都蕴含着对基督教文化的体认。基督教精神经过中国现代作家的吸纳和消化，成了中国现代文学的文化新质。

二、文学创作与宗教

首先，宗教对文学的影响表现在作家身上。有些作家或诗人本身就是宗教的虔诚信徒，他们的宗教信仰对他们的创作思想有深刻影响。列夫·托尔斯泰就是一个突出的代表，在他的创作中，基督教的博爱精神与人道主义精神的结合形成我们常说的"托尔斯泰主义"。但是作为批判现实主义的大师，基督教教义也使托氏的创作产生极大的矛盾。一方面，托尔斯泰是大才的艺术家，创作了无与伦比的俄国生活画卷，并在作品中激烈抨击了教会的虚伪和罪恶；另一方面，他又是发狂的笃信基督教的教徒，极力宣扬"勿用暴力抗恶"、主张"道德自我完善"，由此使托尔斯泰的创作体现出文学与宗教的矛盾统一。而对中国文人影响较大的是中国化的佛教——禅宗。中国的山水诗融入了佛教的清静，在谢灵运、王维、孟浩然、柳宗元等人的诗中都具有禅心。

其次，宗教为文学创作提供了素材和意象。欧洲文学史上有不少名篇取材于宗教，如弥尔顿的三部长诗——《失乐园》《复乐园》和《力士参孙》就取材于《旧约全书》。不仅如此，宗教中的一些形象还成为文学中常见的原型和意象，如十字架、天使、犹大、原罪、伊甸园经常在西方文学作品中出现。D.H.劳伦斯的作品就经常出现"伊甸园"的模式。而我国的《山海经》，魏晋时期的志怪小说，以及后来的《西游记》《封神榜》等都可以明显地看到佛教的影响。

再次，宗教在一定程度上提高、丰富了文学艺术。例如，佛教文学中丰富的想象和散韵并用的文体对我国古代文学尤其是通俗文学产生了较大的影响。佛教中的前世、今生和来世的观念，因果轮回、三界六道的观念，大大扩展了中国文人思维的空间，佛教超时空的想象力给了中国文学创作很大的启迪。在魏晋时期的志怪小说中，"梦幻式""离魂式""死而复生式"等叙事模式的出现，就与佛教有直接关系。

最后，文学与宗教的关系还表现为文学对宗教的反叛和改写。文学在接受宗教洗礼的同时，也表现出对宗教的反叛和改写。在中西文学史上，都不乏一些具有反宗教倾向的文学作品。《十日谈》中就有很多恣意嘲笑、讽刺宗教伪善行为的故事。王尔德的《莎乐美》虽取材于《圣经》中的《马太福音》，但表达的却是唯美主义的思想观念和艺术特色，推崇肉体的感性至上思想，成为英国文学中反启蒙、反现代性的作品。

三、文学批评与宗教

宗教对文学批评也产生了深远的影响。在西方，提到宗教对文学批评的影响，很自然地想到阐释学的历史。现代阐释学的前身就是《圣经》阐释学。最初阐释学主要用于对《圣经》的释义，一般分四个层面：一是直义；二是寓言层面；三是道德层面；四是神秘意义。中世纪神学家奥古斯丁在《基督教教义》中把这种解释方法概括为："字面意义多明了，寓言意义细分晓，道德意义辨善恶，神秘意义藏奥妙。"19 世纪德国神学家、哲学家施莱尔马赫则将这种阐释《圣经》的方法上升为普通阐释学，成为一切人文科学的基础。后来的德国哲学家狄尔泰则进一步从认识论和方法论上完善了施莱尔马赫的理论，成为文学阐释学的奠基者。

中国传统文论也深受佛教影响。我国第一部完整且成体系的文论著作——《文心雕龙》就与佛教关系极大。从概念层面看，其中的"道""心性""物感""文质"等概念，都近于玄学和佛教的意义层面；从论述方法看，其"振叶以寻根，观澜而索源"的论证思路，明显有别于儒学经验式的论说传统而打上了佛学"由观假象而观实象"的影子。隋唐以后，禅学兴盛，不少文人喜欢引用禅理来谈论文学，"以禅喻诗"成为中国古代文学批评的特色之一。司空图的"韵味说"、严羽的"妙悟说"和王士祯的"神韵说"等都是从禅理引申过来的。

第二节　文学与宗教的关系研究

文学与宗教关系的研究，既要追溯彼此的影响关联，又要运用宗教学、文艺学和其他相关学科的理论，做跨学科甚至跨文化体系的美学性分析研究。

西方现当代对这一课题的研究，就分别使用过各种理论并取得不同程度的成果。总体而言，主要经历了以下几个阶段：

第一阶段始于 20 世纪 20 年代后期，到第二次世界大战前夕为其高潮。这一阶段的成果以牧师的著作为主，其影响远超出修道院并波及大学和文学的广泛领域。有两种认识支配了文学和宗教关系的研究：其一，自由主义的神学倾向和牧师意识的作用，使研究文学对理解宗教变得重要了；其二，文学因其教育作用、特点而受到当时官方检查，这就使人们（也包括基督教徒）从向来深信不疑的信仰中挣脱出来，并认识到现代社会的生存环境，并非如教义所说的那样华美。于是，文学研究因其具有评价这一切的价值，使之反而带有了宗教性的用途：既可撇开信仰将生活问题戏剧化，又可在信仰范围内将文学看作生活的基础知识。20 世纪 20 年代，新人类学派的巴比特和摩尔，就主张对文学中的宗教进行道德说教式的研究。他们假设一种高于宗教派别的精神道德之爱，认为文学的基础就是这种自我表现出的道德一元论。巴比特据此强调的是古典作品严肃道德的重要，而摩尔据此看重的则是作品对认识人类道德不完善的必要。此后，新批评派把对文学、宗教的探讨，从道德转向了美学。他们认为，在各种类型文本的众多关系方面，文学紧挨着宗教，因此作家应奉献自己的技巧和素材，去重新制定体现基督的艺术模式。

第二阶段始于第二次世界大战结束，一直到 20 世纪 60 年代中期方告一段落。占主流的存在主义和现象学，对文学与宗教的批评，又从道德与美学转向了本体论方面。在海德格尔理论的影响下，他们认为艺术劳动是自身存在的一种揭示和展现。这就使作家成了某种宗教想象的工具。由于存在主义神学哲学和旧传统模式的新识与复活，受其影响的学术研究及其成就，也同时受到基督教教义和历史循环论的广泛制约。基督教教义的维护者们，根据文学能力来判断其价值。他们所说的文学能力，是指其能否对西方宗教的伟大主题赋予具体形象和持久表现方式，尤其是指其能否给犹太基督教传统做出一个神学性的到位评价。而历史循环论者，他们倾向于把文学评价为西方宗教传统的"储存库"，总是试图把个人作品纳入具体的历史传统中去，以构成其当代意义的一部分。所以，宗教批评家欣赏文学，是欣赏文学中的宗教；而文学批评家欣赏宗教，是欣赏宗教中的文学。

当西方文坛上结构主义和后结构主义等风行的时候，语义学和符号学的术语被用来重新解释文学中的宗教。在这一衔接当今学坛的第三阶段，新理论首先影响欧洲大陆，接着就是美国（英国文艺批评界不在其内），对文学与宗教关系的研究，既致力于普遍性的问题，也着力于人类学的问题。其研究的注意力放在更为广阔的意义体系中。正如整个文学和文化传统中的宗教因素（包括具体个别作品中的宗教成分）都已被找到那样，在任何情况下，这些宗教因素既存在于所有构成言语表达的语言符号体系中，也存在于将它构成一个整体更为广泛的文化符号体系的联系之中。因而，一般的批评家起着一种密码解读机的作用，以便把复杂的体系性符号，"科学地"分解成各个文化组成因素。而人类学方面的批评家们，则把注意力放在人的本能上，并认为这一本能不仅制造它需要的文学，而且也需要它去制造文学。所以他们在起着一种"史"的研究作用——寻找人类在言语形态变化中的足迹。

可见，西方现代对文学和宗教关系的研究，已经历了几个交错重叠的阶段，不仅呈现了种种不同的类型，而且也使用了令人眼花缭乱的理论和术语。它们大致可分三类：文学是对宗教的维系；文学是对宗教的批判；文学是宗教的对头或代用品。

第一类所用的是历史主义和形式主义方面的理论，其特点是将注意力集中于文学传统，以维系文学传统中的宗教主题、宗教情感和宗教理想，或将注意力集中在实现这种维系的文学技巧、结构等方面。

第二类的理论主要属于哲学和神学的。其特点是将注意力集中在伦理道德和神学的问题上，虽然这些问题一直是文学批评的对象，但这类理论的批评和批判，为的是获得对宗教和伦理道德的更好的理解和认识。

第三类的理论既有结构主义、后结构主义，也有语义学和符号学等后现代派的。前者的注意力集中在新的表现方式上，而这种新的表现方式本身已具有取代宗教的作用了；后者的注意力是神话或玄学，其重点在对异常的和不规则的世界认识上，这就从基础上同通常的宗教发生错位和置换了。

当然，这其中也明显地存在一些问题。如不少学者认为，研究文学与宗教的内在关联这一课题及其重点，主要应限于近现代。甚至许多最严谨的批评家，也自欺欺人地认为文学与宗教的研究，除了犹太教这一基督教外，对别的可以不予真正的关注，而且这类课题研究的存在本身，就是为了维护自己的信仰而排斥其他的宗教信仰。这就使之囿于西方理论、西方文化和西方传统，并随之烙上了西方中心主义的价值观念，也就做不到真正科学和全面客观地进行跨文化体系的宗教与文学关系的比较研究了。

我国这方面的研究，近现代不少学者都用功甚勤、成绩斐然。梁启超、陈寅恪、许地山、钱仲联、饶宗颐、季羡林、钱钟书等，他们的专著或专论，都在资料的考证和影响的阐述等方面，提出了既同国际学坛的研究一致，又具有我国自身特点的新见解。尤其在对佛教和中国文学文化关系的研究上，更是富有创见。这对我们今天从事这一课题研究，特别是对跨文化体系的宗教与文学关系的比较研究，尤有启发。

第三节　中国文学与佛教

对中国文学影响最大的宗教是佛教。佛教传入中国之后，即与中国文学结下了不解之缘，深刻地影响着中国文学的风貌品格及其历史进程。

佛教的思想、观念和佛经的取材、表现方法、语言等都对中国作家及他们的文学创作产生了重大影响。许多佛典很富于文学色彩，其中有些本身就是文学创作。佛经故事、寓言与佛教人物为中国文学提供了新的素材。佛经的语言和行文结构促进了中国文学形式的发展。佛教还对中国文学思想和批评产生了重大影响。中国文学思想体系中一些最为重要的理论范畴如神思、妙悟、境界、意象、品味等，都直接得之于佛教思想。有学者就指出："自佛教传入中国，佛理影响颇深，谈妙悟、谈象教，论神理，论六根，这些理论也被引进美学理论中，对审美心理的形成也有很大影响。"（张文勋. 儒道佛美学思想探索. 北京：中国社会科学出版社，1988，第181页）

由于受到佛教影响，中国文人的思想观念和思维方法产生了重大的改变，在创作主题、题材与艺术表现上对佛教多有借鉴，对中国文学产生了重大的影响。可以说，不了解佛教，不探讨佛教与中国文学的关系，就不能认识和评价中国文学的历史。

佛教自东汉在中国流传，到两晋时期，已被中国文人知识阶层较广泛地接受。这标志着佛教已逐渐融合到中国的思想文化之中，在中国人的意识中扎了根。研究佛教对中国文学的影响，也应从这一时期开始。

晋代以前，汉人信佛受到种种限制，在知识阶层的传播更是有限。作为文人接受佛教契机的，是魏晋玄学的兴起与流行。但纵观两晋南北朝时期，中国文人对于佛教还是处在理解、消化阶段。在文人创作中，佛教义理的表现还比较简单、肤浅，既缺少对教义的独特发挥，又不能利用佛教观念在艺术表现上有独特创造。南北朝佛教，北朝重禅法，南朝重义理；北朝重修持，南朝重文字。因而其对文学的影响也主要是在南朝。这一时期，许多文人深受佛教思想的影响，在创作中表现出浓厚的佛教意识。这个时期的一些著名文人，如沈约、谢灵运、陶渊明、刘勰、萧统等，或与佛教有缘，或出入高僧之门，他们创作的作品中或多或少地容纳并表现了佛教思想。陶渊明有些诗篇就比较典型地反映了佛教的"世界无常"思想；受佛教的佛经转读、梵文拼音的影响、启发，沈约等人创立了诗歌的声律说，对我国古代律诗的形成起了很大促进作用；由于佛法的传入，魏晋南北朝诗人的创作意境大为开拓，所写的山水田园诗，皆能兼陈佛理；刘勰的《文心雕龙》据佛学之"神"，参悟文学创作的源泉，书中明显可见佛教思想与佛经的行文结构之迹；谢灵运堪称佛学学者，曾改译《大般涅槃经》，其所著诗章熔山水佛理于一炉，显示了静定境界与大自然无垠的浑然一体，最具代表性。

唐代是中国佛教发展的繁盛期，也是佛教思想与中国传统思想文化进一步融合并创造出新的成果的时期，因此，佛教对于文人与文学也就有更巨大的影响。中国人经过汉、魏、六朝五六百年对佛教的理解、消化，在中国的思想土壤上，发展了具有中国特色的佛教。唐代，佛教影响趋于高潮，涌现了更多的写佛学诗和以佛理为诗者，如王维、孟浩然、柳宗元、王梵志、寒山、白居易等。他们的创作将佛教与中国本土传统风格相融合，体现出中国佛教文学的特色，在诗歌创作中的典型表现即所谓"诗中有禅"。禅即静虑，按佛教教旨，要开发真智，必先入禅——思虑静寂，而后才达到意想的目的境界。

唐代受佛教影响的文人中，最具代表性的人物是王维。王维是一位虔诚的佛教信仰者，他善于把自己对佛教教义——主要是南宗禅的理解融会到世界观与人生观之中，并在诗中以内心体验的形式表现出来，取得了杰出成就，在诗歌艺术上多有开拓。

王维的许多诗文，直接表现他对佛教的理解。王维不仅在佛学理论的研究上有深厚的素养，他还是一个虔诚的宗教实践家。他把生活体验与禅宗思想相印证，作出自己的理解。而他同时又是一位优秀的诗人。他不仅写过一些阐扬佛理的诗文，还把宗教思想与宗教感情化为诗思，结合切身感受表现出来，从而在诗歌创作上作出了新的开拓，并在唐代诗坛上独创一家。

王维早年胸怀济世大志，但仕途不顺，屡受打击，心中怨怒不平，在诗歌中表现出来，对现实也就多有不满和牢骚。这种内心的抒发，客观上也是对黑暗社会的一种揭露，但他往往用容忍、逃避的态度来消弭内心的不平。诗中这种矛盾的心理，正表现出佛教观念对他的影响。例如《送綦毋校书弃官还江东》，开头慨叹"明时久不达，弃置与君同"，对朝廷遗弃贤才有所刺，但最后归结到"余亦从此去，归耕为老农"（《王右丞集笺注》卷三）。这样说虽是为了安慰友人，也流露出自己的消极避世态度。《冬日游览》写都城繁华，揭露冠盖征逐的腐败，最后笔锋一转，"相如方老病，独归茂陵宿"（《王右丞集笺注》卷四），徒然伤叹自己老病无能。这种表现在王维诗中是很多的。内心矛盾写得相当真切曲折，也有一定的揭露批判之意，但结论却是比较消极的。

王维善于在诗中表现一种"空""寂""闲"的境界，特别是描摹大自然的静态美，抒发人们在观赏自然时物我两忘的感受，很为生动亲切。这是他抒情诗的一个成就。例如他写的田园诗，不同于陶渊明诗的浑朴自然，另有一种宁谧闲适的格调。首先看《渭川田家》："斜光照墟落，穷巷牛羊归。野老念牧童，倚杖候荆扉。雉雊麦苗秀，蚕眠桑叶稀。田夫荷锄立，相见语依依。即此羡闲逸，怅然吟《式微》。"（《王右丞集笺注》卷三）他描绘的是落日黄昏的小村，放牧归来的牛羊，在荆门前倚杖伫望的老人，构成一幅安宁的图画。应当指出，王维诗中经常写到落日，他赞赏那种万物趋寂的平和暗淡的美。又如《淇上即事田园》："屏居淇水上，东野旷无山。日隐桑柘外，河明间井间。牧童望村去，猎犬随人还。静者亦何事，荆扉乘昼关。"（《王右丞集笺注》卷七）在这里，自然、人以及一切生物，都是和谐的，没有矛盾，没有痛苦，只是一首田园的牧歌。从中根本见不到重赋酷役、民生凋敝、户口流亡的农村真实情境，所写的是诗人所想象的农村情景，是他内心理想世界的反映。

由这种"空""寂""闲"的境界引发出"禅悦"，即由于悟得禅趣而体验到的那种内心怡悦的心情。王维诗对这种精神境界表现得很生动细腻。如《终南别业》："中岁颇好道，晚家南山陲。兴来每独往，胜事空自知。行到水穷处，坐看云起时。偶然值林叟，谈笑无还期。"（《王右丞集笺注》卷三）这里写隐居终南山的安适心情，深得物我两忘的禅趣。"行到""坐看"表现了随遇而安的自然和谐，用"水穷""云起"两个意象，自我融入宇宙的流变之中了。又如《饭覆釜山僧》："晚知清净理，日与人群疏。将候远山僧，先期扫敝庐。果从云峰里，顾我蓬蒿居。藉草饭松屑，焚香看道书。燃灯昼欲尽，鸣磬夜方初。一悟寂为乐，此生闲有余。思归何必深，身世犹空虚。"（《王右丞集笺注》卷三）他渲染远离尘嚣的"道心"，体悟人世的"空虚"，在山林中保持内心的宁静，寻求一片安宁的乐土。这种诗的思想是消极的，但其中物境、心境的刻画却很有动人之处。因为心灵的安闲也是人的精神需要的一个方面，静态美也是美感的一种形态。

佛教思想对形成王维诗歌独特的艺术风格也起了一定作用。王维诗的那种"澄澹精致""浑厚闲雅"的艺术特色得益于他的禅学修养。黑格尔曾指出："宗教的意识形式是观念，因为绝对离开艺术的客观性相而转到主体的内心生活，以主观方式呈现于观念，所以心胸和情绪，即内在的主观性相，就成为基本要素了。"（[德]黑格尔.美学.第1卷.朱光潜译.北京：商务印书馆，1981.第128页）这个分析特别切合于佛教禅宗。禅宗修持的目标是悟解自性本自清净，即"明心见性"，达到这种悟解是无言无相的，在南宗禅是所谓"顿悟"。这是绝对主观的神秘的心理活动。从这个角度说，它与落入"言说相"的诗无关。但抒情诗正是一种主观内心的表白，抒发诗人的感情又表现了独特的内心领悟。这就与禅宗的认识逻辑有相通的地方了。王维本身是禅宗信徒，禅宗的意识在其创作过程中渗入艺术表现之中，是很自然的事情。

禅宗影响于王维诗歌创作艺术，可分三个层次：以禅语入诗，以禅趣入诗，以禅法入诗。这三个方面往往互有关联，但又有区别。

以禅语入诗。用诗来谈禅，诗中充满了禅学概念与说理。这就如晋代人以诗谈玄和宋人以诗讲性理一样，落入了理障。观念与现实、与人生体验、与形象相割裂，就不能创造完整浑成的意境，也会破坏艺术的完美。有些好诗一入禅语也会影响整个情趣，正如古人所谓诗宜参禅味，不宜做禅语。例如著名的《过香积寺》："不知香积寺，数里入云峰。古木无人径，深山何处钟。泉声咽危石，日色冷青松。薄暮空潭曲，安禅制毒龙。"（《王右丞集笺注》卷七）诗的前半部分写古寺风光，专用烘托，钟声、泉声反衬山林的寂静，老树丛林洒下清冷日光，绘出了肃穆、苍郁的山色。但结尾的说理却寡然乏味了。这种写法，可能受到译经中偈颂的影响。后来有些诗人也用这种写法。例如有些诗僧的诗，免不了空谈佛理，宋人批评这种诗有"蔬笋气"。佛经的语言有些生动鲜明的，不是绝对不可用，用得好的会丰富诗歌的表现。如杜甫诗写慈恩寺塔，说"塔势如涌出""涌出"一词就出自佛典，《法华经》有《从地涌出品》。用它来形容，把塔的突兀巍峨表现出来了。可是如果脱离诗的整个意境，玩弄佛家典故、词语，则会成为艺术上的缺点。

以禅趣入诗。所谓"禅趣"指进入禅定时那种安适娱悦、闲淡自然的意味。它又叫"禅悦""禅味"。王维的自然山水诗，经常表现出解脱尘嚣的怡悦安适心境。它们往往不用说理的语言，而是在生动的意境中自然地流露。例如《送别》诗："下马饮君酒，问君何所之？君言不得意，归卧南山陲。但去莫复问，白云无尽时。"（《王右丞集笺注》卷三）诗中对令人"不得意"的现实流露出不满，表现出对那种超离世事的隐逸生活的向往。最后结句中舒卷自由的白云，正是随遇而安、自由自在的生活的象征，也是"禅心"

的流露。《归辋川作》也写到白云："谷口疏钟动，渔樵稍欲稀。悠然远山暮，独向白云归。菱蔓弱难定，杨花轻易飞。东皋春草色，惆怅掩柴扉。"（《王右丞集笺注》卷七）这是一首近体五律，但充满古意。整个意境是浑朴的。其中写白云、远山、杨花、春草，都自由自在，各得其所，似乎在这里就体现了宇宙的至理。

王维的山水诗在意境的创造上有个很大的飞跃，与禅宗影响下的认识观念的改变有关。六朝时期僧侣中早有乐住山林的传统；文人们也往往以山林隐逸为高尚事。当时的山水文学多与避世心理的表现相关。但禅宗任运随缘，并不在朝市与山林间强作区别。它贯彻佛法平等的原则，认为法身遍一切境，因此可以在"万物色相，日月星辰，山河大地，泉源溪涧，草木丛林"等各种自然现象中悟解禅理。这样，自然山水不仅仅是超离现实的遁逃薮，它的存在还包含着宇宙与人生的真谛。因而，自然与人世相贯通，它带上了人的主观意念与感情，具有肯定人生的倾向，用诗来表现它就可得到更深刻的意蕴。这种深微的意蕴就形成了诗的韵味。自然已不只是自然本身，它还包含着哲理与感受等别的东西。王维参禅有得，自然对它的这种认识方法深有体会。把它们用于诗作之中，也就丰富了诗歌艺术，特别是在具有深厚韵味的意境的创造上取得了较大成绩。我们看王维的名句如"松风吹解带，山月照弹琴"（《酬张少府》）、"行到水穷处，坐看云起时"（《终南别业》）等，在体会到物我无间的感情之外，还会感受到更深厚的意趣。

王维的诗歌受佛教影响是很显著的，有"诗佛"之称。他不仅能把宗教观念与感情化为诗的语言来表现，而且能借用佛教的认识方法来丰富诗歌的表现方法，从而在诗歌艺术上开创了一个新局面。他的创作的思想性远不及李、杜，但艺术上他在盛唐诗坛上确实可与李、杜鼎足而立。当然，佛教信仰给王维诗也带来很大消极影响，又通过王维影响于后来，其影响也是不可低估的。

宋代，中国封建社会已逐步走下坡路，中国佛教的发展也进入了蜕变期。宋代以后，知识阶层居士佛教大盛，儒、释调和，在文学上也有明显的表现。特别是受到白居易等人的影响，部分人中居士思想兴盛起来，在理论上与实践上外儒内释的表现有相当的普遍性。这方面作为代表的有苏轼、王安石、黄庭坚、陈师道、范成大等。这些人乃一代文坛与政坛上的翘楚，影响自然很大。

宋代文人中受佛教影响最显著者当数苏东坡。苏轼是北宋著名文学家，诗文革新集大成的人物。《宋史》本传上说他"忠规谠论，挺挺大节"这都表现他坚持儒家大义，力行兼济的品格。然而他又好为纵横之说，对佛教则崇信弥笃。他自青年时期习佛，晚年习染渐深，自称"居士"。这种复杂的思想矛盾统一到他身上，是文学史、思想史上值得重视的现象。

苏轼习佛，与许多文人一样，内容是很庞杂的。他不是一个对理论思辨有兴趣的人，更不是专精义学的理论家。从其诗文经常引为典据的佛经看，他最熟悉的是《维摩》《圆觉》《楞枷》以及禅师语录等。他说"久参白足知禅味"（《书普慈长老壁》），对禅表现出特别的兴趣，另外他曾研习华严著作。苏轼之好佛，首先是要求静心。现实世界带给他无数苦闷与烦恼。在佛教中，他学到摆脱这些烦恼的超然态度，可以在一时间跳出矛盾纠缠之外，从而达到心泰神宁。但在许多情况下，他并没有完全超世入佛，而往往只是在解脱"烦恼障"之后对人世冷眼观察，结果对一切苦难都无所挂碍，无所顾念。他在《海月辩公真赞》中说："余通守钱塘时，海月大师惠辩者，实在此住，神宇澄穆，不见愠喜而缁素悦服。予固喜从之游。"（《东坡后集》卷二十）他每见惠辩，清坐相对，即达到形神俱泰的境界。他在《黄州安国寺记》中又说："道不足以御气，性不足以胜习。不锄其本，而耘其末。今虽改之，后必复作，盍归诚佛僧，求一洗之。得城南精舍曰安国寺，有茂林修竹，陂池亭榭。间一二日辄往，焚香默坐，深自省察，则物我相忘，身心皆空，求罪垢所从生而不可得。一念清净，染污自落，表里翛然，无所附丽。私窃乐之。且往而暮还者，五年于此矣。"（《东坡集》卷三十三）这里写出了他入佛寺习佛时的心情。他在那里，与其说是求福祜，不如说是求清静。在佛寺的清幽环境中焚香默坐，悟得物我双忘、身心皆空的道理，心境上也就安宁了。这是由于内心反省所得到的安慰。

他有一首诗《书焦山纶长老壁》，写得很有风趣，也透露了对人生的理解。这种理解可说深得禅机。诗云："法师住焦山，而实未尝住。我来辄问法，法师了无语。法师非无语，不知所答故。君看头与足，本自安冠屦。譬如长鬣人，不以长为苦。一旦或人问，每睡安所措。归来被上下，一夜着无处。展转遂达晨，意欲尽镊去。此言虽鄙浅，故自有深趣。持此问法师，法师一笑许。"（《东坡集》卷九）他用一个长鬣人的比喻，生动风趣地表现一种对人生的透脱理解，也说明了禅宗求净心的道理。长鬣人对他的胡子本来是不以为碍的，但一旦有人提醒，对它有了自觉，反倒不知所措，连觉都睡不好了。这里既说明了不可胶着于外物得失，也表现了一种为人处世之道。他在诗中经常写到那种"安心"的境界，如"因病得闲殊不恶，安心是药更无方"（《东坡集》卷五）、"安心好住王文度；此理何须更问人"（《东坡集》卷五）等。

他在文章中也多有表现这种心境处，如《大悲阁记》："吾燕坐寂然，心念凝默，湛然如大明镜，人鬼鸟兽，杂陈乎吾前，色声香味，交遘乎吾体。心虽不起，而物无不接，接必有道。即千手之出，千目之运，虽未可得见，而理则具矣。"（《东坡集》卷四十）这里写的是外物不扰于心，以静心观照万物的接物之道。同时在观照中体察物理，这又是用华严法界事理圆融思想来阐述净心。他在惠州建阁曰"思无邪"，并作《思无邪斋铭》，有云："东坡居士问法于子由。子由报以佛语曰，'未觉必明，无明明觉。'居士欣然有得于孔子之言曰，'诗三百，一言以蔽之，曰思无邪。'夫有思皆邪也，无思则土木也。吾何自得道，其惟有思而无所思乎。于是幅巾危坐，终日不言，明目直视，而无所见。摄心正念，而无所觉。于是得道，乃铭其斋曰思无邪……"（《东坡后集》卷十九）这里所谓"有思而无所思"深得佛家"中道"三昧。有思指无邪之思，就是后面所谓"正念"，而无所思指不为外界所干扰。他要这样做到外轻内顺，即安则物之感我者轻，和则我之应物者顺，以此了解生理，则内心自然平静了。而把佛法的"正道"与孔子的"思无邪"相统一，正是他统合儒释的表现。苏轼《阿弥陀佛颂》说："我造无始业，本从一念生。既从一念生，还从一念灭。生灭无尽处，则我与佛同。"（《东坡集》卷四十）在他看来，人生罪福苦乐，都决定于一念之间，应物处事只决定于主观的认识与态度。这种看法是纯属唯心的，是一种自我心理安慰，但又表现为一种不以物喜、不以己悲的超脱情怀。

苏轼还经常讲"人生如梦"。《赤壁怀古》中的感慨是人尽皆知、十分感人的。"如梦"是大乘十喻之一，是佛家人生观的表现。佛家讲"如梦"，是因为我、法两空，比中国固有的老庄思想深刻得多。他的诗里经常抒写这样的感慨："人似秋鸿来有信，事如春梦了无痕"（《正月二十日与潘郭二生出郊寻春》，《东坡集》卷十二）"回头自笑风波地，闭眼聊观梦幻身"（《次韵王廷老退居见寄二首》，《东坡集》卷十）"人间何者非梦幻，南来万里真良图"（《四月十一日初食荔枝》，《东坡后集》卷五）。苏轼感觉到人生是虚幻的，世事也是虚幻的，"一弹指间去来今"这显然受到大乘空观的影响。这些诗的基本情调是消极的，但其中也包含着对人生理智的反省。既然人间一切都是梦幻，那么人生的痛苦也不过是幻影，人世的功名利禄也没有什么价值。这就导向了他对当时社会所承认的一切有价值的东西的否定和对于苦难现实淡然处之的态度。他的《百步洪二首》中以流水比喻人生，意思也相似："我生乘化日夜逝，坐觉一念逾新罗。纷纷争夺醉梦里，岂信荆棘埋铜驼。觉来俯仰失千劫，回视此水殊委蛇。君看岸边苍石上，古来篙眼如蜂窠。但应此心无所住，造物虽驶如吾何。"（《东坡集》卷十）"一念逾新罗"用《传灯录》典，有僧问金鳞宝资大师，如何是金刚一支箭？

师云：过新罗国去。说的是迷念之速如射箭一样。苏轼看到了历史纷争，人间劫夺，瞬息万变，一切如过眼烟云，因而他表示要断除迷念，心无所住，也就是不胶着、不迷恋于现实事物。他认为不论世事如何变化，只要自己在认识上都能适应，那么就会安时处顺，无所执着了。在这样的心情之下，流贬的痛苦不以为意，也就宠辱不惊、处险若夷了。

苏轼对佛教态度的一个特点，就是利用佛教的观念，对人生进行理智的思索。在深刻的反省中，求得心理上的平定。有时候，他觉得自己并没有完全领会佛说。他在《答参寥书》中自我检讨说："自揣省事以来，亦粗为知道者。但道心数起，数为世乐所移夺，恐是诸佛知其难化，故以万里之行相调伏耳……"（《东坡续集》卷七）他给友人写信中，还说到自己虽然慕佛道，诵《楞枷》，但实无所见。这些当然有谦虚的意味，但也说明他对佛道并非那样执着、迷信。他的儿子苏过曾为其亡母王氏写《金光明经》，问他此经是真实语还是寓言，他为之重述了张安道的话，"佛乘无大小，言亦非虚实，顾我所见如何耳。万法一致也。我若有见，寓言即是实语；若无所见，实寓皆非口"（《东坡后集》卷十九）他认为佛语的真实与否以至佛的有无，都在心的一念。这种非有非无的通达观念，与虔诚的迷信很不相同。正如前文已指出，他十分赞赏维摩诘。他曾用维摩诘来称颂别人，如对前辈张安道："乐全居士全于天，维摩丈室空翛然。平生痛饮今不饮，无琴不独琴无弦……"（《东坡集》卷七）他更经常以维摩诘自比。维摩诘周流世界、游戏人间而又能以无限睿智来对待世事的态度，是苏轼非常欣赏的。

苏轼生活在中国封建文化已经成熟的时期，他本人是具有高度文化素养的封建士大夫的典型。他多才多艺，文、诗、词无一体不佳，书、画等无一艺不精。在思想上则儒、佛、道纵横，旁推交通。佛教思想给了他不少消极影响，但却始终没有占据他思想的全部。就其对佛教的理解说，一方面他对其颓废面有所警惕，如在《答毕仲举书》中说："学佛、老者本期于静而达。静似懒，达似放。学者或未至其所期，而先得其所似，不为无害。"（《东坡集》卷三十）另一方面由于他能利用佛教观念对人生进行反省，培养起一种超然、洒脱的人生态度。这种观念与儒家用世思想相互为用，则处危难间不惧不馁，而一有机遇又能坚持理想，奋斗不已。苏辙说他谪居海南时"日啖薯芋而华堂玉食之念不存于胸中"（《东坡续集》卷三）。即使到了晚年，诗文中亦不见衰惫之气，这表现出一种气节。所以佛学修养也有使他得益的地方。

从宋代到晚清，文人接受佛教的情况十分复杂，往往是具体的人各有独特领会。有些人迷信佛教，从中接受的多是消极的东西；有些人则另有发挥，创造出某些积极的思想成果。

　　进入 20 世纪，佛教文化，尤其是这一文化系统中的精华部分，佛教哲学作为一种对人类生存的终极问题求根本解决的深刻智慧，它在现代知识分子的精神生活中仍然有着重要的作用。现代作家中直接或间接地受过佛教文化影响的作家名单可开列出一长串。他们中既有 20 世纪初从事文学改良运动的维新派人士如梁启超、夏曾佑等，也有五四新文学运动的开山祖师陈独秀、胡适、鲁迅、周作人等；既有 20 世纪二三十年代已成名的郁达夫、许地山、俞平伯、宗白华、废名、瞿秋白、丰子恺、徐志摩、夏丏尊、老舍、高长虹、施蛰存、沈从文等，也有在 20 世纪 40 年代蜚声文坛的后期浪漫主义作家无名氏和徐訏；至于那些曾经以佛教文化作为创作题材的现代作家及作品则更是难以计数了。而最具代表性的是废名、许地山等作家。我们主要谈谈许地山的创作与佛教的关系。

　　现代文学史上，曾经以研究佛学与佛教文化作为自己的专攻方向，同时也曾自觉地在创作中运用佛教意象、展示佛学义理的现代作家，许地山当为第一人。许地山是中国现代小说家、散文家、“五四”时期新文学运动先驱者之一。主要著作有《空山灵雨》《缀网劳蛛》《危巢坠简》等。在梵文、宗教方面亦有研究硕果。

　　许地山的创作深受佛教“生本不乐”思想的影响。许地山不仅在一些散文小品中直接抒发自己的生存疾苦的感受，而且把自己对此命题的一些思考融入他所塑造的艺术形象中去了。许地山在《空山灵雨·弁言》中开篇明义就对人生意义作出了这样令人心悸的评价：生本不乐。生本不乐，一切皆苦，这是佛教“三法印”之一，是释迦牟尼创建佛教的心理动因。生本不乐，一切皆苦的生存感受则尤其痛切了。许地山之所以在当时就引人注目，他的作品经过几十年的岁月流水的冲洗依然不失光彩，就在于他所塑造的艺术形象具有深邃的宗教感。

　　生本不乐的观念在许地山的创作中主要表现在两个方面。一是人生之残缺。《命命鸟》中加陵与敏明双双殉情，其缘故就在于他们为一种爱情的理想，并且痴心地追求人生的完满。加陵在得知敏明求菩萨引渡转生极乐国土的誓愿之后，竟非常喜欢地说：“有那么好的地方，为何不早告诉我？我一定离不开你了，我们一块儿去罢。”许地山用主人公的死在残缺的尘缘世界与圆满的彼岸世界之间划清了一条界线。尽管男女主人公的殉情从容愉悦，显现出宗教性的圣洁庄严，但从世俗的眼光来看，这当然是一场人生悲剧，是人与生俱来，是理想的追求欲以及这种追求不太可能实现之间的冲突所酿致的苦难结果。二是人生来就不自由，冥冥之中有一只强有力的手在操纵着一切，这就是无处不在的命运，用佛学的术语来说就是前世造成的业力。正如《缀网劳蛛》中的主人公所说："我像蜘蛛，命运就是我的网。它不晓得那网什么时候会破，和怎样破法。人生就像入海采珠一样，整天冒险入海里去，要得着多少，得着什么，采珠者一点把握也没有。"许地山认为一个作者的功能就在于从这种命运的挣扎中启发读者的悲感与苦感。所以，他笔下许多小说主人公都被命运之手驱赶着，在人生之途上颠沛流离，历经劫难，受着生老病死的自然之力的压迫。且不说尚洁、惜官、麟趾的人生历程一波三折，祸福难以自主，就是敏明与加陵的殉情根底里也还伏着命运的因子。许地山的创作就是建立在这种人生残缺与不自由的世间苦的基础上。

许地山作品与佛教相关的另一主题是：任运随缘，顺其自然。尽管深刻地体会到了人生的残缺与不自由，许地山笔下的悲剧性人物却并没有颓废消沉。其散文集《空山灵雨》中的《海》就明确表现了这种态度："人的自由和希望，一到海面完全失掉了。因为我们太不上算，在这涯浪中无从显示出我们有限的能力和意志。……所以在一个风狂浪骇的海面上，不能准说我们要到什么地方就可以达到什么地方，我们只能把性命先保持住，随着波涛颠来簸去便了。……在一切的海里，遇着这样的光景，谁也没有带着主意下来，谁也脱不了在上面泛来泛去。我们尽管划罢！"正是因为许地山的任运随缘并不是完全放弃个人的努力，所以在《鬼赞》一文中，他既主张人们要听随命运的安排，又主张人们去做应该做的事，去体验每一种自然而然的情感活动，"人哪，你在当生、来生的时候，有泪就得尽量流；有声就得尽量唱；有苦就得尽量尝；有情就得尽量施；有欲就得尽量取；有事就得尽量成就。等到疲劳、等到你歇息的时候，你就有福了。"这种在随缘中不放弃个人的主观意志应对苦难的方式，应该说体现了佛教随缘说的真谛。

在其小说《缀网劳蛛》中，主人公尚洁简直就是作者任运随缘的处世态度的化身。她在丈夫长期的误解和不公正的待遇中始终坦然地活着，不向任何人洗清道白，在听随命运的播弄中坚守着自己的坚贞与纯洁，仿佛本来一切就应该如此，不应该人为地改变什么。书中的尚洁简直就是一位宣讲"对境无心，一任自然"之佛法的比丘尼。《商人妇》中的惜官用自己筹来的钱送赌钱输空的丈夫去南洋谋生，10年后她赴南洋与丈夫团聚，但丈夫已成富商，另娶新妇，并且把她骗卖给印度商人。印度商人死后，她又受到大妇的排挤与欺凌。但惜官却能以苦行者的意志与毅力顶住一切袭来的苦难，"要留着这条命往前瞧瞧我的命运到底是怎样的"。事实上，无论尚洁还是惜官，其性格的根本倾向就是一个"顺"字，也就是听其自然。许地山曾对这个"顺"字有所解释："如果所谓最后胜利是避不是去，是顺不是服，那么我也可以承认有这回事。所谓避与顺不是消极的服从与躲避,乃是在不可抵挡的命运中求适应,像不能飞的蜘蛛为创造自己的生活,只能打打网一样。"(许地山.序《野鸽的话》.许地山散文全编.浙江:浙江文艺出版社,1992.第311页)顺即是尽本分,应自然。既然人生残缺不全,深受命运与业力之操纵,就不要有非分之想,也不必妄作无理强求,一切只要无愧己心、无悖常理即可。在佛看来,顺有二义:一是顺应和符合佛教揭示的无我、无常的真理,即《大乘义章》所说"顺理为善,违理为恶";二是益世,如《成唯识论》所言,"以顺益此世他世之有漏无漏行为为善"。尚洁与惜官等人物一方面顺应命运的安排不做剧烈的抗争,另一方面又力所能及地从事正当的工作以赋予自己的人生以意义。这就是一种顺理与益世相辅相成的人生态度,是平常人于不可抵抗的命运中求适应的平常的生活方式。许地山主张顺其自然,是对于生本不乐,一切皆苦的世道人生的一种消解方式,其思想之面貌打下了深刻的佛教烙印。

正是对于宗教的深刻理解,使许地山将宗教透解人生的理论性悲观与救度人生的实践性积极融入他的主题揭示与人物性格塑造中去。从高扬的理想境界与狂热的激情之中猝然跌入悲惨的现实与冰冷的环境中,两者的巨大反差很容易使人陷入颓唐不能自拔,倒是本来看透人世之残缺不全但仍然从不可抵挡之命运中求适应,这种奋勉精进的精神因其自然而肯定更为持久坚韧恒常。所以,许地山的《缀网劳蛛》刚发表,就有评论家赞赏小说的"命运观里很含着奋斗不懈的精神"可以作为五四退潮期青年颓唐消沉倾向治疗用的"血清注射"。

中国传统文论受佛教影响很大。我国第一部完整且成体系的文论著作《文心雕龙》就与佛教关系极大。在中国文学批评史上,《文心雕龙》具有很重要的地位。它总结了南齐以前中国文学创作和文学批评的丰富经验,论述比较全面,体系比较完整,开创了我国文学批评的新纪元。历代著名文人,对《文心雕龙》常常给予很高的评价。

《文心雕龙》的作者刘勰自幼深受佛教洗礼,24岁左右,投名释僧祐,长期居住在南京定林寺,协助整理佛经。出仕以后,佛教已被正式宣布为国教,所以作者本人也没有终止其佛教活动。公元531年,刘勰出家为僧,法名慧第。因此刘勰颇受佛教的熏染,并以擅长写寺塔及名僧碑志而著称,现存有《梁建安王造剡山石城寺石像碑》《灭惑论》二文。但使他在历史上获得不朽地位的是他的《文心雕龙》。

刘勰在写作《文心雕龙》时虽然没有有意识地运用佛学思想来论文,但是实际上《文心雕龙》的写作还是潜移默化地受到佛学思想的深刻影响。以宗教的视角来审视《文心雕龙》，佛学思想在一定程度上拓展了《文心雕龙》超越时空的思维空间，使其论文谈艺，包揽宇宙，总括人心，更加接近艺术审美思维的要求。具体而言主要表现在下述两个方面。

第一，《文心雕龙》中的"神理"说与佛教思想的渊源。刘勰在他的两篇佛学著作中涉及"神理"概念共三处。在《灭惑论》和《梁建安王造剡山石城市石像碑》这两篇佛学著作中就有"神理"的概念。例如，"彼皆照悟神理，而鉴烛人世，过驷马于格言，逝川伤于上哲"（《灭惑论》），"夫道源虚寂，冥机通其感；神理幽深，玄德思其契"（《石像碑》），"镇南将军江州刺史建安王，道性自凝，神理独照，动容立礼，发言成德，英风峻于间平，茂绩盛乎鲁卫"（《石像碑》）。以上共用了三次"神理"的概念，都是指神明的真理。第二例即指至高的佛理，第一、三例是指对佛理的领悟。这个"神"不是神妙或自然的意思，而是指神佛，"神理"是神佛的最高原理。

在《文心雕龙》中关于"神理"的概念共有七处，其含义与他的两篇佛学著作中涉及的"神理"概念大体是一致的。在这七处地方，《原道》篇中三处"神理"讲的是神明的原理。第一例说"河图孕乎八卦，洛书韫乎九畴，玉版金镂之实，丹文绿牒之华"正是说上天神明授予人类的启示，告诉人类什么是治理国家和社会生活的基本原理，这就是最早的"人文"之源，正是来自上天神明。河图洛书并非人类的创造，而是上天神明意志之显现。第二例讲从伏羲到孔子都是研究"道心"和"神理"，取法乎河图洛书，从而对"人文"的发展作出了重大的贡献，这里的"神理"和第一例的"神理"自然也是完全相同的。第三例赞语中所说的"道心唯微，神理设教"则是概括第二例的意义来说的，意义也和第二例相同。《正纬》篇中所说的"神理"是指"神教"，也就是神明的教诲，而纬书本身就是体现天人合一思想的，这"神理"的意思和《原道》篇所说是完全一致的。《明诗》篇赞中所说的"神理"是讲诗歌的起源是和人类的产生同步的，它也是天人合一的产物，"神理共契，政序相参"，前者指天，后者指人，说明诗歌是天神之理和人君之治相结合的结果。《情采》篇讲五色、五音、五情皆是神明早已设定好的天理。《丽辞》篇讲人的肢体都是对称的，宇宙间事物也都是对称的，这是造化和神理的自然表现，这个神理也是指上天神明赋予人类和万物的特点。可见，《文心雕龙》中的七处"神理"和刘勰佛学著作中的"神理"含义是相同的。

当然，说"神理"的意思是指神明的原理，还不能证明它和佛学的关系，因为很多儒家也是主张天人合一，也是有神论者。但是如果我们把它和刘勰的《灭惑论》和《石像碑》联系起来，就可以知道刘勰所说的"神理"和佛学思想确实有着不可分割的联系。

总之，"神理"一词是当时佛教的通用词语，刘勰既精通佛学经典，他自然也清楚地知道"神理"就是指的神佛的至高原理，它并不是万物内在的自然之理，这是非常明显的事。

第二，《文心雕龙》中的"折中"思想与龙树的"中道观"的关联。龙树是公元二三世纪时印度的佛学大师，他的《中论》是以偈语的方式来写的一部十分重要的佛学著作，原有500偈，汉译为446偈，分27品，为佛教大乘空宗的主要经典。刘勰《文心雕龙》中的"折中引人注目"论文学研究方法，是直接受龙树大师"中道观"影响的产物。

《中论》的内容是非常丰富的，而它的核心是阐明一种观察宇宙事物的方法，也就是所谓"中道观"。这种方法的特点就是要求人们要超越两端，不即不离。一般人理解事物往往只看到事物对立的两个极端，例如生死、有无、来去、善恶等，因此就容易落入一端，而龙树则要求超越这两个极端，而看到事物既不陷于这一端，也不陷于那一端的复杂性。《中论》的宗旨集中表现在它的第一偈中的"八不"：不生亦不灭，不常亦不断，不一亦不异，不来亦不出。龙树认为一切事物都是由复杂多变的因缘所决定的，是没有完全纯粹的东西的。"因"是指个体本身，"缘"是指外在的事物和环境，它们都是不断地变化发展的，他们的配合也是无穷无尽的。善不是完全都是善，恶也不是完全都是恶。因此，他提出：不生不灭，不常不断，不一不异，不来不出。不生不灭，阐述事物的存在和非存在问题。事物产生的时候也是它消灭的时候，它消灭的时候也是它产生的时候，随"因缘"而转化，所以实际上是没有生也没有灭。常和断，说的是时间的永恒和非永恒，不常就是无常，从时间的不断变化来说，事物是没有常性的，不可能是永恒的。事物无常而相续，所以又是无断或不断的。既非永恒又非非永恒。一和异，说的是数量的统一和差别，事物从通常性的角度来看，好像是统一的、独立的个体，实际上它又是不断变化而有差异的，所以是非一的。但是，事物虽然不断变化，但还有它的相续性，所以又是非异的。这就是不一也不异。来和出，说的是时空中的来去运动相，其道理也是一样的。事物的来者无所从来，去者无所至。比如，火是哪里来的？不是从木材来的，也不是从火柴来的，也不是从手来的，也不是从氧气来的，而是诸多因缘聚合的结果。火灭了，它去哪里了？是因缘离散的结果。这就使我们想起了苏轼的《琴诗》："若言琴上有琴声，放在匣中何不鸣？若言声在指头上，何不于君指上听？"琴声的有无也是琴弦和手指因缘聚散的结果，也是不来亦不去。正如吉藏所说："不来来，不去去"故而龙树得出的结论是："诸法实相中，无我无非我。诸法实相者，心行言语断。无生亦无灭，寂灭如涅槃。一切实非实，亦实亦非实。非实非非实，是名诸佛法。自知不随他，寂灭无戏论。无异无分别，是则名实相。若法从缘生，不即不异因。不故名实相，不断亦不常。不一亦不异，不常亦不断。是故知涅槃，非有亦非无。"总之，他认为事物极端的两个对立面实际是不存在的。他否定了事物的两个极端，认为只有超越了事物的两个极端，善于不即不离，才能真正认识和把握事物的本质。这种观察事物的方法论，其最突出的地方是要求对任何事物不要有绝对的看法，不能偏于一边，陷入一个极端，要认识到事物的复杂多变，而给以符合实际的解释。

刘勰毫无疑问是非常熟悉龙树的《中论》的，他协助僧祐编撰的《出三藏记集》中曾收入僧睿的《中论序》和昙影法师的《中论序》，在《鸠摩罗什传》中也说他曾翻译《中论》等龙树的著作。龙树《中论》中的"中道观"对刘勰《文心雕龙》中文学研究方法的确立有着十分深刻的影响。刘勰在文学批评上有一个显著的特点，是持论非常公允，绝不偏于一端，能够客观地、全面地来看待问题，这可以说是贯穿于《文心雕龙》全书的。他对当时文学理论批评上一些历来有分歧的争论，都没有简单地肯定或否定哪一方面，而是善于吸取对立双方观点中正确、合理的因素，提出自己比较稳妥的持平之论。譬如，"芙蓉出水"和"错彩镂金"是两种尖锐对立的美学观，刘勰是比较欣赏以自然清新为特征的"芙蓉出水"之美的，但他又不否定以人工雕饰为特征的"错彩镂金"之美。他主张要在重视人工雕饰的基础上达到自然清新的理想境界。所以在《隐秀》篇中提出文学创作要以"自然会妙"为主，又要辅助以"润色取美"，他认为这才是美的最高境界。在《辨骚》篇中总结汉代对《楚辞》评价的争议时，他也没有偏向于哪一边，而是详细地分析了《楚辞》"同于风、雅"的四个方面和"异乎经典"的四个方面，充分肯定了《楚辞》既"取熔经意"又"自铸伟辞"的基本特色。特别明显的是他对当时文学创作中有很大争议的声律、对偶、用典等，都不偏于一端，而能采取比较公允的态度，注意从理论上进行深入探讨，提出很有深度的看法。对于声律，他既不像沈约等人那样，去制定烦琐的声病规则，但也不像钟嵘那样对声律理论全盘加以否定。他在《声律》篇里以探讨声律的美学原理为主，强调声律美的关键是要做到"和""韵"之美。对于用典，刘勰既不赞成颜延之、谢庄那样堆砌典故，以致使"文章殆同书钞"，也不赞成钟嵘对诗歌创作用典全盘否定，而是比较客观地在肯定用典的积极作用前提下，要求尽量做到不要佶屈聱牙，而要如同"口出"和自己说的一样。并且提出学识要"博"，运用典故要"约"，特别要注意选择之"精"，还要运用得"核"，也就是说，既要吸取用典的长处，又不能让它影响作品的自然美。在对待我国文学批评史上"言志"与"缘情"的争论中，他也没有简单地落入哪一边，而是善于把情和志统一起来。他所受的以龙树《中论》为代表的佛学方法论的影响还是很大的。

刘勰在《文心雕龙》的写作过程中，倾向唯物的观点是确实存在的。但他的佛教思想并未终止，也无意于"严格保持儒学的立场，拒绝佛教思想混进来"。刘勰思想中存在着儒与佛之间的深刻矛盾，这种矛盾伴随了刘勰一生，也极大地影响了《文心雕龙》思维框架和研究方法。

第四节 《圣经》与20世纪中国文学

从比较文学跨学科研究的视域看，对中国文学影响最大的跨文化宗教形态除了上面讨论的佛教外，就是代表西方文化精神的基督教。众所周知，从19世纪末的维新运动开始，中国的先进知识分子无不以向西方寻求科学、民主为救国之道。"五四"时期，输入了西方文明的进步观念、学理达到史无前例的高潮。而所谓"西方文明"是与基督教文化不可分割的，介绍引进西方文明的过程，实际上就是一个介绍引进基督教文化的过程。因此，接受西方文明影响的本身就包括接受基督教的影响，基督教以西方宗教和外来文化的双重身份进入中国，对中国20世纪的文化和文学的发展产生了一定的影响。

20世纪之交的《圣经》译介主要是出于宗教宣传的需要，但是在客观上使中国现代作家接触到了基督教文化和圣经翻译文学。他们出于对精神的渴求、知识的兴趣和艺术的追求，主动汲取圣经文学。中国现代文学在语言形式、艺术风格和美学内涵上都受到圣经翻译文学的影响。

基督教文化通过其主要书面载体《圣经》，广泛地影响到中国现代文学的创作主体，中国作家也有意识地借鉴《圣经》内容服务于自己的创作意图。在中国现代文学史上，几乎所有的现代著名作家和文学理论家，如鲁迅、郑振铎、茅盾、林语堂、许地山、王统照、周作人、郭沫若、郁达夫、田汉、成仿吾、冰心、闻一多、徐志摩、巴金、老舍、曹禺等，都在自己的著作中引证、评述或介绍过圣经文学。那些曾在教会学校接受教育的人，如冰心、许地山、张资平、林语堂、曹禺、萧乾等对《圣经》有着更特殊的认识。冰心、沈从文、萧乾等作家初事写作都是从模仿《圣经》开始的。

第一，《圣经》译介对中国现代语言的转型产生了巨大的影响。《圣经》

在中国的翻译和介绍对中国文学语言从文言文到白话文的转型有直接关系。19 世纪后半叶，虽然文言文在中国的书面语言中占统治地位，但出于开启民智的需要，较通俗的文体和白话应时流行开来。《圣经》译者及早地适应了白话时代的到来，1919 年 2 月出版了白话文《圣经》。这是一部真正的具有"文学品味"的译本。由于它恰好在新文学运动前夕完成，遂成为"新文学运动的先锋"，与当时知识界倡导的白话文运动不谋而合，为开拓白话文学的先驱们提供了一块他山之石，对新文学运动无形之中起到了"推波助澜的作用"。早在新文学运动开始之初，有人攻击说："白话是马太福音体"。鲁迅就回答："马太福音是好书，很应该看。"（鲁迅. 鲁迅全集. 第 8 卷. 北京：人民出版社，1982.第 89 页）1921 年，周作人著文《圣书与中国文学》，论及《圣经》与中国新文学在"精神与形式"两方面的关系时说，《圣经》在中国"时地及位置都与欧洲不同，当然不能有完全一致的结果，但在中国语及文学的改造上也必然可以得到许多帮助与便利，这是我深信不疑的：这个动因当是文学的，又是有意的"。（周作人. 艺术与生活. 石家庄：河北教育出版社，2002.第 43 页）1947 年，郭沫若将《圣经》翻译与佛经翻译和近代西方文学作品的翻译对中国文学的影响相提并论："让我们想到《新旧约全书》和近代西方文学作品的翻译对于现行的中国的语言文学上的影响吧。"（罗新璋. 翻译论集. 北京：商务印书馆，1984. 第 335 页. ）对于《圣经》译介对中国现代文学在语言和文体方面的影响，鲁迅所持的肯定态度、周作人的远见卓识和郭沫若的回顾总结都说明，《圣经》译介确实对中国现代文学的语言转型产生了积极影响。

第二，《圣经》译介对中国现代文学的影响也是巨大的。这表现在以下几个方面。

一是《圣经》语汇、典故和意象进入中国现代文学作品。《圣经》在中国现代文学中的反映，最先见于《圣经》典故、意象和文句，甚至个别章节出现在中国作家的文学作品里。朱自清曾说："近世基督教圣经的官话翻译，也增富了我们的语言。"（梁工. 基督教文学. 北京：宗教文化出版社，2001. 第 400 页）早在晚清的"诗界革命"中，黄遵宪、谭嗣同、夏曾佑、梁启超等都喜欢用《新约》的词句、典故。郭沫若率先使用《圣经》典故。例如在其新诗《女神之再生》中使用了"旧皮囊装新酒"的比喻，"姊妹们！新造的葡萄酒浆不能盛在那旧了的皮囊"（郭沫若. 女神，北京：人民文学出版社，2000. 第 5 页）。鲁迅先生的著作也直接或间接引用《圣经》故事、典故、箴言达几十次，并常常引申出精辟的见解。《圣经》的典型意象如伊甸园、十字架、马槽、鸽子、蛇等流溢于艾青的早期诗作，在他的整个审美创造中实现了对《圣经》中的苦难意象、献身意象与光明意象的创造性转换，使诗作获得了丰厚的文化学内涵，也构成了其诗歌博大沉郁、幽邃庄严的美学风格。

二是中国作家引用《圣经》章节代替前言和序言。不少现代作家在自己的文学作品中经常引用《圣经》的经文代替前言和序言，来说明作品的主体思想。如巴金的《电》最初发表在《文学季刊》时改为《龙眼花开的时候》，在其上、下篇引用了《启示录》和《约翰福音》中的六段经文，巧妙地暗示了小说的题旨。又如曹禺初版的剧本《日出》扉页上有一篇特别的题词，除了一段《道德经》外，其他七段摘自《旧约》的《耶利米书》和《新约》的《约翰福音》《罗马书》《格林多前书》《帖撒罗尼迦后书》以及《启示录》，中文均引自白话《圣经》。如此之多地引述《圣经》经文作为全剧的题旨，在现代文学中可以说是独一无二的。通过引用《圣经》经文，剧作家含蓄地点明了自己的创作意图：题词中的"光"与剧本中的"日出"是同一种意蕴。

三是中国文学家化用《圣经》内容。中国作家根据自己的文学理解对《圣经》素材进行选择，并做了适当的调整、增删、归纳，直至强化、改造，借《圣经》故事传达自己的某种情绪与心声。这就是中国现代文学史上出现的一个十分有趣的现象：中国文学家对《圣经》内容的"化用"。"耶稣之死"历来是一个惊心动魄的文学题材，耶稣的英雄形象反复拨动着中国文学家的艺术情致。鲁迅 1924 年发表的《野草·复仇（其二）》、徐志摩的《卡尔佛里》（Calvary 的音译，为耶稣的受难地）、艾青的《一个拿撒勒人的死》（耶稣出生于拿撒勒）、冰心的《客西马尼花园》（耶稣被捕前祷告的地方）和《骷髅地》（耶稣被钉十字架的地方 Golgotha），都演绎了这个《圣经》主题。鲁迅的散文直接从《圣经》取材，相当忠实地依据了《马太福音》的第 27 章，通过耶稣的形象表现了革命者的意志和对"庸众"的痛斥。茅盾也采用《圣经》内容作为创作的材料来源。1942 年，他取材于《新约》四福音书耶稣传道、受难的故事写成了《耶稣之死》；根据《旧约·士师记》第 14～16 章以色列大力士参孙的故事写成了《参孙的复仇》。这两篇小说与其说是茅盾个人的文学创作，倒不如说是他对《圣经》内容的编译。

四是《圣经》对中国作家话语方式的影响。《圣经》诗文杂存，情文并茂。丰富多彩的文体和雅俗共赏的词章句式具有很强的传情达意功能。现代作家，尤其是那些接近西方文化和熟悉西方文学的中国现代作家，由于对《圣经》内容烂熟于心，故影响到他们的话语方式甚至文学思维方式，不知不觉在文学创作中掺进《圣经》句式，成为他们个人写作风格的一种构成因素。如剧作家曹禺从小就对《圣经》感兴趣，反复研读《圣经》和圣经文学，并形成了自己的基本艺术创作模式。他的《雷雨》展示了"父罪及子"的报应,《日出》则折射出"光"的启示,《原野》回荡着"救赎"的哀求。这三部早期剧作在艺术思维上充满《圣经》的伦理意识。巴金作品的一种特有风格,即直抒胸臆,以情感人。有时直接向读者倾诉感情,有时借助别人的话语打动读者的心灵。如在小说《新生》的末篇,巴金插入了《约翰福音》第 12 章 24 节的一段话:"一粒麦子落在地里不死,仍旧是一粒;若是死了,就结出许多子粒来。"郁达夫在 1921 年创作的小说《南迁》中,通过主人公"伊人"——一位信仰基督教的中国留学生之口,两次引述了"钦定本"《马太福音》原文,一处来自《马太福音》第 5 章的 28、29 节,另一处则是《马太福音》第 5 章 2 节,从描写主人公意识流的需要的角度来看,这段引文很自然地与其上下文融为一体。冰心以《圣经》式的"救赎模式"构思故事,许多作品如《十字架的园里》《晚祷》《相片》等都带有《圣经》的明显特征。另外,冰心的许多赞美诗具有《圣经》"赞美诗"的意蕴和风格,许多散文采用了类似《圣经》书信体的书信体、笔记体和书简体。沈从文以《雅歌》为取法对象,以耳闻目睹的湘西苗族青年男女的恋爱故事为题材,写出了一系列表达男女强烈爱情的"牧歌式"抒情诗篇。他的小说《看虹录》中对人体的描写就明确引用了《雅歌》,将两性关系神圣化。总之,引用《圣经》原文或译文也好,化用圣经意象、句式和语气也好,都可以反映出一个作家的创作动机、取材方式和文体风格。《圣经》就是这样通过中国作家的价值取向、情感方式和审美趣味,影响到中国现代文学作品的艺术风格。

《圣经》对中国现代文学产生了深远影响。中国现代作家对于《圣经》的关注主要出自精神的渴求、知识的兴趣和艺术的追求。圣经文学通过他们的价值取向、情感方式和审美情趣,影响到现代文学的文学语言、艺术风格和美学内涵,乃至影响到现代文学的整体风貌。

第五节　西方文学与《圣经》

西方的文明源自基督教的文明。对西方文学影响最大的宗教形态是产生于西亚的基督教。基督教思想对西方意识形态的影响是全面的,哲学、科学、文化、艺术、法律、道德无一例外。

基督教思想的法典《圣经》是基督教的圣书,自中世纪以来,有"唯一的书"和"书中之书"的称号。从世界文化史看,一千多年来没有第二部书能够像它那样对西方文化产生过那么巨大而深远的影响。它与世界上许多信仰基督教的民族的精神生活至今仍有着千丝万缕的联系。它不仅是一部影响深远的宗教典籍，也是世界上最有影响的一部文集。在西方，《圣经》同古希腊文学一起，构成了西方文学的两大源头，对西方文学的影响之深远是其他任何书籍无法比拟的。

一、《圣经》对西方文学的总体影响

《圣经》对西方文学的影响人所共知。无论是中世纪的文学创作，还是文艺复兴以来的大量文学作品，都能看到《圣经》的深刻影响。西方文学的历史实际上就是一部《圣经》的演绎史，各个时代作家的创作都从《圣经》中获得了启迪。西方文学的人文观念和艺术精神的基本内核来自这个传统。可以说《圣经》是理解西方文学的"伟大代码"。具体来讲《圣经》主要从以下几个层面对西方文学产生了影响。

（一）《圣经》知识对西方文学的影响

在知识的范畴，《圣经》是一部集宗教、历史、文学、哲学之大成的百科全书。它的宇宙观、历史观、人性观、道德观、审美观、风俗习惯、体验和感受生活的方式和态度；它的基本文学样式神话、传说、史诗、史传、小说、诗歌、先知文学、启示文学、福音书文学、纪事文学、书信文学；它的主要题材、故事、人物；它的常用表现手法、语言习惯、结构、文体风格；它的人名、事件、术语、典故、格言、警句都对西方文学产生了影响。

第一，《圣经》知识为文学创作提供了素材和意象。许多欧洲作家从《圣经》中汲取创作营养的源泉，中世纪以来，大量诗歌、戏剧、小说的题材或人物都取自《圣经》，西方中世纪文学由于《圣经》的巨大影响，居然形成了极有市场的教会文学，其范围包括基督的故事、圣徒传、祈祷文、赞美诗等；而整个西方文学世界中，宣扬、反映崇拜上帝、耶稣、圣母，信仰基督的题材、故事、情节、人物乃至词汇语句几乎无法计数；因而，宣扬对圣母的爱和尊崇，扩展至对女性的尊敬和崇拜，并构成罗曼蒂克式的恋爱故事，成了西方文学独特的题材内容与传统风格，区别于东方及世界其他地区的文学。这是基督教烙在西方文学机体上的鲜明印记。如英国的行会剧《挪亚的故事》、布罗姆抄本剧《以撒献祭上帝》、叙事诗《亚当的滔天大罪》等。

中世纪末期意大利人但丁创作的《神曲》，就是一部受中世纪宗教文化影响，带有宗教神秘主义色彩的长诗。诗人巧妙地运用基督教神话传说作素材，并将其与当时的重大政治事件、政界人物有机联系，对中世纪的意大利社会作了百科全书式的生动反映。16 世纪，意大利诗人塔索，以基督教为素材，创作了基督徒反对伊斯兰教徒斗争题材的《解放了的耶路撒冷》。17 世纪，英国作家弥尔顿创作了许多不朽作品，而他的绝大部分作品均取材于《圣经》。18 世纪，德国伟大诗人歌德创作的《浮士德》中，魔鬼形象也来自于《圣经》，该诗开首的《天上序幕》与第二部结尾，乃受《约伯记》启发写成。19 世纪，英国诗人拜伦的《该隐》取自于《创世纪》、勃朗宁的《扫罗》取材于《撒母耳记》、王尔德的《莎乐美》取材于《福音书》等。以英国诗人拜伦的诗剧《该隐》为例，该剧取材于《创世纪》中第 4 章中的一个故事：该隐和亚伯是人类始祖亚当的两个儿子。亚伯牧羊，该隐种地。兄弟俩向上帝献祭，哥哥该隐献的是谷物，弟弟亚伯献的是羔羊。上帝高兴地接受了亚伯的供品，而对该隐的供物不屑一顾。该隐为此嫉妒亚伯，一怒之下将他杀了。从此，在英国传统文化中，该隐便象征着骨肉相残的杀人犯。拜伦在他的诗剧《该隐》中，把上述基督教的善恶观念统统颠倒过来，反其意而用之，把上帝描写成专制的暴君，把该隐描绘成一个不甘屈服、敢于反抗的斗士，为人类自由而献身的英雄。诗人在这里充分表达了他对封建专制与暴力势不两立的叛逆精神。美国沃尔特·惠特曼的《草叶集》里有一章叫《亚当的子孙》，共 16 首诗，它们相互之间虽结构上无必然联系，但全章却用"亚当的伊甸园"这一《圣经》中的传说贯穿起来，因而诗意浑融，艺术效果完整。20 世纪德国小说家托马斯·曼的长篇小说《约瑟和他的兄弟们》四部曲（《雅各的故事》《约瑟的青年时代》《约瑟在埃及》和《赡养者约瑟》），波兰作家显克微支的长篇小说《你往何处去》都取用《圣经》的题材。另外，俄罗斯及苏联作家中也有不少人喜欢用《圣经》中的故事从事创作，普希金、莱蒙托夫和列夫·托尔斯泰都十分熟悉《圣经》的内容。普希金的《先知》和莱蒙托夫的《恶魔》都是以《圣经》的形象表达了进步的思想内容。马雅可夫斯基在他的长诗《人》中也采用了《圣经》题材。高尔基也曾说过他爱读《圣经》。

第二，《圣经》的人名、事件、术语、典故、格言、警句被西方作家广泛引用。《圣经》的人名、事件、术语、典故、格言、警句被引述在文学作品中，具有意义的规定性和暗示对应性。比如说，出于《申命记》32 章的"申冤在我，我必报应"是《圣经》有名的格言，又见《罗马书》12 章，"亲爱的兄弟，不要自己申冤，宁可让步，听凭主怒，因为经上记着，主说：申冤在我，我必报应。"这个格言说明上帝拥有绝对的道德审判权，这一观念深深地影响着西方文学。列夫·托尔斯泰引此格言作为《安娜·卡列尼娜》的题词，由此不难想象他对安娜的态度：安娜因自我意识觉醒以及对自由爱情的追求尽管可以傲视虚伪的上流社会，但在上帝的最高法则面前，她的追求有放纵情欲的成分，她背弃了做母亲做妻子的责任，不能像一个真正的母亲那样爱她私生的女儿，对情人也燃起了不可救药的妒火，这一切必然使她受到负罪感、羞耻感等痛苦的折磨，最终摆脱不了自我毁灭的悲剧命运。

英国文艺复兴时代最伟大的作家莎士比亚对《圣经》十分熟悉，据统计，他的每个剧本平均引用《圣经》中的话语达 14 次之多。劳伦斯的小说《虹》出自《圣经》的引文、比喻、暗指就有 40 多条。海明威的《太阳照常升起》的题目便是摘引自《旧约全书·传道书》第 1 章第 5 节中的一句话："一代过去，一代又来，地却永远长存，太阳升起，太阳落下，急归所出之地，风往南刮，又向北转，不住地旋转，而且返回转行原道，江河都往海里流，海却不满，江河从何处流，仍归还何处，万事令人厌烦。"海明威把这一段话节引过来作小说的引言。它的意思很明显，讲人生虽然忙碌不堪，但到头来注定是无所作为，一切都虚无缥缈，回首往事会味同嚼蜡。与海明威同时代的作家威廉·福克纳在这方面的做法有过之而无不及，其小说《押沙龙，押沙龙！》和《去吧，摩西》的书名就直接援引《圣经》，从而为作品渲染了气氛，奠定了基调。另外美国戏剧家阿瑟·米勒的名剧《堕落之后》、斯坦贝克的小说《伊甸之东》等作品的标题也都出自《圣经》。

（二）《圣经》象征对西方文学的影响

比知识范畴深一层的是象征，它是以《圣经》为参照解读西方文学的一个更为重要的层面。西方诸多文学作品除了引用一般《圣经》知识外，也大量运用《圣经》象征，使作品获得多层次意蕴，增强心理情感和思想深度。

西方文学中的《圣经》象征，可分为二个方面：

第一，整体、结构的象征。弗莱对《圣经》在西方文学史上的发生学和"原型"意义作出过权威性描述和概括。他的研究告诉我们，《圣经》为西方文学提供了整体的、结构性的象征。《圣经》概述了从太初之时上帝创造万物，到世界末日上帝再临最后审判的全部人类的历史。它从"创世纪"伊甸乐园开始，进而展开人间沧桑的故事和事件，最后到"启示录"新天新地结尾，在文学形式上表现为一种大约呈 U 形的叙述结构。在这种形式中，一系列的不幸和误会使情节发展到危难的低点，此后情节中某种吉利的线索又使结局发展为一种大团圆。《圣经》U 形叙述结构也是意义的结构，它跟《圣经》的三段式人类历史景观一致，表达了神与人两重世界的关系：人神合一—人神分—人神再合，也象征地表述了人从天真失落到苦难流离再到悔改皈依的普遍命运。这种贯穿全书的 U 形象征结构在西方文学中体现极其明显。如但丁的《神曲》、莎士比亚的《一报还一报》、歌德的《浮士德》、伏尔泰的《老实人》、笛福的《鲁滨孙漂流记》、司汤达的《红与黑》、狄更斯的

《远大前程》、列夫·托尔斯泰的《复活》、易卜生的《培尔金特》、劳伦斯的《虹》、昆德拉的《生活在别处》、乔伊斯的《青年艺术家的肖像》、帕斯捷尔纳克的《日瓦戈医生》等。

第二，局部、单个的象征。遍布在《圣经》中的局部、单个象征也是西方文学想象和创作的基本因素。《圣经》在人类从天真无邪进入痛苦灾难再转向明朗快乐的不断重复的叙述模式之中纳入一系列神话传说故事：上帝造天地万物、捏泥土吹灵气而造人、天堂、伊甸园、亚当夏娃、偷吃禁果、天怒天罚、失落、该隐被杀和鲜血、大洪水、诺亚方舟、衔橄榄叶的白鸽、雨后彩虹、巴别塔、召唤、选民、应许之地、亚伯拉罕献子作祭、雅各梦见天梯、摩西率众出埃及、西奈山神授十诫、失去耶路撒冷、收复耶路撒冷、先知的预言、耶稣的降世、耶稣被魔鬼试探、耶稣的训谕、耶稣行神迹、耶稣受死十字架、耶稣三日复活、启示中的幻象与憧憬，等等。这些故事包含着丰富深邃的象征意蕴，并"积淀"在西方人的心灵深处，成为西方文学活动的意义单位。它们在文学中反复出现，对于作品的主题、结构、情景和人物等具有极大的提示性、阐释性。例如《圣经》象征在哈代的《苔丝》中起着十分重要的作用。《苔丝》第4部第34章，是整个故事情节的中心所在。安吉尔和苔丝结婚当晚，相互吐露各自心中的秘密。这时候哈代对背景做了极富象征性的详尽描绘，把安吉尔和苔丝坐在炉火前的场景跟《圣经》上说的世界末日联系了起来，这是大有深意的。《圣经》"但以理书"和"启示录"都描写了末日审判景象。由此我们感受到哈代从头至尾要表达的一个思想：在宗教式微、道德和精神无所依从的物质世界，苔丝的灾难是不可避免的，人类的生存是悲哀无望的。

第三，原型象征。原型是一种深层象征。人类文化学家、深层心理学家告诉我们，人类祖先的无数典型经验在历史进程中逐渐转变为一种潜意识的东西。它们由于生物性遗传和社会性继承而铸成了人类的精神生命机制、文化心理结构。这些潜意识的沉积形式被称为"集体无意识""原始意象""原型"等。它们在结构形式上具有人类同构普泛性，但又由于文化、历史、地域、民族等因素影响而转换演变为不同的表现形态和具体意象。尽管《圣经》中诸如大洪水、替罪羊、天堂与地狱、死与复活、英雄模式等具有原型意义的象征可能被追溯到更古远的背景给予发生学解释，但它们毕竟是在《圣经》里铸成了特定的表象形式从而具有明确的心理意义（比如讲"复活"而不是"轮回"），它们通过《圣经》传播而直接影响到西方作家一些形象，如十字架、天使、犹大、原罪、伊甸园经常在西方文学作品中出现。D.H.劳伦斯的作品就经常出现"伊甸园"的模式。从《白孔雀》到《查特莱夫人的情人》，劳伦斯一直在寻找伊甸园式的极乐之地，探寻灵肉合一的理想的两性关系。因此，可以说《圣经》的原型象征为西方文学创作提供了特定的体验和感受生活方式，规定制约了他们的审美情怀、美感表达方式。

（三）《圣经》观念对西方文学的影响

《圣经》对西方文学的第三个影响是观念。这是指《圣经》与西方文学的思想联系，即从《圣经》角度考察作家观察世界的态度和方法、体验生活的情怀和意向。《圣经》是一种价值哲学，它是开元前古希伯来人（《旧约》）和开元初期希腊化了的希伯来人（《新约》）因寻找安身立命的精神支撑、确立生存意义而形成的价值哲学经典。随着基督教的传播，《圣经》在西方产生巨大影响，它的思想、道德、精神渗透西方世界各个领域，融化成普泛的"欧洲的心灵"。西方作家，无论他的创作活动是朝向《圣经》还是背离《圣经》，他总与《圣经》存在着某种文化精神上的内在关系。换言之，《圣经》是西方作家活动的"现象场""心理场""知觉场"。

大致归纳起来，对西方文学影响持久的《圣经》观念主要有以下几个：

第一，人性原罪。从亚当夏娃的故事到保罗名言"我所愿意的，我不去做；我所恨恶的，我倒去做"（《圣经·新约·罗马书》第7章15节）。《圣经》自始至终表达了对人类原欲本性的怀疑和反省，认为人在本质上是脆弱、不可靠的，容易导致错误和罪恶。莎士比亚剧中李尔女儿、爱德蒙、伊阿古、克劳狄斯等令人毛骨悚然的坏蛋，戈尔丁《蝇王》中不可思议的坏孩子，都反映了人性的原罪问题。写人根深蒂固的罪性、人万恶难赦的罪孽和罪行，是贯穿整个西方文学的惊心动魄的主题。

第二，上帝审判。《圣经》从《创世纪》亚当夏娃偷吃禁果被逐出天堂、该隐弑亲被罚以至《启示录》的世界末日最后审判，都象征地表明神性正义、上帝审判的观念。罪恶导致灾难，无辜者的鲜血在大地流淌，向上帝哭诉，上帝行使"申冤在我，我必报应"，行恶者必将最终毁灭。人靠自身努力根本无法摆脱人的罪孽、罪行，而有罪就必有罚，这是上帝公正审判的必然结果。这些信念构成传统西方文学的重要内容。但丁《神曲》九层地狱中被上帝诅咒受残酷刑罚忍受无限痛苦的罪人，莎士比亚剧中的伊阿古、麦克白等，他们深陷于罪中不能自拔，犯下不可饶恕的罪恶，最后都受到上帝的惩罚走到毁灭的下场。

第三，神性救赎。失落和原罪引导出《圣经》反复阐释的另一个主题"救赎"。《圣经》非常强调两种生命、两种灵魂、两个世界。失落要寻求救赎，罪人要获得新生。人类应通过自我的罪感和忏悔，通过吁求上帝的救恩，进而良心发现，人性复苏，重返家园。表达个人残缺、渺小、褊狭、昏愚的罪感心理，描述良心痛苦、愧疚、忏悔、获救的心路历程是西方文学的恒长主题。雨果的冉阿让、陀思妥耶夫斯基的拉思科尔尼柯夫、列夫·托尔斯泰的聂赫留朵夫，他们为自己犯下的罪孽感到深深的痛苦并历经自我放逐的种种磨难最终在《圣经》中找到心灵的皈依。托尔斯泰的《复活》可以说是记载罪孽、良心、悔改、救赎、复活心灵史的现代《圣经》。

第四，神圣之爱。《圣经》立下爱的法规：一是"尽心尽力爱上帝"；二是"爱人如爱己"（《圣经·新约·马太福音》）。这要求人首先爱上帝，并通过这种神圣之爱把限于血缘、自然、伦理、社会的世俗之爱提升到更高尚完善的状态，使人在任何条件下都能坚持爱的信念和意向。这样，爱就不仅朝向自我、我的血亲同胞，而且朝向与我"无关"的人甚至罪人和恶人。因此，《圣经》强调博爱的感化力量对西方文学家产生了极其强大的影响。爱上帝、爱人如己、爱一切人的神圣之爱在雨果、托尔斯泰的作品中表达得尤其引人注目。

第五，灵魂永生。在《圣经》里，人是上帝按自己形象造出的，上帝还向人吹入灵气使其获得生命，人因此具有灵魂、精神质素。人既不是自然的动植物的人，也不仅仅是社会历史的人；人之为人就在于他有超越自然、社会法则的精神意向，有寻求最高的真善美、渴望永恒的终极关怀。西方诸多文学作品都表现了人对最高的真善美、永恒的寻求。但丁的《神曲》、塞万提斯的《堂吉诃德》、歌德的《浮士德》、托尔斯泰的《战争与和平》、罗曼·罗兰的《约翰·克里斯朵夫》、毛姆的《刀锋》、卡夫卡的《城堡》、艾略特的《荒原》、普鲁斯特的《追忆逝水年华》、福克纳的《喧哗与骚动》、马尔克思的《百年孤独》、贝克特的《等待戈多》等，它们所探讨的不只是政治、经济、社会、时代的问题，而是更集中在生命与永恒、灵魂与不朽，最终的自由和出路的问题，专注于一种超越意义的人生追求，具有渴望永恒的精神维度。

第六，道德完善。《圣经》强调人应以至高至全的上帝为生存中心，以至善至美的耶稣为生活榜样，追求精神、心灵、道德、情感的价值和意义。耶稣一再申明"就算你们赚得了全世界，却失去灵魂，那有什么益处呢？"（《圣经·新约·路迦加福音》第 9 章第 25 节）这是说实现个人幸福、社会解放的关键不在于外部的政治、经济、军事方面，而在于内在的精神道德灵魂方面。从这一原则出发，托尔斯泰文学创作探讨和表述了他最关注的"道德的自我完善"；他的全部作品可说是俄罗斯民族在对与生俱来的罪孽作深深的忏悔中寻求道德自我完善的心路历程。

第七，基督式慈善。《圣经》倡导慈善、怜悯、同情等道德品质，尤为重要的是《圣经》强调这些品质必须通过纯然圣爱来显发实施。"即使我散尽钱财，救济穷人；或者舍己捐躯，任人焚烧，但如果没有爱，仍是毫无价值"（《圣经·新约·哥林多前书》第13章）。这些美丽字句不仅流芳百世，而且形成了西方人特有的慈善、怜悯、同情的心理内涵。像狄更斯、雨果、托尔斯泰、陀思妥耶夫斯基一类作家，他们首先用耶稣基督式的慈善、怜悯、同情来注目人世，在作品中突出反映了这些神圣道德品质的奇迹般的感人力量。

第八，担当苦难。《圣经》用耶稣基督于尘世受难的一生表达了怀着深挚爱心在不幸的世界中担当苦难的信念。心灵的愚蛮、生活的破碎、人生的有限是人类现世的本质，我们不得不栖身的地方充满不幸和苦难，邪恶、不幸、恐怖、劫难虽然是人类的现世状态，但绝不是永远的必然状态。因此这个悲惨世界最需要爱，怀着爱心跟无辜者一起分担苦痛正是这个世界上唯一神圣的东西。这种思想突出地反映在陀思妥耶夫斯基笔下，特别是表现在《白痴》中的梅思金、《罪与罚》中的索尼娅一类人物形象的身上。

第九，生而平等。《圣经》强调人是上帝之创造物，人人应当平等相处，相互尊重。卢梭基于《圣经》传统提出了对后世西方整个思想文化产生深远影响的人生而自由、生而平等的观念。

第十，对大自然的感恩。按照《圣经》，大自然不是自生自在的，它来自上帝的创造并受到上帝的祝福。大自然承蒙神恩的观念明显地体现在西方浪漫主义作家的创作中。以重返中世纪、回到自然、复归基督教信仰为宗旨的浪漫主义诗人华兹华斯、柯尔律治、夏多布里昂等视大自然为上帝恩赐，是永不受污染的心灵伊甸园，他们以虔诚静穆的态度领悟大自然中隐含的神意，对上帝的造物充满虔诚和仰慕。

上述观念仅仅是为了叙述的简要而提取出来的，实际上，跟西方文学发生关系的《圣经》观念远不止于此。一些更为庞大的观念既复杂抽象又微妙具体地渗透于西方文学中。比如《圣经》的"上帝"，它直接关系到西方文学整部历史的流程和变迁。搞懂"上帝"观念，才能理解中世纪的教会文学、骑士文学、文艺复兴以来种种以人为本的文学，以至现代派处处是局外人、空心人、物化人、野兽人的荒诞文学。

确实，《圣经》不仅是一段宗教历史现象，它更是一种思维、情感方式，它的观念和精神深远地影响了西方人对历史社会、人类命运、个体生命等问题的看法，使得罪与罚、罪与恕、道德与上帝、生命与永恒、博爱、仁慈、自由、平等、良心、希望等成为西方文学创作最基本的思想内容。

二、西方作家与基督教

《圣经》是西方文学的源泉，西方文学在一定程度上则可以说是对《圣经》的阐释和延伸。许多西方文学巨匠、艺术大师无不深受《圣经》的影响。像但丁、莎士比亚、歌德、普希金、托尔斯泰、陀思妥耶夫斯基、纳撒尼尔·霍桑、马克·吐温、威廉·福克纳、艾略特、乔伊斯等，皆从《圣经》中汲取创作营养，写出不朽的传世之作。

（一）但丁《神曲》的基督教因素

恩格斯在《<共产党宣言>序言》中的评价贴切地指出了但丁在西方文化发展史上的历史地位。他说："封建的中世纪的终结和现代资本主义新纪元的开端，是以一位大人物为标志的。这位人物就是意大利人但丁，他是中世纪的最后一位诗人，同时又是新时代的最初一位诗人。"（马克思恩格斯全集.第1卷.第249页）意大利诗人但丁·阿里盖利是整个中世纪文化的集大成者，同时又是西方近代文化的开启者。但丁及其创作与基督教文化有着十分密切的关系。作为中世纪的一位重要诗人，基督教文化对但丁的创作具有至关重要的作用。这种影响关系最突出地表现在其杰作《神曲》之中。从作品看，这种影响具体表现在三个方面：

第一，作品的整体构想、设想与处理。整部《神曲》的构架，是诗中主人公在幻想中由向导维吉尔、贝娅特丽丝分别引导，从"地狱"经"净界"到达"天堂"，这个游历历程，以及整个修炼过程，显然是在中世纪基督教观念的影响启发下设计的。游历过程中安排出场的人物，诗人均一一做了精心处理，善者与恶者各有所置，这既符合地狱、净界、天堂三者本身的宗教要求，同时体现了诗人本人强烈的爱憎感情，这是基督教道德观念与诗人情感融合成的形象产物。全诗的诗句在描画三界时，分别有不同程度的基督教神秘主义色彩的渲染。

第二，但丁本人是个虔诚的天主教徒，这在很大程度上影响并决定了他的创作倾向与色彩。诗人之所以会采用中世纪梦幻形式撰写《神曲》，除了社会条件这个因素外，诗人自己作为天主教徒也是一个重要原因——他熟悉这种手法，善于驾驭它。

第三，诗人并非被动地、消极地在宗教影响下展示、运用宗教意识和手法，相反在相当程度上，他是比较主动地以宗教作为工具、作武器，与基督教会作斗争。这体现在：《神曲》中诗人对以僧侣阶级为代表的教会势力及其罪恶统治，尤其是它的上层统治人物，作了无情的揭露和大胆的鞭挞，甚至毫不留情地直斥教皇，将其置于地狱之中。

因此，作为一个由中世纪向近代社会转型过渡时期的诗人，但丁的创作中贯穿着浓厚的基督教神学色彩。

（二）约翰·弥尔顿创作中的基督教思想

约翰·弥尔顿是17世纪英国最著名的作家。弥尔顿一生中给后人留下了大量的诗歌作品，其中最重要的三部作品是长诗《失乐园》《复乐园》和悲剧《力士参孙》。这三部作品集中反映了弥尔顿的文学思想、宗教观点及其矛盾。

《失乐园》是弥尔顿最重要的作品，这首长诗取材于《圣经》，叙述生性高傲的大天使撒旦因嫉妒和不满上帝之子基督的地位而奋起反抗，失败后被关进地狱里饱受折磨。但是，撒旦并不屈服，他鼓励同伴们破坏上帝创造的乐园，企图毁灭上帝创造的人类，以此来报复上帝。为此，撒旦化作蛇来到乐园，引诱人类始祖亚当和夏娃偷吃了智慧之树上的禁果，使他们变得聪明起来，知道了羞耻，用树叶把裸露的身体的隐秘部位遮盖起来。此事终于触怒了上帝，把亚当和夏娃赶出了幸福的乐园，也使人类从此开始饱受人世间的各种艰辛和磨难。弥尔顿的这首长诗显然套用了基督教关于人类"原罪"的题材，但是诗人的目的并不在于宣扬人类的"原罪"，而是有着很强的现实意义。这个宗教题材的作品经过独特处理表达的是弥尔顿对革命失败的悲愤情绪以及他对革命再度兴起的祈望。同时，弥尔顿毕竟是一位信仰上帝的清教徒诗人，他对革命思想的宣传不可能完全摆脱宗教的形式，所以，在长诗中也反映出弥尔顿作为清教徒的思想矛盾。一方面他同情亚当和夏娃的遭遇，肯定他们对于自由和知识的追求；另一方面又批评他们缺乏理性，意志薄弱，经不起诱惑。在对撒旦形象的塑造上也反映着弥尔顿的思想矛盾，一方面把撒旦写成一个坚定的反叛者，突出了他身上的那种反抗精神和不屈不挠的斗争意志，虽然被上帝打入地狱，但仍然桀骜不驯；另一方面，弥尔顿对撒旦的所作所为又有所批评，斥责他骄傲狂妄、野心勃勃。所以，在长诗的第一、二章里，撒旦的形象高大、突出，但是在第三章里他的形象则逐渐矮小了。

《复乐园》也是宗教题材的长诗，取材于《圣经·新约》。长诗的主要情节是，人类的始祖亚当和夏娃因犯罪而被上帝逐出乐园。后来，上帝派遣耶稣来到人间为人类恢复乐园。此时，撒旦仍然不愿放弃他的罪恶用心，使用种种阴谋手段来诱惑耶稣，但是耶稣坚持自己的崇高理想而不为所动，撒旦又用暴力威胁耶稣，耶稣也毫不畏惧。最后，撒旦又把耶稣引上高塔欲加害于他，耶稣却被天使接走，撒旦的阴谋最终未能得逞。在《复乐园》中，弥尔顿把耶稣写成一个坚强的革命者的形象，他能够抵制来自精神和物质的一切诱惑，也不惧怕暴力的威胁，具有远大的理想、坚定的信念和顽强的意志。实际上耶稣的形象是被诗人理想化了的资产阶级革命战士的形象，其中也包含着弥尔顿自己的影子。而《复乐园》的撒旦则与《失乐园》中的撒旦有着很大的区别，他已经不是《失乐园》中那个反抗上帝权威的首领，从而使这个形象的绚丽色彩大为减退。在这首长诗中撒旦只是一个怯懦、猥琐的邪恶势力的化身，他的性格中的主要特征是焦躁、紧张和疑虑。

从《失乐园》到《复乐园》人物性格的变化和人物角色的转换，反映着弥尔顿作为一个基督徒的内心矛盾。如果说在《失乐园》中弥尔顿着重写了犯罪和反抗，那么在《复乐园》中则重点写了赎罪和忏悔。人类始祖亚当和夏娃禁不住诱惑而使人类丧失了幸福的乐园，但是他们的后代耶稣却以坚强的意志抗拒住了来自精神和物质的诱惑，为人类开辟了通向幸福乐园的道路，不仅战胜了撒旦，而且拯救了人类。这也许就是弥尔顿的两首题材相近、情节连贯的长诗所显示的全部意义。

（三）歌德《浮士德》与《圣经》的关联

德国著名作家约翰·沃尔夫冈·歌德的诗体悲剧《浮士德》被称作"近代西方人的圣经"，作品的创作深受基督教《圣经》的影响，作品洋溢着浓郁的基督教色彩。《浮士德》在基督教所确立的思维框架中，对自文艺复兴以来的西方文化做了总结，完成了建立新的人学思想体系的伟大任务。

《天上序幕》一场是歌德的首创。他借用了《圣经·约伯记》的情节，但却表现出了崭新的思想内容。众所周知，这一场主要描绘的是发生在天庭里天帝与魔鬼靡非斯特之间的赌赛。歌德在中世纪出现的故事里，加进了这么个情节，等于从作品开始，就告诉人们，在宇宙中，至高无上的"善"是"第一"和"最高者"，是创造天地万物、吞吐太荒的本原之一。这个天帝，完全不同于中世纪宗教观念中的"三位一体"，他是"至善"的化身。同时，作家也交代了天帝的对立面"至恶"（魔鬼靡非斯特）。由此，他所代表的"至恶"与天帝所代表的"至善"构成了最基本的矛盾统一体。换言之，成为歌德眼中世界本原意义上的二元对立。《天上序幕》中出现的第三个人物是浮士德。他是天帝与魔鬼用来赌赛的人物，是至善与至恶之争的对象。天帝认为，虽然"人在努力中，总有错妄"，但无论如何，"一个善人，在他摸索之中，并不会迷失正途"。（该部分所引用的浮士德的作品，均引自郭沫若译本.北京：人民文学出版社，1955）而靡非斯特却断言，人总是贪图小利，无所成就。浮士德作为人类代表的出现，目的就是要回答整个问题。可以说，正是这一幕，不仅搭起了整个《浮士德》作品结构的基本骨架，而且也使歌德对整个世界的新看法有了一个不可替代的前提。《天上序幕》实际上是歌德整个世界观体系的第一层级的艺术反映。这一层级结构安排说明在歌德的思想体系中，"至善与至恶"之间的矛盾斗争，成了万事万物特别是人类世界运动、发展的原动力，并以此取代了中世纪神学体系中的上帝。这也就是说，在回答什么是世界本原的问题时，歌德完全抛弃了中世纪一直占统治地位的神学观点，把宇宙间的各种对立，社会上（包括精神领域中）的各种矛盾，都抽象为道德上的善与恶的斗争，是受"至善至恶"矛盾所制约的过程。这无疑是在本质的问题上置换了基督教文化中"上帝"的内容，或者说，在"上帝"的这个概念中，歌德完成了从中世纪"神学上帝"向新兴的资产阶级"人学上帝"的转换。但是，我们也要看到，歌德像黑格尔一样，虽然强调事物的矛盾运动以及辩证发展的决定性作用，但是他也给自己的思想体系找到了一个"绝对理念"。一切矛盾、运动以及事物发展的辩证演进，不过是"至善至恶"这个终极本原的外化。这样的描写，实则体现了歌德仍然没有脱离开基督教思维模式的控制。

作品接着写刚刚与天帝打过赌的靡非斯特来到人间。在书斋里，他看到老浮士德虽然身心疲惫，但追求真理和有意义生活之心仍然未泯。浮士德将《圣经》教义中的"太初有道"断然改为"太初有为"；面对"毁灭的精神"化身的靡非斯特，高傲地宣布："大处你什么也毁灭不了，你只能从小处入手。"这一描写力图说明，浮士德身上所体现出来的积极精神与天帝所说的"一个善人，在他摸索之中不会迷失正途"的思想是一致的。浮士德精神与天帝精神所表现出来的共同点表明，在歌德的笔下，浮士德也是"善"的化身。但区别在于，天帝是至善，而浮士德则是至善的体现物，是具体的善，是宇宙间"至善"的外化。甚至浮士德自己也强调"我是神性的写真"。这一看法其实也是借助了基督教《圣经》形式：在《圣经》中，由于人是上帝吹气后获得生命的，因此在人身上有着上帝的灵性。所以，歌德是根据这个逻辑形象地展示了具体的善与最高的善的一致性。同样，歌德在承认浮士德（即"人"）身上的善是具体的善的同时，还承认人的向善性（或日趋善性），即人有追求至善的要求和能力。这与基督教文化中强调人有追求上帝的能力的思想是一致的。在他看来，人作为有理性的生灵，并不仅仅是至善的被动接受者，在人的内心深处，有着强烈的向善要求。浮士德追求美好的生活和人生的价值的举动，正是人类向善本能的艺术反映。

不仅如此，作品还显示出浮士德身上也有恶的一面（这极类似于基督教文化中说人是由尘土做成的），这是因为具体的事物（包括人）总不会像天帝那样至真至纯。浮士德曾说过："有两种精神居住在我的心胸，一个要想同另一个分离。一个沉溺在迷离的爱欲之中，执拗地固执着这个尘世；另一个猛烈地要离去凡尘，向那崇高的灵的境界飞升。"这种看法也是来自《圣经》：由于人是上帝用尘土造成的，虽然上帝给了他神的气息，但毕竟借用了物质材料，对纯精神而言，人仍然是不纯。不纯就是"恶"，就是注重肉欲，沉溺感官享受。这样，具体的恶就与魔鬼靡非斯特所代表的"至恶"也有了一致性。从这个意义上说，歌德笔下所塑造的浮士德（其实是人类的象征）就是"至善和至恶"矛盾在人间的具体表现形式。

同样，在作品中，歌德也通过浮士德不断追求的一生，揭示了人自身得救的原因。当我们将目光注视到浮士德自身的发展时，就会看到，浮士德一生的追求过程是由书斋悲剧、爱情悲剧、政治悲剧、艺术悲剧、事业悲剧等一个个具体发展阶段连缀起来的。这里体现出了浮士德由低到高不断追求，不断通过内心的力量向上飞升的鲜明特征。这样的描写其实昭示出：人，在歌德看来，最可贵的就是具有这种追求至善的精神——即作品中所说的"浮士德精神"。换言之，人只有"每天每日去开拓生活和自由，然后才能够作自由与生活的享受"。因此，他大声宣布："我要跳身进时代的奔波，我要跳身进事变的车轮，痛苦、欢乐、失败、成功，我都不问，男儿的事业原本要昼夜不停。"后来，歌德还明确指出："浮士德身上有一种活力，使他日益高尚和纯洁化，到临死，他就获得了上界永恒之爱的拯救。"（[德]爱克曼辑．歌德谈话录．朱光潜译．北京：人民文学出版社，1978．第244页）由于人分享了神性（至善），所以，人具有追求至善的能力，而这个能力就存在于人自身。同样，至善至恶作用于人，人追求至善至美，从而达到具体的善与终极的善的合一，这就是歌德对人的信念。正是浮士德身上所固有的向善性以及他所具有的追求善的强烈欲望和坚定意志，才使他成了在至善至恶矛盾制约下，不断克服自身矛盾而追求至善的高贵生灵——这一点是和基督教人文主义强调上帝在人心中的观念是完全一致的。

但歌德也看到了，终极的善是难以穷尽的，而人的追求能力则是有限的。浮士德厌恶那些已有的生活，不断追求更高远的目标，然而最终也没有得到真正的满足。作品最后的描写是富有深意的，浮士德临死之前，听到劳动的声响，以为是人们在进行填海造田的伟业，其实这不过是鬼魂在为他掘墓坑而已——这暗示读者：浮士德作为具体的善追求至善的过程是永远无法终结的，这与虔诚的基督徒追求上帝和天国是永无止境的进程是一样的。不同之处仅在于：一是基督教徒的解释是追求上帝和天国，而歌德的解释则是追求"至善"；二是虽然人的追求能力是有限的，但浮士德的灵魂最终被接到天国的情节表明，歌德对人类必将取得最后的胜利的信念是坚定不移的。作为特定时代人类精神探索者的代表浮士德是死了，但他在探索追求中所表现出来的具体的善，则与自从古希腊以来直到今天的人们在追求中所表现出来的善融为一体，化作了追踪至善的滚滚洪流。

（四）纳撒尼尔·霍桑《红字》中的《圣经》原型

纳撒尼尔·霍桑（1804—1864年）是美国19世纪影响最大的浪漫主义小说家和心理小说家。霍桑是一个思想上充满矛盾的作家，新英格兰的清教主义传统对他影响很深。一方面他反抗这个传统，抨击宗教狂热和狭隘、虚伪的宗教信条；另一方面他又受这个传统的束缚，以加尔文教派的善恶观念来认识社会和整个世界。霍桑的创作大多以殖民地时期严酷的教权统治为背景，描写在宗教压抑下的人们的精神面貌和生活状况，尤为突出的是揭示了人的自然本性与宗教束缚的矛盾。《红字》就是表现这一主题的出色作品。

小说描写了17世纪中叶发生在北美殖民地新英格兰的一幕爱情悲剧：英国姑娘海斯特·白兰很年轻时就嫁给了伪善的老学者罗格·齐灵渥斯，丈夫被俘失踪后，她与青年牧师丁梅斯代尔暗中相爱生下一女孩珠儿。白兰因犯奸淫罪遭到胸戴红色A字的惩罚，齐灵渥斯潜回美洲处心积虑地折磨丁梅斯代尔。在一系列曲折情节之后，白兰因美好的德行赢得了人们的谅解，丁梅斯代尔在公众前袒露自己的罪责后死去，珠儿则得到大笔的遗产，获得幸福的婚姻。小说主导倾向是清楚的：肯定白兰和丁梅斯代尔的自由恋爱，主张维护人类追求爱情的权力，反对加尔文教的残酷法律，指责齐灵渥斯的恶意复仇。同时作者又认为白兰和丁梅斯代尔的确犯了奸淫罪，应当受到责罚，自新之途在于忍辱负重，多行善举，并虔心悔过。

《红字》的创作深受《圣经》的影响，这主要表现在《圣经》中的人物原型对《红字》的创作产生了很大的影响。

首先，最为典型的当属"亚当、夏娃"原型。亚当、夏娃及其后代的经历实际上成了基督教观念中整个人类经历的原型，一个从犯罪、堕落到赎罪并获拯救的自我救赎过程。根据荣格和弗莱的观点，文学是神话的延续，是神话"位移"的结果。霍桑的小说创作，正是一个巧妙地将亚当、夏娃神话"移植"于他的作品中并赋予新的形式、内容和内涵的过程。《红字》更是突出地体现了这一点。《圣经·创世纪》中记载了亚当与夏娃在东方的伊甸园过着世间天堂的生活，却因为禁不住撒旦的诱惑偷食了善恶树上的果子，而违背了上帝的旨意，犯下了必须世代救赎的罪孽，也称为原罪，最后他们被逐出伊甸园。可以说，《红字》中的海斯特·白兰实际上是夏娃原型，一个堕落妇人的形象，丁梅斯代尔则是亚当的原型。在《红字》中白兰年轻漂亮，光彩照人，对于英俊博学、才情横溢的丁梅斯代尔而言，她无疑具有难以抵御的魅力。她就是邪恶的力量，她的情欲是清教主义的洪水猛兽，更是魔王撒旦的诱惑。在黑暗、阴郁的森林里，白兰上演了另一幕夏娃引诱亚当的故事，而丁梅斯代尔多年来幽闭紧锁的情欲犹如一匹脱缰的野马，使他犯下原罪，背上沉重的救赎十字架。在森林里，白兰和丁梅斯代尔如火般的情欲焚毁了基督教义里一再强调的禁欲主义；而后，他们借助森林的掩护，无视基督教中不准有私欲的第七戒而频频约会；最后，白兰还在森林中鼓动丁梅斯代尔逃离波士顿，"让一切重新开始！只因为一项试验的失败，你就放弃一切可能吗？不能这样！未来还充满着机遇和成功，还有幸福可以享受！……站起来，走吧！"在夏娃式的诱惑下，丁梅斯代尔也开始困惑，他不禁扪心自问："是什么这样折磨我，诱惑我呢？我疯了吗？还是完全被恶魔征服了？我与她在树林中签了约还用血签名了吗？"而他们逃亡计划的最终失败则表明，荒野的宿命是预知而不可避免的，即使最有能力的人们尽最大努力，也不足以战胜邪恶或者他们自身。于是，在霍桑的笔下，森林不仅是亚当和夏娃欢乐嬉戏的伊甸园，也是夏娃引诱亚当，导致罪孽进入世间，人类最终失去乐园的渊薮。如果说《圣经》中的伊甸园是基督教的神话，那么，北美殖民地时期的荒野则是早期美国社会的神话，经过作家的审美和情感转化，这些神话已经合二为一。

其次，《圣经》原型对《红字》的影响还表现在《红字》对"替罪羊"原型的重构。"替罪羊"一词本是一对用于献祭羊中的一只羊的名字。在赎罪节，犹太人祭祀时将双手放在一个活羊头上，向它忏悔以色列孩子们的罪过，表明将人的所有罪过转到羊的身上。然后，将它赶到无人居住的荒野。《红字》中的"替罪羊"主题主要是通过主人公白兰和丁梅斯代尔这两个形象来重构的。

《红字》中白兰的最终回归很好地体现了"替罪羊"原型的主要特征。第一，白兰在欧洲婚姻不幸，夫妻间毫无感情可言。当时的清教思想禁锢着她的心灵，使她无法追求到爱情和幸福。因此，她希望像许多人一样，来到爱德华·约翰逊称为"新天堂"的美洲大陆，放纵自己的激情。然而在新英格兰地区，清教思想气息异常浓厚，波士顿当然也不例外，《红字》中描述的监狱和刑台便是证明。白兰触犯了大逆不道的通奸罪，成了邪恶的化身。因此，她注定要成为波士顿小镇的替罪羊，受到一系列的惩罚：坐监牢，站在刑台上示众，佩戴象征耻辱的红字"A"，被人们孤立，与女儿珠儿住在小茅屋里。这正好符合驱邪前的情形：白兰的兴奋和冲动超越了当地的道德藩篱。第二，在小说结尾，她的丈夫和情人都已死去，她可以留在女儿身边，在欧洲追求她失去的幸福与欢乐。但是，"替罪羊"形象要求她回到美国那个孤寂的茅屋。她不能有任何奢求，只能替人们赎罪，一直到死。从这一意义上讲，她虽未被处死，但她的精神追求已经死亡。而且，她最终还是为赎罪而死。因此，她成了典型的"替罪羊"形象。第三，白兰过着荒原式的生活：独居海滨的茅屋，与世隔绝。这也符合历史上人们对替罪羊的处理。第四，白兰回到美国之后，继续过着赎罪的生活。当地的人，特别是妇女都来找她，向她倾诉自己的不幸或罪恶。在他们的心目中，白兰就是替罪羊，可以帮助他们消除一切不幸或罪孽，并向他们预示新生活的来临。这也完全符合弗雷泽的总结：驱邪之后迎来了新的和平、安宁的生活。早在白兰站在行刑台上为通奸罪而接受惩罚时，霍桑就写道："在这清教徒的人群中，要是有一个罗马天主教徒，他准会从这美丽的妇人，从她那绚烂如画的服饰和仪态，从她怀中的婴儿，联想到被无数著名的画家竞相表现的圣母形象。"（[美]纳撒尼尔·霍桑．红字．北京：中国致公出版社，2005．第 6 页）这里，白兰成了因世人的罪过而受难的圣母。不仅如此，她的经历也颇似《圣经》中的圣徒：自从戴上红字，白兰的生活便如同基督的使徒一般，忍辱负重，行善积德，最终用善行和仁爱感化了众人。白兰因背负上红字这个沉重的"十字架"而得到拯救，并在一定意义上拯救了众人。

丁梅斯代尔则体现了另一个更深层次的"替罪羊"原型形象："基督—替罪羊"原型。据《旧约·利未记》记载，因为以色列人罪孽深重，为求得上帝的宽恕，亚伦就宰杀公山羊献给上帝，作为替罪羊。但世人的罪恶日益加深，于是上帝派他的儿子耶稣来到人间，亲自负载着世人的罪恶，并作为他们的替身走上了十字架。替罪羊这种世世代代人的心理积淀，终于形成了"基督—替罪羊"的人物原型。威尔逊·奈特和弗莱认为悲剧是对牺牲的模仿。事实上，《红字》的悲剧，也或隐或现地暗示着耶稣基督受难的神话。在小说高潮部分，丁梅斯代尔的死就非常具有象征意义。他在生命即将结束之际，登上刑台，向世人袒露自己的罪过，最后倒在行刑台上，架在高处，宛如安放在祭坛上，而他的身边也有两个殉道的圣徒，恰如《新约》中被钉在三副十字架上的耶稣和两个强盗。悲剧的收场酷似祭献仪式。与耶稣一样，他是自愿的，有目的地把自己奉献给毁灭；也如耶稣在上帝需要他为世人殉难时并不情愿一样，他心里充满忧伤、彷徨，被与白兰一同逃亡的念头所诱惑。但是，当他意识到在这个献身仪式中不可能有人来替代自己，意识到自己行将死去，也意识到群众对他的极度崇敬，已经将他置于圣人和天使之间时，他终于下定决心，完成了自我祭献的仪式。丁梅斯代尔背负着沉重的十字架，承载着自己和世人的罪恶，通过牺牲自己来达到救赎的目的，显示出一种崇高之美。

白兰和丁梅斯代尔身上各自体现着两种截然不同的人物原型，看起来似乎有些自相矛盾，其实这种矛盾的对立反映的是霍桑本人矛盾纠缠的宗教情结和困惑。在霍桑眼里，他们俩确实违背了他本人深信的基督教教义和信条，是罪人；但他们默默忍受基督教的极端和偏执，用善行和自我牺牲救赎自己和众人，是圣徒。可见，霍桑信奉基督教的基本教义，赞成基督教向善的一面，但他极力反对基督教的极端、偏执和严酷。正是这些隐含的《圣经》原型使读者在神秘的宗教氛围中寻找善和美，品味人生真谛，也使得霍桑的作品成为超越他同时代的不朽之作。

（五）哈代《德伯家的苔丝》的《圣经》影响

英国诗人、小说家托马斯·哈代（1840—1928 年）是横跨两个世纪的作家，早期和中期的创作以小说为主，继承和发扬了维多利亚时代的文学传统；晚年以其出色的诗歌开拓了英国 20 世纪的文学。他的作品主要反映资本主义侵入英国农村后，给农民带来的经济、文化、道德和风俗等多方面的冲击。通过对爱情、婚姻问题的描写，反映个人与社会习俗、宗教伦理以及道德、法律的冲突。哈代一生共发表了近 20 部长篇小说，其中最著名的当推《德伯家的苔丝》《无名的裘德》《还乡》和《卡斯特桥市长》。

哈代的创作深受基督教观念的影响，具有浓郁的基督教神秘色彩。其作品从《圣经》中汲取了大量的养分，与《圣经》产生了互文性关联。在众多作品中，《德伯家的苔丝》集中表现了这种倾向。在艺术上，《德伯家的苔丝》深受《圣经》的影响，这主要表现在情节结构和人物形象两个方面。

首先，从情节结构来看，小说的结构深受《圣经》悲剧结构模式的影响。《圣经》悲剧的发展通常遵循这样的模式："陷入困境—做出选择—落入灾难—遭受痛苦—逐渐觉醒—最后毁灭。"这一模式常常被视为《圣经》悲剧的典型结构模式。《德伯家的苔丝》中悲剧的情节发展也遵循着这一模式。

小说开始时，苔丝家的马突然死掉使苔丝家的贩卖生意陷入了瘫痪，从而使全家的经济状况陷入困难之中。因而，从某种意义上说，苔丝和全家在小说一开始就陷入了困境。苔丝，作为使家庭经济陷入困境的"罪魁祸首"，更是被推进了两难的境地。面对这种困境，他们决定去亚雷家认亲，这便是他们做出的选择。然而，他们的认亲之举没有给他们带来好处，相反，苔丝的失身给全家和自己带来更大的麻烦，在某种程度上，苔丝及其全家从此落入了灾难。苔丝开始遭受精神痛苦，而后来安吉尔对她的抛弃更加重了对她的精神折磨，在遭受精神折磨的同时，苔丝不得不忍受身体上的痛苦。在经受了精神上的折磨和肉体上的痛苦以后，苔丝对这一切痛苦的罪魁祸首亚雷有了清醒的认识，这一认识使她杀死了亚雷。苔丝逐渐觉醒了，觉醒后的苔丝铲除了一直以来阻止她和安吉尔幸福的障碍，卸下了她一直背在身上的沉重负担。然而，杀死亚雷却无可挽回地使苔丝成了杀人犯而导致她自己的最后毁灭。由此看来,《德伯家的苔丝》中的《圣经》悲剧结构模式是非常明显的。

从苔丝悲剧的原因看,《德伯家的苔丝》的结构模式也符合《圣经》悲剧结构模式。《圣经》悲剧往往是人物性格上的缺陷导致的,而苔丝的悲剧也与其性格上的弱点密切相关。苔丝毁灭的终极原因无疑是她所处的典型环境,她是典型环境中的典型人物,这种典型环境就是维多利亚后期男权文化占统治地位的社会,男权文化对男性和女性的爱情和婚姻所采取的双重道德标准必然使苔丝成为传统道德的牺牲品。然而,苔丝的悲剧也部分地归结于她性格上的缺陷,苔丝缺乏意志力,在重要时刻往往缺乏关键性决定,苔丝性格上的这些不足和弱点都在她与亚雷和安吉尔的关系中体现出来。在去亚雷家的路上被他骚扰时,她曾想返回家乡,可犹豫之后又放弃了这一想法;在与亚雷相处的日子里,面对亚雷的纠缠,她总是犹豫不决,总是半推半就地依从他,从而给了亚雷从肉体上和感情上接近她的机会,最终使自己受到致命的伤害;在塔尔波特斯奶场与安吉尔相爱的日子里,她曾多次想向安吉尔说出自己过去的遭遇,却总在最后一刻失去勇气;安吉尔在巴西期间,苔丝好不容易下定决心去拜访安吉尔的父母亲,然而却在几乎踏上他们家门槛的一刹那丧失勇气;在采石场,当亚雷来纠缠她时,虽然她总是想方设法回避,然而在关键时候还是意志不坚,动摇不定,最终使她再一次成为亚雷的情妇。因此,从某种意义上说,苔丝的悲剧与她性格上的弱点是分不开的。哈代认为,"在遗传因素以及环境的影响下,人物的性格与环境的相互作用决定着人物的命运",主人公性格上的缺陷在特定的环境中往往给自己带来灾难性的后果。在亚雷和安吉尔为了各自不同的目的而追求她的特定环境中,苔丝性格上的弱点必然成为导致她悲剧的重要原因。由此看来,哈代在《德伯家的苔丝》中使用《圣经》悲剧结构模式是有着深刻内涵意义的。

其次,从人物形象看,苔丝的形象与《圣经》中的"替罪羊"原型具有很强的互文性关联。苔丝的命运显然有"替罪羊"的象征意味。替罪羊是《圣经》一个主体象征。根据《旧约》,以色列人要把牛羊作为祭品献给神以求赎他们的罪。在《新约》里,耶稣在十字架上的殉难就是向神献祭的仪式,目的是承担人类罪孽的责任,以无私的爱呼唤世人的觉悟、良知的复活。在小说结尾,哈代把疲乏之极已经走到厄运尽头的苔丝摆在史前时代巨石群中心一个"祭坛石"上,这块石板是在古代宗教仪式上被用作放祭品的地方。苔丝躺在祭坛石上像待宰的羊羔,柔弱无力、一言不发、纯洁无辜,却受尽迫害和虐待。苔丝悲剧的收场酷似《圣经》"旧约"的祭献仪式,跟"新约"的耶稣的牺牲更是如出一辙。替罪羊的象征把《德伯家的苔丝》的主体情绪和价值观组织成一个核心，形成全书的潜在主题。通过"替罪羊"的象征，哈代告诉读者：这个世界冷酷无情、充满残缺和无常，像苔丝这些善良的人只能连遭厄运打击以致最后毁灭。她的命运不仅意味着个人的毁灭，不仅意味着女人在男人世界的失败，更是纯洁的被玷污，爱的被践踏。耶稣被钉十字架之后过了一千八百多年，苔丝这个"纯洁的女人"也像替罪羊一样成为人类的牺牲品。"我的上帝，我的上帝，你为何抛弃我？"耶稣的呼喊再度响起，宇宙浸透着荒凉感。这是人类尘世命运的永恒循环吗？我们为苔丝悲哀伤感之时，是不是也记起耶稣的话："别为我哭，要为你们自己和你们的儿女哭！"（《圣经·路迦福音》第 23 章 28 节）

（六）福克纳的创作与《圣经》

美国作家威廉·福克纳（1897—1962 年）是 20 世纪美国文学中最具创造性的小说大师。他用 19 篇长篇和 70 多篇短篇小说编织出了"约克纳帕塔法世系"，通过南方贵族世家的兴衰，反映了美国独立战争前夕到第二次世界大战之间的社会现实，创造了 20 世纪的"人间喜剧"。其著名的作品有长篇小说《喧哗与骚动》《我弥留之际》《圣殿》《八月之光》《押沙龙，押沙龙！》《去吧，摩西》《村子》《闯入者》《寓言》等。因为对当代美国小说作出了强有力的和艺术上无与伦比的贡献，福克纳被授予了诺贝尔文学奖。

威廉·福克纳无疑是一位南方作家。美国南方浓厚的基督教文化气氛对福克纳的创作产生了深刻影响。美国南方，尤其是内战以后，是新教的世界，内战的失败刺激了新教各教会的势力在南方的迅速发展。浸濡在这样的背景之下，福克纳似与生俱来地有一种对基督教的迷恋。他曾说，"基督教的传说是每一个基督徒"，尤其是像他一样的"南方乡下小孩背景的一部分，我在其中长大，在不知不觉中将其消化、吸收，它就在我身上，这与我究竟对它相信多少毫无关系"（肖明翰·威廉·福克纳研究.北京：外语教学与研究出版社）。对于《圣经》，福克纳更是耳熟能详，《圣经》是他一生反复阅读的书籍之一。他的每一部作品都要引用《圣经》，每一部作品里几乎都可以发现基督教原型，没有基督教为参照，就无法真正深刻理解福克纳的创作。

在现代作家中很少有人像福克纳那样在作品中如此大量使用《圣经》中的典故、故事和传说。根据柯菲的统计，福克纳在其作品中直接或改头换面地引用了《圣经》达 379 次之多。其中对《旧约》和《新约》的引用分别为 183 次和 196 次。这些引用出自《马太福音》的 94 次，《约翰福音》的 17 次，《路迦福音》的 25 次，共计 136 次，超过对《圣经》的引用总数的 1/3 和对《新约》引用总数的 2/3。对福音书的引用绝大部分是关于耶稣的生平和言论，它们大多集中在《喧哗与骚动》《寓言》《去吧，摩西》和《八月之光》等小说中。除了这些引用外，小说中还有大量影射耶稣的地方。难怪当我们阅读这些小说时，总感到耶稣的形象若隐若现。在其作品《喧哗与骚动》《去吧，摩西》《押沙龙，押沙龙！》《八月之光》等作品中都反映出基督教对福克纳的重要影响和他在创作中对基督教文化的浓厚兴趣。福克纳把基督教的一些基本思想当作判断的标准和原则，大量运用基督教传说故事和《圣经》来深化其主题和丰富其文化底蕴，这也极大地增加了小说的道德和情感深度。

在《喧哗与骚动》里，故事就是以耶稣受难的星期（Passion Week）为时间背景，即受难日（Good Friday），圣礼拜六（Holy Saturday）和复活节（Easter Saturday）。另外，白痴班吉叙述的部分的日子，即圣礼拜六，也是他 33 岁生日，而这也正是耶稣死时的岁数。除此之外，如像《圣经》中的耶稣具有超自然的力量一样，班吉也具有某种超自然力量。他是一个白痴，思维能力停留在 3 岁阶段，甚至不会讲话。可是他却起着他姐姐凯蒂的道德监护人的作用，竭力阻止凯蒂在性生活上的堕落。比如凯蒂亲吻男孩和失贞等事，他既没看到也不能理解，但每次他都对她大哭大闹，试图迫使她改邪归正。另外，小说还描写了黑人教堂中复活节的礼拜，特别是黑人牧师的精彩布道，直接讲述了耶稣为人类受难牺牲的情况。

小说《去吧，摩西》的人物、书名和主题都与《圣经》有直接的关联。小说中的以撒这个人物就是对耶稣的影射。《圣经》人物以撒是亚伯拉罕的独生子，被父亲用来做祭品献给上帝。和《旧约》中的以撒不同，福克纳的以撒（简称艾克）是像耶稣那样自愿"牺牲"。他为了家族向南方赎罪而放弃刈庄园的继承权，选择了耶稣的职业，当上了木匠，认为如果连耶稣都选择当木匠的话，那自然也适合他以撒。这种为他人赎罪的形象在《押沙龙，押沙龙！》中的朱迪丝和《修女安魂曲》里的南茜身上也有所体现。在《去吧，摩西》中，我们发现这个寓意深远的名字不仅非常贴切而且同这个故事中浓烈的宗教气氛相一致。在故事中，莫莉似乎像唱圣歌一样反复说，"罗斯·爱德蒙把我的便雅悯卖了""把他卖到了埃及""卖给了法老"。这是指《圣经·创世纪》里雅各的 12 个儿子兄弟相残的故事，并以此来暗示美国南方白人对黑人的迫害。便雅悯被约瑟设计骗到埃及以便兄弟相见。最后雅各（他已受神示改名为以色列）和所有的儿子留在埃及。以色列人后来在埃及沦为奴隶。福克纳影射这个《圣经》故事很有意义，这既表明了黑人的奴隶地位，也暗示了白人如此对待黑人，是兄弟相残。更重要的是，这还表达了本书的主题思想，那就是要向摩西解救以色列人一样解救受奴役的黑人。这就是这部作品的名字的真正含义，它取自一首 19 世纪的黑人圣歌："告诉法老，让我的子民自由。"这首圣歌把黑人的境况同以色列人在埃及所受到的相比并表达了黑人获得自由的强烈愿望。这首优美的黑人圣歌以上帝的口吻说出，并以《圣经》中上帝在西奈山上对摩西发布的神谕为根据。在《出埃及记》中，上帝在西奈山上对摩西说："你往百姓那里去""你下去嘱咐老百姓""于是摩西下到老百姓那里"。这是上帝在向摩西传授"十诫"之后要他下去向以色列人传授。正是摩西向以色列人传授了神谕和"十诫"后，以色列人坚定了对上帝的信仰，提高了民族素质和增进了民族团结，最后在摩西的率领下摆脱了奴役地位并得到了上帝所赐予的土地。这完全符合福克纳关于黑人要获得自由平等必须首先提高自身素质的特点。同时他以"去吧，摩西"作为小说的名字也是对艾克这类同情黑人的理想主义者的批评：他们不应该放弃生活，放弃自己的社会和道德责任，而应该像摩西一样"下到老百姓那里"，以实际行动帮助黑人摆脱奴役。

《押沙龙，押沙龙！》被福克纳自称为"迄今为止美国人写得最好的一部小说"，其书名来自《圣经·旧约》中关于大卫王和他的子女们之间冲突和杀戮的传说。除书名外，小说中并未直接引用这一典故，也不曾提到过大卫王、押沙龙或其他相关的人物，但它又无所不在，读者在阅读过程中时不时地会产生一种幻觉，塞德潘与大卫王、亨利与押沙龙、邦恩与暗嫩、朱迪思与他玛交叠出现，互相纠葛，享受到一种奇特的艺术审美体验。《旧约·撒母耳记（下）》中说，大卫王得到保证，上帝将会给他造屋并建立万世王朝。大卫王的儿子暗嫩被立为王位继承人，遭到另一个儿子押沙龙所妒。暗嫩爱恋并强奸了同父异母的妹妹他玛。作为他玛的胞兄，押沙龙决意为妹妹报仇，寻机杀了暗嫩，自己也只得亡命他乡。后来押沙龙阴谋篡位，兵败而亡。大卫王闻听此讯，心里伤恸，上城门楼去哀哭，一面走一面喊："我儿押沙龙啊！我儿，我儿押沙龙啊！我恨不得替你死，押沙龙啊，我儿！我儿！"因此，大卫王王室的故事和塞德潘家族的故事颇有一些相似之处。大卫王和塞德潘都出身于穷苦家庭，都靠自己的奋斗取得了成功。塞德潘的目标也是要建立一个庄园"王朝"。特别是大卫王的几个孩子间的冲突与塞德潘家的情况极为相似。大卫王的儿子暗嫩强奸了自己同父异母的妹妹他玛。他玛的同胞哥哥押沙龙设计把暗嫩杀死后逃跑。邦恩要同自己的同父异母的妹妹结婚，亨利将其杀死后逃走。不同的是，后来押沙龙起兵反抗大卫王兵败被杀，大卫王闻讯后极为悲痛，大哭道："我儿押沙龙啊！我儿押沙龙啊！我恨不得替你死，押沙龙啊，我儿！我儿！"相反塞德潘却利用亨利杀死邦恩，并且在邦恩永远消失后并未感到悲痛，只是拼命设法再生一个儿子来实现自己的梦想。作者运用大卫王和押沙龙的传说讽喻塞德潘王朝的兴衰，也就是说《圣经》典故实际上起着参照系的作用。《圣经》典故的运用还使小说中扑朔迷离的故事情节和人物关系变得清晰。也就是说，塞德潘及其家族的故事具有了像大卫王及其儿子们的故事一样传说的性质。它成了一个象征，一个隐喻，一面镜子，反映了古老南方的兴衰和内战失败的根本原因。而且，福克纳常常是超越这一典故的局限，使小说的戏剧冲突更加复杂、寓意也更为深刻。福克纳用《圣经》故事极大地增加了小说的道德和情感深度。

在《八月之光》里，福克纳运用了耶稣的故事来塑造克里斯默斯。在圣诞节的早晨，一个刚出生的私生子（圣母玛利亚也是婚前受孕）在孤儿院门前被发现，因而被取名乔·克里斯默斯。他在 33 岁时来到杰弗逊镇。正如《圣经》中主要记录了耶稣最后三年的生活与言行一样，《八月之光》也主要描述了乔在杰弗逊最后三年的生活与遭遇。耶稣在被捕之前曾有一个妇女为他洗脚和一个信徒用香油为他洁身，小说中乔的继母也曾为他洗脚，而在乔被捕前也曾认真洗漱、修面和打扮。耶稣被他的门徒犹大为了 30 枚银币而出卖，同样乔也被他的追随者卢卡斯为了 1000 美元的悬赏而出卖，甚至卢卡斯（Lucas）和犹大（Judas）的英文拼写也极为相似。同耶稣一样，乔也不能见容于他生活的时代而死于非命，他最后在私刑中被一群暴徒杀害。有意思的是，耶稣身上有五处伤，乔身上也正好有五处枪伤。

在福克纳的小说中，最直接最明显地使用耶稣的故事的毫无疑问是《寓言》。这个名字本身就已经暗示了作品所具有的神话色彩和象征意义。从表面来看，这是一部反战小说，但在更深的层次上，它是对现代西方文明的腐败和现代人精神上的堕落的寓言式的展示。小说描写了"一战"战场上一群士兵在一个法国班长的带领下反对战争，争取和平的故事。那个班长没有文化，不善言辞，但对士兵们却有着不可理解的神秘影响力。不多不少，他刚好有 12 个门徒。背叛他的"犹大"得到不多不少正好 30 枚银币。忠实追随他的两个妇女正好名叫玛丽亚和玛莎。同耶稣一样，他也是同两个盗窃犯一道被处死，死时也正好是 33 岁。不仅如此，他也是在星期三被捕，星期五处死，并在星期天"复活"，即他的尸体像耶稣一样在坟墓中神秘地消失了。这简直是在有意识地表现耶稣的"第二次降临"。

另外，除了引用《圣经》故事，福克纳还从其他许多方面把基督教的基本精神同现代社会的罪恶相对比来加强他的批判。这种手法很突出地表现在他把基督教的一些重要日子作为许多事件的时间背景。这些日子本应是仁慈、友爱和人类获得新生的象征，然而在这些日子里我们看到的却是罪恶、悲惨和死亡。《喧哗与骚动》里康普生家庭在复活节期间走向解体和灭亡；《八月之光》里新生的乔被自己的外祖父在圣诞节的凌晨扔在孤儿院的门前；《圣殿》里那个杀人不眨眼的黑社会头子凸眼出生在圣诞节；《沙多里斯》里小白亚德也是在圣诞节期间使其祖父死于车祸；同样也在圣诞节晚上，《押沙龙，押沙龙！》中的塞德潘否决了女儿的婚事并使儿子离家出走；在《去吧，摩西》里，也是在圣诞节晚上，麦卡士林家的黑人女奴由于发现了主人同他和自己所生的女儿发生了乱伦行为而跳河自杀。这么多罪恶和不幸都发生在基督教的重要日子——圣诞节。

总之，福克纳在创作中大量运用基督教传说故事和《圣经》典故，实际上是把基督教的一些基本思想和圣经故事当作一种对比原则，一种判断的标准和进行道德探索的参照系，以此来深化作品的主题和丰富其文化底蕴。这反映出基督教对福克纳的重要影响和他在创作中对基督教文化的浓厚兴趣。

（七）约瑟夫·康拉德《吉姆爷》的基督教视角

康拉德是英国著名小说家，著名文学评论家弗·雷·利维斯在其《伟大的传统》中，把康拉德列为英国文学史上五大作家之一。基督教《圣经》对康拉德的影响最突出地表现在他的长篇小说《吉姆爷》中。

长篇小说《吉姆爷》是康拉德代表作，是一百多年来最受国内外文学批评界关注和推崇的经典作品之一。《吉姆爷》以其新颖独特的语言、结构和叙事手法上对艺术的追求和对道德的探索，而被视为英国小说史上的一座丰碑。哈罗德·布鲁姆对《吉姆爷》有句精辟的评语："即使康拉德未曾写出任何其他作品，就单凭这一本书，也足以使他的文学声誉永垂青史。"（张中载. 二十一世纪英国文学小说研究. 郑州：河南大学出版社，2001. 第 58 页）故事讲的是出生在英国一个乡村牧师家庭的吉姆自幼喜欢浪漫的海洋文学，总想到海上成就一番英雄伟业。其父成全了其心愿，但他却无惊人之举。后来他在一条破商船——"帕特那号"做了大副。一次当满载着 800 名朝圣香客的"帕特那号"面临沉船之险时，船上几位白人船员在船长的带领下弃船逃生。吉姆蔑视他们的行径，可是在最后时刻却在"一股突然的冲动"推动下，潜意识或下意识地也纵身跳进了逃命的救生艇，事实上"帕特那号"并未沉没。良心发现的吉姆痛感跳船逃生的耻辱，便独自出庭受审，最后被取消了航海资格。而后他隐姓埋名，很怕别人发现他跳船的污点。后在马洛的安排下躲进了与文明隔绝的土著人居住区帕图桑，并赢得了当地人的信任，恢复了自信和自尊。后来海盗布朗窜到帕图桑，妄图把它霸为己有，吉姆出于仁慈和宽恕，错误地放走了布朗。但布朗对吉姆恩将仇报，杀了许多土著人，包括首领多拉敏的儿子。这次吉姆为了对自己的错误负责，以命赎罪，最终重建了自己道德上的完美。

首先，小说的书名就具有强烈的基督教色彩。小说的标题为 Lord Jim。"Lord"一词是钦定本《圣经·旧约》的主题词，整个《圣经·旧约》都回荡着 Lord God 这一指称。书名 Lord Jim 中的 Lord 小写时，指贵族、君主、伯爵、大老板、议员和大臣，多含尊重、崇拜、仰慕、权力、力量和高高的社会地位之意；Lord 大写时，多指耶稣和上帝。康拉德在书名的选词上显然具有强烈的神学意识。作者把吉姆比作神这一用心良苦的暗指或隐喻表明了他对吉姆的褒扬，因为他在有意或无意间对两者进行了类比，把两者放在了同一语境平台上。

其次，小说里化用了"父与子"的《圣经》母题。小说父与子的故事是《圣经》永恒的主题之一。从亚伯拉罕要杀子做成藩祭敬献上帝，到雅各从父亲那儿骗得长子权，再到约瑟夫在埃及握得大权，让父亲从此衣食无忧，荣耀一生，再后来到大卫王与儿子押沙龙互不相容、追追杀杀，到私生子所罗门通过母亲的鼎力相助从父亲那里获得王位宝座，一直到耶稣与上帝的父子关系，等等，这些父与子的故事和传说都是些引人入胜、脍炙人口、耳熟能详、家喻户晓的故事。康拉德也在这部小说里刻意化用了这一《圣经》母题。从第 5 章到第 35 章，是叙述人马洛有限视角的口头叙述。从他口里讲出来的故事，通篇反复强调吉姆在他眼里是一个充满了年轻人活力并让中年人心生爱怜、同情有加的模样（第 5 章）。到了第 9 章，经过一番接触和周折之后，吉姆终于向马洛敞开心扉，向马洛述说"帕特那号"船上的一跳。马洛听完他的叙述，其有着"父亲般的或几乎是祖父般"的反应："他那清澈的蓝眼睛转向我，可怜巴巴地瞪着，看着他站在我面前，哑口无言又很难受的样子，我被一种虽有智慧却爱莫能助的悲哀感压抑着，同时夹杂有老年人在小孩子着的祸事面前无能为力的那种感到好笑而又深切的怜悯。"（[英]康拉德. 吉姆爷·黑暗深处·水仙花号上的黑水手. 熊蕾等译. 北京：人民文学出版社，1998.第 94 页）这就是为什么叙述人马洛始终关注吉姆的命运，为什么他几经周折力荐他到东方公司任职的根本原因。虽然马洛很喜欢吉姆的青春活力并对他怀有极大的同情心和恻隐之心，但似乎永远理解不了他这个"儿子"。直到第 35 章，吉姆在他眼里仍然还是个蒙着"面纱"的年轻人。这种"父"与"子"之间存在的"代沟"关系，在马洛的叙述语气和措辞用句里有明显的提示。叙述人马洛似乎很熟悉《圣经》典故。小说绝大部分内容都是围绕着叙述人马洛和吉姆两人之间的来来往往展开，整部书读起来就像是在听一则关于父与子之间发生的故事。

再次，小说中主人公的命运遭遇与《圣经》中上帝的遭遇形成了对照。《圣经》里的上帝也并不是一成不变地一直受到人们的尊崇，而是经历了一个曲折的过程。这一《圣经》母题也在《吉姆爷》里得到了引用和发挥。在《圣经》里自从约书亚为了夺得上帝许诺给先祖亚伯拉罕的"允诺之地"

（Promised Land），带领以色列人民在历史上第一次侵入邻国并大获全胜之后，本国的臣民渐渐与占领国相互通婚的多了起来，地盘大了，人也多了，情况也就变得越来越复杂。久而久之，大家把上帝给忘了，转而敬拜其他的神了。上帝很生气，但也无可奈何，只能诅咒。在这几百年的时间里，摩西所创的以色列国变得四分五裂，分成了许多族群，各个族群都由士师（Judge）统领，各占一方，各自为政，互不买账，甚至相互征战。这一时期出现了许许多多像参孙、低波拉、撒母尔等传奇式的"士师"。在小说中，几经波折之后，吉姆在马洛等人的帮助下终于来到了多拉敏的地盘帕图桑，时值土著头人年老体衰，急需能帮助他控制局势的得力助手。吉姆年轻气盛，带领一帮人马很快打败了敌人，深深博得了头人的信任，全部落的人个个对他佩服得五体投地，都认为他有神的力量和智慧，见了他都敬畏三分。此后几年，他左右逢源，出入有保镖随从，部落的大事小事他都说了算，成了实际握有部落大权的人物，还赢得了当地一位俊美姑娘的芳心。他威风凛凛，终于领略到了王者的风范。土著人说，整个丛林都回荡着他的声音——像神一般威严的声音。这四年里的吉姆俨然是一个现代"士师"！康拉德巧妙利用《圣经》作参照，大大增加了小说的厚重感和艺术魅力。就像耶稣被称为"救世主"，即"上帝选定的人"一样，吉姆受到了帕图桑人的爱戴和拥护。吉姆是当地土著人选定的领导者，所以在一定程度上也是"救世主"，被帕图桑人认作是从云端降临到人间的神。

最后，《吉姆爷》中还贯穿着与基督教相关的象征性描写。小说的内容和叙事有时在读者中产生作者康拉德、作者的代言人马洛和男主人公吉姆三人合一或三人重叠的印象。这会使人联想到宗教中的圣灵、圣父、圣子的三位一体的宗教意象。此外，鸟、树、水、酒、羊群、火焰、灯光、新娘、风暴、大海、生与死都可以从《圣经》中找到其宗教象征。例如耶稣40天的流浪生活和吉姆多年的海上漂泊，天堂的白鸽和吉姆身边的飞鸟都是极具象征意义的隐喻。就像犹大为得到30枚银币叛变出卖了耶稣，布朗为得到土著人的财产叛变出卖了吉姆。又如船被描绘成"从一根棍子上爬过去的蛇"，充满着诱惑。吉姆正是在这条"蛇"的引诱下踏上他的"堕落"之路。而夏娃正是在蛇的引诱下吃了"智慧果"后，开始"堕落"到尘世间的。书中描写的"甲板上挤得密密实实，像个羊圈"似的800名朝拜的香客，暗示了等待挽救的上帝的羔羊。耶稣一生背负沉重的十字架，把所有人类的痛苦都一个人扛。"耶稣虚己为人，历经人间的艰辛与痛苦，甘心顺服且死在十字架上，成全了神对人类的救赎大功。"（季风文.希伯来书释义.天津：天津社会科学院出版社，1994）而吉姆一生也承受着他因跳海弃船而未尽到职责的沉重自责的精神十字架。黑暗的大海象征着黑暗的深渊。再如耶稣受到了公会宗教的审判一样，吉姆受到了海事法庭的审判。面对犹大的出卖和生命危险，耶稣的信徒劝耶稣逃跑，可耶稣选择了留下来。"最后做出决定的时刻到了。逃跑还是可能的，但是逃跑就说明默认有罪和耶稣思想的失败"（[美]亨德里克·房龙．漫话圣经．北京：生活·读书·新知三联出版社，1998．第 357 页）。同样在小说的最后，吉姆面对死亡的威胁，尽管逃跑还有生还的可能和希望，却执意要留下来。耶稣和吉姆都是为信仰而献身的，因为耶稣说过，"信仰和行善不分先后"（蔡泳春．新约导读．北京：今日中国出版社，1992．第 64 页），所不同的是"耶稣救了别人，却不能救自己"（廖诗忠．圣经的故事．北京：中国民族摄影艺术出版社，2000．第 169 页）。而吉姆虽肉体上失去了自我，但在精神上挽救了自我。此外康拉德在这部小说中经常使用雾、云和各种色彩作为意象，给人和事蒙上一层半透明的面纱；他用视觉形象激发读者的联想和印象。所有这些使得整部作品浸泡在神秘的基督教教氛围之中。

总之，康拉德的《吉姆爷》深受基督教《圣经》影响，作者化用《圣经》故事和原型意象，把道德说教与艺术创新巧妙融合，试图通过吉姆的堕落、赎罪、拯救、再生之路，为当代道德堕落的人们指明一条道德"复兴"之路。

第二章　哲学视域下的文学研究

20 世纪 70 年代以来，随着比较文学在中国的蓬勃发展，文学与哲学、文学与思想的比较研究成为比较文学跨学科研究的一个重要对象，开始受到了重视。

第一节　文学与哲学的关系

对于文学与哲学的关系，人们通常认为，哲学与文学以各自不同的方式认识世界、解释世界。哲学是对世界的清楚深刻的认识，而文学则是对世界的虚构和隐喻；哲学以思辨的、理性的、逻辑的和高度概括的抽象的方式表现世界，表达思想，追求形而上学的思考，而文学则是奔涌的情感世界的再现，它以具体的、感性的形象方式反映社会人生，以生命的热情感悟世界，由此哲学与文学之间形成一种等级关系。文学是社会生活在作家头脑中形象化的反映，它依靠形象思维将作家在社会生活中获取的灵感、思想与信息传递给读者。哲学是人类对于自然界和人类社会的总的看法，它以抽象思维表达人类的世界观。没有文学的参与，哲学可以独立存在；没有哲学的介入，文学难以发展。

文学与哲学紧密相连。文学与其他种类的艺术相比，其独特之处就在于，它是一种语言艺术，一种诉诸概念的艺术。正是这一点，使哲学与文学得以亲善，而与其他种类的艺术样式显得疏远。因为文学与哲学有着如此密切的关系，所以是比较文学跨学科研究的重要对象。

一、哲学对文学的滋养

哲学对作家的影响是深刻的，也是显而易见的。法国比较文学家布吕奈尔说："从毕达哥拉斯到斯多葛派，所有希腊思想家，大部分的现代哲学家，都在文学上造就了大批的后继者。"（[法]布吕奈尔．什么是比较文学．葛雷、张连奎译．北京：北京大学出版社，1989．第 120 页）西方近代以来，斯宾诺莎对歌德，克尔凯郭尔对卡夫卡，马克思对布莱希特等也是很长的一串名单。并且，哲学思想的变化，必然会引起作家生活观念、生活方式的变化，由此也引起文学思想、文学形式的变化。

哲学对文学的影响往往通过体现作家精神人格象征的文学作品表现出来，因此对作家的研究常常与其作品联系起来。一部作品之所以伟大，除了它展示的精美绝伦的艺术形式外，一个重要因素是它传达出深刻复杂的思想。文学既是对生活的反映，又是一种评价，几乎所有的作家在创作中都必然会将一定的哲学思想融入自己的作品中，特别是那些具有强烈责任感的作家。18 世纪，法国启蒙主义者伏尔泰、狄德罗等人，他们往往将对社会的批判和启蒙融入深刻的哲理小说中，这在伏尔泰的小说《老实人》和狄德罗的《拉摩的侄儿》均有体现，只不过前者比后者温和得多。也许有人对从文学作品中寻找中心思想的做法不赞成，可不得不承认，虽然思想深刻的作品并不一定伟大，但杰出的作品必然包含着深刻的思想，伟大的作品应该是情感和理智的结合。从某种意义上讲，哲学思想在一定程度上决定了作品的质量，历史上任何一本伟大的文学作品最终都会指向人类的终极问题，例如法国文学史上著名的意识流小说《追忆逝水年华》，全篇几乎没有完整的故事或情节线索，读起来非常零乱，但其中所蕴含的人生的苍茫感和深邃的哲理韵味，却通过对"过去的时光"的眷恋和不断追寻，"重建失去的时光"的执着努力而体现出来．

哲学对文学的影响不仅表现在对单个作家或作品的影响，更多的是体现为一种思潮，并促进文学思潮的出现。在西方文学史上，文学思潮更替和演变的根源，除了经济、政治等社会历史原因外，与当时的哲学思想的引导直接相关。存在主义文学的基础就是存在主义哲学思潮。第二次世界大战期间，西方社会在法西斯主义的铁蹄下无法摆脱面临灭顶之灾的恐惧，在个人自由和生存受到威胁的迷惘、痛苦、绝望中，以往盛行的古典主义对于理性和外在秩序的信仰受到冲击，人们开始感到用人的理性来解释作为基本哲学问题的宇宙之谜是有缺陷的，最重要的是存在而不是本质，外部世界毫无意义，人是完全自由的，他们也对使自己成为怎样的人完全负责。于是，由丹麦哲学家克尔凯郭尔提出，德国思想家海德格尔提炼并创立的存在主义哲学开始流传，直接催生了存在主义文学的诞生。萨特的小说《恶心》《墙》《自由之路》，戏剧《苍蝇》《禁闭》《死无葬身之地》等以严肃的哲理探索思考着人在非人化环境下的存在，被人们视为"存在主义哲学的图解"，他的作品被广泛接受，在一定程度上也促进了存在主义哲学在大众中的传播，所以有人说："从存在主义发展的历史进程来说，它的文学思潮是先于它的哲学思潮而展现在法国公众面前的。"（林骧华等．文艺新学科新方法手册．上海：上海文艺出版社，1987．第495页）不可否认，文学与哲学的关系时而也有不和谐之音，思想大于形象，主题先行，在文学创作中时有发生。克罗齐指出："当诗歌在哲学意义上显得卓越时，也就是说比诗本身更卓越时，它就失掉了成为诗的资格，反倒应该把它看成低劣的东西，也就是缺少诗的东西。"（[美]韦勒克·沃伦．文学理论．刘象愚等译．北京：三联书店，1984．第130页）也正是在这点上，克罗齐指责歌德的《浮士德》的第二部受了过分理智化的拖累。

二、文学与哲学的交融

所谓文学与哲学的交融是指，在文学史或哲学史上，总有一些难以归类的文本：说它是哲学文本，它又像文学文本，说它是文学文本，它又像哲学文本。譬如尼采的作品。当然，这种介于二者之间的边缘文本是不多见的，而更多的交融表现为：是文学文本却又带哲学意味，是哲学文本却又具有文学色彩。如歌德的《浮士德》，中国的《庄子》。尤其是《庄子》，几乎可以说是哲学与文学交融的典型，文学与哲学完美地融为了一体。下面，我们对文学与哲学的交融现象进行具体的探讨。

第一，文学家与哲学家虽各有专攻，但文学家的创作富有哲思，哲学家的著作富有文采。中国文学中不乏充满哲思的文本，但这不是中国文学的特有，比较而言，西方的文学文本更充满哲思。要了解中世纪晚期与新时代开始时西方人的世界观，《神曲》几乎是一把钥匙。而陀思妥耶夫斯基的小说，比所有同时代的俄罗斯哲学家更深刻地表现了西方的人生哲学及其世界观的分裂。相比之下，中国的《金瓶梅》几乎是一家暴发户社会关系与情欲发泄的琐碎记录，而同是描写性关系的《查泰莱夫人的情人》则以象征的技巧集中表现了劳伦斯的"反异化哲学"。小说以查泰莱象征现代的工具理性与工业文明，以梅勒斯象征感性生命、审美直觉和生机勃勃的自然，康妮离弃丈夫查泰莱而投入情人梅勒斯的怀抱，象征着现代人应该厌弃工具理性与工业文明而走向充满生命活力和审美直觉的自然。另一方面，从柏拉图到柏格森，西方有文采的哲学家并不少，但这不是西方哲学的特色，与中国哲学相比，西方哲学的特色就在于从亚里士多德开始的抽象分析传统，文字以远离生命与直觉语言的逻辑分析见长。而中国的哲学文本从不缺乏文采。《老子》说"信言不美，美言不信"，似乎他的著述有点故意远离艺术，但是也使得《老子》五千言文辞简约，显得朦胧、模糊、含蓄，并且还用韵，如果分行排列起来，简直就像诗。《孟子》已经显示了带有逻辑色彩的论证，但《孟子》在论辩中显得"气盛"而曲尽其情，而且还经常以生动的比喻和寓言辅以论辩，使得《孟子》文采飞扬。比《孟子》更喜欢用比喻和寓言阐发道理的是《韩非子》，"守株待兔""涸辙之鱼""三虱食彘"等寓言就出自《韩非子》。《荀子》之文虽然少用比喻，但却喜欢用对偶、排比等修辞技巧润色文章，而且行文中也不缺乏感性的形象语言。这种文学性很强的诸子散文对于后来中国文学史上著名的"唐宋八大家"散文，产生了深远的影响。

第二，文学家偶作哲学著作，或哲学家偶作文学作品。文学家写作哲学著作，往往也具有文学色彩，而哲学家创作文学作品，也会带有较强的哲思。德国的席勒主要以《强盗》《阴谋与爱情》等戏剧和诗歌名世，但他的《审美教育书简》等著作却是很有深度的哲学著作；中国的鲁迅是以其小说和杂文名世的，但他的《文化偏至论》则是一篇哲学论文。他们对于哲学的爱好，使他们的文学作品富有深度。当然，席勒处理得并不好，他为了表达哲思经常使自己的作品成为时代观念的传声筒；而鲁迅后来在创作中处理得当，使得《野草》等作品既有深刻的哲思，又没有损害艺术的感性。在现代法国，加缪主要是以小说名世的，但他的哲学著作《西绪福斯神话》对现代思想产生了广泛的影响，可作为哲理诗来读。不过在文化史上，文学家写作哲学著作的并不多，而且也未必见得成功。但丁写出《君主论》等哲学著作，但是罗素在《西方哲学史》中评价说：但丁"作为一位诗人虽是一个革新家，但作为一个思想家……不仅没有影响，而且还陈腐得不可救药"（[英]罗素. 西方哲学史·上卷. 何兆武、李约瑟译. 北京：商务印书馆，1982. 第570页）。相比之下，创作文学作品的哲学家不仅人数多，而且成就也较大。尤其是在中国，秦汉以后的哲学家几乎很少没有文学创作的，即使强调"理"的理学家，也作有不少诗文。朱熹的名诗"半亩方塘一鉴开，天光云影共徘徊。问渠哪得清如许，为有源头活水来。"（《观书有感》）已经成为中国人可以背诵的名诗，而其《春日》中的"等闲识得东风面，万紫千红总是春"也已成为人人称道的名句。

第三，既写文学作品，又写哲学著作。有一类著作家很难分辨他们以哪种表现形式为主，甚至他们在文学史与哲学史上的地位也难分伯仲。他们既是哲学家，又是文学家。在法国文化史上，这类著作家特别多。伏尔泰是著名的讽刺作家，文艺上的古典主义者，但也是启蒙运动的哲学家。卢梭是浪漫主义哲学与文学的双重鼻祖，他不但著有《社会契约论》《论人类不平等的起源和基础》等哲学论著，而且也创作了《新爱洛伊斯》《忏悔录》等文学作品，而《爱弥尔》似乎是用小说的文体创作的教育哲学著作。从狄德罗到柏格森、萨特，类似的著作家在法国不胜枚举。一方面，文学史不会漏掉他们的名字，研究西方的讽刺文学不能绕过伏尔泰，而从悲剧与喜剧演变为现代的市民剧，狄德罗是重要的一个环节，尤其是卢梭与萨特，前者是近代浪漫主义文学的始祖，后者是现代存在主义文学的主要作家。另一方面，哲学史也不能不提他们，启蒙运动是一场"哲学运动"，而伏尔泰、卢梭和狄德罗则是这个运动的主要领袖。由于这些哲学家同时是重要的文学家，所以他们的哲学著作对于其他作家的影响，要远远超过那些专门的职业哲学家。将卢梭看成是对现代西方文学影响最大的哲学家，似乎并不是夸张。

第四，文本的哲学成分与文学因素不分高下，是二者的融合。《庄子》是哲学文本，但也是富有想象力的文学文本，可以说，情感性、想象性、虚构性与创造性等文学性的诸要素，在《庄子》中都不缺乏。歌德的《浮士德》是伟大的诗歌巨著之一，但诗中蕴含着丰富的哲学。有人说哲学比文学更能代表一种文化，但是斯宾格勒在《西方的没落》中恰恰是以"浮士德"作为西方文化的象征符号的。从这个意义上讲，《浮士德》等文本也应该进入哲学史，而罗素在他的《西方哲学史》中已经将诗人拜伦作为专章讨论了。

此外，除了上述文学与哲学文本的交融现象，文学与哲学的交融关系，还表现在文体上。具体表现为出现了哲理诗、哲理小说与哲学剧等由文学和哲学交会而成的文体。

鉴于学科之间出现日益综合和边界淡化的趋势，文学与哲学的交融现象将会继续发展。海德格尔认为，人的生存是不能用概念分析的，而存在的解释又必须从人的生存开始。哲学深处往往蕴含诗的意味，而诗的极致则必然弥漫哲学的精神。抽象的哲学思想经过优美的文字处理，往往更能广泛地为人们所接受；而文学创作的哲学化追求，则能赋予作品独特的魅力和价值。

三、文学批评理论与哲学思想

任何一种文学理论和批评都有其哲学思想背景。中西方古典文论之所以有如此大的差异，哲学思想的差别是其重要根源。西方哲学推崇以二元对立的思维方式把握世界，把人与世界的关系理解为主体与对象的关系，模仿说正是在这种思想背景下产生的；而中国古典哲学讲究"天人合一"，它为中国古代长于感悟、印象式的文学理论与批评提供了思想营养。

文学批评中的哲学思想在批评活动中具有多种作用。首先它具有对研究对象的定向和选择作用。批评家对对象的选择从来就不是随意的，在处理纷至沓来的文学现象时，他必然有一番理性的考虑，有意无意间受到一定理论范式的支配。柯尔律治曾说过，"观察只是思考的眼睛，它们的视野是由（沉思）预先决定的"（[美]艾布拉姆斯. 镜与灯. 郦稚牛等译. 北京：北京大学出版社，1989. 第 135 页）。只有批评主体能够确证或者赋予客体某种性质或特征时，才对客体加以评论。接下来文学批评还需要借助哲学的穿透力观察文学作品，揭示其深度。19 世纪，俄国革命民主主义批评家就是在唯物主义哲学指导下发掘俄罗斯文学的美学和历史意义的。20 世纪各种文学理论批评流派背后都有一位或几位哲学导师，他们为文学批评提供理论基础和思想资料。如现代人本主义、非理性哲学与印象主义批评，德国现象学与接受美学、读者批评等。

同时，我们看到，一种新的哲学思潮的出现往往会冲击或否定固有的文学观念，从而促使文学理论批评的发展演变。20 世纪的"语言学转向"首先是从哲学开始的，现在已经全面深刻地渗透到 20 世纪的各种文学批评之中。在当代哲学和语言学的影响下，文学批评中的"语言"被赋予一个全新的概念。世界由语言划分，主体在符号系列中建构，文学在语言世界中生存。这种崭新的语言意识使人们对世界、对自身、对文学的看法等都发生了深刻的变化。往日的反映论、表现论在这种语言观的观照下失去庇护所，世界被高度符号化了。

毋庸讳言，哲学自身的谬误也会使文学创作和文学理论受到损害。机械唯物论的反映论就在一定程度上导致了庸俗社会学的出现。这类批评用阶级分析代替艺术分析，政治标准成了文学批评的最高标准，正常的文艺批评变成了政治斗争，使中国当代文学和批评受到严重损害。

文学与哲学的研究课题，在当代中国已纳入了比较文学跨学科的研究范围之内。但是，与国外相比，我国的文学与哲学的比较研究还是刚刚起步，有分量的成果还不多见。中国学者虽然注意到应该将跨学科研究纳入跨文化的轨道上才具有普遍的意义，但是对跨学科的文学与哲学的探讨都很简略且没有详细的阐发；西方学者虽然对文学与哲学的跨学科研究进行了详尽的阐发，但是他们几乎没有涉及跨文化的内涵，这就使他们所研究的文学与哲学关系的普遍性，仅仅局限在西方文化之中。

第二节　存在主义文学

一、存在主义哲学

存在主义是现代西方哲学中一个非理性主义、主观主义的哲学派别。产生于 20 世纪初叶的德国，第二次世界大战后在西方国家广泛流传。丹麦哲学家克尔凯郭尔的存在神学、德国尼采的唯意志论和胡塞尔的现象学是其理论先驱。存在主义真正创始人是德国哲学家海德格尔，主要代表人物有德国的雅斯贝尔斯，法国的萨特、梅洛·庞蒂、马塞尔、加缪，美国的巴雷特、蒂利希、怀尔德等。

存在主义的产生与它所处时代的社会背景是密不可分的。第一次世界大战是欧洲资产阶级文明终结的开端。现代时期的到来，人进入了它的历史中的非宗教阶段。此时，虽然他拥有了前所未有的权利、科技、文明，但他同时发现自己已无家可归。随着宗教这一能包容一切的框架的丧失，人不但变得一无所有，而且变成一个支离破碎的存在物。他没有了归属感，认为自己是这个人类社会中的"局外人"，自己将自己异化。在他迫切地需要一种理论来化解自己的异化感觉时，存在主义就应运而生了。

存在主义哲学是在对传统哲学思想的反叛以及接受西方哲学思想的影响之中孕育而生的。存在主义哲学的先驱者是 19 世纪中叶丹麦神学家、哲学家索伦·克尔凯郭尔。克尔凯郭尔在其哲学著作《恐惧的概念》（1844 年）中奠定了基督教存在主义思想体系。他以宗教为前提，以个人生活的主观体验为基点来论证个性原则和宗教信仰，强调个体的极端重要性和个体的选择。"孤独个体"是克尔凯郭尔哲学的核心范畴，这个"孤独个体"带有精神性、个体性和非理性的特点，对后来的存在主义哲学家们影响很大。

存在主义哲学的重要代表人物之一是德国哲学家马丁·海德格尔，他著有哲学巨著《存在与时间》。海德格尔一向反对别人把他的学说与萨特的存在主义混淆起来，但是他的存在哲学对萨特的影响是不容忽视的。海德格尔继承了德国现象学大师胡塞尔的现象学说，把现象学与克尔凯郭尔、尼采的孤独个体的思想结合起来，形成了以个体存在为核心的"存在现象学"，这种本体论的存在学说是海德格尔对存在主义的开创性贡献。

法国哲学家让·保尔·萨特是存在主义哲学的集大成者。无论是对社会影响的时间之长，还是范围之广、程度之深，萨特的哲学思想都达到了史无前例的程度。1943 年萨特发表的《存在与虚无》以及后来发表的《存在主义是一种人道主义》和《辩证理性批判》等哲学著作，系统完整地阐述了自己的存在主义哲学思想。萨特的存在主义哲学思想大致有三点：①"存在先于本质"。在萨特看来，人像一粒种子偶然地飘落到这个世界上，没有任何本质可言，只有存在着，要想确立自己的本质必须通过自己的行动来证明。人不是别的东西，而仅仅是他自己行动的结果。②"自由选择"。上帝死了，人在这个世界上是自由的，人的行动选择是自由的。这是因为人的选择既没有任何先天模式，没有上帝的指导，也不能凭借别人的判断，人是自己行动的唯一指令者，但是人应该为自己的行为负责。③"世界是荒诞的"。人偶然地来到了这个世界上，面对着瞬息万变、没有理性、没有秩序，纯粹偶然的、混乱的、不合理的客观外界，人感到处处受到限制、阻碍。在这茫茫的世界里人无法左右自己的命运，人只有感到恶心、呕吐。

从克尔凯郭尔、海德格尔到萨特等哲学家关于人的存在的理论都不同程度地流露出悲观主义的情绪，并具有很强的非理性的特点。但是克尔凯郭尔谈到"孤独个体"时，他还强调了个人生活道路的自我选择性；海德格尔提出"人为死而在"的至理名言时也说明了人在世间的有限性，从而引起人们思考在有限的生命中怎样生活才更有价值；而在萨特的哲学中，世界是荒诞的思想非常浓厚，但他强调人是自由的，应超越荒诞的现实，通过行动来创造自己的本质。这种与现实相抗争、不断进取的精神和悲观中透着乐观、绝望中存在着希望的思想都直接影响着存在主义文学。

存在主义是文学与哲学跨学科研究中的一个典型形态。它既是一个哲学思潮，又是一个文学流派，二者相互影响，相互作用，相互交融，是"二而一"的关系。存在主义可以说是文学化的哲学，哲学化的文学。

二、存在主义文学：哲学化的文学

作为文学思潮，存在主义文学 20 世纪 30 年代兴起于法国，第二次世界大战后影响波及欧美、亚非诸国，六七十年代逐渐走向衰落。20 世纪 60 年代后，存在主义思潮被其他新的流派所代替，荒诞派戏剧、"黑色幽默"就是存在主义文学的变种。存在主义文学可说是存在主义哲学的文学化，是"诗化的哲学"，它为存在主义哲学的广泛传播立下了汗马功劳。代表作家是萨特、加缪和波伏娃。

存在主义文学具有浓厚的哲学色彩，但它并不是对哲学的图解，许多作品有很强的文学性和艺术性。安德烈·莫洛亚曾经指出：存在主义作家的成功之处，"乃是把这种哲学运用于小说和戏剧，为小说和戏剧增加了分量，带来了反响。而反过来，小说和戏剧赋予存在主义在现代思想中一种不经这些作品体现便永远不会有的威力”（龚翰熊．现代西方文学思潮．成都：四川大学出版社，1987．第 237 页）这是颇有见地的。总体而言，存在主义文学具有鲜明的哲理性和寓意思辨性。

存在主义者均认为哲学的根本问题就是“存在”问题，而存在就是“主观存在”“自我意识”，这同整个西方现代主义及后现代主义文学回归自我，返于内心的向内转倾向相吻合。因此，哲学论证的内容自然成了文学分析的对象。存在主义主要是作为一种生活方式和思想作风而流行于世的，而这种生活方式和思想作风最终又同文学合而为一了。

作为哲人，萨特、加缪和波伏娃等作家善于对自然、社会和人类的生存状态进行哲理性的深层透视，而非用诗人的细腻情感来感受这一切。他们的文学作品着重影响的是读者与观众的理智，而非着重影响他们的感情。在阅读和观看萨特等人的文学艺术作品时，我们所经历的不是动人的艺术感染，而是紧张的哲学思考，不进行这样的思考就很难理解他们作品的真谛。存在主义文学一方面敢于直面现实，干预生活；另一方面又不满足于此，试图透过现实阐发他们的哲学思想，这使得他们的作品充满了象征和寓意。如果从哲学、文学和现实生活三者的关系入手，我们认为，存在主义文学大致可以分为两大类：一类是直接描写现实的政治题材或社会题材的作品，如《墙》《自由之路》《毕恭毕敬的妓女》《局外人》等；另一类是以神话传说或虚构的荒诞情节为题材的作品，如《苍蝇》《禁闭》《卡利古拉》《误会》等。但后一类作品的非现实题材只是一个外壳，作者的寓意仍然是现实的；而前一类作品表面上写的是现实，其寓意却是超时空的，象征性的。譬如萨特的剧作《死无葬身之地》。鲜明的哲理性和寓意思辨性是存在主义文学的显著特征。

萨特认为，哲学的对象不是自然界，也不是抽象的思维，而是人，主要是个人。他的全部作品的核心思想就是对人的命运的关怀，企图恢复人的价值。他把存在主义归纳为人学，旨在探索生命的真正意义。他在著名的论文《存在主义是一种人道主义》中庄严宣告：“存在主义乃是使人生成为可能的一种学说。”（[俄]考夫曼．存在主义．陈鼓应等译．北京：商务印书馆，1987．第 302 页）存在主义论证人的自由、选择、责任等论题，实际上与文学的任务殊途同归。

在萨特看来，“伟大的小说家都是哲学小说家”。他的代表作《恶心》表现了作者早期的哲学思想。小说以日记体形式写成，这便于通过内心分析阐述作者的哲学思想。小说以否定和荒诞的哲学为起点，目的是反对肯定论和价值论的古典哲学。萨特在这部小说中描写了一个落泊文人安东纳·洛根丁，作者对洛根丁在各种具体环境的行为进行了富有哲学意味的形象探讨，描述了洛根丁对世界、对自我、对存在一系列问题的感受和看法，即世界是荒诞的，人是被偶然抛到这个世界上的，人由于不能左右这个世界而感到恶心。作者在小说的最后越来越使他的主人公时时都在努力挣扎，企图战胜"恶心"，否定现存或已有的东西，摆脱命运的安排。加洛蒂称这是"一份真正的哲学宣言"（柳鸣九编选. 萨特研究. 北京：中国社会科学出版社，1987. 第330页）。这里，"恶心"已远非一种人生体验，它已上升为一种哲学概括了。"一切存在物都是偶然的，人生也是偶然的、无谓的、没有根据的，这才是世界的本来面目，当意识到这一点时，你的心就会翻腾起来，就会飘荡起来，你就会呕吐，这就是'恶心'。"因此，小说通过主人公的内心独白表现了人们对环境的陌生感、恐惧感、厌恶感、孤独感等错综复杂、莫能名状、不可驱遣的内心感受，这正是第二次世界大战前夕欧洲一部分知识分子的普遍心态。

萨特的哲学被称作荒谬的同义词。但他的荒谬有着深刻的意义：荒谬并不在于愚蠢，也不在于无意义或者不合理，而在于偶然性。这正如海德格尔所说，我们是一些无望的、偶然的生物，被扔在一个没有我们也必然存在的世界上。自我的存在处于时间中，它瞬息即变，没有任何质的稳定性。它的过去已归于泡影，现在刹那即逝，而未来则渺茫而不可知。而且，死亡随时可来，因为它是一个"虚无"。因此，自我存在就意味着沉入虚无。《恶心》表现的就是当人们意识到自己没有生存的理由，意识到荒诞时，在现实面前体会到的感情。萨特不仅在小说中，而且在戏剧里也同样描写了这种荒诞意识。以萨特的戏剧为例，在萨特的笔下有大批绝望者，由于深感现实令人"恶心"，认为人是被偶然地无缘无故地抛入这个世界，时时受到荒诞外界以及成为地狱的他人的极端压制，人与社会永远无法沟通，在这个痛苦而荒诞的世界上人终究要遭到失败。萨特的剧本背景大都表现一种混乱、恶心，有时令人毛骨悚然，充分显示人与现实不可调和的矛盾。这就是存在主义者理解的人与社会关系的实质。难怪许多评论者指出萨特的存在主义哲学必然导致悲观主义。然而萨特并未到此止步。相反，由于萨特的激进的政治立场，他的剧作常常描写人在荒诞中努力超越荒诞现实，通过人的自由选择来实现人生的价值。萨特在戏剧中都将他的人物置于"自由选择"的境况中，表明人是一种不断把自己推向未来的存在物，人能意识到自己，把自己想象成未来的存在，即人是自己的上帝。萨特将自己的哲学思想独特地注进自己的戏剧作品里，譬如《苍蝇》（1943 年）、《死无葬身之地》（1946 年）、《魔鬼与上帝》（1951 年）等将自由选择的哲理思想融进戏剧情节中，给人以深刻的启示。

戏剧作品《禁闭》（1945 年）是萨特哲学巨著《存在与虚无》中"与他人的具体关系"问题的形象表述。剧中没有高大悲壮的英雄人物，又不表现昂扬乐观的情调，只是一小群平庸猥琐的角色：逃兵、同性恋者和杀婴犯，应该说，他们三人在生前各自都经过"自由选择"，然而他们选择的结果则是卑鄙和罪恶的。他们来到地狱中为了印证自己本质的合理性，像一团乱麻一样扭成一团，互相折磨与吞噬。萨特在这里提出了一个极为独特的见解，即他人的目光的问题。在萨特看来，每个人的存在都暴露在他人的目光之下，并威胁着自己的存在，"他人便是地狱"。在这里萨特从反面强调了创造自我的重要性，即自由对人的重要性。不论人处在怎样的地狱中，人都有砸碎它的自由，否则人便不能实现超越。

萨特戏剧的浓厚哲学色彩是被公认的，其中的寓意、思辨是作者采用的一个非常重要的笔法，以此提出他哲理上的告诫。萨特一般采取传统的戏剧形式，但他并不十分注意形式的完美，而是注重内容和思想启迪的意义。表面上看他的剧本通俗易懂，但其中蕴含着深刻的存在主义哲理，甚至连作品的题目也被赋予这种含义，在现代派戏剧中，很少有像萨特这样把哲理性提到如此高度，使哲学与艺术统一起来的戏剧作家。当我们观看或阅读萨特的戏剧时都会引起紧张思考，萨特的许多戏剧，都是为了阐明一种存在主义哲理，或者是对伦理道德的探讨，让人久久思索。譬如《死无葬身之地》中对待弗朗索瓦被战友掐死的问题，萨特进行了一场道德上的思辨。15 岁的小游击队员弗朗索瓦被俘后，他面对姐姐被奸污，战友受着酷刑的折磨，索比埃忍受不了酷刑而自杀，精神上已经承受不了环境的压力而陷入崩溃，准备供出队长若望，以求苟活。鉴于这种情势，战友们从整个革命利益考虑把他掐死了。按照常理，姐姐让别人掐死弟弟和革命同志杀死战友是道德所不容的。但是，在这个特殊"境遇"中，这么做是正确的。这一情节典型地体现了萨特本人的道德观，让人去激烈地思考这样一个问题：人类并不存在一个统一的道德，一样的事情在此时是对的，在彼时则是错的。总之，萨特的戏剧不以艺术感染取胜，而把哲理作为灵魂，诉诸读者或观众的思辨，影响他们的认识，启迪他们的思考。

加缪的哲学被称为"荒谬哲学"。他认为，荒诞感首先表现为对某种生存状态的怀疑："起床，公共汽车，四小时办公室的工作，吃饭，公共汽车，四小时的工作，吃饭，睡，星期一二三四五六，总是一个节奏。"一旦有一天，人们对此提出了质疑："为什么？"那么，他就悟到了"荒诞修"。"一个能用歪理来解释的世界，还是一个熟悉的世界，但是在一个突然被剥夺了幻觉和光明的宇宙中，人就感到自己是个局外人。这种流放无可救药，因为人被剥夺了对故乡的回忆和对乐土的希望。这种人和生活的分离、演员和布景的分离，正是荒诞感。"（柳鸣九编选. 萨特研究. 北京：中国社会科学出版社，1987. 第 385 页）荒诞本质上是一种分裂，它不存在于对立的两种因素的任何一方，它产生于它们之间的对立。现实世界是不合理的，人与这个世界处于矛盾之中，有一种失去家园的陌生感，被剥夺了任何希望，生活就像西西弗的劳役，没有报偿。这种"人与生活"的脱节就是荒诞。这是加缪全部哲学和文学的起点。

加缪认为，哲学的根本问题就是判断人生是否值得经历的问题，而真正的艺术则是属于人的艺术，作家"不可能去为那些制造历史的人服务，而他要服务的却是那些忍受历史的人"（陈映真．诺贝尔文学奖全集·第34卷．台北：台北远景出版事业公司，1981．第 8 页）。世界是荒谬的，哲学或者文学均是人类试图超越荒谬所做的努力。尽管这种努力是注定要失败的，但是，因为人们意识到了这种失败，并且敢于正视这失败，所以，人类便得以战胜他的失败。加缪的代表作《西西弗的神话》的副题就是"论荒谬"。西西弗"搬运巨石，滚动它并把它推至山顶，我们看到的是一张痛苦扭曲的脸，看到的是紧贴在巨石上的面颊，那落满泥土、抖动的肩膀，沾满泥土的双脚，完全僵直的胳膊，以及那坚实的满是泥土的双手。经过被渺渺空间和永恒的时间限制的努力之后，目的就达到了。西西弗于是看到巨石在几秒钟内又向着下面的世界滚下，而他则必须把这巨石重新推向山顶。他于是又向山下走去"（[法]加缪．西西弗的神话．杜小真译．北京：三联书店，1987．第 157页）。这种清醒的心志构成了他的痛苦，同时也使他赢得了胜利。西西弗超越了他所搬动的石头。因此，《西西弗的神话》是充分表达了存在主义思想的代表作，同时也完全可以作为当代散文诗来读。而他的小说《局外人》更是这一思想的形象化表述。《局外人》描写了一个小职员莫尔索荒诞的一生，是加缪反映"荒诞"的第一典型形象。莫尔索的荒诞主要表现在他对现实的一切是冷漠的，很少主动去感受人生，对外界具有一种盲目的超脱感、麻木感。他对母亲的去世、女友的爱情、朋友的友谊、社会的道德规范和法律制度，甚至对判死刑的结果等一切都是冷漠的、不屑一顾的。在他的眼里社会的一切秩序都是毫无意义的、荒诞可怜的。莫尔索体现了加缪的荒诞哲理思想，是一个彻头彻尾的社会局外人。

总之，存在主义找到了文学形象这一中介，存在主义者企图依靠高度清晰、逻辑严谨的说理来表达他们所意识到的人类处境荒诞无稽的哲学，哲学通过形象得以展示，文学也因为具备了坚实的基石而成就斐然。他们选择了用形象而不是用推理来写作，这种选择恰恰揭示了他们的某个共同思想，即确定一切解释原则的无用，坚信感性的表象所具有的教育信息……作品是藏在不言中的哲学的结果，是它的说明和它的完成，然而，只有这种哲学的言外之意才能使它完整。看来，存在主义文学比其他哲理文学更为幸运的地方，就是其哲学内容和文学形象能够浑然一体。

三、存在主义的影响

存在主义作为一种哲学思想和文学思潮，在世界各地产生了巨大影响。

一大批作家都受其影响，使其作品或多或少沾染了存在主义色彩。美国文学就有强烈的存在主义意味。早在"二战"前，就有以威廉·福克纳为代表的南方文学对美国南方文化与人群生存问题的感悟与思考，"二战"后，这种生存思考愈加蓬勃，与法国的存在主义遥相呼应。著名的美国黑人小说家理查·赖特于1946年到巴黎，与萨特有过接触，直接受其影响，后来写出了《土生子》，以存在主义思想为指导，描写了美国白人主流文化之外的黑人文化与黑人生活，是美国"黑人小说"的扛鼎之作，也是美国存在主义文学最重要的作品。著名的美国黑人小说家拉尔夫·艾里森著有《无形人》，也描述了主流社会对黑人的视而不见。另有阿瑟·密勒的戏剧，以索尔·贝娄的《挂起来的人》为代表的犹太小说，诺曼·梅勒的《裸者与死者》为代表的战争小说等。

存在主义对一些文学流派也产生了深远的影响。20世纪30年代末至40年代初，法国文坛出现了荒诞派文学，其代表性体裁是戏剧，代表作家有塞缪尔·贝克特、尤内斯库、亚瑟·阿达莫夫与让·热内等人。荒诞派文学与存在主义有深切的亲缘关系。从主题来看，存在主义要在对生存的荒谬性的认识上，进一步采取选择与行动；而荒诞派主要着力于对生活日常意义的剥除，凸现其无意义的本来面目。在思想上，有的荒诞派作家就十分近于存在主义思想，如阿达莫夫就曾说自己"维护情势戏剧"（王忠琪等译．法国作家论文学．北京：三联书店，1984．第561页）。在人物上，让·热内是萨特的朋友，也是萨特发现并将他从一个囚犯、小偷而鼓励、提携为一个作家的。萨特写了一本《圣·热内：戏子与殉道者》，以他为题材，阐发自己的思想。

中国现当代文学创作是否接受了西方存在主义的影响，是一个很难回答的问题。我们可能看见中国20世纪80年代的文学创作里，有些被指认为"现代派"的文学作品，比如刘索拉的《你别无选择》、徐星的《无主题变奏》等，似乎表现了世界的荒谬和人生的孤独主题；另外有些被称之为"新写实"的文学作品，比如刘震云的《一地鸡毛》《单位》等，似乎表现了普通小人物在社会结构机制规约下，发生在日常生活中的、无处不在的"荒诞"和人的"异化"。这些是直接接受了存在主义的影响，还是间接通过其他哲学、文学思潮接受了存在主义的影响，还是"人同此心，心同此理"基础上自发发生的存在意识，或许是上述诸种因素共同作用的结果吧！

第三章　心理学视域下的文学研究

第一节　文学与心理学的关系

　　文学和心理学的关系源远流长。文学与人的心理活动有着直接关系，在漫长的文学史上，无论是创作还是文艺批评、文艺理论，总是有心理学的因素渗透其中。19 世纪后半叶以后，随着心理学学科的独立和其研究成果逐渐被承认和接受，人们越来越关注文学与人的精神生活的关系。尤其到了现当代，随着人们对人的内心世界越来越感兴趣，心理学发展成为一门成熟的科学，心理学对文学的渗透成为一股强大的潮流，其影响尤以弗洛伊德为代表的心理分析学最为深广。心理学对文学的渗透，使文学在很大程度上冲破了已往的传统，呈多样化、复杂化、内向化的趋势，并对文学批评产生了深远的意义和影响，探索人类文艺心理活动的奥秘对文学创作和文学欣赏心理的关注在文学伊始业已开始。我国陆机的《文赋》和刘勰的《文心雕龙》中所谈的"文心"就主要指创作过程中的心理因素。在西方，早在古希腊时期，作家就开始在创作中探索人的心理，尤其悲剧诗人欧里庇得斯对人的各种心理的把握，使后人都为之惊叹。柏拉图和亚里士多德更是试图从理论上探讨创作心理与文学的心理功用，为后人研究文学与心理学的关系奠定了最初的基础。柏拉图在《理想国》中通过苏格拉底的谈话告诉我们，诗人、诵诗者和听朗诵的人，都会"失去自主，陷入迷狂"，亚里士多德在《诗学》中那段关于悲剧的著名定义——"借引起怜悯与恐惧来使这种情感得到净化"等，这些都涉及文学创作和欣赏中的心理状态特点。

　　我们在西方文学中会发现这样一种倾向：对人的理解、对人的本质和特点的认识，从古希腊至今的历史长河中经历了一个由外向内的过程。人认识世界的过程，从本质上讲是一种把自己，即认识主体，投入世界的过程，即使是文明本身，也恰是相对于自然的人的创造物，任何关于文明乃至关于世界的结论，实际上就是关于人的结论。从人出发去认识世界，认识文明，最终会得到的是一个又循环回来的结果：认识人自己。于是，卡西尔在他的《人论》开篇便告诉我们："认识自我乃是哲学探究的最高目标。"（沈恒炎、燕宏远．国外学者论人和人道主义·第 1 卷．北京：社会科学文献出版社，1991．第 104 页）同样，我们可以说，描绘自我、认识自我、评判自我也是文学的最高目标。近代以及现当代的文学使我们看到，作家已开始有意识地去摆脱人面对世界整体的单向性运动而转向对自身内部心灵世界的主观审视。

在古希腊和中世纪，欧洲文学中的人的形象更多是一些外在性的形象，作家们注重人物的外貌、外形乃至服饰，热衷于描绘人物的外部行为，描写他们与外部世界的关系，虽然有些作家（如欧里庇得斯）的创作中也有不少心理刻画，但毕竟凤毛麟角。文艺复兴时期，西方学者宣称他们发现了人，而且致力于对人的研究，莎士比亚更是十分注意复杂环境下人物的心理变化和心理的矛盾性，但是那时候的文学，从总体上说，毕竟没有达到后来浪漫主义文学中内心世界和内心激情大量涌现及 20 世纪文学中对潜意识的发掘那样的程度。随着浪漫主义时代的到来，人的形象开始发生了变化，作家的眼光在注重人物的外部特征的同时，开始转向了人的内在心理世界，转向人物的心理活动。浪漫主义运动前后，作家们才开始较为深刻地探索创作与心理之间的关系，并以此加强了对人的内在世界的审视。18 世纪，英国小说家理查生利用书信体形式发掘人物的主观生活和内心感情纠葛，可以说是现代心理小说的先驱者。同时期的另一位英国小说家斯特恩的第一人称内省小说《项狄传》既是一部感伤主义代表作，又在心理探讨上有独特的建树。卢梭追求早年经验的再现，在《忏悔录》中力图重建、检视自己早年的心态。歌德则认为虚构的作品必须描述人的内在思想，他相信自己的本性中没有所谓的"精灵"，但却又受"精灵"的控制，而这种"精灵"是人的知解力和理智无法加以解释的，它显然是一种神秘的心志状态。柯尔律治指出："最理想完善的诗人能把他的整个心灵抖擞起来，使每一机能都按照它的相对价值和意义得到相成相得的安排。他散布一种统一的情调和精神，使各部分都通过我们所特别命名为想象的这样一个神奇的综合力量，彼此得到调和渗透。"（伍蠡甫．西方文论选·下卷．上海：上海译文出版社，1979．第 33～34 页）他还提出所谓"内在生存的模式"，要求任意驰骋作家的想象力，表现人的内心世界。布莱克在他的诗作中力图探索人的神秘的灵魂。无疑，这些作家因其兴趣、注意力的内向转变而开始了心理上的探讨。很显然，文学创作中视角由外向内的转移使得文学与心理学的关系更加紧密。巴尔扎克在《人间喜剧》的前言中已认识到"大脑和神经的种种现象证明存在着一个新的精神世

界"（[法]巴尔扎克. 人间喜剧·序. ∥巴尔扎克全集·第1卷. 北京：人民
文学出版社，1994. 第16页）；而美国作家亨利·詹姆斯则认为，从主要人
物的角度来展开对某个特定环境中人和事的心理描写，是小说技巧的关键。
他还创作了心理描绘极为细致的小说，被认为是西方现代心理分析小说的开
创者之一。当时欧洲的其他一些作家如陀思妥耶夫斯基、托尔斯泰、斯特林
堡、易卜生等也都十分注意从心理上进行发掘，尤其是他们中有些人已比较
深刻地认识到了人类行为的无意识动机。到了20世纪，这种倾向已不单是某
种倾向的问题了，它已泛滥成一股汹涌的潮流，心理描写成了文学作品的一
个必不可少的因素，对人物心理世界的塑造及挖掘，包括对人的潜意识的发
掘，成为探讨人的真实自我的最重要的途径。在许多文学作品中，人物的行
为已经完全是一种心理行为或精神行为了；人与世界的关系，人与文明的冲
突，在很大程度上已完全是内在自我与这些外在事物之间的交流了。

在文学与心理学的关系史上，最具革命性的事件是以弗洛伊德为代表的
"精神分析学说"的诞生。随着弗洛伊德关于无意识、泛性欲的心理分析学
说和对梦的解析的问世，以及荣格关于种族记忆、集体无意识和原型理论的
建立，文学与心理学的关系变得格外密切了。弗洛伊德基于对精神的探索而
建构的精神分析学，为文学展开了一个新的、更为广阔和复杂的视野。正如
美国学者里恩·艾德尔所说："21世纪以来，文学和心理学——尤其是精神
分析学，已认识到它们有着共同的基础。它们均涉及人的动机和行为，以及
人创造和利用象征的能力。在这一过程中，两者都进入了对人的主观方面的
研究。"随着弗洛伊德和荣格理论渗透到文化的各个领域，文学研究中对文
学和心理学关系的研究也形成了热潮。考察文学与心理学的关系，一方面必
然要探讨的是现代心理学，尤其是精神分析学如何直接影响了运用想象的文
学创作，另一方面又必须讨论文学批评对心理学方法及精神分析方法的运用
及其意义。

第二节　精神分析理论与文学

精神分析，亦作"心理分析"，是对人们心理活动现象和规律的研究，
更是一种理解人生、社会的普遍性哲学理论，产生于19世纪末和20世纪初，
创始人是弗洛伊德。除弗洛伊德外，在精神分析理论方面成就卓著的还有：
荣格、阿德勒、拉康、霍兰德等理论家。精神分析批评是将精神分析等现代

心理学理论应用于文学研究的一种批评模式。它是 20 世纪影响最大、延续时间最长的文学批评流派之一，对 20 世纪的文学创作和文学批评产生了巨大影响。

作为文学批评流派的精神分析学派首先是对传统文学批评理论的一种反叛。19 世纪末的欧洲文学批评以实证为主，强调环境、遗传对文学创作的决定作用，对文学作品的批评往往演化为研究作家的生平的传记式批评，或者无限扩展了对相应的社会环境（或时代精神）的描述。随着弗洛伊德的心理学理论的发展，人们日益接受了存在一个深不可测的潜意识世界的观点，一个新的世界出现在人们的面前。弗洛伊德运用自己的心理学理论对一些文学和艺术作品作了全新的独特的再阐释，得出了新的结论。他的批评方法被称作精神分析的批评方法。

一、弗洛伊德的理论与文艺观

弗洛伊德（1856—1939 年），奥地利著名的精神病专家、心理学家，出生于奥地利的一个犹太商人家庭。1873 年，弗洛伊德进入维也纳大学医学院学习，1881 年获医学博士学位后，弗洛伊德长期从事精神病治疗和教学、研究工作，并创立了精神分析学说。1938 年，为逃避纳粹迫害，弗洛伊德流亡英国，次年因口腔癌客死伦敦。弗洛伊德的主要著作有：《释梦》（1900 年）、《图腾与禁忌》（1913 年）、《精神分析引论》（1920 年）、《超越快乐原则》（1920 年）、《自我与本我》（1923 年）等。

弗洛伊德把人的潜意识作为科学研究的对象，由他开创的精神分析心理学不仅为许多人类问题提供了新的解释，而且精神分析心理学的体系也是在弗洛伊德对人的心理结构和心理动力的阐释的基础上展开的，从而决定了精神分析学首先是一种深层心理学。它不仅描述心理现象而且还致力于探究人的心理动机；不仅揭示表层心理规律而且还致力于探究人的深层无意识心理机制；不仅共时性地解释人的心理活动而且还历时性地说明人的心理过程，从而把人的自我意识引向了人类心理一直未被发现的新大陆，表明如果离开对人的无意识的、非理性的因素的考察就不可能真正了解人的本质，如果离开了对人的童年经验、性欲创伤的考察也不能真正说明人的人格发展的历史。同时，精神分析学还是一种深层心理学的分析方法，弗洛伊德先后提出了自由联想、梦的分析、症候分析、日常生活的心理分析等方法、手段、技巧，使不可能通过内省、观察、反思、测量而直接把握的人的无意识能够被人们所了解和考察，为人们接近无意识的深渊提供了方法论启示。尽管弗洛伊德的理论经常具有一种方法论或者策略上的有意无意的偏激和片面，他的一些观点也往往缺乏科学依托和实证支持，但他的思想是富于想象力和创造性的。其主要理论包括以下几个方面。

第一，无意识与心理结构学说。弗洛伊德把人的心理结构划分为意识、前意识、无意识（又称潜意识）三个层次。意识是指与直接感知有关的心理结构层次。弗洛伊德认为，这个以前被认为是人的心理活动的全部内容的部分，与无意识相比，它只是第二性的。前意识是指在某种特定条件下可以被唤醒，并进入到意识层的无意识。无意识则处在意识层和前意识层的压抑下，它包括人的原始冲动和本能，以及同本能有关的欲望。1923 年，弗洛伊德在《自我与本我》一书中，又进一步完善了他早年提出的心理结构学说，将人的人格结构划分为本我、自我和超我三个层次。本我（Ld）是指人先天的本能欲望和冲动，它遵循的是"快乐原则"。超我（Super-Ego）代表着社会道德原则对个人的要求，它遵循道德原则，是社会文化价值内化的结果。自我（Ego）处在本我与超我之间，对这种冲突性的力量起调节作用，它遵循的是现实原则。

第二，"力必多"与"俄狄浦斯情结"。在早期的著作中，弗洛伊德认为人最基本的心理驱动力是性本能，他称之为"力必多"。他还据此将人的心理性欲发展分作五个阶段，即口唇期（1 岁左右）、肛门期（1～2 岁）、男性生殖器崇拜期（3～5 岁）、心理性欲发展潜伏期（6～12 岁）、生殖期（成人阶段）。由于人的"力必多"往往处在社会道德的强大压抑下，因此就会在无意识中形成"情结"。弗洛伊德将男孩的情结称为"俄狄浦斯情结"（Oedlpus Complex），又称恋母情结；女孩的情结称为"厄勒克特拉情结"（Electra Complex），又称恋父情结。第一次世界大战后，弗洛伊德在其晚期的著作中又将他的本能理论进行了修订，提出了生命本能和死亡本能两个概念，进一步完善了这一理论。

第三，关于梦的学说。弗洛伊德的关于梦的学说是建立在他的潜意识和本能理论基础上的。他认为，梦的内容是在于愿望的达成，其动机在于某种愿望，梦是通往潜意识的捷径。由于梦所呈现的并不是被压抑的潜意识的本来面目，而是它的伪装形态，因此，只有通过分析和解释，才能挖掘出被压抑的潜意识冲动。弗洛伊德将梦境分作两个层面：一个是梦的显意，它是梦境的表面，属于意识层面；另一个是梦的隐意，它属于不为梦者所了解的潜意识层面。按照弗洛伊德的观点，这些潜意识主要是一些长期受到压抑而得不到满足的、与性有关的欲望。把梦的隐意转化为显意的过程称为梦的工作。梦的工作有四种：一是凝缩，即多种隐意以一种显意象征出现；二是移置，指在梦的隐意转化为显意时，意象材料的删略、更动和重新组合，或者是以一个不太重要的情景替换被压抑的重要的隐意；三是象征，即把被压抑的欲望转化成象征性的视觉意象；四是二度润饰，这是指梦者对颠倒混乱、怪诞的材料进行修饰，使之有条理，听起来比较合乎逻辑。

在这些基本理论的基础上，弗洛伊德提出了自己的精神分析学文艺思想。弗洛伊德的精神分析学文学艺术思想的核心内容主要有以下几个方面：

第一，文学艺术是性本能的升华。弗洛伊德认为，人的精神过程主要是潜意识的，人的一切行为最终都是由性本能所驱使的。"力必多"欲望好比一股潜流，有三条基本出路：第一条是通过正常的性行为得到宣泄。第二条是倒流或固着，形成病态的情结或者说受压抑而引起精神病。第三条是转移和升华。这条出路是一种调和折中的办法，即把"力必多"转移到社会道德所容许的有价值的创造活动中去，使之得到释放。创造文学艺术便是这种活动之一。弗洛伊德明确指出："我们相信人类在生存竞争的压力之下，曾经竭力放弃原始的满足，将文化创造出来，而文化之所以不断地改造，也由于历代加入社会生活的各个人，继续地为公共利益而牺牲其本能的享乐。而其所利用的本能冲动，尤以性的本能为重要。因此，性的精力被升华了，就是说，它舍却性的目标，而转向他种较高尚的社会目标。"（[奥]弗洛伊德. 精神分析引论. 高觉敷译. 北京：商务印书馆，1986. 第9页）

弗洛伊德认为，作家、艺术家都是性本能冲动异常强烈的人。他说，艺术家"是一个被过分嚣张的本能需要所驱策前进的人"，又是"一种具有内向性格的人"，他们"与神经病患者相差无几"。作家、艺术家普遍存在的个性特征是：一是能够感受到外界压抑力量的松弛；二是超乎平常人的强烈的性本能欲望；三是异常巨大的升华能力。正是最后一种特征，使作家、艺术家有别于一般的正常人和真正的精神病患者。精神病患者也是被过分嚣张的本能欲望所驱遣的人，他被无意识冲动所控制，不具备对现实的辨别和适应能力，他与现实生活的关系是失调的，总是生活在自己的主观世界里。艺术家虽然也受强烈的性欲所激动，也无法在外部世界得到满足，也会中断与现实世界的联系而转向内心世界，但艺术家同时还能找到一条与现实协调起来的道路，他们通过艺术创造的方式获得本能欲望的替代性满足，同时也获得社会的尊重和赞扬。因此，弗洛伊德指出，"艺术家本来是这样一个人：他从现实中脱离出来是因为他无法在现实中满足与生俱来的本能欲望的要求。于是，他在幻想的生活中让他的情欲和雄心勃勃的愿望充分表现出来。但是，他找到了一种从幻想的世界中返回到现实的方式：借助于他的特殊的天赋，他把他的幻想塑造成一种新的现实；人们把它们作为对现实生活的有价值的反映而给予公正的评价。"（[奥]弗洛伊德. 关于精神功能两个原理的理论论文集·第 4 卷，第 174 页）例如，弗洛伊德在他的《达·芬奇和他童年的一个记忆》一文中，用性欲升华理论分析了画家达·芬奇及其《蒙娜丽莎》等作品。弗洛伊德认为，达·芬奇之所以创作《蒙娜丽莎》，是因为蒙娜丽莎这位少妇唤醒了他对母亲那充满情欲的微笑的回忆。弗洛伊德进一步指出，鉴于达·芬奇的许多作品都以女性谜一般的微笑为特征，因此，可以断定，正是达·芬奇的母亲过早地激起了他的性欲冲动，正是这种性欲冲动激起了达·芬奇巨大的创作热情。因此，性欲本身已经由艺术创造而获得了象征性的满足。（张唤民等译. 弗洛伊德论美文选. 北京：知识出版社，1987. 第 57～102 页）

总之，在弗洛伊德看来，"艺术的产生并不是为了艺术，它们的主要目的是发泄那些在今日大部分已被压抑了的冲动。"（[奥]弗洛伊德. 图腾与禁忌. 台北：台湾志文出版社，2001. 第 116 页）文学艺术的起源和本质在于"力必多"的升华。这是弗洛伊德对文艺起源和本质的看法。

第二，"俄狄浦斯情结"与创作动力。如果说"性欲升华理论"只是概括地阐释了文艺，那么，弗洛伊德又进一步指出，"俄狄浦斯情结"是作家、艺术家从事艺术创作的原始动机。弗洛伊德认为，每一个男孩都有爱母恨父的感情，这在作家、艺术家的童年表现得更加明确。《俄狄浦斯王》和《哈姆雷特》都是俄狄浦斯情结的表现，所不同者，"在《俄狄浦斯王》中，作为基础的儿童充满欲望的幻想正在梦中展现出来，并且得到实现。在《哈姆雷特》中，幻想被压抑着"（张唤民等译. 弗洛伊德论美文选. 北京：知识出版社，1987. 第 17 页）。弗洛伊德断定莎士比亚创作《哈姆雷特》是出于俄狄浦斯情结，并认为，哈姆雷特之所以为父报仇时再三延宕也是出于恋母情结："哈姆雷特可以做任何事情，就是不能对杀死他父亲、篡夺王位并娶了他母亲的人进行报复，这个人向他展示了他自己童年时代被压抑的欲望的实现。这样，在他心里驱使他复仇的敌意，就被自我谴责和良心的顾虑所代替了，它们告诉他，他实在并不比他要惩罚的罪犯好多少。"（张唤民等译. 弗洛伊德论美文选. 北京：知识出版社，1987. 第 18 页）后来，弗洛伊德还把这种俄狄浦斯情结动力说加以扩展，用于很多艺术家，认定他们的创作动机都是出于俄狄浦斯情结。比如，米开朗琪罗创作《摩西》，是由于要表达对专制的教皇既憎恶又不得不妥协的心情——仇父心理的变形。陀思妥耶夫斯基创作《卡拉马佐夫兄弟》这样的巨作，也是出于俄狄浦斯情结——对抗父亲或父权的表现。弗洛伊德甚至认为，现代人的俄狄浦斯情结因压抑过重而形成了分裂的人格，《卡拉马佐夫兄弟》就突出地表现了这一点。小说中卡拉马佐夫的四个儿子——弑父者、精神病患者、诗人和宗教伦理家，实质是陀思妥耶夫斯基四重人格的写照。弗洛伊德进一步指出，《俄狄浦斯王》《哈姆雷特》《卡拉马佐夫兄弟》这三部世界文学名著，分别出现于不同的时代和国度，可反映的主题都是一个，即"为一个女人进行情杀"，可见恋母仇父、弑父娶母的俄狄浦斯情结的普遍作用。在弗洛伊德看来，俄狄浦斯情结不仅适合于说明每一个作家的童年经验与其文学创作的关系，而且，俄狄浦斯情结对说明整个人类童年时代的普遍精神倾向也很有意义，人类的一切文化创造无不发源于俄狄浦斯情结。弗洛伊德在《图腾与禁忌》一书中宣称："我可以肯定地说，宗教、道德、社会和艺术之起源都系于伊底帕斯症结（俄狄浦斯情结的另一译法）上。"（[奥]弗洛伊德．图腾与禁忌．台北：台湾志文出版社，2001．第 192 页）他认为，正因为伟大的艺术作品表现了人类普遍存在的俄狄浦斯情结，所以能感动千千万万的不同时代和民族的欣赏者，引起他们的强烈共鸣。

第三，文学创作与白日梦。弗洛伊德在《作家与白日梦》一文中探讨了儿童的游戏、白日梦与文学创作之间的关系。他认为，作家通过文学创作活动，以幻想的形式创造出一个不同于现实世界的虚幻世界，而这种幻想活动的最初踪迹可以追溯到童年时代所做的游戏。游戏中的孩子恰似一个作家，"他创造出一个自由的世界，或者说他用使他快乐的新方法重新安排他那个世界的事物"。（张唤民等译．弗洛伊德论美文选．北京．知识出版社，1987．第 29 页）弗洛伊德指出，孩子的游戏态度是极其认真的，并且倾注了大量的热情，但与此同时，孩子又非常清楚地将游戏世界与现实世界区别开来。作家的所作所为正如同孩子所做的游戏。当人长大了，他停止做游戏，"用幻想来代替游戏。他在空中建筑城堡，创造出叫作白日梦的东西来""一篇创造性作品就像一场白日梦一样，是童年时代曾做过的游戏的继续和代替物。"弗洛伊德还指出，作家本人那"至高无上的自我"是每一场白日梦和每一个故事的主角。作家有时候也会把他精神生活中互相冲突的趋势体现在几个主角身上。作家的白日梦与普通人的白日梦有所不同。普通人的白日梦不会带给我们快乐，或者让我们对它产生兴趣，但是，作家将他个人的白日梦奉献给我们时，我们会感到极大的快乐。弗洛伊德认为造成这种区别的原因有二：其一，作家通过改变和伪装他的利己主义的白日梦以软化它们的性质；其二，在他表达他的幻想时，他向我们提供纯形式的——亦即美学的——快乐，以取悦于人。

第四，文学批评与释梦。弗洛伊德认为文学艺术就像一场白日梦，文学批评工作就如同释梦，目的就在于找出隐藏在作品中的隐意，即作家本人的无意识欲望。但是，正如梦的形成要经过凝缩、移置、象征和二度润饰才能把梦的隐意改装成梦的显意一样，在一部文学作品形成的过程中，作家在材料、语言、意象、象征、情节等多方面进行了艺术加工处理，从而将他真正的无意识欲望有效地掩饰起来，因此，文学作品比梦更隐晦曲折，需要仔细地阅读，才能了解作家暗含在作品中的隐意。为了有效地破译隐藏在作品中的隐意，弗洛伊德主张在阅读一部文学作品时，要把关注的重点放在作品中的"症候点"上。所谓症候点是指叙述中那些看起来是回避、矛盾和紧张的点，以及那些歪曲、暧昧、空缺、省略的点，这些正是通往作者被压抑的潜意识的通道，由此可以找出作家的情结所在，对作品的隐意做出阐释。弗洛伊德还据此分析了索福克勒斯、莎士比亚、歌德、陀思妥耶夫斯基等人的作品。例如，弗洛伊德从歌德的《诗与真》中的一个细节，即童年时代的歌德摔坏餐具的过火行为，挖掘出歌德与母亲、弟弟之间的关系以及这一关系与歌德的创作之间的关系。歌德曾嫉妒比自己小三岁的弟弟，但是他的弟弟在六岁时就夭折了，歌德因此成为母亲唯一的宠儿。也正是这种关系，造就了歌德自命不凡的感觉和他一生的辉煌成就。法国批评家让一伊夫·塔迪埃称这种批评方法是"什么孩子出什么作品"（[法]让一伊夫·塔迪埃. 20 世纪的文学批评. 史忠义译. 天津：百花文艺出版社，1998. 第 172 页）。

应该承认，弗洛伊德的贡献是多方面的。他第一个明确地把现代心理学与文学结合起来，开文艺心理学研究风气之先。他关于作家、艺术家的深层的创作动机的研究，拓宽并加深了文艺学的研究领域。他关于文学与梦的关系的看法，抓住了文艺创作的一些重要特点，为解释文艺作品提供了一个新的视角；他的性欲升华说，充分估计到了性对文化创造的重要意义，对于研究文艺的价值和功能有一定的参考价值。

二、荣格的分析心理学理论与文艺观

荣格（1875—1961 年），瑞士著名的心理学家、精神病学家，分析心理学的创始人。荣格早年曾追随弗洛伊德，后来因学术见解方面的分歧而与自己的老师分道扬镳，创立了分析心理学派。荣格在许多方面修正、丰富和发展了弗洛伊德的精神分析学说，其理论对现代心理学、哲学、美学和文学艺术都产生了重大影响。他的著作已编成《荣格全集》19 卷出版，其主要文艺论文有：《论分析心理学与诗歌的关系》《心理学与文学》《美学中的类型问题》《日神精神与酒神精神》《现实与超现实》等。荣格理论中包含着更为丰富更为直接的美学和文艺学思想。其中，较为重要的有以下几点：

第一，艺术与集体无意识。集体无意识是荣格分析心理学最重要的理论假说。荣格与弗洛伊德都承认无意识的存在，但是荣格对无意识的实质和结构的理解与弗洛伊德却有着根本的区别。荣格认为，弗洛伊德将无意识界定为被压抑的性本能欲望，他只是发现了属于表层的个人无意识，这种个人无意识还有赖于更深层次的集体无意识。荣格指出，"个人无意识主要是由各种情结构成的，集体无意识的内容则主要是'原型'"，（[瑞士]荣格．心理学与文学．冯川译．北京：三联书店，1987．第94页）。集体无意识是"集体的、普遍的、非个人的。它不是从个人那里发展而来，而是通过继承与遗传而来，是由原型这种先存的形式所构成的"。荣格认为原型是自远古时代就已存在的普遍意象，"从科学的角度、因果的角度，原始意象可以被设想为一种记忆蕴藏，一种印痕或者记忆痕迹，它来源于同一种经验的无数过程的凝缩。在这方面它是某些不断发生的心理体验的积淀，并因而是它们的典型的基本形式"。（[瑞士]荣格．心理学与文学．冯川译．北京：三联书店，1987．第6页）在荣格看来，原型是一切心理反映具有普遍一致性的先验形式，它对于所有民族和所有时代的人来说都是相通的。他还指出，原型与人类特定的存在模式或典型情境息息相关，"生活中有多少种典型环境，就有多少个原型。无穷无尽的重复已经把这些经验刻进了我们的精神构造中""当符合某种特定原型的情境出现时，那个原型就复活过来，产生出一种强制性，并像一种本能驱力一样，与一切理性和意志相对抗"。荣格分析和描述了许多重要的原型像玛纳、母亲、再生等。他认为，"每一个原始意象中都有着人类精神和人类命运的一块碎片，都有着在我们祖先的历史中重复了无数次的欢乐和悲哀的一点残余"。因此，伟大艺术的奥秘就在于，艺术家的创作能一直追溯到无意识深处的原始意象，而正是这些原始意象补偿了我们今天的片面和匮乏。

第二，艺术创作的模式："心理的"与"幻觉的"。荣格把艺术创作区分为"心理的"和"幻觉的"两种模式。心理的创作从人类的意识领域寻找素材，因而是面向现实的艺术。它解释和说明的是人类生活的必然经验与不断循环重复的悲哀与欢乐，像爱情小说、家庭小说、犯罪小说、社会小说和说教诗等，都是这一类作品。它们所包含的是人类外部生活的基本经验，没有任何奇特之处，都是能够为人们所理解的。而幻觉型创作则从潜藏在无意识深处的原始意象中寻找素材，因而是背对现实的艺术。荣格指出："这里为艺术表现提供的东西，它仿佛来自人类史前时代的深渊，又仿佛来自光明与黑暗对照的超人世界。这是一种超越了人类理解力的原始经验。"荣格认为，这种超越了人类理解力的原始经验属于集体无意识领域，它要求的是作家的另一类与日常生活经验完全不同的才能，一种神秘的内心体验和幻觉能力。但丁的《神曲》、瓦格纳的《尼伯龙根的戒指》、毕加索的绘画作品等，都是幻觉型的艺术。歌德的《浮士德》第一部属于心理的模式，第二部则拒绝和掩盖了第一部中的人类经验，成为一部触及人类灵魂深处某种东西的幻觉型作品。

第三，艺术家的两重性："作为个人的艺术家"和"作为艺术家的个人"。弗洛伊德认为艺术的本质可以追溯到艺术家本人被压抑的情结，因此可以通过分析艺术家被压抑的精神心理结构来理解艺术作品。荣格则认为，渗透到艺术作品中的个人癖性不能说明艺术的本质。他指出："事实上，作品中个人的东西越多，也就越不成其为艺术。艺术作品的本质在于它超越了个人生活领域而以艺术家的心灵向全人类说话。个人色彩在艺术中是一种局限甚至是一种罪孽。"也就是说，艺术家是客观的、非个人的，他就是他的作品，而不是他这个人。荣格指出，每一个富有创造性的人都是两种或多种矛盾倾向的统一体。一方面，他是一个过着个人生活的人类成员；另一方面，他又是一个无个性的创作过程，因此，他主张应该将作为"个人的艺术家"与作为"艺术家的个人"区分开来。作为"个人的艺术家"，他拥有喜怒哀乐、个人意志和个人目的，但是作为"艺术家的个人"，"他却是更高意义上的人，即'集体的人'，是一个负荷并造就人类无意识精神生活的人。为了行使这一艰难的使命，他有时必须牺牲个人幸福，牺牲普通人认为使生活值得一过的一切事物"。在此意义上，艺术家的生活即便不是悲剧性的，也是高度不幸的。因为他必须为神圣的创作激情付出巨大的代价，结果是他在个人生活方面的幼稚无能，甚至不得不形成种种缺陷和不良的癖性，像自私、虚荣等自恋症状。荣格认为，艺术家"从出生那一天起，他就被召唤着去完成较之普通人更伟大的使命。特殊的才能需要在特殊的方向上耗费巨大精力，其结果也就是生命在另一方面的相应枯竭"。正因为如此，荣格拒绝像弗洛伊德那样从作家的情结入手来分析作品，认为作家的作品比他个人的生命更有意义。像作为艺术家的歌德和尼采，我们除了把他们看作写作了《浮士德》和《查拉图斯特拉如是说》的德国人，还能把他们想成是什么人呢？

荣格的集体无意识学说及其原型理论，无论在广度还是在深度上都超越了弗洛伊德，对西方的现代文学创作和文学批评都产生了深远的影响。在荣格的理论影响下，西方文学批评界形成了一个用原型理论来研究文学创作的"原型批评"学派。

三、精神分析理论与西方文学

弗洛伊德的精神分析学问世以来，在西方受到褒贬不一的评价。但弗洛伊德的理论如今已广泛地渗透于西方的学术思想和日常生活之中了，其影响可谓无孔不入。弗洛伊德对西方现代文学创作的影响也是巨大的，超现实主义、意识流小说、后期象征主义、表现主义、存在主义、心理现实主义等现代主义文学流派都直接得益于弗洛伊德的理论。弗洛伊德的理论对当代西方文学批评也有重大影响，其理论被许多批评家继承、发挥或修正，被广泛运用于文学研究与批评实践。

弗洛伊德的理论对 20 世纪西方文学的渗透和影响在文学史上是惊人的。从 20 世纪的西方文学来看，一大批作家都受了其影响。其中小说家有杰克·伦敦、德莱塞、劳伦斯、乔伊斯、伍尔芙、普鲁斯特、卡夫卡、海明威、福克纳、菲茨杰拉德、路易森、弗兰克、托马斯、安德森、托马斯·曼、罗曼·罗兰、茨威格、索尔·贝娄等；诗人则有里尔克、布勒东、庞德、艾略特、杰弗斯、佛洛斯特等；剧作家有梅特林克、奥尼尔、荒诞派剧作家以及萨特这样的作家兼思想家。

从作家本人的经历和人生观来看，受弗洛伊德主义影响的作家有以下五大类：

第一类主要是现实主义作家，他们功名成就，所创的作品达到了全盛地步，创作素材使用殆尽了，因此他们的创作逐渐衰退，而弗洛伊德的理论对他们来说，颇有一番新鲜感，似乎能把他们从危机中解脱出来。例如杰克·伦敦、德莱塞等人就属这类作家。在这一类作家中，杰克·伦敦曾被誉为一位社会主义小说家，甚至也有人称他为美国无产阶级文学之父。他出身贫寒，个人经历坎坷曲折，从小就备受压抑，但又胸怀大志，梦想着有朝一日能从社会深渊的底层崛起，冲破层层"压抑"，以实现隐藏在无意识深处的本能欲望的满足，进而升华到社会的上层。在弗洛伊德理论的影响下，杰克·伦敦写了两部小说《大房子里的小女人》和《约翰·巴雷考恩》。前者实践了弗洛伊德的"力必多"说，完全是关于性欲的。小说着意描写了三个情人与男女主人公之间的三角恋爱关系，丝毫见不到作者早期抨击资产阶级道德观的那种强烈的措辞。另一本书则是作者的自传体小说，写的是主人公青年时代醉酒后的心理活动，我们从主人公那酒后的狂想和胡言乱语中不难窥见作者将自由联想付诸实施之一斑，同时还洞察到主人公那真实的、不加修饰的内心世界。因此，从这个意义来看，小说是成功的：联想、梦幻、意识、无意识和现实浑然一体，显示了作者驾驭多种写作技巧的才能。难怪后来的精神分析学派批评家把这部小说当作弗洛伊德主义影响文学创作的一部经典作品来分析。这表明，弗洛伊德的这一观点对有着与俄狄浦斯情结相似经历的作家来说，是可以奏效的，至少可以成为那类作家创作的一个动因，但并不意味着就是唯一的动因。

第二类作家，如安德森、乔伊斯等人，赞成并接受弗洛伊德的观点，并将其糅合在自己的创作中。美国作家舍伍德·安德森由于对人性的了解，以及他反映人性、人性与社会关系的娴熟手法，使他被称作心理分析小说家的同时还被誉为"我们一代美国作家之父"。他的作品行文清新朴实，开美国小说新文风之一代先河。他善于描写小人物受压抑的心态，对笔下人物的心理状态更是刻画得入木三分。为了真实反映社会中的个人，他冲破美国文学创作传统中有关两性关系的禁区，使得一些评论家称其为"美国的弗洛伊德"。

这里我们选用安德森的一篇优秀的短篇小说《蛋》为基本材料，具体探讨他的心理小说。《蛋》充分地反映了作家的创作特色，常常被选进各种文集之中。它通过一个孩子的眼睛，描写了美国的一个中下层家庭深受压抑，但一直保持着"美国梦"，努力劳作，试图冲破障碍，进入上层社会，使自我欲望得到满足，但由于社会的压抑，最终归于失败的故事。

由于安德森选择的叙事角度是从儿子眼里看到紧抱"美国梦"的母亲与失败者父亲之间既有相互争斗又有联合的场景，读者很快就能发现其中的俄狄浦斯情结色彩。《蛋》记叙了一个生性快乐的农场帮工在与一个乡村女教师结婚、生子之后，变得雄心勃勃起来，试图从社会的底层崛起。妻子说服丈夫不再充当别人的帮工，而是自己开办养鸡场。但是频繁光顾鸡场的鸡瘟使他们无法享受成功的喜悦。惨淡经营十年后，一家人只能结束靠养鸡发财的梦想，来到镇上火车站附近，开起了一家小旅馆。在这次变动中，丈夫再一次顺从了妻子的意愿，让儿子接受正规教育，因为这是进入上层社会的必要条件。在这家旅馆中，夫妻俩又开始了向上的挣扎。他们提供昼夜服务，并且试图用诙谐的对话来吸引顾客，但这一努力又失败了。当父亲用鸡蛋取悦一个青年顾客的热望遭到冷遇后，他愤怒但又手足无措地来到楼上母子俩的卧室里号啕大哭，得到了妻子的安慰。

在小说中，我们看到了母亲对儿子的权威和两者间的亲昵。当他们结束了养鸡生意向镇上进发的时候，年仅10岁的儿子与母亲一起跟在父亲的马车后面步行13公里，而不是坐在父亲身边。当他们的旅馆开张后，父亲负责夜间生意，母子俩在楼上卧室休息。当父亲受到顾客冷遇冲进卧室的时候，儿子不欢迎他的到来，他看到"父亲眼中有一种半疯狂的神色，站在那儿，瞪着我们。我肯定，他想用手中的鸡蛋来砸母亲，要不就是来砸我"。此时此刻，儿子心中对父亲有股隐隐的敌意，但"自我"和"超我"都不允许他有这种试图超越伦理规范的想法，于是儿子就觉得是父亲对自己有敌意，这是转移罪恶感的典型事例。当父亲放下鸡蛋，跪在母亲的床前号啕大哭之时，儿子也放声大哭起来，"小小的卧室里回荡着我俩的痛哭声"，母亲就用手抚摸父亲的头，安慰他，平定他激动的情绪。这是儿子在多年以后回想时唯一能清楚地记起的一幕。从这些记叙中，我们可以看到儿子眼中的父亲既软弱又无能，他的出现打搅了母子俩安宁的睡眠，并且立刻夺走了母亲的全部注意，所以儿子也放声痛哭起来。他的哭，并非全如文中所言的那样被"父亲的悲哀所感染"，而是下意识地采用与父亲一样的方式来争取母亲的注意和爱抚。但是他没有成功，母亲无暇顾及儿子，她只是"不断用手抚摸着父亲头上那条光秃秃的小路"，询问楼下发生的事情，因而这一幕就伴随着他自己的悲伤与惶惑，在孩子的记忆中留下了深刻的印象。这就是俄狄浦斯情结的又一表现。

在安德森对养鸡场的描述中，我们可以看到"生的本能"和"死亡本能"对人类思想的影响。在孩子天真的目光中，新孵出来的小鸡聪明而机警，几个星期以后这些本来毛茸茸的小团就褪去了茸毛，变得丑陋，贪婪地啄食玉米，但不久就生起病来，或是染上鸡瘟，或是得了霍乱，只会站在那儿用呆呆的眼珠子瞪着太阳看，然后就死了。侥幸没有得病的，也会呆呆地跑到车轮底下，压扁后回到造物主那儿。奇怪的是总有一些母鸡会长大，也有公鸡活下来。鸡生蛋，蛋又变鸡，大部分的鸡死去，小部分活下来的鸡又生蛋，"可怕的循环就是这样形成的"。在这些大鸡小鸡生生死死的背后，作者写道"大多数哲学家肯定是在养鸡场上长大的"，而主人公成年后很容易地看到了生活中较为黑暗的那一面的原因，就是他在鸡场里度过了童年时代。一面是持续不断的死亡，一面又是进行不息的生命的繁衍，小小的鸡场无疑是大千世界的缩影，人类的生死与宇宙中生生不息的循环，就这样在鸡与蛋的命运中得到了体现。死亡是每个生命的必然归宿，而"生的本能"又促使生命凭借新的个体延续自身。生命是短暂脆弱的，生活却是永远的，永远的生活是由一代代短暂脆弱的生命构成的。这一从养鸡场引起的沧桑思考与几百万年前我们的先人在他们无法理解的死亡面前油然而生宗教崇拜几无差别。

《蛋》反映了弗洛伊德文学观点的还有幻想。故事的叙述者由于自小生活在养鸡场上，已习惯了压抑而又沉闷的生活。即使这样，一旦小主人公"能念书，有了自己的主意"，生活中就有了乐趣。他把父亲头上秃顶的部分与剩下的头发想象成大道与森林。他就在一种"半睡半醒"的状态中想象自己就像恺撒大帝一样，沿着宽阔的大道进入"一个遥远而又美丽的地方，那里没有鸡场，那里的生活是一桩与鸡蛋无关的快乐的事情"。这是孩子的"本我"在按"快乐原则"行事呢！虽然安德森的叙事方式没能直接告诉我们"父亲"的心理，但他已让我们看到，孩子看着父亲的头顶快乐地做起白日梦的时候就是冬日星期天下午父亲在火炉前沉沉入睡的时候。那么，这个生性快乐如今在生活的重压下变得沉默而无精打采的汉子，在睡梦中是不是也和他的孩子一样，暂时摆脱了鸡场的阴影，获得片刻的满足呢？又或者，为了使他能够应付生活中的大挫折，他的人格已超越了"快乐原则"，让他再一次经历鸡场上的挫折，这个可怜人因而在睡梦中也不能获得片刻的欢乐。想到这一点，《蛋》的内涵就丰富了。所以说，如果读者懂得弗洛伊德理论，就能更好地把握作者的良苦用心，这里，安德森的用意就是刻画畸形社会对人性的压抑和摧残。

乔伊斯被西方评论界公认为 21 世纪最重要的小说家。从乔伊斯的几部主要作品的主题和风格的发展演变来看，他除了保持有部分现实主义和自然主义的特征外，主要接受了下列影响：象征主义和神秘的氛围，这主要见诸《青年艺术家的肖像》等作品中；荣格的集体无意识理论，这种理论的创造性实践最有成效地体现在《尤利西斯》故事情节的安排上。作者始终以荷马史诗《奥德赛》作为反衬，通过奥德修斯英雄业绩的对照，来反衬出"当代英雄"布鲁姆的衰竭和无能。这不仅是布鲁姆个人的悲剧，同时也是当代资本主义文明的悲剧。此外，弗洛伊德的精神分析学和维柯的历史循环论的影响也比较集中地体现在乔伊斯的最后一部作品《芬内根们的守灵》中。

那么乔伊斯受弗洛伊德主义的影响又表现在哪几方面呢？霍夫曼认为：我们相当肯定，乔伊斯在离开都柏林前往欧洲大陆各都市之前，对弗洛伊德或精神分析学是不了解或未接触到的。我们有一些传记性的资料证实，他确实接触过精神分析学，第一次是在特里斯特偶然接触到的，后来又在苏黎世对之有了较为完整的了解。从内部的证据来看，我们能够断言，在写作《尤利西斯》期间的某个时候，他了解到了精神分析学的情况，而到了 1922 年，他已经读完了弗洛伊德几乎所有的著作以及荣格的一些著作。在艺术表现手法上，乔伊斯主要接受了弗洛伊德的泛性论、梦的理论、自由联想说和无意识说，这主要体现在他对性欲的描写和意识流手法的娴熟运用上。

意识流在理论上经过弗洛伊德发展到了一个新的水平，那么在实践上经过乔伊斯的尝试则达到了圆满的、极端的高度，也就是真正达到了意识流小说的水平。如果说，乔伊斯的《青年艺术家的肖像》中的意识流主要停留在前意识、潜意识和象征这个水平上，那么，《尤利西斯》中的意识流则主要以潜意识、无意识和神秘为主：书中的画面犹如万花筒一般，令人眼花缭乱，跳跃万变，通过斯蒂芬、布鲁姆和莫莉这三个人物的潜意识和无意识活动，把乔伊斯本人内心的苦闷、混乱以及对当代文明的不满和惋惜统统表达出来。而到了《芬内根们的守灵》，潜意识和无意识之"流"却流向了极端。

第三类如劳伦斯、卡夫卡等作家，虽与弗洛伊德的理论有分歧，并试图表达自己的反对意见，但他们在研究、批判的过程中，却又不知不觉地受到弗洛伊德主义的影响，最后连他们本人也成了精神分析学批评家们的分析对象。D.H.劳伦斯的身世与杰克·伦敦有所相同。他父亲是一位煤矿工人，终日干着繁重的体力劳动，结婚后脾气变得日益暴躁，经常酗酒并打骂妻子。他母亲是一位性情温柔善良的小学教师，有着较好的文化教养，特别对孩子十分爱抚，因此劳伦斯自幼就深得母亲的宠爱，对母亲有着一种特殊的感情，而对父亲则表现出厌恶和仇视。劳伦斯的这一出身背景与俄狄浦斯情结十分相像，也导致他易于接受弗洛伊德的理论。他的成名作《儿子与情人》实际上是作者早期生活经历的真实写照。这部自传色彩较浓的小说本身恰像一个"俄狄浦斯情结"的故事。小说的两个基本主题都与俄狄浦斯情结有关。前者写主人公保尔与母亲的那种充满性爱的感情，这种感情恰像弗洛伊德所描绘的那样，充满了温柔的情意：母亲把失去夫爱后的一切情感均倾注于儿子，甚至对儿子的恋人都产生了一种嫉妒，生怕有哪个女人把心爱的保尔从她身边夺走；而儿子的感情则完全处于母亲的控制之下，仇父恋母的情结几乎促使他想取代父亲的位置，把孤苦伶仃的母亲置于他的保护之下。母子之情有如一堵无形的高墙，使他感到若即若离，无法逾越这座屏障，实现超我的完成，去走向社会，走向新的生活，享受爱情的欢乐；而恋人的魅力又有如磁石，不时地吸引着他，使他始终以一种矛盾的、变态的心理徘徊在两种感情——恋母和爱情之间。最后母亲离开了人间，他才摆脱这无形的感情枷锁的束缚，以崭新的面貌出现，走向迷茫的未来生活。

第四类作家阵容庞大，他们只接受弗洛伊德的某个观点，或道听途说，或只略有所知，仅用于丰富自己的艺术表现手法。这些作家中有海明威、福克纳、奥尼尔、伍尔芙、菲茨杰拉德等。其中菲茨杰拉德所受的影响主要集中体现在他的长篇小说《夜色温柔》中。这部小说的创作时期，正是菲茨杰拉德精神崩溃的年代：妻子泽尔达的精神病折磨着他，他本人也对中产阶级的价值标准产生了怀疑和动摇。往日的狂欢劲头消逝了，取而代之的是冷峻和悲凉。他一边借酒浇愁，一边为好莱坞撰写电影脚本。在这样的背景下问世的《夜色温柔》，无疑充满了个人的感情，表现了作者的真实心境。值得我们注意的是，作者对主人公身份的安排：男主人公迪克·戴弗是一位孜孜不倦著书立说的很有希望的精神病医生，或者说一位精神分析学家——伟大的弗洛伊德的化身；女主人公尼科尔·戴弗则是一个精神病患者，或者说精神分析的对象。迪克为了治好尼科尔的精神病，力排众议，不惜牺牲自己的爱情和幸福，断然娶尼科尔为妻。在迪克的精心照顾和治疗下，尼科尔很快就康复了。如果单从这一安排就可见出，弗洛伊德的影响是十分明显的，但是令人意想不到的是，菲茨杰拉德通过主人公结局的安排对弗洛伊德主义来了一个小小的讽刺：精心治好尼科尔精神病的迪克却被勾引汤米的妻子抛弃了。最后，迪克一人离开自己的家庭和孩子，到遥远的地方继续行医去了。其中的寓意却可领略：精神分析也许可以治好肉体上的精神病，但是对社会道德上的"精神病"，即使是伟大的弗洛伊德也无可奈何。从精神分析学的角度来看，《夜色温柔》恰恰最形象化地记录了弗洛伊德式的精神病医生是如何工作、如何取得成功、最后又是如何归于失败的，尽管这种记录是不准确的。心理分析在菲茨杰拉德笔下成了贯串全书的一个主题，反映了心理分析当时在美国的影响。这也许正是这部小说的意义和价值所在。因此，后来随着精神分析学批评的日益壮大，这部小说就越来越受到重视了。

第五类则是这样一些作家：他们和弗洛伊德有着个人交往，对他的为人和探索精神十分钦佩，通过和他的交往及书信联系而直接受其影响，但他们大都有着自己的创作主张和思想。如罗曼·罗兰、叶芝、里尔克、托马斯·曼等。特别是托马斯·曼对弗洛伊德颇有研究，并写出长篇论文：《弗洛伊德与未来》《弗洛伊德在现代思想史上的地位》等，高度评价了他在现代文化各个领域中的突出地位和广泛影响。在这些作家中，托马斯·曼也许是对弗洛伊德主义理解最全面、研究最深入的一位作家。他在《弗洛伊德与未来》这篇论文中，坦率地承认了自己的创作与精神分析学的关系。最明显地流露出弗洛伊德主义影响的是《魔山》和《约瑟夫和他的兄弟们》：前者的故事发生在一个疗养院里，病人中有着各种信仰的人，他们都竭力为自己的信念而鼓吹，而作为精神分析学的狂热鼓吹者和忠实实践者的克罗考夫斯基医生不仅为宣传弗洛伊德主义而奔波效劳，同时还不厌其烦地为自己的病人进行精神分析。在这里，作者比较早地在文学作品中图解精神分析学说并记载其实践。后者的故事则发生在史前，明显地流露出受到弗洛伊德的《图腾与禁忌》的影响，同时也受了荣格的神话原型说的影响。

弗洛伊德主义对文学的影响还体现在一些作家的艺术风格和作品的艺术形式上。翻开 20 世纪西方主要作家的作品，这种影响比比皆是。例如，奥尼尔在《琼斯皇帝》中描写琼斯皇帝出逃时的幻觉和潜意识活动等就表明了他作为美国文学中有意识地发掘弗洛伊德式主题的典范。海明威在《永别了，武器》中对男女主人公厄运的安排、对高山背景和平原前景的对比式描写就颇有弗洛伊德式的象征意味。此外，我们还可以在卡夫卡的《城堡》中对噩梦和象征的暗指，在安德森的《多重婚姻》中对性欲和理智之冲突的描写，福克纳的《喧哗与骚动》中疯子的呓语等中见到弗洛伊德主义影响文学的痕迹。虽然这些作家并非弗洛伊德主义者，有的甚至公开反对弗洛伊德的某些学说，但他们大都从弗洛伊德主义文艺观中获得了某种启示，力求在艺术形式上有所突破，并且在自己的创作中取得了不同凡响的成绩。由此可见，接受弗洛伊德文艺观中的合理因素，对于深入发掘人物的潜意识和无意识心理，丰富作品的艺术表现技巧，是不无裨益的。

四、精神分析理论与中国文学

弗洛伊德及其精神分析学说在中国的命运是极其独特的。精神分析学说不仅在 20 世纪初就开始传入中国，并在 20 世纪二三十年代形成"第一次弗洛伊德热"，而且在 20 世纪 80 年代更加广泛、更加深入地再次传播开来，形成中国的"第二次弗洛伊德热"，并对当代文学产生了重要影响：一是意识流小说，二是性爱小说。

弗洛伊德对中国思想界的影响最初阶段是通过日本厨川白村《苦闷的象征》引入的。1921 年《时事新报》副刊首先刊载《苦闷的象征》中创作论和鉴赏论两章，三年后鲁迅将此书全文译出。译本引言中鲁迅这样介绍了厨川白村这部对他本人文艺思想产生了很大影响的著作："作者据柏格森一流的哲学，以进行不息的生命力为人类生活的根本，又从弗罗特一流的科学，寻出生命力的根底来，即用以解释文艺——尤其是文学。然与旧说又小有不同，柏格森以未来为不可测，作者则以诗人为先知，弗罗特归生命力的根底于性欲，作者则云即其力的突进和跳跃。"（鲁迅. 鲁迅全集·第 10 卷. 北京：人民文学出版社，1981. 第 232 页）可以看出，在鲁迅的视野中，厨川白村是超越了柏格森和弗洛伊德。但是对于弗洛伊德不分青红皂白地泛性欲主义，鲁迅事实上是不以为然的。在《我怎么作起小说来》一文中，鲁迅自称他开始写小说"所仰仗的全在先看过的百来篇外国作品和一点医学上的知识"，这一点医学上的知识，明显是指弗洛伊德的精神分析学说。《故事新编》序言中，鲁迅交代他创作《补天》，是"取了弗罗特说，来解释创造——人和文学——的缘起"。在《肥皂》中鲁迅抉细剔微，将道学先生意识深处的淫欲挖掘出来，可见弗洛伊德精神分析之于文学的更为典型的影响模式。鲁迅在《狂人日记》中多次写狂人的幻觉，《白光》几乎通篇是主人公的幻觉，以及《阿 Q 正传》畅写阿 Q "革命成功"后的白日梦等，字里行间都可以让人读出弗洛伊德来。

20 世纪 20 年代至 30 年代期间，面对弗洛伊德主义的强烈冲击，几乎所有的主要作家都以不同的态度作出了自己的反应：郭沫若、郁达夫、成仿吾等具有浪漫主义气质的作家对弗洛伊德主义的某些观点深表赞赏，并在不同的程度上受到了其影响；潘光旦、周作人等则一方面以喜悦的心情迎接这一潮流的冲击，另一方面则为其在中国的植根而奔波效劳；刘呐鸥、施蛰存、穆时英等新感觉派作家同时通过西欧和日本这两个途径，接受了弗洛伊德主义，并且创造性地将其应用于自己的创作中。茅盾、巴金等现实主义作家，则或者以冷峻严肃的态度看待弗洛伊德主义对中国文学的渗透，或者对之抱批评的态度。总之，不管对之抱什么态度，这些作家都对弗洛伊德主义发生过兴趣，并作出过自己的反应。

20 世纪 30 年代，对弗洛伊德主义最为景仰，并最为有效地将其运用于文学创作中的，大概要推新感觉派的三位主要作家刘呐鸥、施蛰存和穆时英。弗洛伊德精神分析对"五四"以来中国小说家的影响，深入而显著者公推新感觉派作家施蛰存。施蛰存注重挖掘人物的微妙心理，深入表现人物的无意识领域，这都是心理分析小说的特征。这些特征甚至见于他的历史小说。在小说《石秀》中，作者写石秀暗恋义兄杨雄妻潘巧云，思及兄弟情义，深自痛悔。然一经发现潘巧云与和尚私通，暗恋顿时转变成变态的报复心理。石秀目睹潘巧云赤条条被杨雄开膛剖腹，割乳宰杀，心中掠过的竟是阵阵爽快和愉悦。《鸠摩罗什》中，大德僧人鸠摩罗什自信心有所定，然修成正果的满心虔诚竟不敌美貌妻子的诱惑。妻子死后，又迷上名妓孟大娘，甚而在幻想中拥之抱之。本我的锋芒所向，即便自我与超我联手抵抗，究竟也是无可奈何。施蛰存的心理分析小说中，弗洛伊德色彩更为浓厚的是他这一类小说的代表作《梅雨之夕》。小说截取日常生活中一个似乎常见又意味深长的片段，描写一个梅雨淙淙的黄昏，身为某公司职员的我，回家路上遇见一位没有雨具的姑娘。我的眼睛一亮，归家的意愿顿时全无，不知不觉移动脚步，靠近美丽的姑娘。我想到了同情和怜悯一类语词，但是我自己也明白这不过是无意识冲动的一块遮羞布。我终于鬼使神差，举伞送起姑娘。一路我手臂凌空却不知酸痛，幻觉中仿佛一边就是我日思夜想、阔别已久的初恋少女，我很得意地想象我在路人眼中多像她的丈夫或者情人，突然路旁一个女子，又幻化为我的妻子，正用忧悒和嫉妒的眼光看着我们……主人公被压抑的无意识欲望就在这一系列幻影中得到满足。这类小说表现的说不上什么双重人格，它们不过是一些琐碎的个人欲望，然而唯其琐碎平常，更能见出无意识冲动对日常生活的渗透。作者力求在弥散于天地之间的欲望中写出一种诗意来，一如小说主人公由此情此景联想到古代诗画中的意境，《梅雨之夕》可视为弗洛伊德精神分析中国文学化的典范之作。

沈从文一般被西方学者和国内的一些批评家视为现代主义作家，其理由主要在于他既不属于鲁迅、茅盾、巴金等人的现实主义文学运动，同时又未加入郭沫若、郁达夫等人的浪漫主义行列，因此说他是一位现代主义作家自然不无一定的道理。弗洛伊德主义对沈从文的影响具体表现在他对人物的细腻入微的心理描写，这种心理分析既有在意识的层面上进行的，也不乏深入到潜意识和无意识的领域里的探测。在沈从文的笔下，人物的潜意识和无意识活动、常态和变态的心理一一跃然纸上。

在中国现代主要剧作家中，至少间接地受过弗洛伊德主义影响，并在中国现代戏剧创作中取得突破性进展的要数曹禺。

总的来看，"五四"以来中国的文学创作，其与精神分析的联姻基本上是与理论介绍同步的。包括鲁迅、周作人、郭沫若、郁达夫、施蛰存等在内的一大批作家，都在不同程度上接受了精神分析的影响，回过头来，又对精神分析的褊狭性做了不同程度的批判。有趣的是，就在精神分析开始火热的20世纪30年代，一方面有左翼作家周扬等人站在马克思主义立场，译介相反的观点对弗洛伊德主义进行批判，如1932年6月刊于《文学月报》创刊号的《弗洛伊德主义与艺术》，就出自周扬本人的译文，译者称这是"一篇用严正的马克思主义的方法把弗洛伊德学派的关于艺术的教义下了尖锐的解剖"。另一方面，像新月派批评家梁实秋等人，也耿耿于精神分析的片面武断，认为它是以对待病态心理的手段，来对待一切文艺现象，故其以性欲为中心的千篇一律的演绎法，究竟能在多大程度上奏效，其实是十分可疑的。到20世纪40年代，随着民族矛盾高涨，作家纷纷改弦易辙，早成强弩之末的精神分析退出文坛，已是意料中事。

20世纪80年代，国内出现了第二次"弗洛伊德热"。弗洛伊德无意识理论的影响，"意识流"理论与方法的传入，导致了中国当代文艺领域"性爱文学"和"意识流"文学创作的兴起。

无疑，弗洛伊德的性本能思想对中国人的性观念、性行为方式的变化发生了重要影响。 20世纪80年代中期前后，中国文艺领域形成了震撼强烈的性爱文学的大潮。文学艺术的各形式如小说、电影、电视、绘画、摄影、广告等，几乎都有对性与爱的充分描写或展露。这在小说中表现得尤为突出：不仅有对人的原始自然的性的描写，而且也有对社会压抑性爱变态的揭露；不仅有对人的性爱理想的描绘，而且有对人的性爱心理的挖掘，可以说，20世纪80年代的小说突破了传统文学的"性爱禁区"。张贤亮第一个揭开了"性"的神秘面纱。《男人的一半是女人》的问世，引起了广泛的议论。王安忆在《荒山之恋》《锦绣谷之恋》《岗上的世纪》《逐鹿中街》《米妮》等作品中，又展示了男女性爱之间的不同形态，充分揭示了生命本能冥冥之中对人的精神操纵和行为支配。稍后，铁凝的长篇小说《玫瑰门》问世，对于人的认识，从生命的意义上又推进了一步。历史中的人与人的历史在这里水乳交融，互为体现，既可以说通过人的生命形式检视历史是非，也可以说通过历史轨迹映现人的生命形态。

第三节　意识流小说

弗洛伊德与荣格对人的无意识的研究与论述，使人们开始重新审视人的无意识，从某一方面也推动了意识流理论的巩固与发展。他们的理论观点，促进了文学艺术中意识流方法的形成和发展。"一战"以后，西方作家对现实感到幻灭，文学描写开始转向对人的内心世界的挖掘，意识流小说就是在这种背景下产生的。

一、意识流小说的发展

意识流小说是第一个重要的现代小说流派，也是现代主义小说最重要的代表。意识流小说在 20 世纪的小说创作中独树一帜，历来被评论家看作欧美现代派文学达到顶峰时期的艺术结晶。这一流派不仅产生了许多杰出的作家和作品，而且其所倡导的小说观念和手法在现代小说史上也产生了十分深远的影响。意识流文学的创作高峰期基本集中于 20 世纪二三十年代。

意识流本是一个心理学术语，出自美国心理学家威廉·詹姆斯的《心理学原理》（1890 年）一书。詹姆斯在其中指出，"意识并没有对它自己显现为是被砍碎了的碎块。像'链条''序列'这样的语词，并没有恰当地将它描述为它最初将自己呈现出来的样子。它完全不是结合起来的东西，它是流动的。'河'或者'流'的比喻可以使它得到最自然的描述。在后面谈到它的地方，让我们称它为思想之流，意识之流，或者主观生活之流"（[美]威廉·詹姆斯. 心理学原理. 田平译. 北京：中国城市出版社，2003. 第 335 页）。在这段话里，詹姆斯所极力强调的就是意识活动所具有的连绵不断的特征。概括起来，詹姆斯对于意识流理论的形成和发展作出的主要贡献在于，他不仅首次明确提出了"意识流"这一概念，而且从理论上深入地论证了意识活动所具有的绵延性特征。他的这些思想对于现代思想以及艺术创作无疑产生了深远的影响。

在詹姆斯之后，西方现代思想主要从两个方面发展了他的意识流理论：一方面，生命哲学、现象学和存在哲学等现代哲学流派对意识以及生命活动的时间特征进行了深入探讨；另一方面，以弗洛伊德和荣格为代表的现代心理学理论则对意识活动的深层结构做了深刻的分析，这两个方面共同构成了意识流理论的基本内容。

詹姆斯对艺术活动的分析乃是从心理学的角度来进行的，而柏格森则是一个生命哲学家，因而他对时间现象的分析也就不再仅仅局限于意识活动领域，而是在根本上服务于他的生命哲学的建构。在他看来，宇宙的本质不是物质，而是一种"生命之流"，即一种非理性的、永无休止的生命之流："这是一条无底、无岸的河流，它不借可以标出的力量而流向一个不能确定的方向。即使如此，我们也只能称它为一条河流，而这条河流只是流动。"（[法]柏格森. 形而上学导言. 上海：商务印书馆，1963．第68页）那么，生命本身具有怎样的存在规定呢？柏格森认为，"只有时间才是构成生命的本质要素"（[法]柏格森. 创造进化论. 长沙：湖南人民出版社，1989．第8页）。其所以如此，是因为他认为生命在本质上是一种精神或者意识，而意识与物质的根本差别，就在于前者是一种时间性的存在，而后者则是一种空间性的存在。不过，他认为时间具有两种形态："一种是纯粹的，没有杂物在内，一种偷偷地引入了空间概念。"（[法]柏格森. 时间与自由意志. 北京：商务印书馆，1989．第67页）柏格森明确区分两种时间观念，并且把生命及其时间特征刻画为一种非理性的"绵延"过程，这对现代作家无疑产生了十分深刻的影响。

如果说对于时间流程的分析反映了意识活动的纵向特征的话，那么对于意识活动的深层结构的分析则显然属于横向的剖面式研究。在现代思想中，这方面的研究主要是由以弗洛伊德和荣格为代表的心理分析理论完成的，其中，前者的思想更是对许多意识流小说家产生了直接的影响。关于弗洛伊德和荣格的学说，我们已在前面作了详细的论述，不再赘述。

意识流小说的特点是打破传统小说基本上按故事情节发生的先后次序或是按情节之间的逻辑联系而形成的单一的、直线发展的结构，故事叙述不是按时间顺序依次直线前进，而是随着人的意识活动，通过自由联想来组织故事。故事的安排和情节的衔接，一般不受时间、空间或逻辑、因果关系的制约，往往表现为时间、空间的跳跃、多变，前后两个场景之间缺乏时间、地点方面的紧密的逻辑联系。时间上常常是过去、现在、将来交叉或重叠。小说常常是以一件当时正在进行的事件为中心，通过触发物的引发，人的意识活动不断地向四面八方发射又收回，经过不断循环往复，形成一种枝蔓式的立体结构。

意识流文学的重要代表人物包括英国女作家弗吉尼亚·伍尔芙、爱尔兰作家詹姆斯·乔伊斯、法国作家普鲁斯特和美国作家威廉·福克纳等。

19 世纪末，法国作家埃杜阿·杜雅尔丹发表了小说《被砍倒的月桂树》。此作因始终运用"内心独白"艺术手法，被后人视为意识流文学的先声。进入 20 世纪后，意识流文学家们将意识流创作方法加以完备化并使之走向成熟。至 20 世纪 20 年代前后，意识流文学进入兴盛时期。意识流文学的奠基者是法国作家马赛尔·普鲁斯特。其代表作七卷本长篇小说《追忆逝水年华》实践了作者"主观真实论"的艺术观，是"单纯型"意识流文学的范本。这部作品为意识流文学打下了发展的基础。

英国著名小说家、批评家弗吉尼亚·伍尔芙也是一位著名的意识流作家，是意识流小说的奠基者。她在对一些意识流小说家的创作进行总结、借鉴的基础上，丰富、发展了意识流文学的表现手法，并对它进行理论阐发。1919 年，伍尔芙发表了第一部意识流小说《墙上的斑点》。作品通过一个妇女看到墙上一个模糊不清的斑点而引起无限联想的意识流动过程，揭示人内在世界的丰富和易于变化。《达罗卫夫人》（1925 年）、《到灯塔去》（1927 年）是伍尔芙意识流小说的代表作。前者表现的是达罗卫夫人在家庭晚会上重见旧日恋人彼德并得知附近一个患精神病的男子自杀后意识的跳跃纷呈；后者大量运用象征主义手法，表达的是作者对超越了功名恩怨的彼岸世界的向往，呈现给读者的是人物的深层意识。伍尔芙小说不注重表现事件、人物之间的关系，而把创作重心放在对人物思想感情流程的再现上，讲究环境和景物描写的印象效果。她的文笔富于音乐性，并运用音乐上的"曲式学"结构作品，给读者以美感。

爱尔兰作家乔伊斯（1882—1941 年）是意识流文学代表作家之一。乔伊斯的代表作《尤利西斯》（1922 年）历时八年完成，是意识流文学的扛鼎之作。它"套用"荷马史诗《奥德赛》的框架，分为 3 部 18 章，在人物设计与情节安排上也与之相呼应。但作者却把古希腊英雄尤利西斯（即奥德修斯）海上十年漂泊的神话，变成了现代普通人布卢姆一天内在都柏林街头游荡的故事，以此暗示英雄时代的结束和当代普通人的命运悲剧。《尤利西斯》与传统的现实主义小说迥然不同。它全方位运用意识流的表现手段，通过人物潜意识的流动，表现了现代西方人严重的精神危机。因此，小说被西方评论界奉为意识流的百科全书。作品没有传统小说中故事性极强的情节，只是以布卢姆和斯蒂芬从 1904 年 6 月 16 日早上 8 点到次日凌晨 2 点这 18 小时内在都柏林的生活和内心活动为主要内容，把他们过去的经历和精神生活纳入其意识无秩序的流动中分别表现出来。而布卢姆的妻子莫莉在小说中大部分是通过他人视觉显示出来的，直到篇尾才正面出现。作者以她躺在床上、在半睡半醒的状态下的长篇内心独白结束全作。他们的经历不能构成完整有序的情节线索，事件的发生与时间的发展也无任何序列关联，却成为人物意识流动的一个又一个外在引源，带出人物绵延不断的意识之流，而这种意识活动完全不同于传统小说中有逻辑、有条理、在理性支配下的心理描写，而是不受时空限制、不受逻辑制约、具有极大跳跃性、随意性和不连贯性的人的意识的本原状态的展示。作品的核心人物只有三个，他们身上显示出多层次的复杂矛盾的性格。某报馆的广告业务承揽人利奥波德·布卢姆庸碌、卑微，却不乏忠厚、善良；他的妻子，稍有名气的莫莉耽于肉欲，但内心也渴望真情；私立中学历史教师斯蒂芬·德迪勒斯精神空虚，却不肯放弃幻想。通过他们，乔伊斯逼真描绘出西方现代都市中人的真实形象，他们身上不再闪耀古代英雄的光彩，精神不再崇高，但仍固守着人性的精神家园。作者向人们展现了一幅现代人灵魂全景图。与其他意识流作家的叙事方法比较，乔伊斯在《尤利西斯》中采用"交错式"意识流的写法，即各人所想与其他人不相干，虽然有时出现重叠，却是偶然造成，因为人物不需要共同面对同一件事。这种叙事方法，使小说内容更加分散，加之作品中"内心独白"的大量运用，"自由联想"的跨越性与随意性极大，故而给读者的阅读和理解造成困难。美国作家福克纳是意识流文学的又一杰出代表。福克纳最有代表性的作品是长篇小说《喧哗与骚动》（1929 年）。《喧哗与骚动》的故事背景是杰斐逊镇。它描写和表现了一个曾经显赫，如今已走向没落的家族——康普生家族后代的生活及精神世界。全书分四部分，分别截取康普生一家生活中的四个日子作标题，各部分又分别从白痴班吉、他的哥哥昆丁和杰生的意识流动以及作者本人的叙述角度讲述同一个故事，故事的中心点为康普生的女儿凯蒂的命运。南方世家大族的后代康普生和夫人精神颓丧，生活空虚，对孩子没有温暖也没有爱。女儿凯蒂热情奔放，与家庭难融。长大后不慎失身于一个纨绔子弟，后因此导致婚姻悲剧，遭到遗弃，沦为妓女。凯蒂的弟弟班吉生来白痴，对姐姐充满依恋之情；凯蒂的哥哥昆丁对妹妹怀有乱伦的感情。凯蒂的失贞与出走，均对他们造成极大的精神打击：班吉失去精神的唯一依靠，昆丁从小建立起的南方传统价值观遭到毁灭性打击，最终选择自杀之路。兄妹中只有杰生与时代节奏合拍，自私自利，卑鄙无耻，对姐姐凯蒂嫉恨有加，寻找机会敲诈落难的姐姐和她的私生女。在这个环境中，只有黑人女仆迪尔西头脑清醒，能理性地判断是非；作者站在她的立场上审视各个人物，同时通过她也反映出劳动者忍辱负重、善良的品性。福克纳采用"复合式"意识流的表现手法，通过不同性格、不同遭际、不同品质的人物在不同的时间段内的意识流动来叙述同一个故事的始末，造成了一种意识复合流动的效果。其中虽有部分重复，却毫无雷同之感，原因在于作者描写的重心不在凯蒂母女堕落的故事本身，而是该事件在不同人的内心产生的影响及其导致的心灵变化。故事化为三个人物意识流程的有机组成部分，把读者引入各种人物的内心世界。小说未按时序展开叙述，需要读者在阅读中参与创造，把事件的全过程拼装完整，这说明表面颠倒混乱的时序下发生的故事有着内在的秩序。作品的叙述角度是由内向外的，叙述者头脑思绪的不断变化成为作品内容延展的主线。文中跳跃变幻的思绪不用清晰的文字做交代，而是采用诸如变换字体、口气、称谓等手段，需要读者细心辨别。

二、意识流小说的心理学特征

尽管意识流作家在创作思想和艺术风格上表现出很大的差异，如普鲁斯特借助"本能的回忆"，向往着一种神奇的力量从潜意识中唤起从前的光明画面，留住幸福和快乐；乔伊斯则热衷于表现人的罪恶和兽性，描绘意识活动中充满黑暗和盲目的混乱画卷；福克纳的意识流作品与美国南方社会的现存状况息息相关；而伍尔芙的意识流小说则具有浓郁的抒情性和唯美主义倾向。但意识流作家们在创作中仍表现出一系列与心理学相关的美学特征。

第一，面向内心、面向自我。一般说来，浪漫主义往往强调理想和想象，现实主义则着力描写真实的生活细节，自然主义主张对现实进行纯客观的摹写，意识流文学却强调作家面向内心、面向自我。伍尔芙说，"生活并不是一连串左右对称的马车车灯，生活是一圈光晕，一个始终包围着我们的半透明层。传达这变化万端的，这尚欠认识、尚欠探讨的根本精神，不管它的表现多么脱离常轨、错综复杂，而且如实传达，尽可能不掺入它本身之外的、非其固有的东西，难道不正是小说家的任务吗？"（[英]伍尔芙. 论小说与小说家. 瞿世镜译，上海：上海译文出版社，2000．第 8 页）福克纳认为，作家只应写人类的"内心冲突"和"心灵深处亘古至今的真实情感"。在意识流作家那里，客观现实必定会涂上主观色彩，并且，现实往往是支离破碎的，只有主观才是完整的。普鲁斯特的《追忆逝水年华》就是这方面的典型例证。

第二，自我联想与感官印象。由于意识流作家总是面向内心、面向自我，所以，他们必定会按照主观意识的流程去进行创作。他们凭着个人的印象和幻觉来确定外在事物与内在意识的联系，因此他们的创作十分自由，具有极大的主观随意性。意识流的自由联想并不注重两事物的共同特征。现实生活往往只是主观感受的媒介，所以他们重在写感官印象，这实际上就是"外界内移"。感官印象是作家记录纯粹感觉和意象的最彻底的方法，它把音乐和诗的效果移植到小说方面。它再现纯属个人性质的印象，这时，作家的思维近于消极状态，只受瞬息即逝的印象的约束，接近于无意识，无法用言语来表达。譬如，伍尔芙所写的并不是所谓的客观现实，而是"客观事物在脑子里的印象"，"成千上万个琐碎的、奇异的、倏忽即逝的或刻骨铭心的印象"。那些印象打动着每一个人，呈现出事物的实在性，伍尔芙把它们捕捉住了。她的短篇小说《墙上的斑点》就写一位西方妇女看到墙上的斑点所引起的种种联想，而所有这些联想又缺乏逻辑的必然联系，主要由女主人公个人的此时此刻的感官印象所引发。

第三，内心独白与内心分析。如何才能充分地表现内心和自我，怎样才能恰当地展现自由联想和感官印象呢？意识流作家认为，最好的方法是内心独白和内心分析。"内心独白"一词最早出现在大仲马的小说《二十年后》（1845 年）中，在法国，人们将意识流小说通常称作内心独白小说。内心独白是"从思想或印象形成过程中的思维里的直引述"，它可以再现意识的任何一个领域。法国作家杜夏丹说："内心独白具有近乎诗的领域的性质。是人物内心深处的、最接近无意墙带的思想。是摒弃逻辑关系的、未加分化的状态。是在没有听者的情况下，在沉默中进行的语言。是用还原为统一语法的最小限制的直感性文章表现的、给予人以再现思想于心中浮动的原本状态的印象的谶白。"（赵乐甡等. 西方现代派文学与艺术. 长春：时代文艺出版社，1986. 第 245 页）意识流的内心独白，不像传统小说、戏剧中的内心独白那样反映的是自觉的意识过程，它们往往不受理性和意志的控制。内心分析称间接的内心独白，"把人物的意识汇总在作者的叙述之中"。这种手法现实主义作家也常常运用，但无论在使用的范围上还是程度上都不及意识流作家。总之，意识流文学的内心独白以表现零乱多变的无意识、潜意识为主，它比较适合于刻画内向型、忧郁型、变态型的人物心理，而这种心理常常是现代知识分子的典型心理。海明威的小说《乞力马扎罗的雪》就运用了意识流的内心独白手法，描写一个重病的人在弥留之际的心理活动。

第四，超时间性和超空间性。意识流文学由于通过内心独白与内心分析的手法来表现潜意识和无意识，这就必然会带来意识流动的超时间性和超空间性。美国当代理论家梅·弗里德曼说："意识流小说的各节并不是以人物行动的进展连接起来，倒是凭着象征和形象的不断交相照应连接起来，而这些象征和形象相互之间只能在空间产生联系。这类小说的形式通常是意象和语言相交织的结果，与时间的次序没有关系。结构的全盘安排是纵向的。同时，诗和音乐的句子交相补充，也赋予肌理以同样空间的幅度。"普鲁斯特说："一个大作家……只是在'解释'早已存在于我们各自心中的印象而已。"福克纳则坚信，"我可以像上帝一样，把这些人物调来调去，不受空间的限制，也不受时间的限制。我抛开时间的限制，随意调度书中的人物，结果非常成功，至少在我看来效果极好。"

另外，意识流与现代诗的作用也非常相近：语言被简化到句法上最简单的程度；文字的排列也是合乎诗的性质，而不是逻辑性的。语言的强度也与诗相仿，其中的思想永远在进行中。同时，意识流小说还有音乐化的特征，常采用音乐的对位、主导主题的方法，运用赋格、奏鸣曲的形式，极大地丰富了小说的表现形式。意识流小说还常常借用电影剪辑的手法，以表现人物意识超越时空的自由流动。总而言之，意识流极大地开拓了现代艺术表现和描绘的艺术空间，它既关注着人物内心感觉和思维的一般过程，又重点描述了模糊的感觉、本能的欲望、不由自主的记忆、漫无边际的冥思苦想等潜意识或无意识的内心世界，这无疑增进了我们对人本身的认识和了解。意识流小说还在很大程度上打破传统小说创作的固定模式，丰富了现当代文学创作的艺术手法。无论在内容上还是在形式上，许多意识流小说都堪称小说艺术的精品，具有极高的艺术独创性，其艺术、美学价值不可低估。但也必须看到，意识流小说不同程度地存在着夸大人物的生理本能欲望的不良倾向，具有非理性特征。意识流小说的致命伤是把人物从与社会环境的整体联系中隔离出来，加以孤立地展现和描绘，这就削弱了小说的社会意义。同时，意识流小说既认为语言和思想、感觉是完全不同的两码事，又别无选择地使用语言媒介，用语言模仿"前语言"阶段的心理活动，其间的矛盾最终使意识流小说破坏了语言形式，也使自己丧失了读者大众，沦为现代派"文化精英主义"的牺牲品。

三、意识流对中国文学的影响

早在 1921 年，柯一岑在其所著《柏格森的精神能力说》中就指出，柏格森"以为意识不是固定的，乃是一种流动的东西……这是川流不息的，是呈现于我们经验中的东西，所以哲姆斯（詹姆斯）把它叫作意识流"。这大概是"意识流"这一概念首次出现在中文中，但这时这一概念还不具备文学的意义。20 世纪 70 年代末 80 年代初才是西方意识流文学真正"流"到中国，并在中国生根发芽、开花结果的时代。西方经典的意识流作家被译介到了中国，一批专门评述意识流文学的论文或著作问世，20 世纪 80 年代初国内批评界围绕意识流小说的创作，曾展开过热烈的讨论。1987 年由中国社科院外文所举办的意识流问题讨论会，以及 1988 年由吴亮选编的中国新时期流派小说《意识流小说》和由宋耀良选编的《中国意识流小说选》的出版，标志着意识流已经在中国落地生根，结出了富有中国特色的丰硕果实。

中国是否有意识流作家？这是一个颇有争议的问题。我们的确翻译、介绍了许多西方的意识流理论和文学作品，这些理论和创作又的确对我们的理论和创作发挥了某种影响；许多作家自觉不自觉地运用了意识流理论和方法进行创作和探索；还有许多文学作品尽管没有明显受到西方意识流的影响，但它们却与意识流理论和创作有着某种不谋而合的特征和品格，因此，我们不能否定中国存在着意识流文学。当然，中国的意识流文学绝不会等同于西方的意识流文学，尽管中国意识流文学吸收和借鉴了西方意识流文学的理论和方法。

那么，什么是中国的意识流文学呢？在中国文学史上，究竟哪些作家、哪些作品属于意识流文学？

中国的意识流文学大致可以分为三类：一是那些自觉地运用意识流理论进行创作实践的作家作品；二是某些作家无意中迎合了意识流理论，创作了非常吻合意识流文学特征的作品；三是某些作家在其创作中有意无意地运用了某些意识流手法创作的作品。

如果以时间或地域来划分，中国内地意识流文学大致可以分为两个时期或两部分：20世纪20年代中期至40年代末期我国大陆的意识流文学，新时期我国大陆意识流文学。第一个时期的意识流文学以新感觉派文学为主，其余的还有鲁迅、郭沫若、丁玲、郁达夫等创作的部分作品。第二个时期是中国意识流文学的繁荣发展时期。20世纪80年代末由吴亮等精选的《意识流小说》包括12位作家创作的12部小说。另一部由宋耀良选编的《中国意识流小说选》共收录32位作家的33篇小说。

鲁迅被誉为东方意识流之父。他对意识流的贡献主要体现在如下几个方面：第一，对意识流理论的介绍和传播。鲁迅对意识流理论的介绍和传播主要体现在他对弗洛伊德的理论、柏格森的理论、厨川白村的理论的介绍和传播。鲁迅在日本学医时，对弗洛伊德的精神分析学说"就可能有所接触"。鲁迅说，他创作历史小说《补天》，便是"取了弗罗特说"来解释创造——人和文学——的缘起。1924年他翻译厨川白村的《苦闷的象征》，该书便是以柏格森和弗洛伊德理论为基础撰写而成。第二，《野草》被认为是意识流文学代表作品。《野草》中有大量的内心独白和对梦境的描写。"人睡到不知道时候的时候，就会有影来告别，说出那些话。——人睡到不知道什么时候的时候是什么时候？应当是梦幻的时候。"（《影的告别》）"我在朦胧中，看见一个好故事。"（《好的故事》）"我梦见自己在冰山间奔驰。"（《死火》）"我梦见自己在隘巷中行走，衣履破碎，像乞食者。"（《狗的驳诘》）"我梦见自己躺在床上，在荒寒的野外，地狱的旁边。"《失掉的好地狱》"我梦见自己正和墓碣对立，读着上面的刻辞。"（《墓碣文》）

"我梦见自己在做梦。"（《颓败线的颤动》）"我梦见自己正在小学校的讲堂上预备作文，向老师请教立论的方法。"（《立论》）"我梦见自己死在道路上。"（《死后》）除此之外，作品节奏急速，并常常伴随着大幅度地跳跃。作者多采用象征手法，描写内心的矛盾和冲突。第三，鲁迅在其他小说广泛地采用了意识流手法。鲁迅在他的小说创作中广泛地借鉴、运用了意识流的"内心分析""内心独白""感官印象"、自由联想、梦幻和潜意识等手法，以刻画现代国人的灵魂，挖掘他们内心深处的"意识流"和"情感流"。鲁迅小说集中描写内心独白的有《狂人日记》《伤逝》《阿Q》《白光》；集中描写梦境的有《弟兄》《狂人日记》；集中描写幻觉的主要有《狂人日记》《白光》；集中运用了象征手法的主要有《白光》《长明灯》。不过鲁迅借用意识流手法只是作为现实主义创作方法的一种辅助手段，如同他对象征主义手法的借用一样，从来没有把这些现代主义手法提升到主导地位或者让它们进入创作方法的内在层次。

除鲁迅外，郭沫若、郁达夫等作家也曾受意识流文学的影响，如郭沫若的《司马迁发愤》《残春》便带有明显的弗洛伊德心理分析学说的痕迹，郁达夫的"自我小说"显然也运用了意识流文学的内心分析、内心独白等手法。

以刘呐鸥、穆时英、施蛰存为代表的新感觉派小说中的意识流文学特征已是文学史上不争的事实。"新感觉派""可以说是中国文学史上第一个运用现代派创作方法特别是意识流艺术方法创作小说的独立文学流派。如果五四时代鲁迅、郁达夫等借用意识流手法只是配合主导创作方法所进行的初步尝试，那么新感觉派的小说家们则是把意识流作为主导创作方法之一来运用。"（朱德发. 二十世纪中国文学流派论纲. 济南：山东教育出版社，1992. 第333~334 页）这方面的主要作品有刘呐鸥的《热情之骨》、穆时英《公墓》《夜》《黑牡丹》《白金的女体塑像》、施蛰存《梅雨之夕》《魔道》《石秀》《将军底头》等。

一般认为，新时期意识流文学东方化的首倡者和实行者是王蒙。王蒙在1979 年写了小说《布礼》《夜的眼》尝试"意识流手法"。1980 年又写了一组小说《春之声》《海的梦》《风筝飘带》《蝴蝶》等，开创了意识流文学的先河。《春之声》可谓王蒙借鉴"意识流手法"的代表性作品。这篇小说自觉地运用了一些意识流小说的手法，如自由联想、梦幻、幻觉、忆念，等等。张承志的小说《大阪》借飘忽的梦写主人公的心理深层的愿望。张洁的中篇小说《祖母绿》，描写了潜意识的巨大力量以及潜意识与意识的矛盾。

总之，我国新时期许多作家曾大量地模仿、学习、借鉴意识流小说的创作方法和形式，并已取得了相当可观的成绩。

第四章 绘画艺术视域下的文学研究

在广义的概念外延上，艺术不仅包括文学，还涵盖音乐、绘画、舞蹈、雕刻、建筑、影视等不同的艺术门类。既然文学与音乐、绘画、舞蹈、雕刻、建筑、影视等同属于艺术，当然它们之间有许多交叉共同的地方。在狭义的概念外延上，学术界一般也把文学从音乐、绘画、舞蹈、雕刻、建筑、影视等学科门类中区别出来，把文学置放在与艺术同等的学科地位。比较文学所讨论的文学与其他门类艺术的跨学科研究，则是在狭义的概念外延上使用"艺术"这一概念，这样就把文学与艺术在学科概念上区别开来。

第一节 文学与绘画艺术的关系

钱钟书在《中国诗与中国画》一文中认为："诗和画号称姊妹艺术。有人进一步认为它们不但是姊妹，而且是孪生姊妹。"正因为它们是姊妹艺术，所以比较文学的跨学科研究必然可以从它们表现形式的差异性中追寻到内在共同的"文心"与"诗心"。

中西方很早就认识到诗画有着密切关系。古希腊抒情诗人西蒙尼德斯曾说过："绘画是无声的诗，诗是有声的画。"我国北宋诗人苏轼在评论王维时说："味摩诘之诗，诗中有画，观摩诘之画，画中有诗。"（《书摩诘蓝田烟雨图》）在我国古代，文人墨客常常在一幅意境幽远的绘画上，题上一首小诗，再加上几枚朱印，诗书画融为一体，可谓珠联璧合，构成了艺术史上的独特样式。中国诗歌历来讲究"诗情画意"，绘画史上多有以诗为题，作画比赛的逸事掌故，如"踏花归来马蹄香""野渡无人舟自横"等，都是画史上的佳话。在西方的小说和诗集中也常常配有精美的插图，图文并茂无疑大大增加了作品的吸引力。同时，中西方也都看到了诗与画的区别。莱辛根据诗与画的不同的艺术手段和读者的感觉方式，对诗与画作了更为明确的区分。他认为，绘画适合于模仿空间中并列的物体、静止的状态，诗适合于模仿时间中展开的动作和情节。人们观看一幅画时，是靠画中各物体的空间关系来理解整体，而在读一首诗时，则是靠事件的时间序列来理解它。

一、文学对绘画艺术的借鉴

文学与绘画的关系可以从不同角度研究，这里首先探讨文学对绘画的借鉴，即文学是如何通过借鉴绘画的因素来丰富自身并实现新的转换的。

第一，从绘画中获取技法。由于绘画艺术手段的直观性，小说家有意识地学习绘画中的基本技法，包括色彩、线条、光线和构图等。英国小说家哈代对人物和环境的描写就具有很强的可视效果，字里行间给人一种如临其境的感觉。康拉德也非常注重从色彩上塑造空间，并且以他特有的感觉，通过色彩的描绘使空间变形，使景物和作家的主观感受结合在一起，给人一种强烈的视觉冲击，明显受到了印象派绘画的影响。

中国绘画中的空白和简洁等成为中国一些文体意识比较强的作家的自觉追求。所谓"空白"，是中国画的一种特殊技巧。中国画家在描摹景物时，不重西洋油画那种通过浓墨重彩传达出物的外在形态，不肯让物的底层阴影填实了物体的"面"，而是用写意的方式创作，采取虚实结合的手法，"计白当黑"，赋予空白以韵味和生机。同样，对笔墨而非线条的重视则使中国画较西洋油画更为简洁、灵动。中国画的这些技法为作家们所领悟，成为他们创作中的重要技巧。鲁迅曾说过，"要极省俭地画出一个人的特点，最好是画他的眼睛，倘若画了全副的头发，即使细得逼真，也毫无意思"。

绘画给文学的启发还表现在对题材的选择上。钱钟书在谈到莱辛《拉奥孔》时，提到绘画中"富于包孕的片刻"。莱辛认为，与时间是诗的因素不同，空间是造型艺术的最主要因素。如果说艺术的最终目的就是要传达出一个有意义的整体，那么在选择题材这一点上，画家比诗人责任更大，他们必须选取一个行动当中"富于包孕的片刻"加以描绘，从而暗示出前后的行动。这一刻往往给观者多样的感觉，产生强烈的震撼力和无尽的遐思，甚至化瞬间为永恒。如今，叙事作品也开始汲取绘画中的画面选择原则，精心处理事件的场景和故事的开头和结尾，以刺激读者的想象，让人们从故事中品味其前因或后事。

第二，借鉴绘画的空间意识。20世纪以来，人们在诗画关系的研究上又有了新的理解、新的话题。文学作为时间的艺术是与它所运用的媒介——字词联系在一起的，而一些现代诗人和作家在寻找新的表现方式和技巧时越来越注重空间感觉的原理。他们所努力追求的恰恰是要打破传统的时间序列，希望读者不是通过一个行动接着一个行动的理解来获得完整的印象，而是打乱时间让人们从空间中去理解他们的作品，像欣赏一幅画或一座雕塑一样，同时得到作者所要传递的各种印象。

约瑟夫·弗朗克在研究现代小说的空间形式时认为，由 T.S.艾略特、庞德、普鲁斯特和詹姆斯·乔伊斯为代表作家的现代文学，正在向空间形式的方向发展。这就是说，读者大多在一个时间片刻里从空间观念去理解他们的作品，而不是把作品视为一个序列。这些现代派作家在作品中表现出对时间和顺序的拒绝和对空间和结构的偏爱，他们不仅任意切断叙述中的时间流动，而且在文本中并列置放那些游离于叙述过程之外的各种意象和联想。意识流小说的"瞬间集合"就是一种空间意识的体现。它打破叙述的时间流程，小说中的人物睹物生情，一时间各种往事纷至沓来，发生在不同时间的事情在这一刻同时涌现。弗吉尼亚·伍尔芙的《达罗卫夫人》就是具有空间形式的小说。全书描写的时间集中在一天。这一天达罗卫夫人出门买花，在伦敦城的几个区里观光，闻到大城市的各种气味，听见公共汽车和一架飞机的喧声、乞丐的吵闹声，遇见商店里的顾客、公园里的游人和大街上熙来攘往的人流。伍尔芙在具体的时间和地点这两个界限之内，并没有放置任何连续的行动或者思想，而是通过在小说的空间里不断重复出现的某些象征和意象——达罗卫夫人举办的晚会、议院塔上不时响起的大钟的钟声、太阳的意象、花的象征，似乎随便从《辛白林》和《冬天的故事》中摘引出来的诗句、未说明身份的人物，等等——综合成总的效果。在这部作品中，每个叙述都是片段，呈现的是不断变化着的物象。而读者几乎必须静止地站在某一点上，随着人物的思路在时间上来回移动，通过"反射式参照"，才能把作品中的各个部分拼列起来，通过空间形式获得一幅幅完整的画面。

文学创作和理论上的"视角主义"和"场景描绘"也是文学向绘画借鉴空间感的方式之一。"虽状形，主乎意，意不足，谓之非形可也。"（王履．畸翁画叙·华山图序．中国历代画论采英．郑州：河南人民出版社，1984．第74页）画家都强调立意，强调意在笔先，这个"意"，就是画家的审美意识，就是画家的情思。"意足不求颜色似，前身相马九方皋。"宋代陈去非这两句题墨梅的诗，是对画家在绘画中追求"意"的表现的一个很好的概括。作画以寄意，在画中追求深意，这是画家的目标。作诗如作画。"东坡曰：善画者画意不画形，善诗者道意不道名。"苏轼强调作诗就和作画一样，都要追求"意"的表现。宋人张戒说："大抵句中若无意味，譬之山无烟云，春无草树，岂复可观。"清代王夫之说得更为生动形象："无论诗歌与长行文字，俱以意为主。意犹帅也。无帅之兵，谓之乌合。李、杜所以称大家者，无意之诗，十不得一二也。烟云泉石，花鸟苔林，金铺锦帐，寓意则灵。"诗人追求诗意，画家追求画意。所谓"画有尽而意无尽""文已尽而意有余"，都是指画境与诗境的极致。诗人与画家呕心沥血，就是为了获得"无尽"之"意"。

第三，诗法与画法相通。诗有诗法，画有画法。然而，诗法与画法是相通的。诗法与画的相通之处，难以一一列举，我们只能从几个大的方面，就章法、笔法等方面略加说明。

清人邹一桂说："章法者，以一幅之大势而言。……布置得法，多不厌满，少不嫌稀。"绘画的章法，即画幅的布置，南齐谢赫所云"经营位置是也"。实际上，就是绘画中的构图设计，亦即如何在画面中安排好各种构图因素。绘画的构图，既要服从表现主题的需要，又要讲究形式美，所以，均衡、对称、反复、节奏、变化等因素，是画家进行构图时必须考虑的问题。尤其是在变化中求统一，在统一中求变化的"多样统一"的形式美法则，是画家必须遵循的，因为这是获得和谐美的基本规律，也是一幅画成败的重要关键之一。

所以，画面上的景物、人物，不是随便布置，必须配置得当，以便组成一个有机整体，从而产生整体性艺术效果。当然，它要求新、奇、精、巧。写诗就和作画一样，也要重视章法。布瓦洛曾经在《诗的艺术》第一章中这样写道："如果一部作品里读起来到处是错，偶然闪烁些警语那又能算得什么？必须里面的一切都能够布置得宜；必须开端和结尾都能和中间相配；必须用精湛的技巧求得段落的匀称，把不同的各部门构成统一和完整。"诗歌的章法问题，也就是诗歌画面的整体布局问题，与绘画的构图设计有着同样的要求。

绘画很讲究笔法。所谓笔法，就是画家运用笔描线赋形的规律的总结。邹一桂说，画家要意在笔先，而后下笔，"增不得一笔，亦少不得一笔。笔笔是笔，无一率笔；笔笔非笔，俱极自然。"可见笔法之重要了！笔法既要服从为客观物象造型的需要，又要有画家思想情感的灌注，因而，不同个性的画家，就产生不同的笔法。写诗何尝不是如此呢？诗歌画面中的刚柔、浓淡、动静、虚实、藏露、曲直，等等，都要求有极高明的笔法，才能写出辩证的意味来。诗歌也要求形神兼备。

二、诗画结合

文学与绘画艺术发生关系的另外一种形式是诗画结合，这在中国文化中尤为突出。诗画结合的表现形式，主要有这样几种情形：

第一，绘画取材于诗歌。绘画取材于诗歌，西方比我国要早。公元前 5 世纪，希腊大画家宙克西斯的名画《海伦》就是根据荷马史诗《伊利亚特》中描写海伦的诗句画的，他在画的下面，还抄录了荷马描写海伦的名句。在我国，这种形式始于汉。此前的绘画，都出自画工之手。自西汉起，文人士大夫也作画了。由于文人士大夫一般都具有一定的文学修养，所以他们的绘画从诗歌中取材，就不奇怪了。到了唐代，此风更盛。宋代画院里招生考试，也多以诗命题。

第二，画上题诗。自唐代以来，文人画和诗歌有很大的发展，这就为题画诗的出现创造了条件。在画面上题咏诗句，有两个好处：一是可以增加画面的形式美。明代沈颢说："一幅中有天然候款处，失之则伤局。"起初，题款只用小字藏于树根、石隙之间。后来，有人书画并工，题咏的字也大了，位置也显了。二是可以补充和阐发绘画的内容。正如方薰所说："高情逸思，画之不足，题以发之。"在画面上题诗，可以使画面增色，也可以使画面减色。

第三，诗中有画，画中有诗。以诗题作画和在画面上题诗，这两种诗画结合的形式还是外在的，诗画结合的内在表现是：诗中有画，画中有诗。苏轼说："味摩诘之诗，诗中有画；观摩诘之画，画中有诗。"关于这种"诗画结合"的现象，类似的说法颇多。例如，宋代张舜民说："诗是无形画，画是有形诗。"清代冯应榴写道："少陵翰墨无形画，韩干丹青不语诗。"清代叶燮说："故画者，天地无声之诗；诗者，天地无色之画。"关于这个问题，在西方也颇多类似的说法。如贺拉斯说："诗歌就像图画。"达·芬奇说过，"如果你称：绘画为哑巴诗，那么诗也可以叫作瞎子画。"希腊抒情诗人西摩尼德斯也说："画是一种无声的诗，而诗则是一种有声的画。""诗中有画"与"画中有诗"，是不同艺术门类之间相互影响的结果。诗歌有诗歌的长处，绘画有绘画的长处，这两种姐妹艺术之间相互取长补短，就会丰富各自的艺术表现手段，提高艺术表现力。所谓"丹青、吟咏，妙处相资"，说的就是这两种艺术门类之间相互渗透、相互补充的必要性。

现代艺术的发展，呈现着一个非常明显的趋势：不同艺术门类的相互结合、相互渗透的现象，有增无减。不过，诗歌也好，绘画也好，都应当在这种相遇的潮流之中各自保持自己的优势，发展自己的优势，而不能让自己的优势给这股潮流冲走。

三、文学与绘画艺术的区别

宋人评王维之画，曰"画中有诗"，又评王维之诗，曰"诗中有画"。

清人叶燮对此发表看法，"由是言之，则画与诗初无二道也。然吾以为何不云：摩诘之诗即画，摩诘之画即诗，又何必论其中之有无哉？"如果我们真的同意"诗即画""画即诗"，那么其结果必然是：不是取消了诗歌，就是取消了绘画。我们认为它们虽然存在许多相通之处，但是，它们毕竟是属于两个不同系统的艺术样式。

首先，诗歌与绘画的区别在于：绘画具有直观性，诗歌具有非直观性。任何绘画作品，都描绘可视的对象，使欣赏者能够对其进行直接观照。它描绘客观事物，只是压缩了三度空间，使立体变成平面。即使取消了三度空间的一度，绘画的空间关系仍然保留，因而仍具有实体感。阿尔倍尔·格莱兹说："绘画是一种使平面生动起来的艺术。"绘画所描绘的，是可见的美。诗人通过他的笔，也向我们读者展示了生活的图画。可是，这并非是一幅物质的图画，它不具有直观性。诗中之画，只能"使我们产生一种逼真的幻觉，在程度上接近于物质的图画特别是产生的那种逼真的幻觉，也就是观照物质的图画时所最容易地最快地引起来的那种逼真的幻觉。""逼真的幻觉"不是直接作用于读者的视觉的，而是在读者的想象中构成的一种虚幻的存在。绘画的直观性和诗歌的非直观性的特点，是由它们所使用的物质材料决定的。绘画用线条、色彩描绘客观事物。线条使客观事物的轮廓分明，不同色彩的组合、明暗的对比又能使物体产生一定的距离。线条与色彩，能有效地把客观事物的外貌标示出来，使之可以成为直观把握的对象。诗歌是通过声音描绘语言形象的。口头诗歌存在于声音的序列之中，书面诗歌也是把声音转化为文字符号，再用文字符号固定声音的意义。而文字符号再现和表现两种功能：由于一定的文字符号总是代表着一定的概念，而概念既具有抽象性的一面，又具有具象性的一面。当我们看到文字符号所代表的具象性的一面时，符号本身就显示出它的再现功能。同时，由于文字符号具有情绪内容、情绪色彩。文字符号一旦被赋予情绪内容、情绪色彩，它就成为艺术的符号，就成为表现人的思想感情的工具，因此它具有表现功能。在诗歌中，作为艺术符号的语言文字，不管它履行再现的功能还是表现的功能，都需要读者通过想象与情感的运动去把握它、领悟它，因为字里行间既不直接呈现生活画面，又不直接跳动感情脉搏，一切都是间接的、非直观的。

其次，诗歌与绘画的区别在于：绘画只能表现瞬间美，诗歌可以表现流动美。莱辛指出："画家只能暗示动态，而事实上他所画的人物都是不动的。"狄德罗指出："画家只能画一瞬间的景象；他不能同时画两个时刻的景象，也不能同时画两个动作。"黑格尔指出："绘画不能像诗或音乐那样把一种情境，事件或动作表现为先后承续的变化，而是只能抓住某一顷刻。"列宾的著名作品《不期而至》，在说明这个问题上具有典型性。该画作于 1884—1888 年。这个作品表现了一个家庭在一瞬间所发生的戏剧性场面：受尽折磨的革命者突然回到家中；老母亲起身迎接；妻子坐在钢琴前凝神不动，似乎不相信会有这一天到来；两个孩子和保姆，都现出不同的神色。

诗歌不同于绘画，它能表现一种流动的美。莱辛说："诗的画面的主要优点，还在于诗人让我们历览从头到尾的一系列画面，而画家根据诗人去作画，只能画出其中最后的一个画面。"莱辛这话很有道理。不过，我们对莱辛的这段话还要做一点补充：诗歌即使在一个画面中，也能表现出流动之美，而绘画则总是难以做到的。由于诗歌能表现一种流动之美，所以人们能在画面形象的序列转换之中，获得丰富的审美感受；又由于流动之美具有一种特别的吸引力，因而它能激起人们重复欣赏的要求。

最后，绘画与诗歌的区别在于：绘画具有排声性，诗歌具有融声性。绘画，是无法描绘声音的。画家可以画鸣泉飞瀑，但画面上不能表现出水流声；画家可以画风中之竹，但画面上总不能表现出风吹竹声；画家可以画动物狂欢，但画面上总不能表现出鸡鸣声、犬吠声、虎啸声、龙吟声……诗歌就不同了。莱辛指出："诗人的语言还同时组成一幅音乐的图画，这不是用另一种语言可以翻译出来的。这也不是根据物质的图画可以想象出来的。"韩愈有一首《听颖师弹琴》，诗人把琴声描写得细致入微，通过一系列的形象性描绘，诗中就出现了一幅生动的"音乐的图画"！然而，画家却不可能在物质的图画中描绘出一幅声音的图画！绘画对声响是排斥的，而诗歌却可以融声入景。所谓融声入景，即指诗歌画面中能够融入人或自然的声响，从而产生一种特定的美学效果，这是诗歌所运用的物质材料本身的特点造成的。诗歌融声入景的一个最为突出的特点，就是能在景中表现声音的连续性。融声入景，使诗歌画面呈现出一种立体感，大大地增加了画面的表现力，在情景交融之中，又可收声情并茂之效。

第二节　立体主义叙事艺术

威廉·福克纳是美国"南方伟大的史诗作家""20 世纪伟大的实验主义小说家""可与乔伊斯甚或更多的同类作家相比"。他的作品"是 20 世纪文学的里程碑""这些小说以不断变换的形式、不断深入的心理洞察和不朽的人物形象在现代英美小说中占据独特的地位"。文学评论家普遍认为：他既是最典型的南方作家，也是最典型的现代主义作家，又是一位小说艺术的最激进的实验家。他因为在小说艺术上的孜孜以求和不断创新，荣获 1949 年度的诺贝尔文学奖，最终跻身于世界文学大师之列。

在福克纳的 19 部长篇小说中，有两部作品显得更加独特和重要。一部是《喧哗与骚动》（1929 年），另一部就是 1936 年出版的《押沙龙，押沙龙！》。《押沙龙，押沙龙！》是福克纳的第 9 部长篇小说，是其小说创作鼎盛时期的集大成之作，无论对福克纳的其他作品而言，还是对整个现代小说而言，都"是小说方面独一无二的一种实验"，"就技巧论，这部作品是乔伊斯之后小说写作法方面终极性的根本创新"。福克纳自己也"宣称它是迄今美国人写得最好的一部小说"。福克纳的传记作者达维德·敏特说："它肯定是他规模最为宏伟的一部小说，而且也可能是他最伟大的作品。"（[美]达维德·敏特．圣殿中的尘网．北京：三联书店，1991．第 254 页）

但《押沙龙，押沙龙！》在 1936 年问世后却遭到了冷遇，当时，评论界的注意力还集中在《喧哗与骚动》上，甚至有人认为，《押沙龙，押沙龙！》是他创作力走向衰落的标志。直至 1950 年，福克纳获得诺贝尔文学奖后，才有评论家开始客观冷静地分析和阐释这部小说，它才开始受到文学评论界的关注。随着对福克纳研究的深入，越来越多的评论家认为《押沙龙，押沙龙！》是福克纳最伟大的小说，甚至是 20 世纪西方最杰出的小说之一。美国著名的作家和出版家刘易斯·鲁平甚至认为《押沙龙，押沙龙！》塑造了迄今为止最伟大、最丰腴的南方历史形象，也是世界上最伟大的历史小说之一。这里无意探讨代表性作品和最伟大作品的联系和区别，但《押沙龙，押沙龙！》包罗万象的主题疆域，隐秘深奥的神话方法，规模宏伟的结构和现代主义，以至后现代主义小说的技巧以及它们所体现出的全部独特性和创造性，"无论从哪方面看，这都是一部不朽的名著，是福克纳艺术创作中的一个高峰。"（肖明翰．威廉·福克纳研究．北京：外语教学与研究出版社，1997．第 358 页）都证明它作为乔伊斯《尤利西斯》之后最为重要的现代主义作品当之无愧。

与福克纳的其他作品相比，国内外对《押沙龙，押沙龙！》的研究起步较晚。总体而言，国内外对《押沙龙，押沙龙！》的研究，经历了从冷漠到重视、从浅显到深入、从内容到形式的不断深入的研究历程，但整体而言还处在起步阶段。当前，《押沙龙，押沙龙！》的研究在整个福克纳研究中越来越引人注目，从主题、人物形象、表现方法、神话原型、复调特征以及小说性质等各个方面的研究都已经展开并取得了可喜的成果。但在《押沙龙，押沙龙！》的研究中还存在一些明显的不足和局限，具体表现在以下几个方面：大多数研究还处在对小说内容和人物形象的评述与阐释阶段，对小说地位的定性方面，而对小说的艺术研究还不够；对小说艺术的研究也仅仅停留在其显而易见的表面特点上，过分依赖于某种相对固定的批评模式，是用理论对作品的套解；没有把作品放在现代艺术发展的整体格局中考察，缺少"宏观性"和"综合性"研究，尤其缺少有说服力的具有统摄性的比较研究。因而，这在一定的程度上造成了重内容，轻形式，批评的单一化和程式化，不能从整体上理解和把握《押沙龙，押沙龙！》的艺术成就，不利于深入评估《押沙龙，押沙龙！》的艺术价值。

马克·肖勒指出："谈论内容本身根本就不是谈论艺术，而是谈论经验；仅仅当我们谈论已经被成就了的内容，即形式，以及作为艺术作品的时候，我们才开始作为批评家说话。内容或经验，与已经成就了的内容或艺术之间的不同在于技巧。因而，当我们讨论技巧时，我们几乎是在讨论一切。"（[美]华莱士·马丁. 当代叙事学. 伍晓明译. 北京：北京大学出版社，2005. 第2页）因此，为了从总体上把握《押沙龙，押沙龙！》的叙事艺术，我们把《押沙龙，押沙龙！》的叙事实验追溯到了现代主义艺术的源头"立体主义"，通过比较，发现《押沙龙，押沙龙！》的叙事艺术和"立体主义"绘画艺术在特征上有很强的"家族相似性"，具有突出的立体主义特征，是典型的立体主义叙事。以下我们通过和立体主义绘画艺术的比较，从立体主义艺术的"分解"和"重构"这两个角度入手，从"多视角叙事""主观并置""文本拼贴"和"时序交错"等几个方面来研究《押沙龙，押沙龙！》的立体主义叙事艺术，进而论述其诗学意义。

一、《押沙龙，押沙龙！》的立体主义叙事实验

作为20世纪最伟大的实验主义作家，福克纳在《押沙龙，押沙龙！》中一如既往地进行了叙事实验，而且"变本加厉"；《押沙龙，押沙龙！》无疑是福克纳小说艺术的总结。从内容上看，福克纳在这部小说中探讨了他以前作品中出现的几乎所有主题，如家族衰落、蓄奴制、种族主义、乱伦、人性等；在叙事艺术方面，《押沙龙，押沙龙！》可以说是小说叙事艺术的实验场，多视角叙事、反复叙事、并列对照、神话模式，以及现实主义、浪漫主义和现代主义的艺术手法"都被更为完美、纯熟地运用于这部小说的创作之中"（肖明翰. 威廉·福克纳研究. 北京：外语教学与研究出版社，1997. 第358页）；在小说形态上，"似乎为了承认《押沙龙，押沙龙！》在他的著作中的特殊地位，他加上了年表、家系和地图，给它一个总和的外观"（[美]达维德·敏特. 圣殿中的尘网. 北京：三联书店，1991. 第254页）。因而，

《押沙龙，押沙龙！》在叙事艺术上具有很强的"实验性"。

而如果要对《押沙龙，押沙龙！》在叙事艺术上的这种"实验性"用一个词来概括的话，那么，在我们看来，"立体主义"无疑是最恰当的"命名"。《押沙龙，押沙龙！》的"多视角叙述""主观并置""文本拼贴"和"时序交错"等叙事艺术手法和"立体主义"绘画艺术在方法和特征上有着惊人的"家族相似"性，体现了典型的立体主义分解和重构的艺术特征。把《押沙龙，押沙龙！》的艺术实验追溯到现代主义艺术的源头"立体主义"，用"立体主义"来"命名"和统摄《押沙龙，押沙龙！》的叙事艺术特征可以说是再恰当不过。把《押沙龙，押沙龙！》这部"小说方面独一无二的实验"（李文俊．福克纳评论集．北京：中国社会科学出版社，1980．第 168 页）杰作放在对 20 世纪影响最深远的艺术运动——立体主义的视域中来审视，无疑是福克纳所说的"看乌鸦的十三种方式"之外的第十四种方式。而要谈论《押沙龙，押沙龙！》的立体主义叙事，就不能不先论述立体主义。

立体主义（Cubism，或立体派）是 20 世纪初叶在艺术领域中的一次重要革命，是 20 世纪影响最大、最重要的艺术运动，被爱德华·弗莱称为"20 世纪最伟大无比的美学成就"（[美]约翰拉塞尔．现代艺术的意义．常宁生译．北京：中国人民大学出版社，2005．第 162 页）。立体主义运动总体上分为两个时期：1907 年至 1913 年是"分析的立体主义"时期；1913 年到 1930 年被称为"综合立体主义"时期。毕加索（1881—1973 年）和乔治·布拉克（1882—1963 年）是其杰出代表。立体主义是西方艺术发展的必然产物，考察西方文明史，我们会发现，立体派的产生与发展时期正是索绪尔的语言论、柏格森的直觉主义、弗洛伊德的心理分析学说和爱因斯坦相对论的产生时期，这些理论和学说对艺术家的思维方式产生了强烈的震撼。思维方式的转换必然会改变人们对世界的看法，因而也要求用新的方式来表达这些看法。立体主义就是这种要求在艺术领域的一次"话语"革命。在立体主义看来，传统的写实主义绘画是一种虚假的艺术，是对世界"复杂性"的简化，这种貌似"客观"的真实只是一种假象，真正的真实是一种主观真实。所以立体派追求的不是传统绘画的视觉之真，而是一种主观真实。因此，它又被称为"知觉写实主义"，因为他们画的是我们"知觉到的"客体，而不是站在固定的视点"看"到的客体，他们感兴趣的不是事物的外观或外貌，而是结构整体。但这个结构整体又不是自然的结构整体，而是可以被触摸、摆布、拆解并重新加以组装的人为结构。立体主义认为："为了了解客观事物，我们应该接触它们、分解它们、重建它们。"总之，立体主义的艺术话语是分解和重构。

1907 年，毕加索的《阿维农少女》标志着立体主义运动的开始，并宣告了西方以典雅、和谐为美学特征的传统艺术的终结，也彻底改变了人们看世界的方式，这幅画也因而成为 20 世纪现代艺术的宣言书，宣告了现代艺术的诞生。这幅作品的灵感来自塞尚的《浴女》，但彻底背叛了传统的美学标准。作品的惊人之处在于其形式上的特殊性。作品使用全新的绘画语言，用几个简单的平面形体，画出了几个裸体女人。在一个浅薄的空间里，五个裸女的身体就如爆炸的岩石的横断面堆砌而成。所有的裸体女性的形象都被分解成了几何构造形。画家使她们的头、鼻子和眼睛同时以正面或侧面等不同角度出现。观众的视点好像处在不断的变动之中，时而在左、时而在右、时而朝上、时而又朝下。这里描绘的不再是从一个固定视点所看到的情形，而是将不同的视点所看到的人体的不同侧面同时展现在一个平面上。在这幅画中，毕加索抛弃了传统的单一视点，把塞尚以来的多重视角推向了更加激进的地步，自然的形体被破坏，被分解成多重的构成，然后根据一种几何结构重新安排，实现了一种画面空间的革命。因此，毕加索的《阿维农少女》标志着现代艺术的一场"话语"革命，初步确立了立体主义艺术的美学策略——对现实的分解和重构。

毕加索认为：人的观念转变了，其表达方式也跟着转变。立体主义关注的不是内容，而是形式和方法。在"分解立体主义"时期，画家们尽量地把重点放在表现物象上，即从不同的角度来分析事物，随心所欲地将物像进行彻底的分解，打碎成各个较小的部分，使人无法辨认；不是按照现实主义的传统来复制物体，而是根据构图的需要对这些碎片进行重构，并把分解的物象的不同侧面共时性地表象在同一个视域中，如画家可以同时表现一个人的正面、侧面和背面。毕加索的《安布罗瓦沃拉尔肖像》和布拉克的《有鲟鱼的静物》是"分解立体主义"时期的代表作。而"综合立体主义"又称"拼贴立体主义"，其总的原则是：用综合的方法来构成图画中的对象，打破生活与艺术之间的边界，把符号、字母，甚至真实的物品如乐谱、菜单、报纸等放入作品，这就是具有革命性的创造——拼贴艺术（Collage）。这一时期的画作完全是由断片和现成物品拼贴而成，代表作是毕加索的《三个音乐家》。

以上我们对立体主义的发展及其各个时期的艺术特点进行了概括梳理。由此我们有可能了解立体主义艺术最显著的美学特征：①分析、肢解自然形态；②摒弃传统艺术的表现方法，依赖于"潜在"的多重视角，而取上下前后左右内外去观察的新方法；③极端重视形式，采用更加主观的并置、重叠、拼贴和形式的多次重复等方法构成画面；④不同画面的"同时性""空间的时间化"或"时间的空间化"。总之，在我们看来，立体主义艺术的本质特点就是对现实的分解和重构：将描述对象分解，使被描绘的对象成为一种支离破碎的状态，把一个物体的几个不同侧面进行重构，并同时集中于画面上，换种说法，就是"用附加或并列的方法同时描绘一个物体的不同侧面"（[英]A．布洛克．现代思潮词典．北京：社会科学文献出版社，1988．第140页）。

因此，立体主义"立意要体现一种新的现实——20世纪的现实""通过摒弃传统的'真实性'，立体主义者创造了一种更加本质的'真实'"。立体主义艺术的这种美学追求无疑是人类艺术史上的一次"范式"革命，无可争议地成为20世纪西方艺术史上声势最为浩大的一场艺术运动。"它标志着现代艺术进入一个新的阶段，标志着现代派艺术和传统的艺术法则的完全决裂，标志着现代派抛弃人们的视觉经验，抛弃客观物象的描绘，朝着更加主观的方向发展。"立体主义很早就传到了法国以外，影响了表现主义、未来派、达达派、超现实主义等艺术流派，影响波及视觉艺术、文学艺术等各个领域。

艺术是相通的，文学和绘画就像一对孪生子。它们有着共同的遗产：和人类历史一样悠久的文学和绘画传统。它们也承担着相似的使命：共同的"时代父亲"要求它们用各自的方式满足人们用新的方法理解世界的要求。格伦·麦克劳德指出："文学与绘画之间的古老平行线，在20世纪有了新的关联。画家们最早探索了现代主义的革命可能性，于是绘画变成了指引方向的艺术形式。现代主义作家常常从艺术中汲取相似的东西，并仿效它们来开展文学的实验。"（[美]迈克尔·莱文森．现代主义．田智译．沈阳：辽宁教育出版社，2002．第270页）现代主义文学和立体主义绘画就是在这种背景下相互激励、相互融合和相互借鉴的。温迪·斯泰纳说：立体主义是"我们时代绘画和文学的主流"，这个评价无疑是一语中的。对1900至1930年这一现代主义兴盛期闪烁着的现代主义文学巨匠的名字：康拉德、普鲁斯特、斯泰因、卡夫卡、乔伊斯、庞德、艾略特、叶芝、伍尔芙以及里尔克等做一个哪怕是最粗略的回顾，我们也能发现现代主义文学与立体主义在内在精神与艺术追求上的极度一致性。

格伦·麦克劳德认为："立体主义的文学内涵是包罗万象的。"这既指立体主义对现代主义作家的影响，也指它对现代主义文学的艺术启迪。在20世纪初期现代主义文学发轫时期，一些作家就是立体主义的参与者和鼓吹者。诗人阿波利奈尔就是毕加索立体主义绘画的赞助者、参与者，也是他完成了立体主义的理论建树，被毕加索称为"立体主义的教皇"。在诗歌创作中，诗人别出心裁，标新立异，把文字作为艺术建筑材料，把语法和诗韵作为艺术建筑构件，兴致勃勃地打造了美丽而神奇的立体化艺术殿堂。如同立体主义画家一样，阿波利奈尔对于现代诗歌进行了极富有前瞻性的改革与创新。除阿波利奈尔外，第一个直接参与立体主义运动的英语作家是被称为"美国文学教母"的格特鲁德·斯泰因。受立体主义的启发，斯泰因在文学实验上有意识地借鉴立体主义的艺术手法，试图在自己的作品中充分运用立体派的手法来表现人物。她并不仔细描画出人物的外貌，而是用图解手法，从多个视角抽象地、逻辑地描绘他们的情感状态，然后力图让读者通过不同层面多样性的相互关系去发掘人，正如毕加索用绘画来创造现实一样，斯泰因用她的语言试验来完成她独具风格的创作，凭借大量特殊词汇与语法手段绘出一幅幅独具特色的立体主义人物肖像。

另一方面，许多现代主义小说家和诗人都从立体主义艺术中得到了启发，在他们的作品中，表现甚至发展了我们称为立体主义精髓的那些东西。A.布洛克将"现代主义精神的具体化身"（李维屏．英国小说艺术史．上海：上海外语教育出版社，2003．第 243 页）——乔伊斯归为立体主义的作家。乔伊斯从毕加索等人的画作中看到了立体主义手法的艺术魅力，激发了创作的灵感。在《尤利西斯》这部人人都能从中得到启示而又无法回避的作品中，"乔伊斯好像把一张写就的文稿故意撕得粉碎，抛撒出去让读者一一拾起来，自行拼凑"（萧乾．尤利西斯·译序．南京：译林出版社，1994．），率先尝试了多视角叙事、并置和拼贴等立体主义艺术手法。显然，乔伊斯的这种创作技巧与毕加索在画中将人或物分解成几何状或立方块的表现手法如出一辙。不言而喻，乔伊斯在追求小说艺术革新的过程中创造性地运用了立体主义手法，为现代小说家观察世界和重组时空提供了一种新的方式。

现代主义诗人也在创作中进行了立体主义实验。从艾略特的《荒原》、庞德的《诗章》到威廉斯的《佩特森》，都体现了立体主义的"碎片""多角度透视""并置"和"拼贴"等立体主义的特征。

事实上，早在立体主义画派产生之前，英国小说家约瑟夫·康拉德的代表作《吉姆爷》（1900 年）就已经表现出鲜明的立体主义艺术特征。康拉德在这部小说中放弃了 19 世纪传统小说的全知叙述，采用了三种不同的叙述形式，充分展示了人类经验的复杂性和判断经验的困难性。同时，他有意打破小说的时间顺序，将看上去互相独立的场景交替并置，并通过重复与重叠的手段逐渐折射出小说的含义。显然，与菲尔丁、奥斯丁和巴尔扎克的小说相比，《吉姆爷》的叙述是无序的，信息和经验是琐碎的，只有通过拼凑和组合的重构才能成为现实。"当读者发现小说的叙述程序支离破碎和凌乱不堪时，那么，这就意味着他们跨入了现代主义时代"（李维屏．英国小说艺术史．上海：上海外语教育出版社，2003．第 243 页），因而它也被称为"20

世纪英国第一部现代主义小说"。在康拉德作品鲜明的立体主义特征面前，我们很难说他的《吉姆爷》受到了毕加索和布拉克的影响。当然，我们也不能断然否定，毕加索等人从未读过《吉姆爷》。这一方面说明文学有它自身的革新机制和发展继承，另一方面也说明了艺术种类之间存在的复杂关系。文学家和画家存在相互影响，互相渗透的机会和可能，并且最终形成近似的艺术观点和作品风格。毕加索认为，立体主义"既不是种子，也不是胚芽"，而是"以处理形式为主"的一种艺术。（[美]弗雷德里克·R.卡尔.现代与现代主义.陈永国、傅景川译.北京：中国人民大学出版社，2004.第378页）对生活在"上帝死了"时代的现代主义作家而言，作为毕加索的同代人，他们面临着和立体主义画家同样的"表意焦虑"。"上帝死了"（尼采语）"一切坚固的东西都烟消云散了"（马克思语），传统的表现方式已经无法表现复杂的现实，无法表达他们对现实的看法，因为现实是个多面体，是个"万花筒"，不同的人看见不同的东西，所谓"真实"只是一种主观真实。所以，共同的时代课题使现代主义作家和立体主义画家达成了共识，在各自不同的领域进行了同样的"话语"革命，以不同的媒介进行了立体主义实验，用新的"眼光"来看世界，用新的"话语"来表现世界。正如约翰·拉塞尔所言，"艺术的现代观念是新的一代人总的表达方式，现代艺术与他们共命运，对他们的愿望作出反应"。（[美]约翰·拉塞尔.现代艺术的意义.常宁生译.北京：中国人民大学出版社，2005.第101页）。各类艺术中所发生的一切，无论是切割、再组合、任意综合，还是重复，都是为重新构成美的观念而采取的方法。所以，立体主义可以说是现代艺术家共同的艺术话语和美学"范式"。

　　作为一个第一次世界大战以后开始创作的作家，威廉·福克纳不可避免地处在现代主义艺术思潮的旋涡之中。作为20世纪伟大的实验主义小说家，他的作品"以不断变换的形式"（威廉·福克纳诺贝尔文学奖授奖词.见：播小松.福克纳——美国南方文学巨匠.长春：长春出版社，1995.）对现代叙事艺术进行了不懈的探索，尤以《押沙龙，押沙龙！》《喧哗与骚动》和《我弥留之际》为主要体现。

　　福克纳的小说叙事实验无疑受到了现代主义思潮和康拉德、艾略特和乔伊斯等前辈现代主义大师的影响。他的"学艺生涯包括极为广泛的阅读，内容是从西方文明所提供的最好的文学成就中明智地选择出来的"。他说："我那个时代有两个大作家，就是曼和乔伊斯。看乔伊斯的《尤利西斯》，应当像识字不多的浸礼会传教士看《圣经》一样，要心怀一片至诚。"（李文俊.福克纳评论集.北京：中国社会科学出版社，1980.第267页）福克纳以乔伊斯为榜样，终生致力于小说叙事艺术的探索，在乔伊斯之后把现代叙事艺术发展到了一个新的高度。

《押沙龙，押沙龙！》作为乔伊斯之后小说写作法方面终极性的根本创新，是小说叙事艺术的实验场。《押沙龙，押沙龙！》在艺术上的这种"实验性"使其成为罗兰·巴特的"可写的文本"和艾柯的"开放的文本"，使任何想把这部小说禁锢在某个终极意义中的企图难以实现，从而为我们解读这部杰作提供了无限的可能性。而在我们看来，《押沙龙，押沙龙！》叙事实验的根本意义在于总结和发展了现代小说中的立体主义叙事艺术。《押沙龙，押沙龙！》叙事所遵循和实践的分解和重构策略是典型的立体主义艺术原则。通过借鉴立体主义艺术手法，总结先行者如乔伊斯等的艺术经验，结合自己早期创作中的实践，福克纳在《押沙龙，押沙龙！》的叙事中尝试了一系列立体主义叙事实验，丰富和发展了现代小说艺术。

首先，《押沙龙，押沙龙！》最主要的立体主义叙事实验表现在对传统小说的"情节模式"和"全知单一叙事视角"的解构上。如同立体主义绘画艺术抛弃传统绘画固定焦点透视法，从不同视点多角度观察物象，对现实进行分解一样，在《押沙龙，押沙龙！》中，由亚里士多德所定义的线型情节模式已被彻底瓦解，传统小说中完整的故事情节被拆解成了支离破碎的语言残片，而且传统小说中上帝似的"全知单一叙事视角"也被彻底颠覆。如果以现代主义以前的传统小说的手法来写，《押沙龙，押沙龙！》会是一个典型的家族故事，是一部人物传记，或者是一部典型的"天真遇到经验"的成长小说。但福克纳《押沙龙，押沙龙！》真正的意义在于其形式，在于其"讲述故事"和"结构文本"的方式。传统小说的故事情节是"整一"的线型结构，有一个开始、发展和结尾的"因果链条"，而在《押沙龙，押沙龙！》中，这种西方传统小说典型的完整情节形态已不复存在，托马斯·塞德潘家族的故事被拆解成了支离破碎的语言碎片，塞德潘故事作为一个符号，一个能指，其所指不断滑动，语义信息已经很难辨认。同时，在小说中，福克纳抛弃了传统小说中上帝似的"全知单一叙事视角"，像立体主义画家一样从不同的角度来"知觉"客体，把塞德潘故事交给了几个既是小说中的人物又是故事讲述者的叙述者，让他们从各自不同角度对同一故事进行反复的回忆、解释、评说和商讨。这样，塞德潘故事就像一幅立体主义作品，在同一文本中共时性地呈现出不同的侧面，人物和故事都有了立体性，用语言建构了一个立体化的比现实更为真实的文学世界。

其次，《押沙龙，押沙龙！》的立体主义叙事实验还体现在其重构性上。立体主义对对象的分解是为了重构一个现实。《押沙龙，押沙龙！》消解了传统的小说叙事模式后，如何"结构文本"无疑是对福克纳的一个挑战。在这个实验性文本中，福克纳采用了典型的并置、拼贴和时序交错等立体主义重构策略。在这部作品中，福克纳继承并发展了艾略特的《荒原》和乔伊斯的《尤利西斯》中的立体主义手法和技巧，同时结合自己在《喧哗与骚动》和《我弥留之际》等作品中的立体主义实践，突破了传统小说的线型文本结构形态，运用了并置、拼贴、时空交叉等文本结构方式，把立体主义实验发展到了一个新的高度。运用并置策略，福克纳把由四个叙述者讲述的四个不同版本的塞德潘故事组装重构成了一个立体的叙事文本。而拼贴作为一种小说文本构造手段，早在康拉德的《吉姆爷》和乔伊斯的《尤利西斯》中就被实践，但他们还主要停留在局部的层面，而在《押沙龙，押沙龙！》中，福克纳把这一方法运用到了小说的整体布局和构造上，把《圣经》故事用符号的形式拼贴进小说，于是小说的意义就在两个文本之间"延宕"，形成了"互文"性和立体感，因而产生了新的意义；同时，《押沙龙，押沙龙！》在虚构性的叙事文本后面又拼贴了年表、人物谱系和地图，使这部小说在形态上更像一幅立体派作品。除拼贴外，《押沙龙，押沙龙！》的立体主义叙事实验还表现在对时间的处理上。如同立体主义绘画把不同画面同时呈现在一个平面上一样，《押沙龙，押沙龙！》通过时序交错，使不同时空发生的事呈现出共时化的形态，重构了一个立体性的文本现实。

所以，在我们看来，《押沙龙，押沙龙！》在艺术上的成就主要在叙事艺术上进行了立体主义实验，在叙事领域实践了立体主义艺术的美学理念，把立体主义的分解与重构策略运用到了小说叙事上，打造了一个立体化的文本图式和文学世界，产生了"陌生化"的艺术效果，成就了使其成为小说的雅可布逊所谓的"文学性"，同时也为现代小说艺术尝试了一种新的"范式"。

二、《押沙龙，押沙龙！》叙事的立体主义分解特征：多视角叙事

《押沙龙，押沙龙！》在小说艺术方面达到的高度，除了来自作者的天才因素外，与他对小说艺术的孜孜以求，与他对现代派表现手法的学习和借鉴息息相关。任何想要研究这部复杂作品的人，最好先从它的叙事艺术开始。

作为一部具有实验性质的小说，《押沙龙，押沙龙！》的价值主要在其形式。"这是一部'难读的'作品"。（李文俊．福克纳评论集．北京：中国社会科学出版社，1980．第 168 页）难就难在其独特的叙述方式上。实质上《押沙龙，押沙龙！》的核心情节原本并不复杂，"是一个穷小子白手起家又趋于灭亡的故事"（李文俊．福克纳传．北京：新世纪出版社，2003．第86页）。但在这部小说中，福克纳把一个原本完整的故事打碎，分解为碎片，

由四个叙述者来讲述，每个叙述者都从一个特定的角度来叙述自己知道或想象的托马斯·塞德潘，这样，每个叙述者只讲述了故事的一个侧面和局部，因而无论是故事、人物形象还是小说结构都具有了多面性和立体性。这就是《押沙龙，押沙龙！》著名的多视角叙事艺术。事实上，这种多视角叙事艺术早在《喧哗与骚动》和《我弥留之际》中就已用过，但在《押沙龙，押沙龙！》中用得更为复杂，达到了一个新的高度。多视角叙事可说是《押沙龙，押沙龙！》最突出的艺术特征，这一点已被几乎所有的评论家所公认。而我们在第一章已经讨论过：立体主义艺术一个突出的特点也是对物象进行分解的多角度观察和描述艺术。因此，通过细读文本，我们发现，《押沙龙，押沙龙！》在叙事上的多视角叙事艺术和立体主义绘画的多角度观察具有明显的共通性，但从立体主义的角度来论述这一特点的研究似乎还没有。所以，本章尝试联系立体主义艺术的分解——多角度艺术，从叙事视角这一角度来观照《押沙龙，押沙龙！》独特的叙事艺术，阐明其在叙事艺术上典型的立体主义分解特征。

《押沙龙，押沙龙！》最重要的特点可以说是他的独特的叙事方式。《哥伦比亚美国文学史》总结说："这是一部纯属解释性的小说。几个人物——罗莎小姐、康普生先生、昆丁和施里夫——试图解释过去，解释托马斯·塞德潘从一个白人穷光蛋令人惊讶地爬上种植园主地位的故事的意义，解释托马斯那大有前途的女婿查理斯惨遭托马斯之子亨利谋杀这段历史的暧昧的转折点"（[美]埃默里·埃利奥特. 哥伦比亚美国文学史. 朱伯通等译，成都：四川辞书出版社，1994. 第 751 页）。《押沙龙，押沙龙！》中的塞德潘是怎样一个人，有着什么样的经历？这应该是小说的一个枢纽问题。怎样来展开和组织这个枢纽，传统的小说观念和现代主义的理解是完全不同的。传统的小说家一般或用"全知角度"，亦即作家无所不在、无所不知的角度来叙述，或用书中主人公自述的口吻来叙述。发展到亨利·詹姆斯与康拉德，他们认为"全能角度"难以使读者信服，便采用书中主人公之外的一个人物的眼睛来观察，通过他（或她）的话或思想来叙述。康拉德和乔伊斯在小说创作中尝试的多角度叙述艺术给了福克纳以启发，他在《押沙龙，押沙龙！》中继承并发展了这一艺术，在叙事中设置了塞德潘以外的四位叙述者。这四个叙述者从各自不同的角度把塞德潘家族的故事进行了分解，然后反复讲述了三遍，共同打造了一个多面立体的塞德潘家族故事。

从叙事学的角度看，塞德潘无疑是这部小说的叙事焦点。那么，小说所运用的多角度叙事实际上可以看作对塞德潘这个人物整体性的切割分解，分解成各个不同的侧面，然后打乱顺序，从不同角度分别予以展示，从而使人物突显出强烈的立体感。这和立体主义绘画中的分解手法可以说是一脉相通的，其目的是为了表现一个更真实的现实。

在作品中，塞德潘的第一幅肖像是从其小姨子罗莎小姐的视角来绘制的。老处女罗莎小姐叙述中的塞德潘："不是一个绅士。他甚至都不是个绅士。他来到这里，骑着一匹马，带两把手枪以及一个姓氏，这姓氏以前谁也没有听说过"。他是哥特式恐怖小说里"恶魔"的化身，他的所作所为不仅招至杀身之祸，而且殃及子孙后代和整个家族。也是"穷凶极恶的无赖和魔鬼"，冷酷、无情、残忍，具有超人或超自然的力量，令人又恨又怕，是"一个妖魔，一个恶棍"。塞德潘为了追逐他的梦想，不惜一切手段和一切代价，冷酷残忍到了无以复加、令人发指的地步。为了得到一个儿子来继承家业和重振家业，塞德潘诱骗一个年仅17岁的穷女孩米利与他同居。由于米利生的是一个女孩，使他的梦想再次破灭，塞德潘便对其破口大骂："唉，米利，太糟糕了，你不是一匹母马，要不我就可以在马棚里拨给你一间满不错的厩房了。"塞德潘是"罪恶的渊薮"，是痛苦和恐怖的根源，是"天堂不会要地狱不敢收"的奴隶制恶魔。在罗莎的视域中，塞德潘被"看"成了一个"恶魔"。

对塞德潘进行分解叙述的第二个视角是康普生先生，他是小说中第二个出场的叙述人。从他的视角看来，塞德潘有着正常人的感情和行为方式，塞德潘之所以不允许邦恩与朱迪思结婚，是因为塞德潘知道邦恩有一个"八分之一黑人血统的情妇"，而塞德潘不能容忍"贵贱不配的婚姻"。康普生先生还继承了他父亲康普生将军的观点，认为塞德潘悲剧的根源在于他的"天真无知"，更在于他至死未能摆脱这种"天真无知"。在康普生先生看来，塞德潘通过超常的奋斗，最终实现了他的"蓝图"，实现了他的美国梦：由一个被本地上流社会拒绝和鄙视的土包子、外来"侵入者"变成了一个本地任何其他庄园主都望尘莫及的、"打掉牙往肚里吞"的最大庄园主、最大暴发户和最令人羡慕的新星。总之，康普生叙述中的塞德潘形象是开拓时代的英雄。如果说罗莎的叙述是把塞德潘"妖魔化"，那么，康普生先生的视角和她恰恰相反，是对塞德潘的"非妖魔化"。

小说中的第三个叙事视角是康普生先生的儿子昆丁。昆丁是《喧哗与骚动》中的人物，在这部小说中，福克纳又让他复活，来扮演一个听者和讲述者的双重角色。他从他的角度讲述了从别人那儿听来的，已经反复听了无数遍的塞德潘故事。他的讲述实际是一种转述，他转述了罗莎的讲述和他父亲的讲述。他的转述使读者了解：早年豪门受辱曾深刻影响了塞德潘，年仅14岁的塞德潘"知道了白人与黑人之间的区别，而且正在看到白人与白人之间的区别，因而开始了其传奇般的人生冒险"。读者也由他的叙述，知道塞德潘反对邦恩与朱迪思结婚的根本原因在于邦恩寻求认同而塞德潘拒绝认同，他要维护南方固有的"种族纯洁"。在昆丁的叙述中，塞德潘的形象是"种族主恶魔"和"南方英雄"的混合，所以，在一定程度上，昆丁的视角可以说是罗莎视角和康普生视角的重叠。

小说的第四个叙事视角是昆丁在哈佛大学的同学，加拿大青年施里夫。从施里夫的视角讲述的塞德潘故事似乎具有一定的客观性。他主要重述从昆丁那里听来的故事，并对昆丁的讲述按自己的理解做了修正。他对塞德潘悲剧的看法与昆丁并不相同，他同情邦恩而厌恶塞德潘的残忍、冷酷，他从根本上认定塞德潘是一个"种族主义者"，认为塞德潘家族的悲剧与南方的历史文化紧密相关。

通过以上分析，我们发现，在《押沙龙，押沙龙！》中，福克纳像立体主义画家一样，让多个叙述者从不同的视角来观察和叙述塞德潘，把塞德潘故事分解成了不同的侧面，使故事呈现出很强的立体性，体现了典型的立体主义分解特征。

立体主义的"许多人都有用共同的看法，单点透视法已成为艺术发展的障碍"（[美]约翰·拉塞尔. 现代艺术的意义. 常宁生译. 北京：中国人民大学出版社，2005. 第 83 页），认为传统绘画总是从一个固定视点去观察物体，只能表现客观物体的表面而无法体现本质，他们需要发现击溃写实绘画体系的新语言。如果说科学能够发现物质内部全新的结构方式，弗洛伊德能够发现人的意识世界，那么，现代主义文学和立体主义绘画就有可能重新研究它的描述对象。在认识到现实的立体性特征之后，福克纳和立体主义画家所迈出的第一步几乎完全相同：从空间上突破传统，即从多个视点对描述对象切割分解，"立体派在开始时就舍弃了完整的形体的概念，它似乎先把完整的形体或形态加以破坏，或者说加以分析，把它们分析成许许多多的小块"（邵大箴. 西方现代美术思潮. 成都：四川美术出版社，1990. 第 145 页）。这种分析提供了许多碎片元素，为下一步力求在多维度的视野中表现多个侧面提供了基础。布拉克的《水罐与小提琴》是他处在立体主义分析阶段的重要作品。物象也不再是一定光线下一定角度内实物的模拟。画家将水罐与小提琴从正面、侧面、左面、右面、上面、下面等视角逐一分解，然后再将所见到的所有特征综合并加以表现，形成以画面本身为主的存在物。

"立体派最主要的特点是：融几种观点于一个人身上。"（[美]约翰·拉塞尔. 现代艺术的意义. 常宁生译，北京：中国人民大学出版社，2005. 第 81 页）《押沙龙，押沙龙！》中塑造的塞德潘形象完全体现了这一特点。四个叙述者的不同说辞，使塞德潘及其悲剧很难让人有一种确定的把握，他们的面目在不同叙述者的话语中，显得摇曳不定，闪烁多姿。读者是应该相信罗莎小姐，还是应该相信其他人？塞德潘这个"语言符号"，在差异性的不断寻找中，消失在闪烁的能指星群中，似乎已从根本上接近虚无。正如立体主义希望形式本身成为一种真实，福克纳的写作动机也许就是要让塞德潘成为一个谜，要让讲述本身也成为小说的重要形式。

"视角"在绘画批评中更多的被称作"视点"，它是区分传统绘画与现代主义绘画的标志性概念之一。传统绘画只有一个视角，而立体主义自觉地改变了这种用定点透视来统摄物象的基本框架，它将从多个视角看到的物象表现在画布上，使描绘的景物、风景和人像的立体性更为鲜明。而小说中的多角度叙述使叙事具有一种立体感和不确定性，使读者能从中读出无数新的意义。因此，在艺术效果上，小说中的多视角叙事和绘画中的多视点透视又一次达成了一致，具有异曲同工之妙。

从本质上讲，《押沙龙，押沙龙！》和立体主义对对象进行切割分解的内在依据都是"视角"。"视角"这个术语所包含的意义太多，因而评论家们在名称上几乎无法达成一致。所谓"视角"或"叙述视角"指叙述时观察故事的角度。最先系统阐述叙述视角问题并产生了深远影响的书是卢伯克的《小说技巧》和福斯特的《小说面面观》。福斯特在《小说面面观》中把它命名为叙述观点（Point of View），托多罗夫使用"方位"（Aspect）一词，阿伦·泰特使用"观察点"（Post of Observation）一词，而布鲁克斯和沃伦则用"叙述焦点"（Focus of Narration），热奈特把布鲁克斯和沃伦的"叙述焦点"改成了"焦聚"（Focalization），而普林斯在《叙事学词典》中对它是这样解释的：视角也称焦聚、观察点、视点，即为作者讲故事时的感知方式和视觉角度，并通过这种方式和角度向读者讲述故事和介绍背景，等等。在《文学作品分析》一文中，托多罗夫论述了视角的重要性。他写道："在文学方面，我们所要研究的从来不是原始的事实或事件。从两个不同的视点观察同一个事实就会写出两个截然不同的事实。一个物体的各个方面都是由我们提供的视点所决定的。"（张寅德．叙述学研究．北京：中国社会科学出版社，1989．第 65 页）

正是在文学和绘画共用的词汇"视角"上，既体现了《押沙龙，押沙龙！》与立体主义的共同特征，也体现了不同之处。立体主义将多个视角观察的结果反映在二维的平面上，但它却无法把观察者纳入画面；但现代主义文学被赋予了更大的自由。《押沙龙，押沙龙！》中的四个观察者在讲述塞德潘家族的故事时，很多时候是在叙述自我，用福克纳的话说，他们"都在讲自己的传记"。这构成了《押沙龙，押沙龙！》的另外一些"面"。叙述者所处的方位决定了他们叙述的态度、语气和观点，甚至表现了他们的性格和命运。第一个出场的罗莎的"方位"是：在一个"昏暗炎热不通风的房间"，坐在"那把椅座太高使她看上去像个钉在十字架上的小孩子的椅子上"，她对塞德潘的憎恨事出有因：不仅塞德潘当年与她姐姐结婚受到全镇人的反对，使其家族蒙羞，她从小就被灌输了对塞德潘的憎恨；而且，塞德潘用结婚的幌子戏弄了她，使她终身生活在耻辱与仇恨之中而不能自拔。决定康普生视角的方位是：他是康普生将军的后代，是一个有知识、有水平、分析能力强而且似乎值得信任的人。但实际上，随着南方社会的没落和原有种植园经济体系的解体，他骨子里早已渗入了一种颓败的情绪，因此在那个紫藤花开的傍晚，他的叙述也沾上了这种气息。他是宿命论的俘虏，因而在他述及塞德潘悲剧时，常提及"可怕多变的世间人事""人人注定要湮没，化为乌有"；他没有将悲剧归因于塞德潘神鬼般的力量，而是给予塞德潘一定的同情。如果说昆丁与塞德潘其人其事虽然没有直接联系但仍间接相关的话，那么加拿大青年施里夫与塞德潘便毫不相关。当他们在哈佛大学的某一间寒冷的房子里彻夜"商讨"塞德潘其人其事时，昆丁融进了南方的没落在他的精神和心理上留下的不可泯灭的影响，南方过去的"黑色遗产"一旦触及了他，便像鬼魂一样附在他身上，使他走不出病态的想象和似隐似显的事实织就的怪圈。而施里夫除了年轻人的好奇和一些浪漫主义色彩以外，更多的是一种"正常人"的客观和超然态度。

福克纳采用多视角叙事必有其深刻的文本意图。1957—1958 年福克纳在弗吉尼亚大学执教期间，在课堂上回答了学生提出的许多问题。在谈到《押沙龙，押沙龙！》一书时，一位学生引用美国诗人华莱士·斯蒂文斯的《观看乌鸫的十三种角度》一诗中的比喻，问道："福克纳先生，在《押沙龙，押沙龙！》中，讲述塞德潘故事的人当中有谁观点正确吗？或者多少像观看乌鸫的十三种角度一样，谁都不正确？"对此，福克纳的回答是："正是这样，我认为没有人能够直视真理，真理亮得让人眼花缭乱。你只能看到一个侧面，另一个人观察，看见的是它略有不同的侧面。虽然没有一个人看到完整无缺的全部，但是把所有观察放在一起，真理就存在于他们的观察之中。所以，从罗莎小姐和昆丁看来，那是真实情况，昆丁的父亲看到他认为是真理的东西。但是，塞德潘这老家伙不是寻常的人，如果不是比昆丁、罗莎小姐或康普生先生等更高大的人是不可能认识塞德潘的全部的。要真正认识这个人物需要更大的智慧、更多的宽容大度、更多的敏感和更深的思考。正如你所说，这是观看乌鸫的所有十三种角度。我倾向于认为，真理会出现的，那就是当读者看到了全部的十三个角度，当他形成第十四个角度时，那就是真理。"由此可以得出：罗莎、康普生先生、昆丁和施里夫为我们提供了看塞德潘家族的所有十三种角度，但他们都只提供了部分事实和不同侧面，读者只有积极地参与文本建构，像观赏立体主义作品一样，得出自己的第十四种角度，才有可能获得事情的真相。这正是福克纳的高明之处——与其说他天才地意识到了叙事技巧的重要，不如说他了解并创造性的综合了立体主义"看乌鸦的十三种角度"。

三、《押沙龙，押沙龙！》的立体主义重构特征

《押沙龙，押沙龙！》的多视角叙事把完整的故事拆解为语言碎片，使传统小说故事情节的整一性被彻底瓦解。但这不是目的，这只是开始。分解是为了重构。《押沙龙，押沙龙！》的多角度叙述一如立体主义的多视角观察，完成了对物象的分解，而最终目的是重构现实。从第一章的论述我们知道，在立体主义绘画艺术中，对物象被分解后的碎片和元素进行重构的方法和策略主要有主观并置、文本拼贴和时序交错等。所以，下面我们从这三个角度来重点论述《押沙龙，押沙龙！》叙事的立体主义重构特征，从而进一步加深对《押沙龙，押沙龙！》立体主义叙事艺术独特性的理解。

（一）主观并置

莱辛曾经把艺术划分为视觉艺术和叙事艺术，并且就两类艺术之间的区别进行了深入的探讨。认为绘画是以空间共存性为基础的并置艺术，而小说则是以时间连续性为基础的时序艺术。但是，20世纪现代主义作家打破了这两类艺术的界限，在文学创作中纷纷使用了和绘画、建筑、雕塑等空间艺术同一的并置手法。罗杰·夏塔克甚至说："20世纪是与早期变化的艺术相对立的并置的艺术"。罗兰·巴特也曾指出："唯有将事件的碎片拼接起来，意义才产生；唯有无休止地将事件转换成功能，结构才得以构筑；作家（诗人、小说家、编年史家）唯有将惰性单位联系起来才能发现其意义"何谓并置？并置是"指在文本中并列地置放那些游离于叙述过程之外的各种意象和暗示、象征和联系，使它们在文本中取得连续的参照与前后参照，从而结成一个整体；换言之，并置就是'词的组合'，就是'对意象和短语的空间编织'"。但国内学者吴晓东认为，这一理解狭窄了一些，除了意象、短语的并置之外，"也应该包括结构性并置，如不同叙事者的讲述的并置，多重故事的并置"。如果我们同意这种观点，并且把结构性并置与短语和意象的并置分别称为"宏观并置"和"微观并置"，那么福克纳在《押沙龙，押沙龙！》中把并置这一立体主义手法运用到了非常娴熟的高度。

《押沙龙，押沙龙！》的"宏观并置"主要体现在文本的叙事结构上。一般认为福克纳在《押沙龙，押沙龙！》中设置了四个叙述者，分别是罗莎小姐、康普生先生、昆丁和施里夫。这四个叙述者分别站在各自的角度和立场上来讲述塞德潘的故事，所以，《押沙龙，押沙龙！》的叙事文本实质上就是由四个不同版本的关于塞德潘故事的亚文本构成的。那么，福克纳是如何把这四个不同版本的塞德潘故事结构成一个文本的呢？它们之间是什么关系？如同立体主义绘画把一个物象的不同侧面并置在同一个平面上一样，在《押沙龙，押沙龙！》中，福克纳也采用了并置艺术，把关于塞德潘的四个亚文本完全平等的并置在一起，使它们构成了相互补充和相互冲突的一个整体。这一手法在《喧哗与骚动》中就用过，但在《喧哗与骚动》中，四个叙述者的叙述被明确地分为各自独立的四大块，而在《押沙龙，押沙龙！》中这一手法要复杂得多。进一步考察文本的整体布局，我们发现，四个叙述者的叙述，如同立体主义绘画一样被切割成大小不同的块状。小说叙事的主体部分由九章组成。罗莎、康普生、昆丁和施里夫的主要叙述各有两块。罗莎为第一章、第五章；康普生是第二章、第三章和第四章；昆丁是第七章、第九章；施里夫为第八章。而第六章由康普生、昆丁和施里夫三人共同完成。作者没有按照时间或逻辑的顺序来编排情节，而是打乱顺序，任意组合并置，这使得一个简单的故事变得非常复杂，构成了一个结构的迷宫，使文本在结构上具有了鲜明的立体感，增加了阅读难度，使小说呈现出强烈的艺术魅力。

由于四个叙述者所处的叙述语境不同，所以，他们的叙述风格也各有不同。在《押沙龙，押沙龙！》中，福克纳甚至把四种不同的叙述风格也并置在了一起。罗莎小姐偏激刻薄、歇斯底里的声音，康普生先生世故而又冷嘲热讽的语气，昆丁痛苦执迷的叙述和施里夫超然讥讽的阐释交织在一起，构成了一曲伟大复杂的交响乐。那令人无法启齿的侮辱让罗莎小姐,43 年来一直生活在仇恨塞德潘的梦魇中，因此在她的叙述中，塞德潘是"魔鬼""恶魔""妖怪""吃人妖魔"……而出生于旧南方豪门家族的康普生先生特别崇拜那些依靠自身努力成功的人，塞德潘的生活经历正好提供了一个活生生的典范。塞德潘的英勇、坚强意志、勤劳和勇气都是康普生先生所欠缺和羡慕的，塞德潘自然成了他心中的英雄。康普生先生有意识且小心地消解着罗莎小姐叙述的可信性并通过批评和驳斥她的观点建构起自己的叙述的权威性。因此，这两种相互矛盾相互对立的观点发生碰撞并形成了对照，这种对照显然已超出了具体层面的对话，它是不同思想体系的交锋。而昆丁和施里夫的叙述又纠正了康普生先生的种种猜测，譬如：他们认为并不是邦恩的重婚而是他的十六分之一黑人血统导致了塞德潘否决朱迪思和邦恩的婚事以及亨利枪杀邦恩。这样一来他们不仅与康普生先生产生了对话关系而且形成了他们自己的观点：塞德潘不仅是早期拓荒者的代表而且也是旧南方罪恶的象征。因此，作者将四个叙述者不同风格的叙述并置在一起，使得整部小说就像一个几方相互攻击争夺关于塞德潘的"话语权"的大战场，激烈的争斗使得整部小说成了一场大型对话。这也正是宏观并置所期待的效果。

在微观的层次上，《押沙龙，押沙龙！》在叙事上也处处使用了并置手法。这种并置手法类似于电影的"蒙太奇"。"蒙太奇"多种多样，但它最重要的修辞效果是造成布鲁斯卡文所说的"活生生的对照""没有过渡机制，而是要读者去确定两者之间的联系。"下面是《押沙龙，押沙龙！》中昆丁想象出来的亨利和邦恩并肩骑马走向老屋的情景：

……（昆丁像是真的能见到他们，在大门口面对着面。大门里面原来是个花园，如今一览无余，杂乱不堪，显得粗野荒芜，有一种梦幻般遥远与吃惊的气氛，像是刚从麻药下醒过来的人那张没刮胡子的脸，这片荒地一直延伸到一所大房子的跟前，那里面有个年轻的女子用偷偷省下来的碎料缝成的结婚礼服在等待……那两个人骑在两匹瘦马的背上，面对着面，两个男子，都还年轻……你可别越过这根门柱的影子，这根树枝，查尔斯；那位说我这就越过去，亨利）"——接下是沃许•琼斯来到罗莎小姐的大门口，坐在那匹没有鞍子的骡子背上，朝着洒满阳光和平安的街头大声嚷叫，'你是罗莎•科德菲尔德啵？那你最好赶紧上那头去。亨利果真把那臭法国佬给崩了。没气儿了，都跟半扇牛肉差不离儿了。'"（[美]威廉•福克纳. 押沙龙，押沙龙！. 李文俊译. 上海：上海译文出版社，2000. 第127页）

在这段文字中，有着最为典型的微观并置：将括号和引号并置，或是一连串的句子和只言片语并置，将亨利和查尔斯骑马走向老屋的场景和他们的对话与沃许•琼斯报告"法国小子"被杀消息的场景并置，最后这些印象式的、零散的碎片集合起来，构成一幕幕富于戏剧性的场景。而且，这些并置着的碎片都像是一个时空连续中的因素，有它生动的对照关联。这部小说的整个情节也带着这种特质，永远在运动，有时向前有时退后，不断加入新的意义。

在第五章罗莎的长篇独白中，插有这样一段话："是的，罗莎•科德菲尔德，失去了他，哭他；逮着一个情郎却留不住他；（噢，是的，他们会告诉你的）找到一个情郎却受到了侮辱，听到了什么便不肯原谅，倒不是完全因为说了这样一句话而是因为对她动过这样一个念头，因此当听到时她就像五雷轰顶似的明白，这念头在他脑袋准已经转了一天、一个星期，没准甚至是一个月，他转着这样的念头每天看着她而她却连知都不知道。可是我原谅了他。"这段话中至少并置了三种不同时间、不同空间、不同人物发出的声音：罗莎在 43 年后给昆丁叙述故事时的声音，43 年前镇上人的声音以及罗莎在当时自我辩解和作出判断的声音。三者构成了两种意义的对话：一是正在讲述故事的罗莎和作为听众的昆丁的对话；二是罗莎和镇上人之间的对话。声音的并置，使人们不得不再次关注他们的对话，再次研究他们观点和态度的分歧，这可能是对原有经验的求证，也可能是对第一印象的理性深入，还可能是对阐释的辩护，但更可能是一种逆向反思，是对原有阐释的颠覆和对新阐释的开发。

这样的微观并置在《押沙龙，押沙龙！》中俯拾皆是。限于篇幅，不再举例。笔者认为，威廉·福克纳的《押沙龙，押沙龙！》包含了作者在小说技巧方面所做的各种实验。而在这些实验中，成功的并置手法将不同的事件、不同的地点、不同的声音、不同时代的人物直接放在一起，在时间交错、空间距离消失、作者隐退的同时，《押沙龙，押沙龙！》获得了新的更大的时空内涵。这就是约瑟夫·弗兰克所说的"空间形式"的性质。并置手法的成功运用不仅有效地拓展了《押沙龙，押沙龙！》的空间范围，扩大了它的艺术容量，使小说蕴含更为深刻的思想意义，更有效地展示了纷繁复杂的社会生活面貌，而且迫使读者积极参与文本意义的生产，从而使得作品表面无序的形式本身成了引人注目的内容，成了文本真正的中心和焦点。

在现代艺术中被赋予了新的意义并作为一种叙事修辞的并置，首先应该被看作是一种绘画概念。这不是就并置在绘画中运用的历史而言的，而是并置的形成，本身就是视觉上的感受。早期的立体主义绘画从不同的侧面，不同的视点，对一物体作分解，然后把得到的多种元素重新组合，形成并置，以便相互渗入而成为一个整体形象。毕加索的《阿维农的少女》就是这个结论最好的阐释。在 1925 年的作品《舞蹈》中，并置被作为最响亮的立体主义语汇使用；1932 年的《镜前少女》更是将镜前的少女和镜中少女的影像作了结构性的并置。并置是立体主义最常用的构图修辞，要是有足够的耐心，我们还能在毕加索的其他作品，在布拉克和其他立体主义画家的作品中找到更多的并置。也许，并置不是立体主义的独创，在提香的画中，人们就看到了他发明的色彩并置中和法；将对比色与纯净鲜明的单独颜色并列，如用绿色或其他颜色使鲜红色变得灰暗和谐。后来雷诺阿等画家用颜色并置法，使用小笔触或小色点，将纯正不调和的颜色摆到画面上。我们在凡·高和马蒂斯的作品中，也看到了这种色彩的并置。但以往的画家从未像立体主义一样，把并置手法作为一种"常规武器"，运用到绘画的各个方面而且炉火纯青。

并置就语言本身的词汇意义而言，指两件事物的并列放置和共同展示时的相互映照。当然，立体主义绘画中的并置并不是简单地把两个事物放到一起，在绘画中，并置的双方可以有视觉上的联系，也可以没有视觉上的联系，而只有主观的联系，但立体主义并置语言的目的和功效，总在于对照，总在于在作者、作品、观者之间形成了一种强有力的关系。一旦作者的观念不再突显，而是消退了，画面自己说话了，并置双方的对比和参照，就会超越自然真实而求得到丰富的引申含义。立体主义的并置手法把各种现实和虚幻的画面碎片剪接在一起，获得一种艺术的结构，类似一曲由各种曲调组成的交响乐。同时，也体现了立体主义碎片与整体的综合，凌乱与秩序并存的观念，这正是西方艺术家对宇宙和世界的认识。《押沙龙，押沙龙！》中所实践的主观拼贴正是在这一点上与立体主义不谋而合，其意图在于重构一个立体化的文本现实。

（二）文本拼贴

《押沙龙，押沙龙！》在进行文本重构时除运用了立体主义并置艺术外，还运用了立体主义艺术实现重构现实的另一种重要方法——拼贴艺术。拼贴，原为法文 Collage，意思是粘贴。顾名思义，拼贴即是将彩色的纸片、印刷品以及不同的材料，先用胶粘合到画布上，再经艺术处理，使绘画与这些保持着各自特性的物体有机地混合为天然一体。正如美国后现代小说家唐纳德·巴塞尔姆所说："拼贴原则是 20 世纪所有传播媒介中的所有艺术的中心原则，拼贴的要点在于不相似的事物被粘在一起，在最佳状态下，创造出一个现实。"在立体主义作品中，艺术家把实物，如报纸、画片、相片、布块等，根据设计意图剪裁成所需的形状，粘贴到画面上，因而产生了一种奇特的艺术效果。立体派的代表人物之一乔治·布拉克在 1911 年的作品《葡萄牙人》的画面上首次加进了一种新的造型要素——一丝不苟的手写字和数码。布拉克不仅将物象分解，在同一画面上描绘出物象的不同的侧面，还将文字、报纸、餐馆的菜单等拼贴在画面上。这一灵感使立体主义发展了拼贴这一方法，被认为是现代艺术的真正创新。而拼贴作为一种文学手法，是指在文学作品中粘贴进其他性质的文本，如语录、典故、菜单、图表等，目的是"表现世界及其复杂性"。

将立体主义绘画中的拼贴概念用于对《押沙龙，押沙龙！》叙事艺术的分析，可使我们从一个新的角度理解这部小说在文本形态上的丰富内涵和创造性。我们知道，立体主义绘画囿于绘画本身的限制，它的拼贴只能是事物在同一画面上的组合与变形。而文学艺术，尤其是小说艺术，所表现的对象本身就是一个包容量极大的客体，它体现出来的拼贴手法完全是打破时空界限的，可以把不同时空、不同性质的材料拼贴在同一部小说中，进而重构出一个新的世界。福克纳在《押沙龙，押沙龙！》中发挥了其天才般的创造力，把立体主义绘画的拼贴艺术嫁接到了小说写作中，把不同时空和不同性质的文本拼贴在同一小说文本中，从而不仅使小说在内涵上具有了立体性，而且使小说在形态上也呈现出很强的立体色彩。这主要表现在以下两个方面：

第一，小说名字所代表的神话文本和小说文本的拼贴。福克纳在刚开始写作这部小说时，给它起名为《黑屋子》，"'黑屋子'无疑是指小说中塞德潘家族那曾经十分雄伟而现在已经破败的'百里之园'"。它是塞德潘野心、意志和一生荣辱兴衰的见证。"如果小说以过去、以塞德潘家族为中心，那么'黑屋子'无疑是很合适、很有象征意义的名字"（肖明翰. 威廉·福克纳研究. 北京：外语教学与研究出版社，1997. 第364页）。后来，福克纳经过长期的斟酌，给塞德潘家族的故事拼贴了一个"押沙龙，押沙龙！"的书名。"押沙龙"是《圣经·旧约》《撒母耳记（下）》中的人物。大卫王得到保证，上帝将会给他造屋并建立万世王朝。大卫王的儿子暗嫩被立为王位继承人，遭到另一个儿子押沙龙的嫉妒。暗嫩爱恋并强奸了同父异母的妹妹他玛，作为他玛的胞兄，押沙龙决意为妹妹报仇，寻机杀了暗嫩，自己也亡命他乡。后来押沙龙阴谋篡位，兵败而亡，大卫王得到音讯，悲伤不已，走上城门楼去哀哭，一面走，一面喊："我儿押沙龙啊！我儿，我儿押沙龙啊！我恨不得替你死，押沙龙啊，我儿！我儿！"（圣经·旧约·撒母耳记下. 中国基督教协会简化字现代标点和合本. 第502页）除书名外，小说中并未直接引用这一典故，也不曾提到过大卫王、押沙龙或其他相关的人物，但这个拼贴使塞德潘的悲剧上升到了寓言的层次，成为古老南方兴衰的隐喻。所以，如同立体主义者把一个符号拼贴在画面上一样，作者以"押沙龙，押沙龙！"为书名，就把一个内涵丰富的神话文本拼贴进了这部小说中，其意义是不言而喻的。

首先，使小说中扑朔迷离的故事情节和人物关系显得脉络清晰。很显然，塞德潘的故事并非客观存在，它是由四个叙述者各异的叙述拼凑得来的。且不同的叙述部分之间缺乏情节上的连贯性，对于同一事件和细节也存在几种迥然不同的叙述，并且相互矛盾、相互冲突，这些都增加了阅读的难度。传统的阅读方式已失效，初读之下往往云山雾罩，不知所云。如果按传统的方式来理清故事脉络，读者会觉得像走进了一座迷宫，无所适从。福克纳的独特之处就在于，他要求读者置身故事之中，却不能迷失。而要想拨开乌云见天日，把碎片拼贴成清晰的"地毯上的图案"，读者就必须始终记着拼贴在文本上的"押沙龙故事"这一符号化的"潜文本"。"不难看出，塞德潘的原型是大卫王，亨利的原型是押沙龙，邦恩的原型是暗嫩，而朱迪思的原型是他玛。小说中亨利为维护其妹妹朱迪思的白人血统的纯洁而枪杀其同父异母哥哥邦恩的故事原型正是取自押沙龙为维护其妹妹的尊严而杀死其同父异母的哥哥暗嫩的神话传说"（朱振武．在心理美学的平面上：福克纳小说创作论．上海：学林出版社，2004．第155页）。《圣经》中的押沙龙故事就像一份阅读指南，使押沙龙和亨利、暗嫩和邦恩的故事水乳交融，遥相呼应。而塞德潘与大卫王、朱迪思与他玛交叠出现，互相纠葛，《圣经》的故事为《押沙龙，押沙龙！》的解读时时处处标注着方位。

其次，使小说人物悲剧的根源和意义更加明朗。作者运用大卫王和押沙龙的传说讽喻塞德潘家族的兴衰，也就是说《圣经》典故实际上起着参照系的作用。福克纳在小说中对塞德潘没有做任何的道德评判，但有了《圣经》典故作为参照，塞德潘泯灭人性、缺乏道德感的致命弱点和他的命运、他最后的结局便不出预料。同时，读者在震惊于塞德潘缺乏人性的举动时，也对塞德潘悲剧的前因后果理清了头绪，像有了注脚一样明朗。确如福克纳所言，他所关注的始终是人，是人与自己、与周围环境的冲突。他的用典不是为了对人物横加褒贬；他由此将人物置于一个特定的维度，依靠参照系的类比作用来加以审视。

我们知道，制造悬念并由叙述者们进行推理是这部小说一个突出的特征。小说中最大的悬念——亨利杀邦恩的动机，叙述者们对此也作出了种种猜测，最终却依然是一个不解之谜。但依赖《圣经》典故的参照作用，读者可初步得到一个合理的解释：亨利得知邦恩是他和朱迪思的同父异母兄妹，为阻止乱伦才出此下策。疑窦似乎揭开了，然而昆丁和施里夫推测，依据亨利的性格，他爱邦恩，爱朱迪思，是不会用这种血腥的手段来阻止这场婚姻的。昆丁设想，亨利痛苦地克服了良心的谴责，允许并促成这桩天理不容的婚姻。这是一处巧妙的伏笔：亨利与邦恩的兄弟之爱甚至经受了乱伦的考验，而押沙龙却因此杀了暗嫩。当后文披露亨利弑兄的真正目的时，才会如此令人瞠目。昆丁讲到塞德潘临死时曾向人吐露了邦恩"母亲有黑人血统"的身世，才终于揭开了谜底。兄弟阋墙的悲剧也真正豁然开朗。正是通过对这一经典的改写，福克纳揭示了古老的"乱伦"禁忌已让位于美国南方的种族主义，表明了后者已成为新的悲剧根源这一事实。

最后，拼贴还赋予了塞德潘故事一个深层的结构，即神话结构。小说的名字使得整部小说形成一个潜在的完美的象征结构。小说通过大卫王的深层故事和塞德潘的表层故事之间构成的对照关系，使塞德潘家族的悲剧有了浓厚的感情强度和深刻的寓意，我们不得不从一个新的角度来理解该书丰富的象征内涵。按照荣格和弗莱的看法，原型（Archetype）是人们行为和思维的集体无意识或原始的文化模式，原型在艺术作品中是一个被暗含的结构模式或存在模式，文艺作品是这个原型的象征体现。大卫王、押沙龙是神话故事人物，其原型被隐藏在《押沙龙，押沙龙！》的情节中，它既在时间上为我们提供了一个宽阔的理解范围，又从空间上为我们提示了原型的可能位置。对这部小说而言，押沙龙只是取自神话和宗教中的一个碎片，但就是这块碎片，本身就积淀了深厚的文化内涵，它在与具体语境的对照中获得了新的意义。这种对比的效果非常强烈，塞德潘家族的悲剧因此被赋予了古典悲剧的特质，具有了很强的艺术感染力。

第二，小说文本与历史年表、家族谱系和地图等文本的拼贴。许多研究者忽略了福克纳在《押沙龙，押沙龙！》中的另外一种拼贴：在虚构性叙事文本之后拼贴了非叙事文本：一份年表、一份人物谱系和一张约克纳帕塔法县的地图。正如福克纳的传记作者达维德·敏特所说："似乎为了承认《押沙龙，押沙龙！》在他的著作中的特殊地位，他加上了年表、家谱和地图，给它一个总和的外观。"（[美]达维德·敏特，圣殿中的尘网. 北京. 三联书店，1991. 第254页）

从小说的构成形态而言，《押沙龙，押沙龙！》像所有小说文本一样有一个虚构性的叙事文本，但除此以外，福克纳又创造性地在其后面拼贴了一份关于塞德潘家族的历史年表，按时间顺序详细记载了从1807年到1910年近百年的时间里，塞德潘从出生到死亡的过程以及塞德潘家族其他人物的生平事迹。这份年表仿佛是一部作者按照时间顺序叙述的传统小说，是塞德潘家族故事的另外一种版本，与虚构性叙事文本互相参照，共同构成了立体化的塞德潘世界。

在对塞德潘故事以年表的形式重写一遍之后，福克纳意犹未尽，又在后面拼贴了一份小说的人物谱系，从作品人物的角度把塞德潘故事又重新写了一遍，概括叙述了塞德潘、查尔斯、亨利等塞德潘家族几乎所有故事人物与昆丁、施里夫等叙述者的生平与各自之间的关系。

更为夸张的是福克纳在这一切之后又煞有介事地拼贴了一幅"约克纳帕塔法县"的地图。地图上标明：密西西比州北部约克纳帕塔法县杰弗生镇；面积2400平方公里；人口——白人6298,黑人9319；威廉·福克纳，唯一的业主和产权所有者。这是福克纳第一次郑重其事地为虚构的文本世界绘制了一幅地图，给人以这是他的"约克纳帕塔法县宝鉴录"的压卷之作的印象。（李文俊. 《押沙龙，押沙龙！》译序. 上海：上海译文出版社，2000. 第3页）

我们知道，《押沙龙，押沙龙！》的虚构性叙事文本"传达给读者的塞德潘的悲剧并不是'客观'存在，而是三个叙述故事的主要人物在第四个伙伴协助之下集体动脑筋的产物"（李文俊．福克纳评论集．北京：中国社会科学出版社，1980．第 172 页），因此塞德潘的故事被四个叙述者越讲越不真实，但年表、人物谱系和约克纳帕塔法县的地图编年史般的、无可置疑的"仿真"写法，改变了四个叙述者毫无把握的回忆故事的虚幻性质。从这个意义上说，添加年表、人物谱系和地图是典型的立体主义拼贴手法。为了更好地理解这一点，在此，我们或许应该提及布拉克在综合立体主义时期的作品《弹吉他的女人》。在这幅画中，布拉克为了使主题获得具体性，不仅引入了文字，还运用乱真画法在代表吉他的色块上画上了逼真的木纹。使作品变成可以用手触及的物质性实体。《押沙龙，押沙龙！》所附的家谱和地图的作用与之完全相同。所以，在对拼贴艺术的运用上，福克纳和布拉克可谓异曲同工。

总之，拼贴作为一种艺术手法，具有独特的重构现实的作用。拼贴因其对现实和传说的关联能力，对小说空间的重构能力，受到了处于现代主义上下文语境的布拉克和福克纳的重视。它作为现代艺术重要的修辞手段，在成为一种强有力的艺术造型因素的同时，也从神话、历史和现实的观照中获得了文化的引申，让我们看到了另一种东西，即在重构故事的过程中重构历史和现实的可能性。

（三）时序交错

从形式上看，立体主义艺术在追求多视点表现的同时，实际上否定了视点的传统意义，增加了时间这一概念，这就必然要求不顾及物体现实的、暂时的模样，而呈现它的永恒意义。立体主义的一个重大任务就是将无形的时间诉诸画面形式，将历时性转化为共时性，让你"直观本质"，让你在平面上同时看到你本来要用一段时间在空间中转一周才能看到的物体的全貌，所以，它是一个"共时存在"的艺术。因此，我们看到在立体主义的大部分绘画中，自然的形体被破坏，自然时空结构被打乱，时间和空间被分割成了碎片，然后根据一种几何结构"共时"地重新安排在画面上。无独有偶，佛兰茨·K.斯坦策尔认为，现代小说有三个突出的特征："第一，由客观事物和事件组成的外在世界不再重要，除非这些东西能被上升到象征的高度，变得透明以展示思想，或用作意识发生过程的背景。第二，小说家全神贯注于时间主题。第三，对叙述技巧和手法的试验。"（[法]福柯等．激进的美学锋芒．周宪译．北京：中国人民大学出版社，2003．第 231 页）从立体主义艺术的角度来看，这显然是典型的拼贴手法。而从根本上讲，对叙述技巧和手法的试验本质上是为了解决时间问题。据此，时间成为现代主义小说和立体主义绘画共同关注的对象。

"从时间、空间的维度看，小说首先可以说是一种时间性的存在，表现为小说是用语言文字媒介先后叙述出来的。"（吴晓东. 从卡夫卡到昆德拉. 北京：三联书店，2003. 第 174 页）传统的小说家往往按照时间顺序或通常意义上的逻辑关系来组织、安排情节，叙述是沿着时间的维度线形地展开的，于是故事呈直线形发展，表现为线状结构，是一个前后紧密衔接的链条。但是，福克纳在《押沙龙，押沙龙！》的创作中刻意打破、淡化和消融时间的自然顺序，从而突出和强调叙述中原本前承后继的时间性所难以达到的共时性的空间效果。这种叙事方式强调的是在空间上把无因果关系的事件并置在一起，使这些事件之间缺少一种承先启后的时间性，看起来像同时发生的，给人一种建筑形式的感觉，因而实现了时间的共时性。由于对多重视角的并置，视点呈现出运动的特点，实现了美学家所说的"空间的时间化"或"时间的空间化"。（周宪. 审美现代性批判. 北京：商务印书馆，2005. 第 322 页）

若按故事的物理时间顺序叙述排列，《押沙龙，押沙龙！》中塞德潘的故事应该是：1807 年托马斯·塞德潘出生—1820 年 14 岁的塞德潘自家中出走—1827 年塞德潘在海地娶第一个妻子—1833 年托马斯·塞德潘出现在杰弗生镇，建塞德潘百里庄园—1838 年他娶埃伦·科德菲尔德为妻，生下亨利·塞德潘和朱迪思·塞德潘—1859 年亨利与邦恩相遇，塞德潘阻止朱迪思与邦恩联姻，亨利与邦恩一起离家出走一年，塞德潘、亨利与邦恩奔赴战场，两年后埃伦逝世，次年古德休·科德菲尔德也逝世了—1865 年亨利将查尔斯·邦恩杀死于大门口—1866 年塞德潘与罗莎订婚，提出不敬的要求—1869 年塞德潘与米利·琼斯生了一女婴，沃许·琼斯杀了塞德潘—20 多年后，1909 年的 9 月，罗莎·科德菲尔德与昆丁发现亨利隐匿于塞德潘庄园，同年 12 月，克莱蒂纵火焚毁了大宅—1910 年，康普生先生将消息写信告诉昆丁，引起了昆丁和施里夫关于塞德潘家族的推测与讨论。（[美]威廉·福克纳. 押沙龙，押沙龙！. 李文俊译. 上海：上海译文出版社，2000. 第 381～382 页）这是故事，而不是小说。如果小说按这样的顺序来叙述，《押沙龙，押沙龙！》就跟传统的小说没有什么两样。

但在《押沙龙，押沙龙！》中，福克纳并未以编年史的方法进行创作，而是采用了一系列倒叙、预叙、第二手甚至第三手回忆以及想象和猜测等方式推理编织出全部情节的来龙去脉，彻底打乱了故事时序和叙事时序。小说的第一章先从 1909 年 9 月 "那个漫长安静炎热令人困倦死气沉沉的九月下午两点钟刚过"，昆丁坐在杰弗生镇罗莎小姐的办公室里听她讲述塞德潘的故事开始，由罗莎给昆丁拉拉杂杂地叙说了她所知道和她想说的关于塞德潘的陈年旧事，初步为塞德潘画了一幅"恶魔"式的肖像。但是从第二章开始到第四章，时间又闪回到了昆丁从罗莎小姐家里回来吃过晚饭准备与罗莎小姐一起前往大宅的时候，听康普生先生讲述罗莎小姐和塞德潘的故事。到了第五章，时间又闪回到1909年9月"那个漫长安静炎热令人困倦死气沉沉的九月下午"罗莎小姐沉闷的自白。从第六章开始时间忽然又拉到了5个月后，也即昆丁在哈佛的公寓里收到了康普生先生的来信，并开始和室友施里夫探讨塞德潘的故事。而在小说的最后一章，昆丁的叙述又回到了第一章晚饭后与罗莎小姐夜探塞德潘庄园的情节。这样，小说的叙述时间前后交错排列，缺少连贯性，呈现出共时化的形态。不仅如此，在具体的章节之中，作者也反复使用了切入切出的剪辑技巧，使不同时空发生的事同时呈现。这只是对《押沙龙，押沙龙！》叙事时间的一个总体把握，实际情况要比这复杂得多。

不仅小说的叙事时序交错，而且小说的故事时序也纵横交错，并且更为复杂。在《押沙龙，押沙龙！》中，由于小说的主人公们大多早已去世，这个故事主要是由塞德潘的小姨子罗莎小姐、塞德潘的朋友康普生将军的儿子康普生先生和孙子昆丁，以及昆丁在哈佛大学的同学施里夫来转述和杜撰的。因此，不仅是在小说的叙述上出现了时间交错的现象，我们还发现小说叙述者所叙述的故事的时间顺序也纵横交错。

小说的第一章主要是由罗莎小姐发泄43年来郁结在她心里的不平和愤懑。她回忆了塞德潘进入杰斐逊镇的情形，进而扯出"塞德潘百里地"的情况和她对埃伦及其两个孩子的第一印象以及她第一次去塞德潘百里地的情景。从第二章起由康普生先生讲述，他通过罗莎小姐的生活经历和思想行为证明她的叙述并不可靠。康普生先生重新从塞德潘进镇讲起，说到了塞德潘获得土地、带回黑奴和法国建筑师、建起大宅等英雄事迹，最后讲到塞德潘与埃伦订婚并且结婚。第三章康普生先生接着第二章讲述结婚后塞德潘与科德菲尔德家的关系，讲到亨利带回查尔斯·邦恩，朱迪思随后与邦恩订婚，以及亨利出走，埃伦与古德休·科德菲尔德的逝世，直到沃许·琼斯骑着骡子来到罗莎小姐的门口叫罗莎小姐。第四章主要是康普生先生对亨利出走到他在家门口杀死查尔斯·邦恩的推测，并以一封邦恩给朱迪思的信为证据。第五章，由罗莎小姐接着第一章讲述了她被沃许·琼斯通知来到塞德潘庄园发现亨利打死了邦恩后的情况：她帮助朱迪思埋葬了邦恩，并留在那里和朱迪思共同生活，等到塞德潘回家后与塞德潘订婚，后又因为塞德潘无礼的建议而愤然离开，搬回镇上独居。小说的第六章，由昆丁与室友施里夫讲述。他们从罗莎小姐说起，一直到塞德潘与米利的暧昧关系；米利产下婴儿后，沃许杀了塞德潘；朱迪思买了墓碑，昆丁和他的父亲发现墓碑的事。并由墓碑讲到了邦恩的儿子查尔斯·埃·圣瓦·邦，讲他来塞德潘百里地做客，然后离开，最后竟然带着一个黑人妻子回到了杰斐逊镇，并生了一个白痴儿子吉姆·邦德。小说的第七章，昆丁转述、推测和虚构完成了塞德潘少年时代的故事。而第八章主要是由昆丁和施里夫在极度亢奋的状态下，共同推测出塞德潘反对邦恩和朱迪思的联姻以及亨利最终杀死邦恩的原因。最后昆丁在施里夫的一再要求下回忆了与罗莎小姐夜探塞德潘庄园，见到亨利，而克莱蒂也纵火烧毁了庄园。因此，与前面我们按时间顺序排列的塞德潘故事相比，《押沙龙，押沙龙！》把故事的时序彻底打乱了，对其进行了重新编排，把不同时空发生的事交织在一起，使它们同时并存，也因此使小说的叙事具有了立体主义绘画的共时性特点。

另外，福克纳不光从不同叙述者的角度去讲故事，还从不同时间角度去进行叙事，从而使过去、现在和将来以共时的形式存在于小说之中。如施里夫在听了昆丁讲述塞德潘家的故事之后，就充分发挥了自己的想象，设想塞德潘的两个还不完全知道真情的儿子在一起所做的事情，他和昆丁也仿佛参与了整个事件。

在小说中有这样一段描述："施里夫停下来。那就是说，就他们两人，施里夫与昆丁所知，他停下了，因为就他们两个所知，他从来就没有开始说过，因为两人中谁方才在说，那是无关紧要的（很可能他们俩都没觉察到这区别）。因此此刻不是两人而是四人骑着两匹马在黑暗中艰难地走在那个圣诞前夜冻结的十二月车辙之间：他们四个人，然后又仅仅——是两个：查尔斯—施里夫与昆丁—亨利，这两对人都相信亨利在寻思他（指他的父亲）把咱们全都毁了，片刻也没有这么想他（指查尔斯）准定是很早以来就知道至少是猜到这件事了。"（[美]威廉·福克纳. 押沙龙，押沙龙！. 李文俊译. 上海：上海译文出版社，2000. 第 334 页）这是施里夫和昆丁坐在哈佛大学冰冷的寝室里讲故事，设想内战时塞德潘的两个儿子查尔斯和亨利当时的心境。他们两个仿佛随着故事中的主人公一起走进黑夜之中，同他们一起前进，连心理活动也窥见了。福克纳把讲故事的施里夫和昆丁幻化为邦恩和亨利，改变他们的叙述角度，把 1909 年冬天在哈佛大学校园里的一间学生宿舍和内战时期的一个晚上的情景重叠起来，目的在于探究塞德潘家庭悲剧的真正原因。由于谁也无法知道真实的情况，作者就安排了昆丁和施里夫充当侦探进行推理，走进故事之中，又随时意识到自己并非故事中人。于是，不同的时间、空间，甚至人物叠加在一起，产生了一种立体化的效果。

评论家克里夫顿·费迪曼评价这部作品说：《押沙龙，押沙龙！》"可称为反叙述型小说，其中使用了一系列复杂的方法将故事隐匿起来"。叙述者的叙述时而相互补充时而又相互冲突，看似貌合神离，实际上却都围绕着塞德潘这一主线展开，并未脱离轨道。他们叙述的每一个事件都暗示着塞德潘家族的悲剧性的结局。读者只能在读完整个故事后，才能在脑海中形成一个完整的塞德潘家族的故事。叙述时间的交错，同时也打破了叙述者的权威性，让康普生、罗莎小姐以及昆丁得以对他人的叙述进行评述，从而造成了一种对话的局面。福克纳在《押沙龙，押沙龙！》中有意识地将叙述时间打乱，读者只有突破传统的时间观念和因果相循的常规理解方式，了解现代小说审美意识的变化并潜入到福克纳小说世界的内部，才能领会到现代小说技巧和手法所产生的新鲜奇异的美学效果，从而获得崭新的阅读经验。

"福克纳的哲学是时间的哲学。"要说清福克纳在《押沙龙，押沙龙！》中表现的时间观念和所有的时间形式是困难的。因为那意味着不仅要追溯他所处的时代、他接受的哲学和文学遗产和他的世界观，而且还要涉及他作为超一流小说家的天才。本文只想说，福克纳在《押沙龙，押沙龙！》中把故事时间和叙事时间的顺序割裂和打乱了，对叙述者的记忆碎片所代表的时间进行了重构，建构了一座时间的迷宫。这个成就也完全实现了他的愿望，他曾经说："实际上，我很同意柏格森关于时间的流动性的理论。时间里只有现在，我把过去和将来都包括其中，我认为艺术家可以把时间处理一番。"当他在小说文本中把过去和将来都包括在"现在"时，他就和立体主义画家们将历时变为共时的努力就殊途同归了。

四、《押沙龙，押沙龙！》立体主义叙事的诗学价值

《押沙龙，押沙龙！》发表于 1936 年 10 月，出版后并未引起评论家的注意。虽然福克纳宣称这是"迄今美国人写得最好的一部小说"（[美]达维德·敏特．圣殿中的尘网．赵扬译．北京：三联书店，1991．第 254 页）。但也不能否认，这部小说的晦涩和令人困惑的程度同样也是登峰造极的，没有人能够只读一遍就理解全文，许多福克纳研究专家也不敢夸口说自己完全读懂了它。但随着时间的流逝，今天，中外评论家大多认为它是福克纳最完美、最深刻的作品，代表了他在形式和意义两方面追求的最高峰，受到了世界文学界的广泛关注和评论。本文通过对《押沙龙，押沙龙！》中运用的多角度叙述、主观并置、文本拼贴和时序交错等立体主义叙事艺术手法的剖析，认为正是由于福克纳在《押沙龙，押沙龙！》中实践了立体主义的美学策略，才使《押沙龙，押沙龙！》把"现代主义诗学付诸了实践"（[荷]佛克马编．走向后现代主义．王宁等译．北京：北京大学出版社，1991．第 72 页），成就

了它作为现代主义小说杰作的巨大成就，成为整个现代小说史上"独一无二的一种实验"，"乔伊斯之后小说写作法方面终极性的根本创新"（李文俊．福克纳评论集．北京：中国社会科学出版社，1980．第 168 页），也奠定了他在现代主义运动中的显赫地位。因此，《押沙龙，押沙龙！》的立体主义叙事具有重要的诗学价值，在我们看来，其主要体现在以下几个方面：

第一，体现了现代主义文学的哲学背景。

像立体主义的画家们一样，福克纳受到了现代哲学思潮的影响。而在这些影响中，柏格森哲学的影响是最大的，这已是不争的事实。在《押沙龙，押沙龙！》中，这种影响主要表现在两个方面：

一是在塑造人物和表达主题时流露的悲观主义思想。柏格森认为，客观世界走着自己的路，它常常会粉碎人们最善良最美好的信念。当人们的主观信念几经努力而终于被客观现实所撕裂、所粉碎的时候，人们就会深深的失望和悲观，就会把致力于外部世界探索和追求的思维撤回到自己的主观精神世界内部来，同时在主观精神内部构建一个美好而虚幻的精神王国，并把这一精神看成是远比外部世界更为实在，更为圆满的东西。我们在《押沙龙，押沙龙！》的叙述者兼人物——罗莎、昆丁身上就看到了同样的悲观，在《押沙龙，押沙龙！》的结局中，我们从白痴邦德的号叫中听到的甚至是绝望，这种绝望我们曾在毕加索的《格尔尼卡》中体会过，在蒙克的《呐喊》中也有同样的感受。也许，福克纳在《押沙龙，押沙龙！》中暗含的《圣经》故事也是悲观的。这是否就是他"美好而虚幻的精神王国的一部分"呢？

二是以柏格森的时间观念为基础，构建艺术形式。受柏格森哲学的影响，福克纳认为时间并非直线发展，在同一时刻包含着过去、现在和将来。过去从未死亡，它存在于人的意识和现实之中，决定着人们的思想、生活和命运。福克纳十分赞同柏格森关于时间流的理论，只有现在是真实存在的，而现在包含了过去和未来。福克纳作为一个地地道道的南方贵族子弟，他几乎本能地留恋过去，反对现代文明。他说自己喜欢过去的日子："过去的日子的消逝对我来说是一件很伤心、很悲惨的事。那就是说，如果你有我这样一个乡下孩子的背景，那已经成为我生活中的一部分，我不愿它变化。"（[美]达维德·敏特．圣殿中的情网．赵扬译．北京：三联书店，1991．第 254 页）对福克纳而言，南方历史就是不可磨灭的神话，他要用文学的形式重现南方历史，寻回逝去的时间。

神话是人类通过想象对具体时空和自我局限的超越。人类不幸被框在线性时间之内，但人类又竭力用心灵的创造和想象超越时空。《押沙龙，押沙龙！》就是罗莎、康普生、昆丁、施里夫共同创造的关于塞德潘的神话，但说到底这个神话是由福克纳创造的。他把自己的困惑和思索同样赋予了四个叙述者。罗莎等人站在各自的视点上对塞德潘故事所做的不同解说，不断增添了它的传奇色彩，使它距真实的历史越来越远，但它依旧是历史，是被神话化的历史。在小说中，历史的神话色彩通过大卫王这个原型的参照而加强了。神话是对过去想象性的创造和建构，历史则是对过去真实的描述和重构，而在《押沙龙，押沙龙！》中，这两者完美地融合在了一起。

第二，代表了作者小说艺术的最高成就。

福克纳在创作《押沙龙，押沙龙！》之前的几部作品时，写作速度很快，几乎都是一气呵成，但《押沙龙，押沙龙！》的创作却颇费周折。福克纳自己曾多次谈到过这一点。他说：《押沙龙，押沙龙！》的"写作非常困难，并且大量反复改写。"他还将此小说同其他作品的创作做了比较，他说："我写《我弥留之际》花了 6 个星期的时间，写《喧哗与骚动》花了 6 个月时间，写《押沙龙，押沙龙！》花了 3 年时间。"（肖明翰. 威廉·福克纳研究. 北京：外语教学与研究出版社，1997. 第 359 页）功夫不负有心人，经过漫长艰苦的创作历程，福克纳终于把这部小说打造成了一部巅峰之作，被人们一致认为是"福克纳，也是 20 世纪西方最杰出的小说之一"（朱振武. 在心理美学的平面上：福克纳小说创作论. 上海：学林出版社，2004. 第 181 页）。

研究者普遍认为，这部小说是福克纳最具史诗性的作品。它几乎包罗了他在此之前探索过的所有主题：全方位展现了野心、个性、冲突、谋杀、穷困、战争、流言、勇气、混血、仇恨、爱情、无爱婚姻、同情、奴隶制、乱伦、友谊、血统、家族骄傲、痛苦、名誉、忠诚、匮乏、希望、低能、财富、背叛、停顿、孤独等说不完、道不尽的普泛化人类感情、行为及生活状态。正如赫伯特里德所说："新的手段产生新的主题。主题不是物体，它是一个新的统一体，一种完全产生于手段的抒情。"（[英]赫伯特里德. 现代绘画简史. 上海：上海人民美术出版社，1979，第 289 页）这一切，都是通过具有立体主义特征的现代艺术技巧实现的。

按照克莱夫·贝尔的观点，"体会立体派绘画中的形式意味才是欣赏立体派绘画的正确方法"（吕澎. 现代绘画：新的形象语言. 济南：山东文艺出版社，1987. 第 129 页）。同样，理解福克纳的《押沙龙，押沙龙！》也要从它的繁复的小说形式入手，因为，"《押沙龙，押沙龙！》的生命力的最大来源就是它的形式"。在这部小说的写作中，福克纳运用了他所有的艺术手段：多角度叙述、意识流、哥特式手法、侦探小说手法、神话模式、象征隐喻和浪漫主义、现实主义和现代主义的其他方法，而且这些技巧在《押沙龙，押沙龙！》中比在其他小说中运用得更加纯熟和完美。比如，从神话方法角度看，写《押沙龙，押沙龙！》的"福克纳比在《喧哗和骚动》中修改《沙多里斯》的神话的福克纳更加成熟了"（朱振武. 在心理美学的平面上：福克纳小说创作论. 上海：学林出版社，2004. 第 162 页）。再比如，《押沙龙，押沙龙！》在运用多角度叙述时，不同叙事者的叙述没有像在《喧哗与骚动》中那样被作为独立部分而分开，相反，"作家完全打破时空局限，打破叙述顺序，把不同的叙述直接放在一起，甚至把一个叙述者的讲述片段插入其他人的叙述中，糅合在一起，造成一种'三明治'式的结构"（肖明翰. 福克纳主要写作手法的探讨，四川师范大学学报，1995 第 1 期. 第 22 页）。至于拼贴在《押沙龙，押沙龙！》中的运用，就深度和广度而言，可以说是"前无古人"，已达到了炉火纯青的地步，代表了他小说形式实验的高超水平。

第三，总结了现代主义文学叙事技巧。

在《押沙龙，押沙龙！》中，福克纳秉承了立体主义艺术家的实验精神，将包括现代主义在内的各种小说技法完美、纯熟地运用于《押沙龙，押沙龙！》创作之中。但我们仍然要强调，这些技巧本身并非福克纳的独创，福克纳的独创性主要体现在对这些技巧的创造性运用，是小说艺术长期发展和福克纳自身天才相结合的结果。早在福克纳之前，现代主义小说大师康拉德、乔伊斯就曾在作品中运用过多角度叙述。"神话方法"早在艾略特对《尤利西斯》所做的评论中就提出了。艾略特说得很清楚，这种方法的主要特点是，观念简单但运用起来非常困难。在细节上它要使小说在表面上要和自然主义小说一样逼真而且精确；同时，使表面故事里的重要事件、人物描写和对白，与故事下面的神话或模式在细节上具有特殊意义的关联。这种手法会使作品呈现出具有特殊的反讽、寓意性的双重对应结构。而且，艾略特认为："这种方法将是今后多年中许多作家采用的写作方法。"（叶舒宪. 神话—原型批评. 西安：陕西师范大学出版社，1987. 第 370 页）至于拼贴，《押沙龙，押沙龙！》取名的灵感可以说来自《尤利西斯》，不同的是，前者取自于《圣经》，后者取自于《奥德修记》。

因此，我们谈福克纳的小说贡献，主要是说他既是创造者，也是总结者、继承者和完善者。福克纳的《押沙龙，押沙龙！》就显示了这种集大成者的万千气象，把上述各种现代主义叙事技巧进行了创造性的总结和完善。通过比较不难发现，康拉德在《吉姆爷》中使用不同的叙述者，从不同的角度来叙述一个故事，主要是为了更全面、更曲折地组织事件，发展情节，当然这也使读者能从不同的角度来观察故事的发展和人物的性格，但这里的重点是情节发展，虽然不同的叙述者有时也表达一些不同的看法，但相对来说这是次要的。总的来看，不同的叙述者所讲述的部分尽管没有按时间顺序安排，却是连贯的，很有点接力赛的情形。乔伊斯的《尤利西斯》主要由布卢姆、斯蒂芬、玛丽恩三个人物故事和人物意识构成，只是单纯的使用了多角度叙述。而福克纳在《押沙龙，押沙龙！》中的多角度叙述比他们又前进了一大步，要复杂得多，是从不同视角对同一故事的反复叙述。这无疑是对多角度叙述的重大发展。

而在运用"神话模式"这一艺术手法时，福克纳并未简单模仿。与乔伊斯相比，福克纳至少在两方面是与他不同的。第一，所取的原型与乔伊斯所取的不同。第二，他在《押沙龙，押沙龙！》中运用大卫王的神话时，还从《圣经》的叙事里找到了独特的艺术表达手法，具体说来就是四福音书所呈现出来的反复叙事手法。另外，同一般作家明显有别的是，福克纳在《押沙龙，押沙龙！》中对神话进行参照、运用、吸纳和改造的同时，也重构了一个现代神话世界。

第四，产生了广泛深刻的影响。

作为 20 世纪伟大的实验主义小说家，福克纳"以最打动人的戏剧性方式讲述故事"（朱振武．在心理美学的平面上：福克纳小说创作论．上海：学林出版社，2004．第 4 页），创造了"小说技巧鲜有雷同之处"（威廉·福克纳诺贝尔文学奖授奖词．见：潘小松．福克纳——美国南方文学巨匠．长春：长春出版社，1995）的"约克纳帕塔法世系"小说王国。在这个王国中，"《押沙龙，押沙龙！》标志着福克纳创作生涯的顶峰"（李文俊．福克纳传．北京：新世界出版社，2003．第 88 页），可以代表其小说艺术的最高成就。这部小说无论对"人类灵魂的探索"还是对现代小说艺术的探索都达到了一个新的高度。由于它在叙事艺术上的立体主义实验和先锋精神，使它既总结了现代小说的过去，又预示了小说发展的未来。因此，它必然要对后来的小说家甚至小说理论家产生积极而又显著的影响。美国福克纳研究者托马斯·英奇说："很少现代作家，也许詹姆斯·乔伊斯除外，能像威廉·福克纳那样对全世界具有深刻的影响。"这种影响一方面表现在对福克纳孜孜以求的小说艺术探索精神的继承上，而更主要的影响则来自对其小说艺术的学习和借鉴上。

在世界范围内，福克纳的小说艺术产生了广泛的影响。在欧洲，早在 30 年代，用萨特的话说，他已是"一位神祇"（肖明翰．威廉·福克纳研究．北京：外语教学与研究出版社，1997．第 2 页）。在美国，福克纳成为一代又一代作家的老师，从现代主义小说家到后现代小说家，都从福克纳那儿学到了许多东西。其在小说中所用的多角度叙事、并置、拼贴和时空交错等手法无疑为巴塞尔姆、冯·尼古特和库弗等美国后现代派小说家提供了借鉴。而直接从《押沙龙，押沙龙！》中获取创作灵感的众多作家中，1993 年诺贝尔文学奖得主托妮·莫里森可谓独得三昧。早在 1955 年的硕士论文中，托妮·莫里森就研究过福克纳的写作手法和主题。把她的代表作《宠儿》和《押沙龙，押沙龙！》比较，从中不难看到福克纳对她的影响。两部小说的书名都拼贴自《圣经》，都采用了多角度叙述等艺术手法。

而福克纳对拉丁美洲作家的影响更是深远而卓著。卡彭铁尔、阿斯图里亚斯、鲁尔福、科塔萨尔和加西亚·马尔克斯等一大批小说家都坦言受了福克纳的影响。尤其是马尔克斯受福克纳的影响最大，福克纳"给他提供了写长篇小说的大部分技巧"（[哥伦比亚]达索·萨尔迪瓦. 回归本源：加西亚·马尔克斯传. 北京：外国文学出版社，2001. 第 8 页）。把《百年孤独》和《押沙龙，押沙龙！》的开头第一句话放在一起，我们就会发现此言不虚。《百年孤独》的著名的开头是："许多年后，面对行刑队，奥雷良诺·布恩地亚上校将会回想起，他父亲带他去见识冰块的那个遥远的下午。"《押沙龙，押沙龙！》同样有名的开头是"在那个漫长安静炎热令人困倦死气沉沉的九月下午从两点刚过一直到太阳快下山他们一直坐在科德菲尔德小姐仍然称之为办公室的那个房间里"。两部小说都始于人物追述，都与下午有关，都是家族的历史，都是一样的气氛。两部伟大的小说开头如此相似，实在罕见。当然，在相同的开头之后，小说的叙事结构、叙述的风格、人物命运、注定要毁灭的家族故事也是惊人的一致。

总而言之，《押沙龙，押沙龙！》无论是对福克纳而言还是对整个现代小说而言，都是一座里程碑式的文本。在众多对《押沙龙，押沙龙！》崇高地位的褒扬中，弗·R. 卡尔的评价也许是最恰当的。卡尔认为，《押沙龙，押沙龙！》无疑是亨利·詹姆斯以来最伟大的一部美国小说，在现代主义小说杰作中，《押沙龙，押沙龙！》是唯一能与普鲁斯特、托马斯·曼、卡夫卡、乔伊斯和伍尔芙的杰作相提并论的一部作品。卡尔还指出，当现代主义技巧在欧洲已趋于颓势，而在美国小说想象力中才露头之时，福克纳发展了这一技巧。卡尔评论说："《押沙龙，押沙龙！》是一部真正有独创性的现代主义作品，它受惠于乔伊斯和普鲁斯特，但又完全是美国想象力的产物。除了一些细节之外，它无可挑剔，是一部维系所有重大美国主题的自始至终都精彩的杰作。"

罗曼·雅可布逊指出："文学科学的对象不是文学，而是'文学性'（literariness），也就是使一部作品成为文学作品的东西。"（[法]托多洛夫编，苏俄形式主义文论选. 蔡鸿滨译. 北京：中国社会科学出版社，1989. 第

35 页）乔纳森·卡勒也一再强调，文学研究应该致力于理解那些使文学之所以成为文学的程式。（[美]詹姆逊．语言的牢笼·马克思主义与形式．钱佼汝、李自修译．南昌：百花洲文艺出版社，1995．第 13 页）而在什克洛夫斯基等俄国形式派看来，文学的程式就是文学的表现手段和表达方式，是指使作品产生"文学性"的一切艺术安排和构成方式。所以，作为一部伟大的作品，在我们看来，《押沙龙，押沙龙！》最大的价值就在于其"文学性"，而决定其"文学性"的根本因素是其独特的表现手段和表达方式——立体主义叙事。

　　所以，福克纳以《押沙龙，押沙龙！》为代表的小说叙事实验，以其高度的艺术创新性，在小说叙事艺术中进行了立体主义实验，在叙事领域实践了立体主义艺术的美学理念，把立体主义的分解与重构策略运用到了小说叙事上，打造了一个立体化的文学世界，实现了和立体主义艺术一致的美学追求；《押沙龙，押沙龙！》的立体主义叙事也成就了其作为不朽杰作的卓越的"文学性"，为现代小说艺术尝试了一种新的书写"范式"，为小说艺术的发展注入了新的活力，丰富和发展了现代小说艺术，对 20 世纪小说发展的走向产生了深远的影响；作为一部在艺术上具有实验性和总结性的巨著，无论是在思想内容还是艺术形式上，《押沙龙，押沙龙！》都表征了现代主义的艺术精神和美学追求，体现了现代艺术家观照世界的独特方式，也因此树立了福克纳在世界文学圣殿中的崇高地位，表明他是当之无愧的 20 世纪伟大的现代主义小说大师。

第五章　音乐艺术视域下的文学研究

在文学与其他各种艺术的关系中，可以说文学与音乐的关系最为亲密。文学和音乐虽有各自的特征和不可替代的优越性，但较其他艺术门类，在二者之间能找到更多的契合点。《礼记·乐记》载："诗，言其志也；歌，咏其声也；舞，动其容也；三者本于心，然后乐器从之。"（礼记正义．见于：十三经注疏（下册）．北京：中华书局 1980 年影印世界书局阮元校刻版，第 1536 页）《诗大序》载："诗者，志之所之也。在心为志，发言为诗。情动于中而形于言，言之不足，故嗟叹之，嗟叹之不足，故咏歌之，咏歌之不足，不知手之舞之，足之蹈之也。"（毛诗正义．见于：十三经注疏（上册）．北京：中华书局 1980 年影印世界书局阮元校刻版，第 260~270 页）在《乐记》与《诗大序》看来，诗、乐、舞三者发生的共同基础皆"本于心"，生命主体的"心"就是诗、乐、舞混生互渗的基点。西方也是如此，格罗塞说："每一个原始的抒情诗人，同时也是一个曲调的作者，每一首原始的诗，不仅是诗的作品，而且是音乐的作品。"（[德]格罗塞．艺术的起源．蔡慕晖译．上海：商务印书馆，1984．第 188 页）因此，文学与音乐的比较研究是文学跨学科研究的一个重要领域。

第一节　文学与音乐艺术的关联

作为艺术门类来看，文学和音乐有着一些共同的因素。相对绘画、雕塑而言，文学和音乐都属于时间艺术，时间是这两种艺术存在的框架，音乐是在时间中展示的声音动态结构，文学是在时间中连续呈现的词语有序结构。不过，它们所用的媒介又各不相同，音乐的旋律比文学的文字更为抽象，它对听众提出了更高的要求，也给听众带来了更多的想象的自由。而这一特点正是文学所努力追求的。另外，音乐的某些表现方式如叙述性、戏剧性与文学的某些本质特征也有着一定的关系，有些音乐作品的题材来自文学作品。著名的小提琴协奏曲《梁山伯与祝英台》就是在民间广泛流传的梁祝故事基础上创作出来的。

文学与音乐的关系在那些具有比较深厚的音乐造诣和音乐经历的作家的作品中表现得更为明显。音乐往往成为作品的一个组成要素。在罗曼·罗兰的《约翰·克利斯朵夫》中，音乐在作品的整体结构和表现手法上都起到了重要作用。在托马斯·曼和米兰·昆德拉的作品中，音乐性也得到了充分的展示。了解作家与音乐的关系，对于理解作品大有裨益。文学对音乐艺术的借鉴主要表现在以下几个方面：

第一，文学创作对音乐技巧的吸收。文学，尤其是诗歌一直与音乐关系密切。英国现代派诗人艾略特曾指出："我认为诗人研究音乐会有很多收获……音乐当中与诗人最有关系的性质是节奏感和结构感。"（转引自张隆溪选编. 比较文学译文集. 北京：北京大学出版社，1982. 第 126 页）他荣获诺贝尔奖的诗作《四个四重奏》就是这方面的尝试。《四个四重奏》由四首诗构成，每一首诗都以一个与诗人的全部经验中某一时刻相关的地方命名。从结构上说，每首诗分成的五个部分，就像"有自己内在结构的五个乐章"。诗人所采用的音乐手法使诗歌回转跌宕，严谨而富于流动美，也使人们在"倾听"中领略作品的美感。

文学对音乐结构和节奏的借鉴也表现在叙事文学上。昆德拉的小说就是突出的例子。他将音乐的思维方式引进小说创作，以音乐为参照系，在小说形式上做了大胆的革新。他要求新的小说既能包容现代世界存在的复杂性，又具有建筑结构的清晰明确。换句话说，既要广阔复杂，又要简洁凝练。而这一思想直接来源于捷克音乐家雅那切克作品的启迪。为了增加小说的密度，昆德拉借鉴了雅那切克的创新手法，即在音乐中无情地删去无用的音符，只让能表达基本性东西的音符存在，并且不用过渡，采用突然的并列，不用变奏，采用重复。由此，他要求小说必须摆脱陈规旧习，削去一些无意义的展示、描写、解释和过渡，使其言简意赅。昆德拉所追求的小说对位艺术也是受到音乐中复调的启发。所谓复调，即同时展开两个或几个声部（旋律），它们既保持其相对独立性，同时又构成一个统一的整体。昆德拉所说的复调小说不仅仅指几条情节线索的对称和平衡，还要求把非小说性的文体合并到小说的复调中，如哲学、历史、诗、梦在小说中的运用，其意旨在于构成一支关于人的存在的和谐的音乐。他在自己的小说中努力探索并实践着这种音乐对位。在《生命中不能承受之轻》第六章中，我们看到了多种因素的并置：斯大林儿子的死，一个神学思考，亚洲的一个政治事件，弗朗兹在曼谷死去，托马斯在波希米亚下葬。这些叙述构成了一种多层次、多线索、多形式交织融合的立体小说风格，更适合表现复杂的现实世界。此外，音乐中有一种通过主导动机的反复出现来表明特定情景和人物以加强结构的方法，文学中也常采用这种主导动机的方式，通过重复使作品的某些意蕴得到加强，或在结构上形成呼应。在这个意义上，音乐结构对现代小说文体的变革产生了深刻的影响。

第二，文学对音乐本体性的追求。现代以来，文学的这种追求已不是一般性的要求诗歌应该具有"音乐美"，也不仅仅是通过借鉴音乐方法来丰富和扩展文学创作领域，而是对音乐本体的追求。音乐成为文学的"理想自我"。

这种追求首先表现为音响的运用。音乐之所以较其他艺术门类能更直接地表现人类的情感，重要特征之一就在于它是通过音响的强弱来实现的，而这一点正是法国象征主义诗歌所看重的。这些象征派诗人在创作中表现出对音乐中音响模式的渴求。前期象征主义诗歌的代表人物保尔·魏尔伦在《诗的艺术》这篇象征派诗歌的宣言中特别强调诗歌的音乐性，认为诗歌的首要因素是音乐。在他的《被遗忘的小咏叹调》里，将一些有表现力的词语反复呈现，模拟雨声的单调、连绵，渲染出哀愁、忧伤的情调。后期象征派诗人瓦雷里更重视语义和音响的融合，他的《海滨墓园》被称为"诗之乐"，在用词上，他选用半谐音和叠韵词使诗句铿锵错落，富有律动，语调上又根据内容情调的抑扬起伏，强弱变化进行巧妙的设计，使开篇与结束首尾呼应，中间的语调变化丰富，全诗具有一种昂扬乐观的基调。象征主义诗人对诗歌音乐性的追求，使诗歌中的音乐因素更加鲜明、突出，从而丰富了诗的表现力和美感。我国现代诗人戴望舒的《雨巷》受到象征主义诗歌的感染，在诗中不仅比较成功地运用了象征手法暗示诗人的感伤情绪，而且在声音的处理上别有特色。诗人反复描写雨巷的悠长，姑娘"默默行着""走近""飘过""远了，远了"，体现了法国前期象征派诗人讲究形象的流动性的特点，而诗中反复出现的"悠长"的"长"，"雨巷"的"巷"，"希望"的"望"，"女郎"的"郎"等字，韵母相同，音韵和谐，具有法国前期象征派诗人魏尔伦主张的音乐美，为我国新诗用韵展示了一条新径。

文学对音乐性的追求更重要的是表现为对音乐语言的抽象性、含混性的仰慕。丹纳在《艺术哲学》中曾指出："音乐比别的艺术更宜于表现漂浮不定的思想，没有定型的梦，无目标无止境的欲望，表现人的惶惶不安，又痛苦又壮烈的混乱的心情，样样想要而又觉得一切无聊。"（[法]丹纳. 艺术哲学. 傅雷译. 北京：人民文学出版社，1981. 第 63 页）含混性、抽象性是音乐的又一重要特征。19 世纪后期的音乐奇才瓦格纳的诗剧《尼贝龙根的指环》

对意识流小说产生了重要影响，普鲁斯特在《追忆逝水年华》中就一再提到这位音乐大师。当然，文学对音乐本体的这种追求是在类似的层次上，而不是说要最终取消语言。总之，现代人对音乐本体的追求是现代社会和文化的折射，音乐化的语言似乎比具有明确所指的文字陈述更能传达出对现代生活的特殊感受。

第三，文学理论批评与音乐。文学理论批评与音乐的关系又可分为两个方面，一是在批评的过程中用听音乐的方式感受作品，形成阅读文学的新模式；二是文学批评本身吸收音乐的理念和方法。

用阅读乐谱的方式阅读神话，从和声中把握神话的深层结构是结构主义人类学家列维·施特劳斯主张的一种阅读方法。在《神话与意义》这本小册子中，列维·施特劳斯将神话的阅读和理解与音乐相提并论。他说，如果我们阅读神话像阅读报纸和小说那样，一行接着一行，从左到右，我们是不会了解这个神话的……神话的基本意义是不能从一段一段的事件来了解的，神话必须从许多事件中去了解，虽然这些事件在故事的不同时间里出现。所以我们读神话时，应该像阅读交响乐队的乐谱一样，不是一行五线谱接着一行五线谱，而是要领悟全页。他本人就是用这种方式阅读俄狄浦斯神话系列的。他将不同时间的一系列事件加以组合排列，在纵横交错中读出了其深层的二元对立。

文学理论批评对音乐的借鉴主要表现在对音乐理念和方法的吸收上。其中比较熟悉的概念有"复调"理论。所谓"复调小说"，是由俄国著名文学理论家巴赫金在对陀思妥耶夫斯基小说进行分析时提出的，指作品中权威声音的消失，众多人物构成一种平等的对话。复调小说目前已成为现代小说中颇受青睐的一种。巴赫金认为，陀思妥耶夫斯基的小说是一种"多声部性"的、全面对话的小说。作者创造了独立的、处于平等对话地位上的主人公，使作品不再是"在作者统一意识支配下层层展开"的艺术品，而构成了"众多的、地位平等的意识连同它们各自的世界，结合在某个统一的事件之中，而相互间不发生融合"（[苏]巴赫金. 陀思妥耶夫斯基诗学问题. 白春仁、顾亚铃译. 北京：三联出版社，1988. 第29页）宛如音乐复调中多个并行穿插的旋律。也许小说作者并不是有意创作一部"音乐化"的小说，但批评家却在音乐的启发下，"读出"了小说中的复调结构。文学批评中所出现的一些术语如"变奏""动机"等也来自音乐。

第二节 中国文学与音乐

中国传统文学与中国传统音乐文化以特有的内容、形式和风格发生、繁衍、发展着。二者相互渗透和交融着，共同体现着中华民族的文化特质。中国的音乐与文学在一般的美学原则和整体的情感表现上有许多共同之处，形成一种独特的审美联结。

在中国思想史上，儒、道两家的思想体系起着主宰作用。形成于先秦两汉时期的儒道思想作为民族心理的结晶，集中代表了中国文化不同于世界其他民族文化的基本特质，儒道哲学的互补，构成了中国文化特有的审美价值取向，并影响了中国文学、音乐等艺术的总体风格。

在儒家思想的支配下，以诗文为教化的文学功用说成一个最为重要的文学观念。中国的文学在内容上偏于政治主题和伦理道德主题。"经国之大业""经夫妇、成孝敬、厚人伦、美教化"的说法，一方面固然提高了文学的地位；另一方面也将文学视为政治的附庸，说教的倾向一直被当作一种无可非议的倾向。君臣的遇合、民生的苦乐、宦海的升沉、战争的成败、国家的兴亡、人生的聚散、纲常的序乱、伦理的向背等，一直是中国文学的主旋律，无论是诗歌、散文、小说还是戏曲，无一例外。儒家的人世哲学和教化观念，给中国文化艺术带来了政治热情、进取精神和社会使命感。

在孔子看来艺术必须符合道德要求，儒家高度重视审美与艺术陶冶，提高人们伦理道德感情的心理功能，认为音乐具有和谐原则可以用于协调、统一社会人事的功能，强调艺术对促进社会和谐发展起着积极作用，从而形成了把艺术和政治教化紧密联系在一起的中国文化传统，以及宗法社会的道德精神为美之本的艺术审美观念。孔子希望通过诗乐的教化，以温柔敦厚、美而善的音乐规范君子之人格修养。上古雅乐集中体现了礼乐协调的儒家思想，并为道德的升华起到潜移默化的作用。正因如此，中央集权的中国雅乐的发展同样受制于政治因素。《论语》中提出的"尽善尽美"即是要求文艺作品"尽善尽美"，也是孔子文艺思想的审美特征。那么到底什么样才叫"尽善尽美"呢？孔子在《论语·为政》篇中说："《诗》三百，一言以蔽之，曰：'思无邪'。""思无邪"从艺术方面看，就是提倡一种"中和"之美。"乐而不淫，哀而不伤，言其和也。"从音乐上讲，中和是一种中正平和的乐曲，也即儒家传统雅乐的主要美学特征。从文学作品来说，它要求从思想内容到文学语言，都不要过于激烈，应当尽量做到委婉曲折，而不要过于直露。和西方诗文相比，中国旧诗大体上显得情感有节制，言有尽而意无穷。在中国诗里，所谓"浪漫"的，比起西洋诗来，仍然是"古典"的；所谓坦率的，比起西洋诗来，仍然是含蓄的。由此可以看出"中和之美"是含有理性主义色彩的。作为历史产物的中国戏曲深受"中和之美"的影响，讲究"忧乐圆融"，以和为美。孔子的"礼乐"传统很深地影响着戏曲，戏曲中的"程式"都立于礼，没有"礼"的过程是难成乐的，作为"乐"的戏曲是受"礼"的节制性要求而产生中和谐调的美学观念，京剧梅派艺术的表演较具代表性。

如果说儒家思想是中国思想史的主线，那么道家思想体系就是一条重要的副线。道家崇尚自然，主张"无为而治"，追求绝对自由的理想心境和人生态度，"在道家看来真正的美是一种自然无为摆脱外物的奴役，在精神上获得绝对自由的状态"（李泽厚、刘纲纪. 中国美学史. 北京：中国社会科学出版社，1984. 第 2 页）。道家的老庄思想深深影响了中国文学、传统音乐等艺术形式，体现在两个方面：第一，"大音希声，大象无形"（《老子·四十章》）的观点揭示了艺术中"虚"和"实""无"和"有"的辩证法，这对于形成中国文艺含蓄精练的艺术表现形态上的特点，具有不可估量的影响。中国文学极强调以虚写实，以静写动，或以动写静的表现方法，善于创造"无声胜有声"的艺术境界。比如宋玉写美女之美"增之一分则太长，减之一分则太短；著粉则太白，施朱则太赤"，全无一句实写美女的身高与肤色，却让人感到不可言喻的美。在音乐方面，道家美学思想也体现得淋漓尽致，古琴音乐最集中体现了我国文人的音乐美学观念，从"载弹载咏，爱得我娱"（陶潜《庞参军》）的音乐功能观，到"静、远、淡、逸"的音乐审美特色，以及"通乎杳渺，出有入无"的物我两忘的音乐至美境界。第二，"大制不割"（《老子·二十八章》）、"道法自然"（《老子·二十五章》）。从表现形态上来看，是"大音希声，大象无形"，揭示了艺术以少胜多，无中生有的奥秘。而"大制不割""道法自然"则从另一方面把握了艺术中的"有"和"无"的辩证关系。"不割"即强调一种自然的完整性，强调自然的淳朴、素朴、浑朴。这是一种"自然"的美。因而，中国艺术家向来把刻苦的技巧训练与不露刀斧之痕的无技巧境界结合起来。"看似寻常最奇崛，成如容易却艰辛"，这是大多数中国艺术家毕生孜孜不倦追求的艺术境界的写照，也是他们艺术道路的写照。由于上述两方面的影响，中国文学与音乐艺术是偏重于委婉曲折、含蓄深沉的。

因此，"儒学和庄学在追求人与社会、人与自然和谐精神向往中的表面矛盾，实质上内在地、互补性地构成了中国古典审美理想的整体结构"（孔新苗、张萍．中西美术比较．济南：山东画报出版社，2002．第 23 页）。传统文化为中华民族塑造了自己的性格和文化心理结构，而中国文学与传统音乐深刻地体现着这种独特的文化底蕴和审美价值取向，尽管文学与音乐是时代的产物，随着时代的变迁，必有新的审美因素伴随着成长起来，然而蕴含其中的古典美如同一种烙印无法抹去，不失永恒，因为中国传统的古典美已是牢牢扎根于中国人心中的审美底蕴，中国传统文学与音乐因此而美出了魅力，美出了令世人叹为观止的审美境界。

中国的诗歌同音乐有着非常密切的联系，中国历史上诗歌与音乐的相互关系经历了三个不同的发展阶段：上古至汉代，以乐从诗；汉至六朝，采诗入乐；隋唐以来，倚声填词。其中最后一个阶段达到了在尊重音乐与文学的各自独特性的前提下来结合诗与乐的水平。

《吕氏春秋·古乐篇》载，昔葛天氏之乐，三人操牛尾，投足以歌八阕：一曰《载民》，二曰《玄鸟》，三曰《遂草木》，四曰《奋五谷》，五曰《敬天常》，六曰《达帝功》，七曰《依地德》，八曰《总禽兽之极》。这是上古时代诗乐舞三位一体的艺术典型。《诗经》是最早的一部诗歌总集。它收集了从西周初年（公元前 11 世纪）到春秋中期（公元前 6 世纪）大约 500 年间的诗歌。在这一时期诗体的主要特色是四言为主的句式和重叠反复的章法。《诗经》中的诗当初都是配乐的歌词，保留着古代诗歌、音乐、舞蹈三者结合的形式。《墨子·公孟》篇说："诵《诗》三百、歌《诗》三百、弦《诗》三百、舞《诗》三百。"《周礼》《礼记》和《国语》里，也分别提到《诗》可以用管、箫等乐器演奏；鲁国乐工也曾为季札演出过"风""雅""颂"各部分的诗。这些都说明《诗经》在古代与音乐、舞蹈有密切关系。只是经过春秋战国的社会大变动，乐谱和舞姿失传，只剩下歌词，就成为现在所见到的一部诗集。

汉至六朝，采诗入乐。采诗入乐在文学中的表现形态主要是乐府诗。"乐府"最初是指主管音乐的官府，汉代人把乐府配乐演唱的诗称为"歌诗"，这种"歌诗"在魏晋以后也称"乐府"。掌管音乐的机构在先秦就已存在，但这一机构以"乐府"为名却始于秦代。汉承秦制，也设有专门的音乐机构。其职责主要是制定乐谱、训练乐工、收集民歌及制作歌辞等。朝廷典礼所用的乐章，主要由文人写作；普通场合演唱的歌辞则主要是从各地收集来的民歌。所用的音乐，主要也是来自民间，部分来自西域。宋代郭茂倩编的《乐府诗集》将自汉至唐的乐府诗分为十二类，其中与汉乐府有关的有郊庙歌辞、鼓吹曲辞、相和歌辞、杂曲歌辞这四类。"郊庙"一类是由文人制作的朝廷典礼乐章；"相和"是一种丝竹相和的管弦乐曲，也是汉代的主要乐曲；"鼓吹曲"是武帝时吸收北方民族音乐而形成的军乐；而"杂曲"是原来音乐归类已经失传的作品。这充分表现了这一时期诗歌发展与音乐的关系。

"倚声填词"是诗与乐各自经过长期的历史发展演变，重新进行的一种更为高级的形态的结合。后来的词和散曲都是沿着"倚声填词"的途径发展过来的。在中国文学发展过程中，韵文是特别繁盛而形式多样的，而且它们大都同古代每一时期的音乐保持着亲密的关系。这是中国文学非常显著的特点。"中国文学史上，词体与音乐的结合是最密切而且应是最典型的形态"。唐五代词与宋词，它们不仅是时代之区别，从音乐文学的视角考察，则既有发展继承的关系，亦存在性质的区别。

词，或称曲子和曲子词，它兴起于公元 8 世纪之初，即中国盛唐时期，在宋代臻于繁盛而成为时代文学。从它与音乐的关系而言是配合隋唐以来新音乐——燕乐的歌辞。燕乐即宴乐，乃施于宴飨时的音乐。唐五代是词体文学发展的初期，今存词 1945 首。它与宋词都属燕乐歌辞，然而从唐代到宋代，燕乐已发生了很大的变化；因而从音乐文学的角度来考察，唐五代词与宋词所依附的音乐是各具特性的。

唐代的燕乐曲名见于文献记载的约一千首，而配有律化长短句歌辞的不到十分之一。凡是配有律词的乐曲，在宋代称为词调。今存南宋词人姜夔《白石道人歌曲》保存其自度曲十七首，旁缀燕乐谱。我们可推知宋代教坊歌谱如此，《寄闲集》亦如此。宋人按谱填词所依据的新声是有声无辞的音谱。词必须求得辞语与音乐的和谐，这只有按谱填词。歌辞只有体现乐曲的旋律节奏才适于歌者演唱。填词是依乐工所用音谱的节拍和声调（音高），而配以辞句，而且句子的长短是随乐曲旋律而变化的。宋人填词进一步讲究规范，努力使文学与音乐的结合更为完美。这样，曲子词的长短句不同于古代诗歌的杂言，它是依每个词调的声韵特点而格律化的。当一支优美的燕乐曲被精通音律的词人选用为词调时，他倚声制词，第一次谱出歌辞。这是"始辞"，词学界称之为创调之作，即因有它才使某一个乐曲成为词调的。"始辞"概念见于《碧鸡漫志》卷一，在词史上很重视始辞，因它往往是此调的典范，是此调格律的建立者。显然"始辞"的作者必须具备文学与音乐两方面的才华，其成就与影响是巨大的。柳永的《雨霖铃》《木兰花慢》《二郎神》《望海潮》《满江红》《声甘州》，苏轼的《水调歌头》《念奴娇》《沁园春》《贺新郎》，周邦彦《兰陵王》《瑞龙吟》《六丑》《意难忘》《浪淘沙慢》，李清照《声声慢》《凤凰台上忆吹箫》，陆游的《钗头凤》，姜夔的《扬州慢》《暗香》《疏影》，史达祖的《双双燕》，吴文英的《莺啼序》，等等，这些都是始辞，亦是宋词名篇。某词调的"始辞"在社会上流传，其艺术效果甚佳，便有文人根据始辞的句式、字数、平仄、用韵等规则模拟作词。这样虽非倚声制词，却仍然可付诸歌喉；于是即使不懂音乐的文人也可作词了。

自创调词人之后，其余众作大致是参照始辞的字数、句式、句数、分段、字声平仄、用韵而填写的，实际上已不再是"倚声"之作，但却又有"倚声"之效。这种情况在唐代敦煌《云谣集》和五代《花间集》里已经出现，至宋代特别是南宋以来愈甚。显然还不能得出词与音乐的关系在唐宋时已经淡化或分离的结论。我们可以设想，例如《念奴娇》和《满江红》经过许多词人的填写，歌伎们反复地唱着旧调新词，缺乏新的音乐美感，必然让群众感到厌倦；所以总是不断有词人为新的乐曲倚声制词的，而某些旧调渐被淘汰了。

词体文学的发展过程，亦总是在外部与内部因素的作用下矛盾地运动的，而具体情况是错综复杂的。由于词人的倚声制词或按谱填词可以形成一种长短句体式的格律，而格律又能体现音乐的某些美感因素，于是词体文学在其初期即具有与音乐分离的倾向而向纯文学的道路前进。无论《云谣集》《花间集》和《草堂诗余》，它们都是文学作品集，但它们在当时的文化环境里，因作品有词调名，歌伎对始辞的音乐是熟悉的，遂可选择佳作以歌唱。当某些词调的音谱失传之后，该调作品不能歌唱了，某词与音乐的关系才真正地脱离了。南宋时，唐五代和北宋的许多词已无法歌唱，而宋亡以后，词乐遗音，坠绪茫茫，难以考寻了。现在我们回顾宋词，它的音乐文学性质已经模糊，它的音乐价值已经消失，然而它的文学价值仍然存在，被誉为时代文学，成为中国珍贵的文学遗产。词作为中国古典格律诗体之一，其体式的多样丰富，声韵的和谐优美，音节的灵活变化，格律的严密精整，都充分体现了中国韵文形式的精致和汉语语音美妙的特点。这是因其曾为古典的音乐文学而将某些音乐性转化为文学语言因素所致的。

宋词是以辞从乐的，但作为音乐文学的宋词在发展过程中出现背离以辞从乐而退回到以乐从辞的故辙。这种情况出现于北宋后期。这是先有辞，再谱曲的。自此开始，以乐从辞的创作风尚终于在南宋中期演变为自度曲。作者既是词人又是音乐家，自己创作歌词，配以乐曲。自度曲的创始者是姜夔，其词集《白石道人歌曲》里今存旁缀音谱的自度曲十七首。词人为之配曲时，以词的音节、声韵、情绪为准度，使音乐从就文学。姜夔自度曲的音谱经现代音乐家译出后已经可以歌唱。它们的风格相同，柔婉优雅，某些旋律有雷同现象，而且词意晦涩。这样，它们不为广大民众欣赏，只能在狭小的文化圈里流行。南宋后期词人吴文英的自度曲《霜花腔》《玉京谣》和《西子妆慢》等也如姜夔那样以乐从辞，因过于雅致，难以流传，仅数十年间其音谱便散佚了。宋词发展到自度曲，表明它与音乐固有的关系改变，也失去了固有的音乐文学意义了。

戏曲作为一种综合艺术，本身兼备文学性与音乐性，它包括文学、音乐、舞蹈、美术等各个方面，它的传播就自然存在文学与音乐关系的问题。

历代曲论家对戏曲传播中文学与音乐关系的认识，大致可以分为两种。第一种是看重文学因素的。持这种看法的人，认为文学因素比音乐因素更加稳定，更能显示作者的创作才华，更能反映一部戏曲作品的基本面貌，因此应当成为作品能否长久流传的决定因素。第二种是看重音乐因素的。持这种看法的人认为，戏曲主要是靠演唱流传，因此音乐性是更为重要的。

正确认识文学与音乐的关系，还是要回到戏曲的根本性质上来。戏曲作为一种综合艺术，本身应当是文学性与音乐性的统一；但要达到这二者的完满统一，常常要依赖于剧作家、唱腔设计者和演唱者的共同努力。

处理好文学性与音乐性的关系，对剧作家、唱腔设计者和演唱者都提出了较高的要求。从剧作家来说，文学与音乐两方面都有很高造诣，这是最理想的。如果不够，最好尽量想办法弥补。清代戏曲家洪昇《长生殿例言》说："棠村相国（梁清标）尝称予是剧乃一部闹热《牡丹亭》，世以为知言。予自惟文采不逮临川，而恪守韵调，罔敢稍有逾越。盖姑苏徐灵昭氏，为今之周郎，尝论撰《九宫新谱》，予与之审音协律，无一字不慎也。"徐灵昭为洪昇同学徐麟，他精通音律，对《长生殿》审音协律起了很大作用，但洪昇本人也是精通音律的，徐麟《长生殿序》说："若夫措词协律，精严变化，有未易窥测者。"经过洪、徐二人的共同努力，《长生殿》的文学性与音乐性达到了完美的统一，因此问世之后受到广泛欢迎，正如吴人序所说："思句精字研，罔不谐叶。爱文者喜其词，知音者赏其律。以是传闻益远，畜家乐考攒笔竞写，转相教习。优伶能是，升价仟佰。"与洪昇相比，孔尚任的音律修养要差一些。他在《桃花扇本末》中说："前有《小忽雷》传奇一种，皆顾子天石代予填词。予虽稍谙宫调，恐不谐于歌者之口。及作《桃花扇》时，天石已出都矣。适吴人王寿熙者，丁继之友也；赴红兰主人招，留滞京邸。朝夕过从，示予以曲本套数，时优熟解者，遂依谱填之。每一曲成，必按节而歌，稍有拗字，即为改制，故通本无聱牙之病。"王寿熙是苏州昆曲家，这时应红兰主人（满洲宗室岳端，也是戏曲家）之招，正在北京，孔尚任便随时向他请教。可见《长生殿》《桃花扇》都是在精通音律的曲家的帮助下完成创作的，徐麟、王寿熙便是唱腔的设计者。虽然洪、孔尚任的作用是主要的，但如果没有徐麟、王寿熙的协助，也就没有《长生殿》《桃花扇》这两部杰作。

总之，中国盛唐以来兴起的长短句的格律化的新体燕乐歌辞，被称为曲子词或词。它所结合的燕乐是受中亚和西域的印度系的音乐影响下形成的俗乐。词体文学发展至宋代而臻于繁盛。宋词虽属于燕乐歌辞，但其胡乐的成分基本上丧失，它所结合的音乐是燕乐系统的民间新声，表现为燕乐已经完成华化。宋词同唐五代词一样是以辞从乐的，但宋人倚声制词建立了规范，由此创造了真正的律词，从而使中国音乐文学进入古典时代。宋词发展过程中虽然不断采用新声以丰富自己的音乐性，但又不断出现模仿典范的声韵格律而创作的倾向，致使倚声制词转变为依词调格律填词。自度曲的出现更使词体退回到以乐从辞的古法，偏离了音乐的准度。这样，宋词由音乐文学逐渐发展为一种独立的民族文学形式。由于宋词毕竟同燕乐有过亲缘的关系，所以当其词乐消失之后，由倚声制词所积累的经验而具有词调丰富、格律严密、句式复杂、声韵和谐、形式精巧、表情细致的艺术特色而成为中国古典格律诗体之一。宋词作为一种音乐文学的典型而具有时代文学和民族文学形式的意义，其历史经验尚值得我们认真总结。对于诗与乐的发展历程简而言之：诗、词、曲三者，始皆与乐一体，初合终离。然而无论怎样，依照中国传统文化的特质，文学与音乐是紧密相连的。

第三节　西方文学与音乐

在西方，我们可以发现，在古代希腊，诗与乐起初也是同体共生的。古希腊的抒情诗就分为弦歌和琴歌，是用来配乐演唱的。无论何时，诗人都离不开他的七弦琴。而且，与中国古代对于音乐与文学的关系的看法相似，诗在这里一般也被放在音乐之上，而当二者开始分离时，音乐几乎停止存在。因为柏拉图说："没有文字就很难认识和弦与节奏的意义，或发现它们所模仿的有意义的对象。"（转引自卡尔·文·S. 布朗. 音乐与文学：各种艺术之比较. 第43页）希腊重语言轻音乐可以从下述事实中见出：希腊和罗马都发展了意在仅供阅读的诗，但是却没有充分发展独立于诗（或舞）的音乐。直到中世纪，随着歌谣、民间叙事诗和教堂音乐的兴起，诗与乐才再次趋于融合。

欧洲现代的诗乐分离现象基本上始于文艺复兴时代。但在这一过程中，也不断有人出来反对诗与乐的分离。法国桂冠诗人龙沙就是代表之一。龙沙认为，不唱的诗与纯器乐一样糟糕，"因为没有乐器伴奏的诗，或没有一个或多个乐声装饰的诗，正像没有被悦人的歌喉赋予生命的器乐一样不令人满意"（转引自卡尔·文·S.布朗.音乐与文学：各种艺术之比较.第43页）。但是龙沙的主张恰恰反映了诗乐一体的古代观念当时已经失去了自明命题的地位。尽管有龙沙这样的著名诗人主张，尽管当时的意大利歌剧创建者们试图恢复曾经存在于希腊悲剧中的音乐与戏剧的统一，尽管也存在过像坎平这样的诗人——作曲家，但是近三百多年来欧洲音乐与文学的关系发展的普遍趋势是分离："诗人们对音乐所知甚少，且更无兴趣，而作曲家，尤其是歌剧作曲家，又将诗人仅仅视为实现自己目的手段而已。"（转引自卡尔·文·S.布朗.音乐与文学：各种艺术之比较.第43页）

现代音乐对现代文学的影响是显而易见的。一般而论，诗人在创作上采用音乐的技巧和形式结构要比叙事作家来得早也来得广泛。这部分是因为诗与乐的老关系：他们本来就是一母所生，现在，在各自长大成人以后，他们又发现彼此有许多独特的长处，可以互相学习。当然，他们本来就有不少共同之处，例如节奏。文学对于音乐所特有的技巧、处理方法和形式结构进行了自觉借鉴。在这个问题上，诗人T.S.艾略特的一段话是很有代表性的："我认为诗人研究音乐会有很多收获。……我相信，音乐当中与诗人最有关系的性质是节奏感和结构感。……使用再现的主题对于诗像对于音乐一样自然。诗句变化的可能性有点像用不同的几组乐器来发展同一小主题；一首诗当中也有转词的可能性，好比交响乐或四重奏当中不同的几个乐章；题材也可做各种对位的安排。"（千永昌.比较文学译文集.上海：上海译文出版社，1985.第426页）艾略特这段经验之谈既可以看作对在他之前的那些借鉴音乐方法进行创作的诗人的经验的总结，也可以视为诗歌借鉴音乐的一般原则。

不少诗人都曾试图把一种最常见的音乐创作方法引进诗歌创作，这种方法就是主题变奏。在很多音乐作品中，一个主题通常先以最简单的形式出现，然后在乐曲发展过程中又以各种不同方式变化再现。变化以基本主题为基础，但又对基本主题加以引申、拓展，从而加强和深化了原主题的基本观念。莫扎特的《A大调奏鸣曲》第一乐章，贝多芬的《克莱采奏鸣曲》第二乐章，舒伯特的《死神与少女四重奏》的第二乐章，以及门德尔松的《系列变奏》等著名音乐作品都是众所周知的主题变奏曲。在诗歌中，我们仅仅从标题上也可以发现对于主题变奏的借鉴，其中戈蒂埃的《威尼斯狂欢节变奏》是极其著名的。如果向前追溯的话，我们在莎士比亚的十四行诗中就可以找到这种主题变奏的例子。例如十四行诗第73首，"在我身上你或许会看见秋天，当黄叶，或尽脱，或只三三两两挂在瑟缩的枯枝上索索抖颤——荒废的歌坛，那里百鸟曾合唱。在我身上你或许会看见暮霭，它在日落后向西方徐徐消退：黑夜，死的化身，渐渐把它赶开，严静的安息笼住纷纭的万类。在我身上你或许会看见余烬，它在青春的寒灰里奄奄一息，在惨淡灵床上早晚总要断魂，给那滋养过它的烈焰所销毁。看见了这些，你的爱就会加强，因为他转瞬要辞你溘然长往。"（梁宗岱译诗集．长沙：湖南人民出版社，1983．第 142～143 页）每一节都是一个基本主题——衰老与死亡的变奏。英国诗人布朗宁的长诗《指环与书》可能是诗歌中最大型的主题变奏作品。全诗长 20934 行，分成十二章。第一章呈现全诗的基本主题：诗人发现了一份陈旧的罗马审判卷宗，有关一件杀妻罪。贫穷双亲的一个漂亮女儿蓬皮丽娅嫁予一位老伯爵圭迪，与他生活一段时间后她与一个年轻牧师私奔，回到自己的娘家。伯爵带人于圣诞节之夜在罗马将她父母当场杀害，同时也重伤了她，但她还是活着看到了伯爵被判刑。以下十章则是这一事件的十种变奏，每一变奏都是某一或某些当事人或旁观者对于这一事件的描述与解释，从主犯的陈述直到城中的流言蜚语。这些描述和解释从不同视角展示同一事件，因而使同一主题的不同方面得到揭示。最后的第十二章则是全诗的尾声，描写伯爵被判决和执行，并最终做了这样的总结：这里没有一个人的描述与解释是完全真实的，甚至连原始的事实本身都不真实，而只有艺术才能真正揭示真理。有证据表明，在这首诗中，布朗宁显然是在极大规模上运用了音乐中主题变奏的方法，而他成功地使长诗中的每一次变奏都成为对该诗主题内涵的一次新揭示。

谈到诗人对于音乐形式的自觉借鉴，我们在这里不得不提到那个几乎众所周知的著名例子，即艾略特的《四个四重奏》。这个标题就直接暗示了对于一种音乐形式的借鉴。按照一位研究者的看法，诗中的每一个"四重奏"都是由"有自己的内在结构的五个乐章"组成的。第一乐章包括陈述和反陈述，类似于严格奏鸣曲式一个乐章中的第一和第二主题。第二乐章则以两种不同的方式处理同一个主题，第三乐章与音乐的类比少一些；第四乐章被看成一个"简短的抒情乐章"，然后是第五乐章再现诗的主题并对个别人以及对整个主旨的具体发挥，然后达到第一乐章中的矛盾的解决。

在现代小说家中，与艾略特一样成功借鉴音乐形式的是德国伟大小说家托马斯·曼。音乐对于托马斯·曼小说创作具有双重意义：他不仅自觉地借鉴音乐的形式结构和创作方法，而且经常把音乐作为他的重要创作题材。他的伟大小说《浮士德博士》就是"由一位友人讲述的德国作曲家阿德里安·莱弗金的一生"。据托马斯·曼后来发表的日记所披露，莱弗金的思想、气质、经历以及他变成痴呆等细节取材于哲学家、音乐家尼采的传记，而小说中对现代音乐的看法则出自阿多尔诺的音乐哲学。在他的其他中长篇小说中，也经常涉及音乐问题。托马斯·曼成功地在小说创作中运用音乐的结构原则和方法。我们可以以他的中篇小说《托尼奥·克勒格尔》为例。谈到这部作品时，托马斯·曼曾这样说过："这里也许是我第一次学会了如何利用音乐作为我的小说艺术的塑形性影响力。把叙事散文作品作为众多主题的交织，作为复杂的音乐联合体，这些想法我后来都在《魔山》中大规模地加以利用。不过在那里，由文字组成的主导动机已不像在《布登勃洛克一家》中那样，仅在形式的表现中被运用，而是具有了更不机械性的、更音乐性的特性，并全力去反映感情和观念。"（转引自卡尔·文·S. 布朗. 音乐与文学：各种艺术之比较. 第 213 页）《托尼奥·克勒格尔》显然利用了音乐中的奏鸣曲式作为自己的叙事结构。对于这样一部自觉运用音乐结构原则的文学作品，如果读者能按照欣赏奏鸣曲的方式来聆听它的发展变化，一定会对作品有更深刻的领悟。

音乐对叙事文学的另一个重要影响是主导动机在小说中的采用，而这与德国音乐家瓦格纳的工作是分不开的。瓦格纳把他的独特的音乐作品发展到可与长篇小说媲美的宏大规模。在这一发展中，他创造了一套高度节俭的方法，其中最主要者即为主导动机。如果为文学中采用的主导动机下个定义的话，那么则可以说，文学中的主导动机可能是一个简短的语言表述，它在作品中被有意地重复着，而它的每次重复出现都能被读者很快辨认出来。在一部文学作品中，主导动机的作用是可以把它先后出现于其中的各段上下文以一种独特的方式联系起来。如果我们把"语言表述"换成"乐句"，那么上述定义也可以用于音乐的主导动机的界定。曼的另一部中篇小说《特里斯坦》就很好地借鉴了这一音乐手段。小说中有一个明显的主导动机反复出现："一根淡蓝色的小血管。"我们可以发现，在篇幅较大的叙事作品中，主导动机是一种：以少胜多的结构方法，它可以贯穿始终，把不同的片断和上下文有机地联系在一起，从而有使作品形散神不散的作用，使文学作者在安排场景和人物时具有更大的自由。读者显然可以带着对主导动机的注意去阅读小说，从而获得把握小说意义的一种方法，一种"音乐的"理解方法。在长篇小说《魔山》中，曼从接受角度深化了他对文学与音乐关系的这种思考。他认为音乐的确具有无比的情感力量，但是如果没有文学作为音乐的先导和基础，音乐的力量就是盲目的，就会把人引向野蛮和狂暴的冲动，造成巨大的破坏。

另一位在小说创作中大规模试验音乐形式的现代作家是阿尔多斯·赫胥黎。他的代表作《旋律与对位》从标题也可以大致猜出小说的努力方向。小说描写第一次世界大战后伦敦上流社会及其知识分子在哲学、科学、艺术、道德和政治等问题上的争论，反映了他们的思想矛盾，表现出"迷惘的一代"的苦闷和彷徨。在小说中，作者以讽刺的手法仿赋格曲的结构，用对位的方法发展主题，以期达到"小说的音乐化"。小说中写到一位也在写小说的虚构作者，他提出了"音乐化"的方法："小说的音乐化。不是以象征主义的方法，使词义从属于声音。而是在大的规模上，在结构方面。调式的改变，突然的转词。……更有趣的是，转调，不是单纯从一个主调音转到另一个主调音，而是从调式到调式。一个主题被陈述，然后发展，变形，直到变得面目全非，尽管仍然依稀可辨。……怎样把这些弄进小说？暂时的转调非常容易，你所需要的只是足够的人物和平行，即对位的情节。"（转引自卡尔·文·S. 布朗. 音乐与文学：各种艺术之比较，第 210 页）赫胥黎的这部小说就是上述音乐技巧的运用的典范，其中对位法运用得尤其出色。

音乐必然不仅为文学创作，而且也为文学批评提供灵感和模式。这是值得在此简略提及的。俄国批评家巴赫金的"复调小说"概念使人自然联想到复调音乐的概念。前文已经提及有意创作复调小说的作家，如赫胥黎与托尔斯泰，但巴赫金的"复调小说"概念却与此稍有不同。他强调声部的真正独立甚至对立，从而造成"对话"。在托尔斯泰的作品中，不同声部的声音最终服从于一个主导声音——作者无所不在的声音，但在陀思妥耶夫斯基的作品中，个别声部从来不受主导声音的控制，它们呈现为各自独立的意识世界，彼此互相交叉，甚至互相冲突，从而真正反映了世界的复杂性。这类"复调小说"的作者也许从未有意创作一部"音乐化"的小说，但批评家却在音乐启发下"读出"了小说中的复调结构。

第四节　福克纳《喧哗与骚动》的复调叙事

复调（Polyphony）本是音乐术语，指欧洲 18 世纪（古典主义）以前广泛运用的一种音乐体裁，它与和弦及十二音律音乐不同，没有主旋律和伴声之分，所有声音都按自己的声部行进，相互层叠，构成复调体音乐，如经文曲、赋格曲与复调幻想曲等。俄罗斯学者巴赫金借此词来概括陀思妥耶夫斯基创作的基本特征：陀思妥耶夫斯基笔下世界的完整统一，不可以归结为一个人感情意志的统一，正如音乐中的复调也不可归结为一个人感情意志的统一一样。复调的实质恰恰在于：不同声音在这里仍保持各自的独立，作为独立的声音结合在一个统一体中，这已是比单声结构高出一层的统一体。如果非说个人意志不可，那么复调结构中恰恰是几个人的意志结合起来，从原则上便超出了某一人意志的范围。可以这么说，复调结构的艺术意志，在于把众多意志结合起来，在于形成事件。在复调艺术作品中由不同的人物及其命运所构成的统一的客观世界，并不是在作者统一的意识支配下一层一层地展开的，而是众多的地位平等的意识（主人公）连同他们各自的世界被结合在了某种统一的事件之中，他们相互之间不发生融合，而是处于彼此交锋、对话和争论之中。

福克纳的代表作《喧哗与骚动》是一部明显带有复调因素的小说。福克纳注重描写主人公的"思考着的意识"，并能赋予主人公的声音与作者声音平等的地位，但作品中的主要主人公都不是"思想家"式的人，都没有折磨人的、触及终极问题的思想，这是其一。其二，声音之间的平等不是通过激烈的争论（对话）来展现的，而是借助不同的主人公——叙述人和作者——叙述人的对位式的相互呼应来实现的；这种做法符合巴赫金所提出的作品结构上的"大型对话"。其三，从《喧哗与骚动》的每一部乃至每一章来看，主人公意识往往与其他意识处于"共同地带"，回忆和现实之间没有明确的过渡，"我"意识和"他人"意识之间界限模糊，尽管如此，却并未发生如同陀思妥耶夫斯基作品里的那种紧张得扣人心弦的争论。

一、结构的复调性

《喧哗与骚动》整体上是一种典型的对位结构小说，这种对位结构既表现在各章之间就同一个主题的叙述的相互呼应的关系上，也表现在各章中就某一个人物或某一个细节的叙述的彼此平行的关系上。福克纳把一个故事让四个人物都说了一遍，这是从四个不同的角度、四张不同的嘴讲述的同一主题的故事，是关于美国南方小镇的一个世家如何走向败落的故事。

《喧哗与骚动》由四章加附录组成，各章以具体的某天为名，按照顺序分别是：1928 年 4 月 7 日；1910 年 6 月 2 日；1928 年 4 月 6 日；1928 年 4 月 8 日。第一章是班吉在 1928 年 4 月 7 日这天的意识流；第二章是昆丁在 1910 年 6 月 2 日这天的意识流；第三章是杰生在 1928 年 4 月 6 日这天的意识流；第四章是作者以从外部记录的发生在 1928 年 4 月 8 日这天的康普生家的事情，中心人物是迪尔西。最后的附录是关于康普生家各代人的最终命运。

传统的小说家一般或用"全能角度"亦即作家无所不在、无所不知的角度来叙述，或用书中主人公自述的口吻来叙述。发展到亨利·詹姆斯与康拉德，他们认为"全能角度"难以使读者信服，便采用书中主人公之外的一个人物的眼睛来观察，通过他（或她）的话或思想来叙述。福克纳又进了一步，分别用几个人甚至十几个人（如在《我弥留之际》中）的角度，让每一个人讲他这方面的故事。这正如发生一个事件后，新闻记者不采取自己报道的方式，却分别采访许多当事人与见证人，让他们自己对着话筒讲自己的所知。

一般地说，这样做要比记者自己的叙述显得更加真实可信。在《喧哗与骚动》中，福克纳让三兄弟，班吉、昆丁与杰生各自讲一遍自己的故事，随后又自己用"全能角度"，以迪尔西为主线，讲剩下的故事，小说出版十五年之后，福克纳为马尔科姆·考利编的《袖珍本福克纳文集》写了一个附录，把康普生家的故事又做了一些补充。因此，福克纳常常对人说，他把这个故事写了五遍。当然，这五个部分并不是重复、雷同的，即使有相重叠之处，也是有意的。这五个部分像五片颜色、大小不同的玻璃图，杂沓地放在一起，从而构成了一幅由单色与复色拼成的绚烂的图案。

"班吉的部分"发生的时间是 1928 年 4 月 7 日。通过他，福克纳渲染了康普生家颓败的气氛。另一方面，通过班吉脑中的印象，反映了康普生家那些孩子的童年。"昆丁的部分"发生在 1910 年 6 月 2 日，这部分一方面交代昆丁当天的所见所闻和他的活动，同时又通过他的思想活动，写凯蒂的沉沦与昆丁自己的绝望。"杰生的部分"发生在 1928 年 4 月 6 日，这部分写杰生当家后康普生家的情况，同时引进凯蒂的后代——小昆丁。至于"迪尔西的部分"，则是发生在 1928 年 4 月 8 日（复活节），它纯粹写当前的事：小昆丁的出走、杰生的狂怒与追寻以及象征着涤罪与净化的黑人教堂里的宗教活动。这样看来，四个部分的叙述者出现的时序固然是错乱的，不是由应该最早出场的昆丁先讲，而是采用了"CABD"这样的方式，但是他们所讲的事倒是顺着正常的时序，而且衔接得颇为紧密的。难怪美国诗人兼小说家康拉德·艾肯对《喧哗与骚动》赞叹道："这本小说有坚实的四个乐章的交响乐结构，也许要算福克纳全部作品中制作得最精美的一本，是一本詹姆斯喜欢称为'创作艺术'的毋庸置疑的杰作。错综复杂的结构衔接得天衣无缝，这是小说家奉为圭臬的小说创作技巧的教科书……"（李文俊.福克纳评论集.北京：中国社会科学出版社，1980. 第 78 页）

二、主题的复调性

在班吉一章里，我们透过班吉的眼睛看见了康普生家族的败落。1928 年 4 月 7 日，班吉和勒斯特经过牲口棚："我们从牲口棚当中穿过去，马厩的门全都敞着。你现在可没有花斑小马驹骑罗，勒斯特说。泥地很干，有不少尘土。屋顶塌陷下来了。斜斜的窗口布满了黄网丝。"（[美]福克纳. 喧哗与骚动. 李文俊译. 上海：上海译文出版社，1995. 第 13 页）与此形成鲜明对比的是班吉对 1900 年圣诞前夕和凯蒂一起为毛莱舅舅送情书时经过马厩的回忆，康普生家的马厩 1928 年前后的变化恰恰暗示着这个家庭的颓败、没落。1910 年 6 月昆丁自杀的消息传来以后，住在佣人下房里的班吉听到了迪尔西一家人议论康普生一家的变故，我们从中可以看出康普生家正一步步走下坡路。班吉是个白痴，他不明白康普生是个古老的、出过州长和将军的世家，也不明白这个家正在走向衰败，虽然如此，他眼见的一切和耳听的一切却能最客观地勾勒出家庭败落的情状，而且家中出现白痴，似乎是对乱伦家族的一种特殊的报应，从另一个侧面隐喻性地说明了家族衰落的必然趋势。昆丁是一个正常人，是哈佛大学的一年级学生，具有对人和事进行评价的能力。他深受父亲那套颓废人生观和哲学观的影响，想法颇为复杂，而且对家庭以及家庭成员有着颇多的思考。所以，关于康普生这个南方世家的没落，在昆丁这儿则是用一种完全不同于班吉的声音表现出来的。昆丁身为家中长子，其性格和命运的悲剧既是家族没落的结果，又是没落的原因。所以在昆丁叙述的这部分里，既有昆丁这个主人公兼叙述人眼里所看到的没落，也有他所意识到的自己的堕落和家族的衰亡之音。1910 年 6 月 2 日，昆丁回忆凯蒂结婚前夕家中派汽车去火车站接亲友，又想起在全盛时期，一遇到喜庆时，连理发师、美容师都一起接来的情形："在窗子下面，我们听到了汽车开往火车站的声音，接八点十分的火车。把三姑六婆接来。都是人头。人头攒动，却不见有理发师一起来，也没有修指甲的姑娘。"（[美]福克纳. 喧哗与骚动. 李文俊译. 上海：上海译文出版社，1995. 第 98 页）

与班吉不同，昆丁对康普生家的没落有着切肤之痛。昆丁是家族的希望，负有重振家业的责任，而他也无时无刻不感到肩上的这种责任，但是又根本无力负担，内心的这种矛盾一直折磨着他。昆丁本人的这种性格以及他的遭际，与白痴班吉相呼应，正是康普生家穷途末路的体现。他是一个肉体上很孱弱，精神上更加软弱无力的人，和凯蒂的情人打架竟然吓得晕了过去，他既不堪忍受乱伦的罪恶感和失恋的双重打击，也挑不起重振家业的重担。昆丁自杀前总是回想和父亲关于人生和哲学问题的对话，这些对话在昆丁的意识流中占有极重要的分量，几乎可以说这些思想就是伴随他走向死亡的画外音。这些绝望、颓唐到骨子里的话语，是用不同于班吉的另一支调子演奏出的康普生家族的衰亡之音，大而言之，是康普生家族所代表的传统精神和旧式价值观的没落之音。

杰生部分的意识流主要发生在 1928 年 4 月 6 日这一天。杰生的自我辩白和客观现实的落差，诉说的也是康普生家的没落。杰生自认是一个有大本事、能发大财的人，实际上他只是个杂货店的伙计，靠勒索凯蒂才买上一辆汽车。从杰生对没有上大学的抱怨中，可以瞥见康普生家的生存状态。"就像我所说的，如果他为了送昆丁去上哈佛大学而不得不变卖什么时，把这个酒柜卖掉了，并且用一部分钱给自己买一件只有一只袖筒的紧身衣，那我们倒可以好过得多呢。我看还没等我拿到手康普生家的产业就全部败光了的原因，正如我母亲所说的，就是他把钱全喝掉了。反正我没听说他讲过为了让我上哈佛而变卖什么产业。"（[美]福克纳. 喧哗与骚动. 李文俊译. 上海：上海译文出版社，1995. 第215页）

关于迪尔西的这章，是由作者直接叙述出来的。迪尔西所代表的善良、虔诚和希望，仿佛是康普生家族这块朽木上盛开的鲜花，这种映衬更突出了康普生家族的穷途末路，因为康普生家此时还活着的人，除了白痴班吉以外，他们或者自私冷酷，或者毫无信仰，或者放荡不羁，没有人与迪尔西有任何相似之处。在复活节的这一天，康普生家族的第三代——小昆丁和戏班里的戏子跑了，并席卷了杰生勒索凯蒂所攒下来私房钱。这可以说是康普生家彻底凋落前所遭受到的最后一个打击。

从作者——叙述人客观冷静的叙述中我们可以看到，他面对康普生家族在道德上的败坏是持否定态度的，面对凯蒂的堕落及其遭受的苦难是抱同情态度的，面对迪尔西的忠诚和朴实无华是极为赞赏的。那么这是否说明作者——叙述人的声音要大大地"高"于班吉——叙述人、昆丁——叙述人和杰生——叙述人的声音呢？或者说，作者——叙述人的叙述是不是对前三位叙述人对家族生存状态的评价的一种总结性陈辞呢？这已经超出了本节讨论的范围，但毫无疑问，对这个问题完全不是用"是"或"不是"可以回答的，答案没有这么简单。

所以，《喧哗与骚动》中的复调性对位结构主要是围绕康普生家族的生存状态展开的，家族的衰败分别从班吉、昆丁、杰生的视角以及作者视角叙述出来的，这实际上形成了巴赫金所说的"大型对话"，尽管这大型对话不像陀思妥耶夫斯基小说中的那样——贯穿整部作品的、前后连贯的、"直线式的"融入了各章各节的对话，而是不显现于单独的每一章，但各章合在一起，彼此形成了对位和对话的特点，换言之，班吉——叙述人、昆丁——叙述人、杰生——叙述人和作者——叙述人并没有进行直接的、面对面的交谈和争论，但他们的叙述围绕同一个主题——康普生这个南方世家的败落——展开，他们对家族的生存状态道出了自己的评价态度，是相互独立、彼此平行又遥相呼应的评价态度，这在客观上显然符合巴赫金提出的复调小说的主要特征：每一个叙述人都发出了自己的声音，每一个声音各有自己独特的视角。从评判康普生家族时所具有的审美价值这一层面上看，这四种声音、四种评价、四种立场都是平等的。

三、凯蒂形象的复调性

从不同叙述人视野中的某个人物形象的角度分析作品的对位结构，这种对位结构表现在很多人物和细节上，但最突出的是凯蒂这个形象。凯蒂在不同的叙述人眼里得到了不同的评价，这些评价单独拿出来都不足以展现她的全貌，只有前后串联起来，合在一起，我们才获得了凯蒂形象的丰满性，换句话说，不同叙述人意识中的凯蒂以及对凯蒂的评价是平行的，是各自独立又彼此呼应的，这从叙述人的角度看，是在凯蒂身上形成了不同评价的对位结构或弱化的对话结构。让我们来看一看凯蒂是如何出现在班吉、昆丁、杰生的视野中的。

在班吉的意识中，童年时代的凯蒂占据了很重的分量。班吉的意识流主要是在以下时空中展现出来的。首先是在 1928 年 4 月 8 日，也就是他过 33 岁生日的那天，淘气鬼勒斯特带着他在外面玩，总是趁姥姥迪尔西不注意时欺负班吉，迪尔西用自己的钱给班吉买生日蛋糕，她是唯一一个记得班吉的生日并张罗着给他过生日的人。这是"现在"。其次是"过去时空"，主要有：大姆娣去世那天晚上，几个孩子在小水沟里玩耍，凯蒂的短裤上弄上了污迹，这预示着她日后的堕落；凯蒂因为杰生铰坏了班吉的纸娃娃，要"铰破杰生的肚子"；班吉改名那晚，康普生太太对这个白痴小儿子充满嫌恶之心，班吉也感觉到了，哭个不停，凯蒂承担起母亲的职责，对班吉充满了怜惜和爱护；班吉能嗅到少女时代的凯蒂身上的树香味，当凯蒂开始堕落时，这种香味就消失了，班吉因此哭闹不已；凯蒂失身那晚，班吉发现这种树香味永远地消失了，他大吵大闹；凯蒂婚礼那天，班吉感到将会永远失去姐姐，便在箱子上大吼起来，凯蒂不顾一切地跑到他身边来。班吉的大哭与号叫，都是因为将要和已经失去凯蒂对他的爱而爆发的，班吉总是停留在充满了凯蒂之爱的过去，一旦回到现实他就悲恸不已。凯蒂是一个善良而富有耐心和爱心的形象，这是我们从班吉的意识中读到的，实际上也是班吉对凯蒂的主观评价，更确切地说，是这个白痴无法言表的潜意识。

昆丁视野里的凯蒂又是什么样子呢？昆丁因为对妹妹凯蒂怀有不正常的感情，所以他视野里的主要是少女到成年时期的凯蒂。昆丁自杀的一个重要诱因便是凯蒂的失贞和婚礼，凯蒂失贞意味着昆丁的失恋，而凯蒂的婚礼就等于昆丁像班吉一样将永远地失去凯蒂。昆丁自杀前反反复复地回想着与凯蒂失贞、结婚有关的事情，关系凯蒂堕落的一些"前奏"：大姆娣去世那天，凯蒂的短裤上沾上了污迹；凯蒂十来岁的时候，因为被昆丁和邻居女孩亲密的举动所刺激，于是和男孩接吻。昆丁还想起了凯蒂失贞后向他坦白她对达尔顿·艾密司的爱情，想起了凯蒂结婚前与自己的谈话，她希望昆丁照顾好父亲和班吉，想起了凯蒂婚礼的时候不顾一切地跑到大吼的班吉身边。这个画面里的凯蒂比较复杂，作为母亲和姐姐的形象弱化了，更加鲜明的是一个沉浸在爱情中的女性形象，凯蒂对达尔顿·艾密司充满着炽热的爱情，而对此敏感而清醒地认识到并深受刺激的，就是昆丁。昆丁和凯蒂存在一种不正常的感情，这并非昆丁的一厢情愿，只是昆丁在这种感情中陷得更深而已。兄妹俩在一个不正常的家庭里长大，康普生夫妇都没尽到做父母的职责，他们生活在一个冷冰冰的缺少爱的家庭，兄妹俩从小又特别要好，这使他们萌发乱伦的感情也就不足为怪了。但是随着年岁的增长，凯蒂选择了从外面寻找异性来填补青春期在情爱上的需要，相形之下，昆丁则不仅十分懦弱，而且还缺乏吸引异性的魅力，所以他始终沉溺在与妹妹的"罪恶的"感情里不能自拔。读者从昆丁那充满嫉妒和痛苦的眼睛里看到的凯蒂，是一个既充满女性的魅力，散发着女性的原罪的诱惑（既是诱惑者又是被诱惑者），同时又充满母性的富于牺牲精神的形象。昆丁的视野一方面印证了班吉的视野（凯蒂的善良和母性的光辉），另一方面又补充和完善了凯蒂作为一个青春少女的形象（凯蒂的女性的魅力）。

杰生的意识里之所以出现凯蒂，并非因为他对凯蒂充满感情，而是他念念不忘丢掉的那个从来就没属于过他的银行差事，他为此一辈子都耿耿于怀，小昆丁因而成了他的肉中刺、眼中钉。所以，杰生视野中的凯蒂，除了与前面相呼应的为他人着想、富有牺牲精神外，还有对杰生的恨，实际上是对自私自利的"恶"的仇恨。这里的凯蒂是一个具有鲜明爱憎的形象。杰生虽然仇视小昆丁，但是又害怕凯蒂带走小昆丁，这样他就会失去勒索她的机会，所以他用极其恶毒的方式提醒凯蒂，小昆丁和她生活在一起很容易堕落。凯蒂有了自己的孩子，成了真正的母亲，可不得不放弃做母亲的权利。凯蒂的母性就是通过她的这种权利受到杰生的刻毒讥诮时的狂怒反应表现出来的，她之所以克制了自己的愤怒，是因为她想到小昆丁和她生活在一起确实不好，会使孩子变坏。她放弃把小昆丁带在身边的这个念头，这从杰生的角度又一次展示了凯蒂作为母亲的牺牲精神。

凯蒂是《喧哗与骚动》叙事的中心。她不是通过作者的直接叙述，而是通过几个主人公——叙述人的对位叙述展现出来的。复调思维的重要特征之一，就是关注同时并存的时空，关注所发生的多方面的矛盾。如果说陀思妥耶夫斯基的复调小说强调思想之间的对位以及通过紧张对话的方式来描绘或展现思想之间的冲突，那么在福克纳笔下，"折磨人的"各种思想被主人公——叙述人对凯蒂的描绘以及对凯蒂的各自不同的评价所取代，而这同样符合巴赫金提出的复调小说的对位特征。

第六章 文学与其他学科的跨学科研究

第一节 文学与自然科学的关联

比较文学的跨学科研究除了关注不同文化间文学以及文学与其他艺术形式与意识形态的关系之外，另一个重要方面是研究文学与科学技术的关系。当今，科学技术创造和采用的先进手段和工具深刻地改变了人与世界的关系，改变了人类的思维方式和价值体系，也改变着文学的面貌。研究文学与科学的关系不仅是时代的需要，而且将为比较文学这一开放体系带来新的因素和新的发现。正如人们指出的那样，"面对 21 世纪新人文精神的发现，文学的跨学科研究可能会更多地集中于人类如何面对科学的发展和科学对人类生活的挑战。"（乐黛云，等. 比较文学原理新编. 北京：北京大学出版社，1998. 第32 页）

一、文学与科学的关联

从比较文学的角度看，文学艺术的发展是与科学技术的发展结伴而行、相互促进的。文学艺术的变化推动了科学的进步，科技的进步也促进了文学艺术的发展。就终极目的而言，文学与科学技术也是一致的。文学的使命是为人类寻找和提供精神家园和情感归宿，科学技术的未来也是为了给人类寻找更适宜的生存空间。两者从根本上说都是以人为本，造福于人类！

对科学与文学之间既相互融合又彼此对峙的认识，自古希腊起，就一直为包括科学界与文学界在内的学者们所关注。他们虽然未能使用现代的术语，却不乏这一类的评述。早在古代希腊，就有人戏称柏拉图是"最佳天文学家"，这是因为柏拉图在他的寓言和对话体作品中，未能将自己对自然本质的"深思"与其对宇宙秩序的阐述融合起来，而是排斥感知去建构他那庞大概念体系的缘故。对塞西尔·施内尔来说，科学异于艺术是因为科学具有"自我矫正"能力。因此，在组织语言时，科学应想方设法避开感性，以使其认知内容不受干扰而清晰明了。这种要求科学文体不同想象文学有暧昧关系的清规戒律，使科学文体不是我行我素就是语言粗俗；而文学作品也因此远离科学概念，以使自己不要蒙受其"粗俗"的污染。这些，从古罗马起就扎根在西方古典传统中，并影响至今。

与上述观点相左的另一种认识，即认为科学和文学应相互融合的观点，也自古希腊起就已存在。柏拉图本人就常说，要真正做到"自我矫正"，科学的话语必须得到"感官"作用的调治。他在《菲德若篇》中，列举两种不同的认知方式，每种都同文字和口语有关：专题论文和论辩。前者无须考虑作者和听众的关系，但后者必须考虑同听众的关系，而且需要捕捉人的心灵并设法打动听众，因此知识的语言就不仅是使用枯燥的概念，而是将其化成日常的、栩栩如生的话语，概念语言应同"修辞艺术"相融合方有效用。这种认识，经锡德尼、帕斯卡、华兹华斯等文学家与科学家，直到20世纪可谓连绵不断。

科学与文学之间的另一种相互关系，也是值得注意的，即通过哲学和思想等中介，使彼此产生影响。文学与科学，原本是意识形态领域和人类知识中相距遥远的两门学科，然而，在追求人类文明进步的大目标上，它们却是一致的，而且从人类文明发展的整合趋势来看，文学的思维和科学的思维，具有互为参照的作用。这种彼此参照、互补，必然导致新的思维成果的产生。

文学理论的发展史便可说明，文学理论的建构来源于一定的哲学基础，而哲学往往在内涵与外延上表现出作为文学和科学的中介。同古希腊神话相伴随的古希腊早期文学思想，就是基于宇宙万物的本源是"数"的观念。毕达哥拉斯从数量比例关系上探寻文学的艺术美，得出"美是和谐统一"的理论。另一位认为美是对立和谐的赫拉克利特，也是运用自然科学观点，将物质永恒作为文艺思想认识的基础。早期最有影响的文论家柏拉图，其著名的理念论，实际是对宇宙自然进行的演义逻辑的认识，认为世界"真理大源"是一种超时空、非物质、永恒不灭的理式"本体"。而亚里士多德的文学本质"原因"论，直接来源于他的宇宙观，即现实世界本身的必然性和真实性。在17世纪新古典主义文论和18世纪启蒙主义文艺思想的发展中，可以看到一个数学的世纪，伽利略、笛卡儿、斯宾诺莎、牛顿等自然科学的巨人，都是在数学的基础上建立他们的哲学体系，又在这基础上，建构自己的文艺思想，或者以此影响了其他文艺理论家和作家。英国数学家、哲学家怀特海认为："单就英国文学而言，哲学与科学跟许多伟大人物都是有关的，科学的间接影响尤其可观。"（怀特海. 科学与近代世界. 北京：商务印书馆，1979. 第74页）他在《科学与近代世界》一书中，举雪莱为例，说雪莱的诗"一再地流露出科学所提出的思想。科学思想就是他快乐、和平与光明的象征"（怀特海．科学与近代世界．北京：商务印书馆，1979．第 82 页）。19 世纪，伴随着细胞学说、能量守恒定律和达尔文进化论三大发现，人类认识进入以事物整体联系和发生、发展过程来考察宇宙运动的系统思维时代。现实主义的诞生和发展，是与科学主义思潮、实证主义哲学影响分不开的。彼此潜在交叉的作用，最典型的产物是泰纳提出的种族、环境、时代决定艺术发展的三要素文学观，用科学的方法第一次规定了文学上的自然主义的含义。自然主义要求把文学纳入科学，回到自然，因此也要求艺术家要以科学家的身份记录事实，科学地客观地反映现实。这种文学观长时期地影响了文学的发展，直到现代主义文学的诞生。

现代主义文学对文学本质的独特的理解和认识，显示了一系列现代哲学思想的指导，更联系着 20 世纪现代科学和技术所取得的惊人成果。譬如，受现代心理学影响的弗洛伊德精神分析文艺理论，粒子物理学、分析化学、分子生物学，以及无线电电子学的迅速深入发展，创造了文学崭新的思维空间，间接地作用于俄国形式主义、英美"新批评"，以及结构主义、后结构主义文学理论的产生和更替。还有模糊数学、"新三论"、电子计算机等最新科学技术，也潜在地导引着现代阐释学文学理论的运作。总之，科学一方面作为生产力中最强劲的先锋，推动着社会的进步和发展，另一方面作为世界观与方法论又成为意识形态领域中最重要的部分而领导着各个系统的变革。

显然，哲学、文学理论的中介，多少体现了文学与自然科学发展中相互渗透的途径。由此，可以加深我们对文学与科学关系的理解。

首先，文学与科学之间的关系，并非简单的线形的或因果的关系，它们之间的相互作用往往表现为：自然科学先影响社会观念的更新，继而再推动文学观念的更新。文学的变化较科学要慢。它不能像科学那样自动校正，但是，文学史中文学理论的形成、更新，更适应科学史的发展线索。因为作为文学与科学中介物的观念思想、哲学，与文学理论的形成更为密切。自然科学观念对社会各方面的影响和制约往往更长远、更具有稳定性。如同文学观念、文学理论的更新，对文学史的作用更为直接和深刻一样。因此，在这两大学科中间寻求它们的中介，是加深理解文学与科学之间关系和作用的关键。

其次，科学本身具有双重性。一方面，科学发现的对象是客观世界的规律，这是独立于社会而存在的，而科学发明一旦转变成物化的形式，就成了生产力中最先进最有力的部分。正是这种巨大的"独立性"使它能够决定性地影响人们的思想，影响着社会的物质和精神世界，自然也影响着文学的发展。无论是文学发展史还是科学发展史，都体现了人类文明的进步和人的智慧的发展。但是，又不能不看到它们之间奇特而复杂关系的另一方面，即自然科学影响推动着社会与文学的发展，同时又受着社会的限制和意识形态的制约。文学与科学是一个极其复杂的复合体，其中不乏悖论的困惑。我们在认识文学与科学的关系时，必须正视这些问题。

二、现代科技对文学的影响

科学技术作为生产力的一部分，具有推动历史前进的伟大力量。从思想层面看，科学对客观世界的新发现不断更新人们对世界的认识，直接或间接地影响社会科学及意识形态，包括对文学的渗透和影响。哥白尼的"日心说"，将人从神所主持的秩序中解放出来，增强了人的自我意识和对自身的信心。从某种意义上说，西方的近代科学改变了西方文化的面貌。从技术层面看，科学技术为文学艺术的发展提供了更多的手段和更广泛的空间。如纸张和印刷术的发明，极大地推动了思想文化包括文学艺术的普及，使每一个识字且买得起书的人都能够接触到哲学、宗教和文学。而电脑和网络技术的出现，更使文学和研究发生革命性的变化。如今，高新科技在文学艺术领域得到广泛运用，当代美国电影之所以能够风靡全球，成为强势艺术，其重要原因之一就是它背后有高科技支撑。

下面以文学为基点，谈谈几个划时代的科学发现对文学观念和文学创作的冲击。

（一）进化论与相对论对文学发展产生的影响

达尔文的《物种起源》出版于 1859 年，恩格斯把它誉为"划时代的著作"，并把它与能量守恒定律、细胞学说并称为 19 世纪自然科学的三大成就。从这部著作产生伊始就直接影响了欧美和其他国家（包括我国）的作家。据文学史家研究认为最早接受其影响的作家是英国的塞缪尔·勃特勒，他在社会乌托邦小说《埃瑞璜》（1872 年）中讽刺了英国神学界对进化论的诬蔑。在俄国，革命民主主义文艺理论家别林斯基、车尔尼雪夫斯基、皮萨列夫都论述过进化论对文学的影响。当然，从另一方面，斯宾塞等人把达尔文的进化论演变成"社会达尔文主义"，目的在于鼓吹资本主义统治和奴役域外人民，推行侵略战争理论，与之配合的是在文学界出现了吉卜林的作品。有些作家直接将进化论思想运用于文学创作。英国科幻小说家威尔斯在小说《时间机器》（1895 年）中就依据进化论的原则描述了几十万年之后的世界。他设想那个时代的人类已分成两类彼此截然不同的敌对动物。一类住在地面上，因长久不劳动而躯干退化缩小；另一类整天在地下工厂劳动，具有野兽般的特性。这两类人展开了殊死的斗争。还有些作家接受由社会学家阐发的社会达尔文主义，将动物界的生存斗争和自然选择的结论套用到人类社会中。这些作家在运用时则表现出不同的甚至对立的思想倾向。与那些推崇强者生存的作品不同，哈代、梅瑞狄斯则站在弱者的立场表示了对弱者命运的同情，体现了一种悲观主义，如哈代的名著《苔丝》，即属于这类作品。哈代从社会达尔文主义中感受的是被压迫的弱小人物可悲的命运，在诅咒不公道的社会的同时，喟叹无法改变强者得意、弱者受难的宿命现象。

进化论也在20世纪初影响了东方诸国，在日本，进化论在文学界结出了硕果。我国又借助日本（当然也有从西方直接吸收）传入进化论，包括鲁迅在内的我国现代文学的缔造者都受到了积极的影响。达尔文的进化论对中国文学特别是在"五四"新文学诞生的过程中有着不可低估的作用。起初，文学进化论被用来肯定白话文学的必然发展。梁启超认为："文学之进化，有一大关键，即由古语文字变为俗语文字也。各国文学史之开展，靡不循此轨道。"

五四运动前夕，文学进化论成为向旧文学宣战的思想武器。胡适在发起文学改良时说："文学者，随时代而变迁者也，一时代有一时代之文学，此非吾一人之私言，乃文明进化之公理也。"（《文学改良刍议》）胡适接受了进化论中"渐变"的观点，主张文学改良循序渐进。激进的民主主义者陈独秀则把"进化"和"革命"连在一起使用，"自文艺复兴以来，政治界有革命，宗教界有革命，伦理道德亦有革命，文学艺术亦莫不有革命，莫不因革命而进化"（《文学革命论》）。陈独秀将革命看作实现进化的原因和动力。鲁迅先生早期也是一个进化论的宣传者，他欢迎革命，相信将来胜于过去，青年胜于老年，抨击旧物，催促新生。后来他接受了马克思主义，认识到了进化论的局限而转变成一个阶级论者。总之，达尔文的进化论曾成为"五四"时期一代文人学者的主导观念，为中国文学的变革提供了理论支持。

（二）"新三论"等现代科学理论对文学研究的影响

在近半个世纪中，系统论、信息论、控制论、熵与耗散结构理论等都对文学产生了不可低估的影响，进一步显示出文学与自然科学跨学科结合的趋势。

系统论具有综合性、整体性、动态性特点，定量化、最优化、信息化是其标志，处理问题的方式带有人机结合的特征。由于有这些突出的特点，近半个世纪以来，许多文学研究家就引进系统论的原则和方法，特别是系统论的普遍联系、有机整体的观念、结构的观念和动态的观念，把文学作品作为一个有普遍联系的有机整体来对待，这不仅扩大了研究者的视野，而且往往能得出一些富有新意的结论。

早在 20 世纪六七十年代，系统论的分析方法被引入苏联文学研究领域，主要倡导者有鲍列夫、卡冈、赫拉普钦科、波斯彼洛夫等。出现了《对艺术作品的系统完整分析》《对文学作品的完整的系统理解》《关于文学的系统分析的思考》等一批有影响的研究系统论与文学关系的文章，他们普遍认为要把一部作品作为一个系统整体进行分析。近年，世界各国的文学评论界发表了不少专著和论文，论述了系统论和文学研究的结合。我国学者对此也表现了极大的兴趣，在中国古典文学研究、现当代文学研究中作出了有益的尝试。20 世纪 80 年代以来，系统论开始涌入我国的文学研究阵地。《哈代"性格与环境小说"的悲剧系统》（1982 年）一文运用系统分析的方法将哈代四部内容毫无联系的小说编织成一个多层次、多系列的悲剧网络体系，具有开拓意义。1984 年发表的《论阿 Q 性格系统》是将系统论与文学研究结合的力作，它把阿 Q 的多重性格作为一个系统进行分析，将其性格内部的多元素分别组成许多对立统一的性格系列，并找出其性格系列的突出特征，最后作出阿 Q 性格的自然质是奴性的典型的价值判断，并指出其性格的三个功能质，从而深化了阿 Q 性格的分析，发现了这一复杂文学典型永久艺术魅力之所在。

信息论方法同样可以用于文学研究。信息论要求人们以研究对象和由它发出的信息之间的某种对应关系为依据，就是把对象抽象为信息，视为信息交换的过程。由此联想到文学，无论文学创作，还是批评、欣赏，实际上都可以看作信息变换过程。文学艺术成果是作者把对生活的感知转换成信息加以存储，建立信息库，在必要的情况下将积累的信息进行筛选，用外界可以理解的符号编排成各种体裁的作品输出的结果。作品输出后，还要及时注意和接收反馈信息（即对作品的评论、争鸣、引用等），以便使创作上升为更高的水平。而读者、欣赏者或评论者要将作者输出的信息按照自己的理解，根据自身的修养、情趣、专长、爱好等，编译成自己可以接收的信息，在存储之后形成某种反馈信息再输出。这样在作者和读者之间就建立起一个信息回流系统。因为在传播、接收、反馈这一信息流通过程中，循环流动的信息越经过传送者主观的筛选、编译，越丰富、越升华，也越影响作者和读者本身，因此，一些伟大的作品不仅能影响一代风尚，而且会产生永久的艺术魅力。20 世纪 80 年代，国内开始把信息论用于文学研究，主要涉及作家创作、作品表达信息的方式、诗歌的信息系统等方面。此外，还可以运用信息论方法解释诗人、诗作和读者之间的相互关系等。控制论方法也可以用于文学研究。控制论是"关于在动物和机器中控制和通讯的科学"，是一种研究系统的控制过程的横向科学方法。现代控制论认为，任何一个有组织的、有序的系统都具有某种不稳定性，所谓控制是指该系统要根据内外条件的变化进行调整，以克服系统的不稳定性，使其保持或达到某种特定状态，或者使系统按照某种规律变化的一种过程。如果把文学创作看作一个控制系统，就要掌握好写作的矛盾运动过程，大致可以在定向、定度、定势、定序等方面进行恰到好处的适宜控制。从这一观点分析我国历代文学家的写作实践和写作理论，会发现他们都自觉不自觉地、或多或少地，在一定程度与一定方式上运用了某些控制的原理和手段。

三、文学中的科学表现与影响

科学与文学的关系是一个比较复杂的问题，相比之下，研究文学中的科学现象就容易得多了，它主要涉及文学作品中的科学主题、科学家形象、科学题材及其文类形式等问题。这些问题是在文艺复兴之后，尤其是在工业革命和科技迅速发展的影响下，才在西方文学中出现的。

（一）文学作品的科学主题

探索科学同社会现实和道德之间的关系，这是西方文学中始终存在的主题。从科学及其产物同社会道德间的矛盾，到科学家本身同社会现实间的冲突，这个主题有一逐渐发展、深化的进程。

这一主题首先表现为科学家对自己和人类的责任问题。在玛丽·雪莱的《弗兰肯斯坦》（1818 年）和歌德的《浮士德》第二部中，科学家要完成的是科学和道德冲突的使命。具体地说，科学家英雄形象面对的是对自己和人类的责任问题。他们用心良好，但总是在无意中释放出连自己也驾驭不了的力量，为人类、也为自己造成麻烦或灭顶之灾。瓦格纳的试管侏儒就是如此。这个作为既超越人类又不足为人的怪物，既无灵魂又无权力的高智能者，其对社会的骇人危害是不言而喻的。麻烦的问题是，这些由科学技术产生的原型怪物，是脱离了我们的现存体制而问世并挤入人间的，它们的所作所为都难以同最基本的人类社会规范相协调。所以要强迫他们（包括弗兰肯斯坦创造的怪物）再经历人类的演变过程，并从中表现出对社会传统的纯真和忠诚，但结果却适得其反。不仅对其是痛苦的感受，而且对人类社会也只能造成破坏性暴力。对此，就是身为科学家的英雄，也只能"隔岸观火"，并在道德上感到无所适从。而《浮士德》第二部的最后一部分，则是多方展示、深入挖掘其内在矛盾，从而在探讨科学本身同道德和社会的双重关系上，有了新意：一方面，浮士德有了开拓新国土的计划，虽然这是"为人类造福"的古典范例，但此计划却与当时既定的社会秩序发生了矛盾，并通过斐莱孟和包西斯对原土地所有权的问题而爆发了冲突。另一方面，靡菲斯特作为科学家的帮手，却滥用了科学家给他的权力，为无伦理道德性的科学充当了凶手，居然以除掉一对老夫妇的手段去获取俗世科技之火。可见，科学不再顾及上帝或人类的法规，而只遵循有效实用的法则。可以说，从歌德的《浮士德》起，我们已进入了一个机械化的时代。在这个时代，工具至上，效益第一，人类已经不再向时空挑战，而是像斐莱孟和包西斯那样失去时空，甚至丧失自我。于是道德已同科学无缘，因为在这个各种制度共存、竞争的时代，科学本身也是其中的一种体制，而且还是超越了善恶界限的独立体制，并直接代表了社会的权力与变革。

在 19 世纪末和 20 世纪的西方文学中，科学和社会现实的道德矛盾，进一步深化为科学家与人类社会协调、为社会负责的复杂问题。其大量作品都反映了社会与"既成科学法则"之间的冲突，从中表现了作家的困惑不安和进退维谷。其典型的作品有马丁·杜·加尔的《让·巴鲁瓦》（1913 年）和贝托尔·布莱希特的《伽利略传》（1947 年）等。这些作品通过对科学家生平的描述，一方面表现了科学技术对现有社会体制的复杂和深远的影响，但另一方面也反映了社会现实对科学家及其活动的种种限制，从而在所谓开放与保守的矛盾中，展示出科学家与社会的多种关系；科学家可以发挥各种不同的作用；他对"既成科学法则"可以随波逐流，也可以奋起反对。亨利·亚当斯从他关于动量与纯性对立的角度，对其进行了探讨；而左拉则在其《作品》（1886 年）中，通过兰蒂尔的形象塑造，对此进行了阐释：在新公墓举行的兰蒂尔的安魂仪式，被正在铲平旧坟墓的机器声所打断，而隆隆的火车声，最后则讽刺性地淹没了正缓缓进行着的安魂祈祷。从中可见，在叙述这新旧不同世界的冲突时，左拉态度是模棱两可的，既同情旧的稳定不变的价值观，又为新的变更而激动振奋。

实际上，在文学作品中常常可以看到，科学进展因科学家作为人的局限，而不得不受到影响，科学家也不得不因此向社会传统妥协，从而使主题表现为似是而非和自相矛盾。马丁·杜·加尔的《让·巴鲁瓦》是其中的一类。巴鲁瓦的生平是从观念到行动，都积极参与论争，并进而卷入冲突。但作者没有坚持从冲突的角度去写观念问题，而只是客观地表现出，这个思想启蒙上成功的反叛者，在为人上却是失败者。由于孤独无援和受到突发遗传病的痛苦，巴鲁瓦又被迫从科学家回到了普通人的位置，他倒退妥协的原因，并非是顽固的社会体制有什么价值可言，而是因为这样做可使他减少肉体的痛苦。可见，宗教在此已丧失其作为社会与伦理道德基础的作用，而成为与病痛始终相连并否定社会稳定的力量，甚至连解除肉体痛苦都做不到。浮士德在最后的独白中，还能同时间和物质进行较量，而巴鲁瓦在痛苦缠身时却放弃了科学与思考，两者相比，科学贬值的程度便一清二楚。因此巴鲁瓦的最终回归宗教未能使人满意，就连听他忏悔的神父也不例外。只有巴鲁瓦的小雕像——米开朗琪罗的《奴隶》的复制品富有象征的意义。因为科学家本身已经变成了一个奴隶，不是无情的物质的奴隶，而是思想受人的躯体自身限制的奴隶。也就是说，当科学被证明无力回天时，人还可以把生命雕成石像，把人类不屈不挠的奋斗变成悲壮而永恒的美，并以此来宽慰自己。

布莱希特的《伽利略传》是另一种类型，它在表面上更自由地探讨科学家和社会之间的矛盾问题，但其过程已明显流露出作者模棱两可的态度。为了维护真理，伽利略不得不出卖真理。他在大庭广众面前公开批驳自己的发现，屈从于庸俗蒙昧的社会要求。他以此换得了舒适的牢房生活，并完善了他的杰作。最后他设法把著述送到国外，让科学真理得以重见天日。这样做也许合情合理，因为既能保住自己又能保住科学真理。但问题是，如果科学天才给社会作贡献可以既不讲个人道德又不顾社会利益，那么人们究竟为什么还要它？这个问题在最后一幕中是这样回答的：伽利略的助手安德利阿怀揣着他的《对话录》跨过边界时，已经成了老人。他转向观众（剧中的孩子和我们）说话，就像是旧时的炼金术士，声称其魔术是自然的产物，号召我们要参加科学研究，睁大眼睛去观察一切。他说人类以后可能会飞行，但飞行也许会更具自我毁灭的意义。从中可见，其答案是自相矛盾的，人类愈追求知识也就愈导致毁灭。或者从另一角度看，由于在通往知识的道路上有更深层的、难以去除的障碍——社会的迷信和人的卑鄙，因此，关于人类可以驾驭自然、改善社会的所有乌托邦式的希望，都将灰飞烟灭。这样的主题是发人深省的。

20世纪科学技术的迅猛发展对人文科学提出了挑战。高速发展的电讯、多媒体、互联网、特别是"人类基因组计划"的实施，摧毁着传统中不合时宜的东西，包括传统文化中一些珍贵的价值层面如亲情、伦理、道德等，从而深刻影响着社会、经济、政治、文化的结构，甚至改变着人类历史的进程。面对高科技，人们在享受其带来的方便和舒适的同时，又对正在逝去的东西产生惆怅、惋惜之情。文学与科技之间也存在这种"剪不断、理还乱"的矛盾情结。

人们在为高科技带来的新生活欢呼之时，也深刻地感受到工业化对文学艺术的冲击，与此同时开始对这一现象作反思和批判。随着现代艺术制作日益要求大规模的系统管理和经济合算，艺术生产就像经济生产部门一样，越来越依赖科学技术装备。技术进步成为"支配艺术发展倾向的纲领"，而这种机械复制性的生产是与文学的独创性、新颖性、陌生化和先锋性相悖的，文学正被标准化和模式化侵蚀。

在大规模机械复制兴起后不久，本雅明就注意到并力图概括这种现象。他在看到这种复制打破了传统艺术的光晕而走向民众的同时，也一针见血地指出，在现代资本主义生产条件下，技术对艺术的入侵不仅表现为艺术地位的下降，更表现为文学艺术作品已和许多其他部门一样，日益成为一门先进的机器制造业，具备了资本主义商业活动的众多特性。作家"独立创作"和伟大的创造力由于受到市场规律的强大支配，日益混同于现代工厂的流水线生产。复制与以往的手工制作不同，能制造出无数的摹本，并完全抹杀了这些摹本与真品之间的区别，以至于它可以用摹本代替原作独一无二的存在，这使得笼罩在传统艺术上的审美的光晕日益衰败，失去了其独特性与永久性，而成为暂时性和可复制性的。（本雅明. 机械复制时代的艺术作品. 杭州：浙江摄影出版社，1993 年版）本雅明看到的和批判的还只是文学艺术在工业社会中的境遇，后工业社会中艺术的拼贴和复制较之以往有过之而无不及。在高科技语境下文学艺术向何处去，这是文学理论家包括比较文学学者需要认真思考的问题。

当代科学技术的力量是巨大而可怕的，人们在看到科学和技术在改善人类的生存，改进人们的衣食住行，增进人类的福利和幸福的同时，也表现出对我们生存的地球所面临的种种危机的担忧。人们担心核武器会毁灭人类，对人造的计算机或机器人有朝一日可能控制人类忧心忡忡，特别是对生物学的突破性进展，克隆技术对生物甚至"人"的复制与人的尊严的关系，体外受精，"精子银行"对于传统家庭关系的冲击等均感到困惑。表现在文学上，就出现了千奇百怪的科幻小说、科幻电影，它们向人们展示了科学异化为人所不能控制的力量时人所面临的悲惨前景。

人类社会的发展需要两翼——人文精神和科学技术，缺少其中的一翼，人类生活都是不完美的。有人曾这样比喻，科学和艺术，就像两位登山者，他们从不同的路径向山顶攀登，经过艰难曲折地穿行，最终会师于山顶。这也许是人类社会发展的必然。比较文学要做的就是在人文与科技之间寻找一个平衡的支点，而跨学科研究的价值就在于打通整个文化领域，通过比较和综合促成科学和艺术会师的那一天早日到来。

（二）文学作品中的科学家形象

从文学史的源流来看，中世纪的西方文学中，只有"魔术师"的角色，而没有科学家的形象。即便是但丁《神曲·天堂篇》中的阿尔伯特·梅格勒，充其量也只能算作一位早期的科技实践者，他既不是科学家，也不是作品的主角。他之所以能存在，也无非是用"科学"来为上帝制定的宇宙秩序增光添彩。中世纪的科技探索者每每受到惩罚，并不只是因为他们胆大妄为，而主要是他们的行为亵渎了无比英明的造物主上帝的缘故。而且，他们远非是作品主角，只是赞美上帝永恒伟大的摆设。

然而，在文艺复兴的影响下，强调文学教化功能的神学时代结束，文学渐渐将注意力集中到人类的求知欲和纯自然方面，开始以人的标准来塑造真理的追求者，以取代中世纪文学中的"魔术师"形象，于是，文学作品中出现了科学家或伪科学家的英雄形象。马洛的《浮士德博士》（1604 年）可以说是这一方面的开山之作。马洛把浮士德这位主人公，一方面从古老的中世纪大一统模式中解放了出来，另一方面又让他进入了另一种大一统模式——"无畏的新世界"模式，也就是人与自然和人与社会这两种不同的冲突和斗争，使其性格具有矛盾的双重性。浮士德既是魔术师又是富有想象力的追求者。在自然面前，他既是囚犯又是主人。他还没有完全消除魔术师的天性，可是他又超越了魔术师，因为他像科学家那样去努力寻求世界各事物的联系。浮士德凭借其思想和智慧，既超越了中世纪那种死板、僵化的空间观，但同时他又在行动上缩手缩脚，难以摆脱自然物质性的种种制约。不过，与但丁笔下那些炼金术士相比，浮士德却能腾云驾雾般地升入高空，以全新的角度和前所未有的洞察力鸟瞰一切，并把得救升天与堕落入地全视为粪土。这还不是一个地道的科学家，但作品却把原先对神的赞颂挪给了科学家或伪科学家主角，以及始终伴随着他们的苦难历程。因此，从文艺复兴时的作品到现代科幻小说，从罗伯特·格林笔下的培根修士，到电影中的弗兰肯斯坦，不管科学家怎样被表现为英雄人物，他们的探索过程却总是伴随着痛苦的煎熬，他们的所作所为也因此总是"离经叛道"和"乖戾疯癫"。这是因为，在经过包括宗教改革在内的文艺复兴运动之后，人们已不再深信教会的魔鬼缠身说了，而大自然本身又不存在道德问题，因此热衷探索自然的早期科学活动，也就破坏了由中世纪神学铸就的社会与自然之间的平衡，这些早期科学家也就被卫道者视为不道德的奴仆了。

第二种科学家英雄主角是真正的科学技术专家。这种主角的出现是与科学家地位的上升，理想与现实发生了矛盾的趋势密切相关。其最初的雏形也还是马洛的"浮士德博士"——这个集炼金术士、思辨者与恶作剧者于一身的"怪才"。后经歌德的《浮士德》、霍夫曼的《睡魔》、巴尔扎克的《绝对之探求》等创作，逐渐成熟。到了 19 世纪这一科学"膨胀"的时代，人们不断有所发现，矛盾和冲突也不断随之涌现，人的能量与所受到的新的限制也跟着同步增长，因此自然与社会都同样问题成堆。于是，在歌德的《浮士德》第二部中，原先属文艺复兴时期的造反者，现在开始以"科技专家专政者"的形象登堂入室了；浮士德帮皇帝既解决财政困难，又镇压造反，还能填海建国和上天入地等，充分体现出"专政者"的特点。

霍夫曼的《睡魔》（1816 年）和巴尔扎克的《绝对之探求》（1834 年），虽同属此类但又有区别。前者所写的科学家，其所受到的限制，并非来自物质世界，而是来自人类认识能力有限这一致命弱点。而后者，科学家成了新科学时代的人类代表，专家在限制越来越大的社会和体制背景中，只得在其专业研究领域内拼搏，以取代人类在一般人生意义上的奋斗。尽管书名用了"绝对"一词，可事实上，化学家克莱斯所追求的知识只属具体的特定应用范围：找到那种能"复制"大自然的基本物质，从而制造出钻石和黄金白银，以填补因研究花费浩大而渐渐亏空的家庭积蓄。克莱斯并不是一个寻求"哲人宝石"的骗子，而是一位真正的化学家，他的研究需要购置最新的实验设备和材料。正是科学要受物质财富摆布的新现实，导致了另一性质的失败；当克莱斯的科学开始威胁到家庭的经济稳定时，他的亲人们联合一致反对他搞科学，结果引发了一场残酷无情的权益斗争，并酿成了一场悲剧。这为以后的虚构小说提供了一种模式，如辛克莱·路易斯的《阿罗斯密斯》（1925年）就大体遵循了这种模式。作品描述了独立无援的研究者，在科学本身已经发展成另一种规范化"综合体"的现代世界上，他是如何处处碰壁或被迫妥协的。

总之，这种科技专家的主角形象，充斥于后来的许多作品中，并一直延续至今。

四、科幻小说

根据伊萨克·阿西莫夫科给科幻小说所下的定义，即"科幻小说是文学中涉及科学进步对人类影响的一个分支"，它描述变革对生活在现实世界里的人们所产生的影响，它所关注的是科学和技术的变革。在科幻小说中，不仅主角和主题属于科学，而且连题材也属科学。科学技术促进了社会变革，对社会变革的觉醒产生了科幻小说。科幻小说是人类对变革的经历在艺术上所作出的反响，是文学与科学结合的典型模式。作为一种文类，它在 19 世纪后半叶和 20 世纪初期应运而生。

我们不难发现，科幻小说集中反映了科学进步给人类的巨大影响，反而使人陷入两大困境：其一，科学进步使人类面临其在自然界中进退两难的困境。这是因为，日心说、热力学、熵论、进化论、模糊理论等各种科学新学说的交替问世和发展，使神学观日益衰微，于是，人类作为万物之灵的地位，也随之从自然框架中被不断削弱和排除。其二，科学的发展又使人感到，人类正面临经验越来越狭隘、知识越来越缺乏的困境。所以，科幻小说所虚构的世界前景，总使人既敬畏又激动；其所描绘的人类生存现状，也总是从相对生存时期转入随机生存时期；而其题材总是集中在时间旅行（如《时间机器》）、变换的宇宙（如《星球大战》）和多重维度（如《魔鬼三角与 UFO》）等方面，以反映上述的困境。

据此，我们可以把科幻小说分为两种：一种为"帕斯卡式"科幻小说，另一种是"爱因斯坦式"科幻小说。前者遵循帕斯卡的主张：有着认知能力的人类，面对自然的盲目破坏力，依然能保持其尊严。而后者则为大多数现代作家所主张，认为在所有的科学新领域，人类都处于进退维谷的"十字路口"。

第一种小说同时描写心志与物质，并揭示二者之间的冲突。在这类小说中，人类必须一再思考的是，人在变化的物质世界上，在麻木的自然过程中，是否有绝对意义上的认知能力。这种思维反抗物质制约的斗争，在波德莱尔的《恶之花》中，以明确的口号表达为："啊，永远不再脱离众生和人类！"这种思维与物质的冲突，在有些科幻小说中变成科学家"发疯"的故事。如威尔斯的莫洛博士（《莫洛博士岛》），这位博士一直在想："我就是要看看活体的可塑性极限究竟在何处！"而在另一些作品中，它又呈现为科学贬值、降格，如威尔斯的《隐形人》（1897 年），对其主人公格里芬来说，隐身不是目的，只是手段，可使他像土匪一样去抢银行和杀人。凡此正如科幻电影《苍蝇》（1958 年）所象征的：剧中的物质转化机表明，科学思想已不再向物质挑战或将物质升华，而是仅仅让它们易位，尤其是将德兰伯博士的头怪诞地易位成苍蝇的头，它形象地告诉人们，纵然科学家思维的头脑会被囚禁在怪物身上，但作为一种物质形式，它无法拆除并永远保持其"尊严"。与此同时，它的思想感情往往"忆旧"。在现代世界，人们面对各种科学理论的预言，已不再蔑视自然，只能接受其法则；在人类权限日益缩小的现实中，人类只能缅怀过去处于世界中心的情景。这就同 19 世纪的众多悼词、挽歌一样，诚如托马斯·哈代的"黑色歌鸫"和马修·阿诺德的《多弗海滩》那样，从威尔斯的《时间机器》（1895 年）到奥拉夫·斯塔普雷顿的《最后和最先的人》，再到克拉克的《童年结局》（1953 年），这类科幻题材的作品都含有人类在科学进展面前所难以忘却的怀旧情愫。

第二种科幻小说题材是着重描写人类观察事物的问题。此类小说让科学家进入一个所见所闻都具有不确定性的领域，让观察者处于逻辑上和体验上互不相容的不同世界之间，以此探索"爱因斯坦式"的或"哥德尔式"的情境。所谓"爱因斯坦式"情境，以翰伦的《宇宙》（1951 年）为代表性之作，作品写了一艘开往半人马星座的飞船，它在飞行数百年以后，成了人类幸存者避难的唯一的空间。这些幸存者囿于所处情境，因此他们所推测的体系，竟与中世纪的"地心"体系极其相像。而哥德尔式的情境，可以德雷尼的《诺瓦》（1968 年）为例：主人公寻求"向异性，灵型性"元素的历险活动，超越了任何逻辑和已知的体系，所有的理论知识全被胡乱地扔到充满现象运动的宇宙中，而要说这个宇宙有什么唯一稳定法则的话，就是不确定性。

进一步，"爱因斯坦式"小说还可以分为两种不同的模式，即所谓"科学思辨小说"和"科学梦幻小说"。前者把思辨的不确定性作为不言自明的公理，描写人在非连续和非因果关系的背景下行动频繁，以重新确定价值和一切。这方面的典范作品有菲利普·开·狄克的《人在城堡上》（1962 年）和布莱因·艾尔迪斯的《隐居》（1967 年）。在《人在城堡上》中，第二次世界大战爆发的种种可能解释都被展现了出来，但没有一种能与"真实的"解释相一致，唯一与之最接近的解释，偏偏是个虚构、是所有细节都靠《易经》占卦来偶然决定的书。艾尔迪斯的《隐居》更加让人难以捉摸，人类深信不疑的时间延续性被一个"思想旅行者"的经历所粉碎，因为他研究出的时间理论证明了：时间实际上是在逆向倒流，未来就是过去。后一类"爱因斯坦式"科幻小说则相反，它提出不确定性问题后便将其搁置一边，从偶然机遇中解放出来，然后再努力重新确认某种绝对的规律。这类科幻小说的模式比较复杂，因为它并不否定科学前沿的激进观念，而是把这些观念引申到自相矛盾的梦魇，从而迫使读者在精神极度紧张的情况下重新作批判和探讨，以便满足人类对事物秩序的渴望。这一类的典型作品可见约翰·W.坎姆贝尔的《曙光暮色》（1934 年）。它是对威尔斯的《时间机器》，从"爱因斯坦式"角度所做的修订。在这篇作品中，那位时间旅行者重返艾罗伊——莱洛克人的集中地，目的是恢复人类在进化过程中的中心地位。其微妙之处是，被插入时间之流的不是人的形态，而是人作为思想者的本质："这样我就创造了一台新机器，给它赋予生命……我命令它再制造一台特殊的机器。"于是，人与机器在形态上的区别被完全抹去了，一切都让位于思维和灵性。

另有一类数量众多而题材同上述不同的科幻小说，它们被称为"权力科幻小说"，其特征是从人类需要出发，不加批判地肯定现有秩序，并由此引发出种种惊人的权力幻想。翰伦的《沃尔多》（1942 年）就是这类小说的一个范例。小说的主人公发现一种"泄漏现象"，即空间中的能量似乎在泄漏，流到了沃尔多所谓的"第二空间"。沃尔多不仅精确地断定，泄漏处就是人脑中的综合染色体，而且通过工程学和神经外科学做出了一台"能量泵"，用它把我们身上散发出的废能转换成取之不尽的干净能量。毫无疑问，这类小说充分表现了人类对认识自然、驾驭自然、寻求秩序的渴望，所以在第二次世界大战后,随着科学技术突飞猛进的发展,如雨后春笋般地出现。近二三十年来,有关智能机器人和太空战争一类的大量作品,把这类小说推到了极端,甚至还带上了浓厚的恐怖色彩。

另外,科幻小说中的科学思维对文学的形式问题产生了极大的影响。人们对这一问题的思考,是牛顿科学思想兴起以后的事情。由于打破了古典主义思想的长期统治,人们开始思考,模仿自然的最佳办法是诗还是科学的问题。济慈在 19 世纪初就认为,人类的天空有诗人的和牛顿的两道彩虹,二者互不相容,难以取舍。进而,斯丹达尔在其《拉辛与莎士比亚》(1823 年)中提出,文学形式的术语及其演变的性质都具有相对性,"浪漫主义"仅仅是它那个时代所能提供给它的最佳形式。正是斯丹达尔的这一看法,左右了当代法国"新小说"派的观点。罗布·格里耶和娜塔丽·萨洛特就宣称,在已产生弗洛伊德和索绪尔等革命思想的今天,小说不能再依赖巴尔扎克时代的形式,而必须创造新形式,以反映当代人对思维机制的新认识和思考的新问题。

事实上,在叙事文类的创作和理论中,现当代的作家和批评家们一直对叙事视角和叙事者的可靠性问题感兴趣,其最新见解是,从视角理论的角度探讨、挖掘叙事焦点的不连续性,用诸如"内心独白"和"潜意识对话"等技巧来表现人的心理活动和观察行为,这种围绕叙事视角而进行的小说形式革新,体现了西方现代文学的"主流"。其创始人霍夫曼,在其小说《睡魔》(1816 年)中首次使用意识错位来体现其所见的不确定性,故事中所有人物的言谈举止都没有连续性,他们已经和客观存在的"现实"相隔绝。所以,叙事者自己也不知道应该怎样讲述这个故事,但故事已经开始,并向其结局发展。这是被标榜为"先进的"文类形式和方法。

西方的"主流"批评家们,总是以此为准而把科幻小说划为次等的文学形式,认为科幻小说始终使用的是陈旧过时的叙事模式。然而从相对论来看,这一结论是以相对来谈绝对,因为人们只是在具体的范围内观察、认识小说的形式,所以其认识小说形式的本身就是相对的。而从实际来看,尽管科幻小说用的是"落后"的全知视角,但令批评家们沮丧的是,它却拥有广大的读者。这不能归罪于读者缺乏鉴赏力,相反,应当承认科幻小说全知视角所具有的神奇魅力,远远超出了任何其他小说。因为一个显而易见的事实是,在各种行为方式和运动规律相互联系、人类感情与大自然的方方面面都有关系的宇宙中,科幻小说的出现本身就是全知视角的回归或复活的标志——从宇宙中心看待一切。人在现实生活中越是痛感其所知有限,那么人越是要在虚构的世界中超越自我,并恢复其为全知全能的"万物之灵"者。事实上,在今天的世界上，人们越来越感到自然科学各个领域互相联系、交叉、影响，甚至还同人文科学密切相关，这就使文学中的任何单向视角，都日益明显地暴露出它的局限性。因此，经过精心思考和有意选择的全知视角，应该看作一种进步，而并非倒退。这是今天我们在爱因斯坦十字路口上的又一个悖论：选择无所不知的叙事者来按时间顺序描述纯属相对或偶然的广阔现象，它使主体与客体间的互相参照关系，叙事者与他周围世界间的原生关系，以及接受者同作品提供的鉴赏世界间的关系，重又恢复联系并回归原序。鉴于此，西方当代就有学者预言，科幻小说可能率先用科学进步向人文学者视野、形式技巧基础发起进攻。

总之，自然科学对人类生活的影响越来越深刻，文学与科学之间有着密切的关系，科学对文学的发展产生了巨大影响；同时，我们也应看到自然科学对文学影响的有效性和局限性。不可否认，自然科学对文学的影响和冲击将有助于拓宽文学的视野，丰富文学研究的方法；而真正能对文学发生影响的自然科学理论必须同时具有先进深刻的哲学意义，方法论上有参考价值，这种哲学意义或方法论才是自然科学作用于文学的主要因素。因此，21 世纪文学的跨学科研究，应更多地集中于自然科学与文学研究之间的整合和互动，人类如何面对科学的发展和科学的挑战。

第二节　文学与生态学的关联

生态文学研究或称生态批评发端于 20 世纪 70 年代，并迅速在 20 世纪 90 年代发展为文学研究的显学，是比较文学跨学科研究的一个新领域。生态文学及其研究的繁荣，是人类减轻和防止生态灾难的迫切需要在文学领域里的必然表现，也是作家和学者对人类的家园地球以及所有地球生命之命运的深深忧虑在创作和研究领域里的必然反映。

一、生态文学

何谓生态文学？迄今为止，由于国内外文学研究者对生态文学的讨论还很不够，对它的内涵和外延也没有明确、统一的界定，可依据的资料也十分有限。

总体而言，生态文学是以生态系统整体观为思想基础，以生态系统的整体利益为最高价值，从生态学的角度考察和表现自然与人之间的相互关系和探寻生态危机之社会根源的文学。那么生态文学又有哪些特征呢？我们认为生态文学的特征主要表现在以下几个方面：

第一，生态文学是以考察和表现自然与人的关系的文学。生态责任是生态文学的突出特征。生态文学对自然与人的关系的考察和表现主要包括：大自然整体与人类的关系，自然对人的影响，人在自然中的地位，人对自然的征服、改造、掠夺与摧残，人对自然的保护和重建与自然的和谐等。生态文学把人类对自然的责任作为文本的主要伦理取向。

第二，生态文学以生态系统的整体利益为最高价值，以非人类中心主义为理论基础。生态文学强调以生态整体主义考察自然与人类关系，以是否有利于生态系统的整体利益，即生态和谐、稳定和持续地自然存在为最终标准；而不是以人类为自然的中心，不是以人类利益为价值判断的尺度。这一特征是对生态文学最基本的判断，也是衡量一部作品是否是生态文学作品的一个主要标准。

第三，生态文学以探寻生态危机的社会根源为旨归。对文明的批判是众多生态文学作品的突出特点。生态文学的表现对象主要是人与自然的关系，而其落脚点集中在人类的思想、文化、经济、科技、生活方式、社会发展模式等方面。批判和揭示造成生态危机的社会根源，使得生态文学具有了显著的文明批评的特点。许多作家对人类中心主义、二元论、征服和统治自然观、欲望动力观、发展至上论、物质主义、消费主义等思想观念，对破坏生态平衡的环境改造，竭泽而渔地榨取自然资源的经济发展，违反自然规律和干扰自然进程的科技创造，严重污染生态环境的工业化和农业现代化，大规模杀伤武器的研制和使用等许许多多的思想、文化、社会现象提出了严厉的批判。正因为这一特征，在判断具体作品是否属于生态文学时，无须把直接描写自然作为必要条件。

第四，生态文学也是表达人类与自然万物和谐相处的理想，预测人类未来的文学。生态理想和生态预警是许多生态文本的突出特征。许多生态文学作品都传达出作者对人与自然和谐相处的理想。作家们或向往神话时代初民们的生存状态，或羡慕印第安人与自然万物融为一体，或身体力行地隐居于自然山水之中。回归自然是生态文学永恒的理想和梦想。生态文学家清楚地知道，人类发展到今天，已经不可能返回与中世纪甚至原始时代同样的生存状态中，但他们还是要执着地写出他们的理想，因为只有这样才可能激发人们不懈地探索在当今的发展阶段如何最大限度地做到与自然和谐相处。

第五，生态文学还具有"批判性""超越性"和"和解性"特征。所谓"批判性"，指的是它致力于全面清理反生态的人类思想、文化、社会发展模式如何影响，甚至决定了人类对自然的态度和行为，如何导致环境的恶化和生态危机，尤其是对"以人制天""以物制人"的极端功利主义、工具理性的现代工业文明进行彻底的批判。它之所以是"超越性"的，是指它超越文艺复兴以来的人类中心主义传统，但是生态文学并不一概地反对人权，认为人只不过是自然的一部分，来于自然，又依靠自然，自然才是人类首先关注的中心。重视自然的权利，从根本上来说，与看重人的权利是一致的。因此，人类文明的创建应该遵循"师法自然，彰显人文"，以维护自然的整体平衡。反对西方启蒙运动以来冷酷的工具理性的片面发展，但并不拒斥理性，而是认为理性只是完整的人性构成的一部分，认为自然人性除了理性，还包括想象、情感、直觉，等等。生态文学是"和解性"的，意思是生态文学并非完全拒斥现代科学技术，而试图在人的灵魂中发动一场革命，改变技术心态，让技术在人的控制之下。在马尔库塞看来，应该对科学技术进行艺术改造，让科学技术成为艺术技术，要在灵魂中发动一场革命，只有靠文学艺术，只有文学（诗）才能使"异化""物化""僵化"的人性重新活起来。（胡经之．西方文艺理论名著教程（下册）．北京：北京大学出版社，1989．第478～500 页）生态文学试图将人性的解放与自然的解放结合起来，最终求得人的灵与肉的和谐，自然生态的康复，人与自然的和解。

总之，一方面，生态文学主张从生态学角度研究文学与自然的渊源关系，挖掘文学的生态内涵，吸取生态智慧，指导人类的生态实践，提升人类的生存能力；另一方面，作为复杂的生态系统的一部分，生态文学重视考察和表现自然与人之间的紧张关系，探寻生态危机的社会文化根源和消除危机的策略；批判性、超越性、和解性是其最根本的特征。

二、生态批评

与"生态文学"对应，把生态文学研究称作"生态批评"。随着人们对生态思想的要义日趋深刻、丰富、明晰，在目前纷繁复杂的术语使用中，有一个趋势是明显的，"生态批评"逐渐获得多数研究者的认可，这是因为只有生态批评才能体现生态整体主义的原则，才能体现尊重差异性、崇尚多样性、反对对立和统治的生态思想。

20 世纪 70 年代以来，伴随着世界范围的生态思潮的日趋高涨，生态文学研究也逐渐升温，并在 20 世纪 90 年代成为文学研究领域里的显学。1978 年，鲁克尔特在《文学与生态学：一次生态批评实验》一文中首次使用了"生态批评"这一术语，明确提倡"将文学与生态学结合起来"，强调批评家"必须具有生态学视野"，文艺理论应当"构建出一个生态诗学体系"。在西方生态文学批评的浪潮中出现一些有影响的生态批评学者和有影响的生态批评专著。他们对生态批评的特征，产生的原因，批评的标准、目的、使命等提出了颇有建树的观点。布伊尔和贝特就是其中有影响的代表。布伊尔的代表作《环境的想象：梭罗，自然书写和美国文化的构成》和《为处于危险的世界写作》，贝特的《大地之梦》和《大地之歌》，就是当今西方生态批评的代表作。

生态批评是个非常庞杂、开放的批评体系，兼有文学批评和文化批评的特征。它立足于生态哲学整体的观点、联系的观点，将文化与自然联系在一起，雄辩地揭示了生态危机本质上是人类文明的危机，人性的危机，想象力的危机。因此，要从根源上解决生态危机，仅靠自然科学是远远不够的，必须有人文社会科学积极广泛的参与、引导；要解决生态危机，必须突破人类中心主义思想的束缚，打破基于机械论、二元论、还原论的传统学科的界限，从跨学科、跨文化的视角探寻解决生态危机的根本性对策。生态批评跨越学科界限，一方面深入挖掘文化的生态内涵，凸显人与自然之间不可割裂的亲缘关系；另一方面从多视角透视生态危机产生的复杂原因，进行综合的文化诊断、文化治疗，目的在于建构生态诗学体系，倡导生态学视野，让它渗透到人文社会科学、技术领域，以便从根本上变革人类文化。

从比较文学的视角审视西方生态批评，跨学科性是西方生态批评的显著特征。

第一，人与自然亲缘关系的跨学科阐发。生态批评的跨学科特征主要表现在对当代生态学的借鉴与超越，也就是说它借鉴生态学相互联系的基本观点，从生态整体主义的立场出发，跨越自然科学、文学、美学、神学、伦理学、哲学、政治学等学科，并且借鉴了多种批评策略，如文化批评、后殖民理论、女性主义、解构主义，等等。其中，环境是联系各个学科的交点，是所有学科关注的中心。对此，在生态批评学者埃弗德看来，生态学中真正具有颠覆性的因素不是它的复杂的概念，而是它的基本前提：相互联系。用生态学家康芒纳的话说："每一种事物都与别的事物相关"（巴里·康芒纳. 封闭的循环——自然、人和技术. 侯文蕙译. 长春：吉林人民出版社，1997. 第25 页）。这是生态学的第一条法则，它反映了生物圈中精密的内部联系网络的普遍存在。

从总体上说，生态批评蕴含自然科学的比重并不大，它主要借鉴了生态学相互联系、相互依存和多元化的观点，其中，相互联系的观点是生态批评赖以存在的重要基础。

对于生态批评而言，唯一真正与讨论人与环境关系有关的是自我与环境的关系。在杜威看来，审美经验既不存在于被看的物体中，也不存在于观者的思想中，而存在于个人和环境的关系中。观者和被观者是一个相互作用的过程，就是在联系中产生了审美体验，观者并未脱离环境，而在不知不觉中已融入其间，所以，当地居民与地方的关系是一种审美关系。同样，环境在个体生活中的作用问题也发生了转变，我们必须明白个体是环境的一部分，个体是环境中的个体，而不是独立于环境的实体，这与笛卡儿的人与自然二元对立的观点形成鲜明的对比。文学对人与环境的亲密关系有着极为精彩的描绘。生态文学家梭罗、缪尔、利奥波德、卡逊都信奉和赞美人与自然的和谐统一，这种统一不只是在物质的层面，更是在精神的层面，他们试图将自然物的秩序与美丽置入人的精神之中。被尊称为西方世界"环境圣人"的梭罗，在他的杰作《瓦尔登湖》中指出，自然是精神的体现，自然万物都可成为他思想的载体。更具有生态学意义的是，他把自然世界与人文社会联系起来，认为自然规律与人的规律是一致的，人可以参与自然的有机过程，不仅在生理上而且更是在精神上，同自然一起周期性地复苏。生态批评家鲁克尔特呼吁创造性的文学艺术积极地参与生态危机的解决。他在《文学与生态学：一次生态批评实践》一文中指出，诗歌（创造性的文学艺术）中蕴藏了取之不尽的能源，阅读是能量的转移，所以，老师、批评家是诗歌与生物圈的中介，他们释放诗歌中蕴含的能量和信息，让它们在人类共同体中流通，变革人类文化，然后转变成为社会行动，从而有助于消除生态危机。

　　第二，人类文化中反生态因素的跨学科清理。一方面，生态批评跨越学科界限，从多视角深入挖掘人类文化与自然环境的亲缘关系，并且试图巩固和发展这种关系；另一方面还要从跨学科的角度清理人类文化中的反生态的因素，以便从根本上变革我们的文化。

　　生态批评首先向西方主流文化中的基督教发难。林恩·怀特在《我们生态危机的历史根源》一文中将人类破坏地球生态环境的根源归咎于犹太——基督教中的上帝，因为上帝不仅确立了人与自然的二元对立，而且还赋予了人统治自然的神圣权力，所以，怀特认为西方的基督教是世界上人类中心主义思想最严重的宗教。怀特的批评在西方基督教世界引起了轩然大波，他对基督教的指责是否公允，可谓仁者见仁，智者见智。但是，重要的是他迫使西方主流社会对包括基督教在内的文化传统进行痛苦的反思，使他们意识到生态危机本质上是文化危机的反映，而要从根本上消除生态危机，必须进行彻底的文化清理，必须变革主流社会的文化范式，促使它从掠夺、征服型向追求和谐共生的生态型转变。怀特的批评开启了生态批评的文化批评之先河。

　　此外，生态批评对基于人类中心主义的现代政治学的狭隘的视域予以了揭露。生态批评家贝特在评价现代权利理论的鼻祖卢梭时指出，从卢梭的《论人类不平等的起源和基础》中可以看出，他已经认识到文明意味着人与自然的疏离，人对自然的占有，也意味着人的堕落。因此，为了拯救人类，让他们在更高阶段上回复自然，恢复自然人性，人与人之间就应该签订社会契约，这就是卢梭的《社会契约》的主旨。从生态的视角看，卢梭的思想中蕴含着一定的生态意识，至少，他已经意识到生态剥削与社会剥削如影随形。但是，卢梭只关注社会契约而无视自然契约，他强调人的天赋权利是基于自然的秩序，而自然却不能享有权利，这个悖论充分暴露了卢梭思想的局限。启蒙思想的高潮是普遍的人权宣言的颁布，美国的《独立宣言》、法国的《人权宣言》都深受卢梭思想的影响，在强调人权、自由的同时，无视自然的权利，将它放逐，其结果是人欲横流，加速了对自然的破坏。随着生态批评的发展，其研究范围不断深入、延伸，它试图将人类一切文化置于生态视野之下重新审视，以期重构崭新的生态型文化范式。

总之，生态文学重新将自然和自然美引入文学艺术活动，将生态尺度引入比较文学研究，构建跨文明生态文学诗学体系，生态文学研究应从跨学科、跨文明的角度予以阐发，同样，生态诗学体系也应从跨学科、跨文明的角度予以建构。

三、西方生态文学研究

从人类和自然发生关系的那一刻就开始了人与自然的交流，生态文学的历史和文学的历史一样悠久。世界各国的神话都突出表现了自然与人密切的关系，神话可以说是世界生态文学的最早形态和源泉。世界各国的造人神话就表现了人类与自然万物密不可分的关系，如希腊神话里有不少故事表现人因为摧残掠夺植物而受到自然的惩罚，最著名的一个是有关德律俄佩的传说。西方文学的一大源头《圣经》也包含着丰富的生态思想，是生态文学的"原型"。《圣经》中包含着生态平衡（《创世纪》第 13 章），保护濒临灭绝的物种的思想（《创世纪》第 9 章）。

以下我们主要以卢梭、梭罗和艾特玛托夫这几位西方文学史上的著名生态作家为例，对西方的生态文学进行探讨。

在西方文学史上，第一个较全面而深刻地表达了生态思想的作家是法国的卢梭。他在人类生态思想史上的确占有着承上启下的、里程碑式的重要地位。他深深影响了后世几乎所有重要的生态思想家和生态文学家。

卢梭（1712—1778 年）是法国著名启蒙思想家、哲学家、教育家、文学家，是 18 世纪法国大革命的思想先驱，启蒙运动最卓越的代表人物之一。在哲学上，卢梭主张感觉是认识的来源，坚持"自然神论"的观点，强调人性本善，信仰高于理性；在社会观上，卢梭坚持社会契约论，主张建立资产阶级的"理性王国"，主张自由平等，反对大私有制及其压迫，提出"天赋人权说"，反对专制、暴政；在教育上，他主张教育目的在培养自然人，反对封建教育戕害、轻视儿童，要求提高儿童在教育中的地位，主张改革教育内容和方法，顺应儿童的本性，让他们的身心自由发展，反映了资产阶级和广大劳动人民从封建专制主义下解放出来的要求。其主要著作有《论人类不平等的起源和基础》《社会契约论》《爱弥儿》《忏悔录》等。

卢梭的生态思想是系统而全面的，迄今为止多数重要的生态思想观念，都可以在卢梭那里找到深刻的论述，主要表现在以下几个方面：

第一，批判"征服、控制自然"的思想。卢梭指出，人类"强使一种土地滋生出另一土地上的东西，强使一种树木结出另一种树木上的果实；他将气候、风雨、季节搞得混乱不清……他扰乱一切，毁坏一切东西的本来面目……甚至对人也是如此，必须把人像练马场的马那样加以训练；必须把人像花园中的树木那样，照他喜爱的样子弄得歪歪扭扭"（[法]卢梭. 爱弥儿. 李平沤译. 北京：商务印书馆，1991. 第 5 页）。在这里，卢梭也将人对自然的控制、扭曲和征服与人对人的控制、扭曲和征服联系起来了。卢梭提出，要遵守自然规律，把人类的发展限制在自然所能承载，即自然规律所允许的范围内。他呼吁道："人啊！把你的生活限制于你的能力，你就不会再痛苦了。紧紧地占据着大自然在万物的秩序中给你安排的位置，没有任何力量能够使你脱离那个位置；不要反抗那严格的必然的法则，不要为了反抗这个法则而耗尽了你的体力……不要超过这个限度……"。卢梭告诫人们，永远不要违背自然规律，永远不要企图或幻想人类能够最终战胜自然。在列出大量的自然对人类进行报复和惩罚的事例之后，卢梭强调指出，当我们把所有这些危险都考虑到之时，我们就会感到："自然因为我们轻视它的教训，而使我们付出的代价是多么大！"（[法]卢梭. 论人类不平等的起源和基础. 李常山译. 北京：商务印书馆，1958. 第 162 页）很明显，卢梭的遵循自然规律说是恩格斯的"以遵循自然规律为前提说"的先声。

第二，批判"人类欲望"的思想。卢梭承认欲望是人格的一种自然倾向，是人类"保持生存的主要工具，因此，要想消灭它的话，实在是一件既徒劳又可笑的行为，这等于是要控制自然，要更改上帝的作品"。但是，卢梭所认可的欲望是有限的自然欲望，而绝不是消费社会所诱发的无限的奢侈享受的欲望。卢梭清楚地看到，如果欲望无限膨胀，它不仅"终于要并吞整个自然界"，而且还成为"使得我们要为非作恶的原因，也就这样把我们转化为奴隶，并且通过腐蚀我们而在奴役着我们"。"奢侈或则是财富的结果，或则是使财富成为必须；它会同时腐蚀富人和穷人的，对于前者是以占有欲来腐蚀，对于后者是以贪婪心来腐蚀……使他们这一些人成为那一些人的奴隶，并使他们全体都成为舆论的奴隶"（[法]卢梭. 社会契约论. 何兆武译. 北京：商务印书馆，1980. 第189页）。正因为如此，卢梭坚决主张限制人的欲望，至少把欲望限制在自然界所能承载的限度内；最好能在满足基本生存需要的基础上，最大限度地限制人的物质欲望。只有把人的欲望和发展严格控制在自然环境所能供给、接受、消化和再生的限度内，人类才能长久地存在。值得注意的还有，在限制欲望说基础之上，卢梭还对经济学提出了自己独特的见解："经济学，与其说是取得人们所无之物的方法，不如说是对人们已有之物的深谋远虑的管理方法。"（[法]卢梭. 论政治经济学. 王运城译. 北京：商务印书馆，1962. 第29页）这实际上已经为充分考虑资源供给限度和环境成本的20世纪生态经济学奠定了基础。

第三，批判"工业文明和科技"的思想。卢梭对破坏自然的工业文明和扭曲自然、违背自然规律的科学技术持批评态度。他列举了一系列人类引以自豪的所谓"成就"：填平深渊、铲平高山、凿碎岩石、开垦荒地、挖掘湖泊、弄干沼泽、江河通航、大厦竖立……然后质问道：所有这些给人类带来的幸福与给人类带来的灾难究竟哪个方面更大？卢梭显然认为，带来的灾难更大。所以他说："人们便会惊讶这两者之间是多么不相称，因而会叹息人类的盲目。由于这种盲目，竟使人类为了满足自己愚妄的自豪感和无谓的自我赞赏而热烈地去追求一切可能受到的苦难！"他认为，只要人们注意到"各种食物的奇异的混合，有害健康的调味法，腐坏的食物……配置药剂所用的各种有毒的器皿……污浊的空气而引起的流行疫疫，由于我们过分考究的生活方式、由于室内室外温度的悬殊……引起的疾病"；那么，就一定会得出与他相同的判断。（[法]卢梭. 论人类不平等的起源和基础. 李常山译. 北京：商务印书馆，1958. 第159、162页）卢梭时代的自然环境虽有相当大的破坏，但还没有达到生态危机的程度；然而他却高瞻远瞩地看到了可怕的未来。时至今日，工业文明和反自然的科技已经把生态系统毁坏到接近崩溃的边缘，可又有多少人能够理解和认同卢梭的这种文明和科技批判？

第四，回归自然观。回归自然是浪漫主义时代作家们叫得最响的口号，而第一个喊出这个口号的就是卢梭。卢梭认为，回归自然环境与回归人的自然天性，是人类健康生存的必需。他呼吁人们"带着滋味无穷的迷醉消融在他自觉与之浑然一体的这个广袤而美丽的大自然中。于是，一切个别物体他都看不见了，他所看见的，感受到的无一不在整体之中"（[法]卢梭. 一个孤独的散步者的遐想.张弛译.长沙：湖南人民出版社，1985.第114页）。由此可见，卢梭的回归自然观已经有了生态整体主义的萌芽，尽管他在这方面考虑得并不多。卢梭的思想对19世纪的浪漫主义作家产生了巨大的影响，那些作家倡导回归自然，在他们的作品里随处可见对纯洁的儿童、质朴的成人以及未受工业文明侵扰的田园生活的赞美。其思想也对西方的生态思想和生态文学产生了重要的影响。

美国作家亨利·戴维·梭罗在生态文学史上是一位主要人物。梭罗（1817—1862年），美国作家、哲学家，19世纪超验主义运动的重要代表人物，著名散文集《瓦尔登湖》和论文《论公民的不服从权利》的作者。梭罗的著作都是根据他在大自然中的体验写成。梭罗从1837—1861年写下的日记，先是在19世纪末由他的一位朋友以春、夏、秋、冬为题出版了4卷，后来又陆陆续续出版，共有20卷之多，是他作为作家的主要成果。爱默生曾预示，梭罗篇幅浩大的日记一旦出版，将会造就"众多的自然学家"。此外，梭罗还出版了有关自然的4部著作，几乎每部都是以短期旅行为背景或基点的。1839年他和哥哥在梅里马克河上划船漂游，写成《在康科德与梅里马克河上一周》（1849年），发挥了他对自然、人生和文艺问题的见解。他的代表作《瓦尔登湖》（1854年）记录了他于1845—1847年在康科德附近的瓦尔登湖畔度过的一段隐居生活。在他笔下，自然、人以及超验主义理想交融汇合，浑然一体。《缅因森林》（1864年）来自他去缅因州的三次旅行；而《科德角》（1865年），也是基于他在科德角的三次旅行。

梭罗的代表作《瓦尔登湖》出版于1854年。梭罗在书中详尽地描述了他在瓦尔登湖湖畔一片再生林中度过两年又两月的生活以及期间他的许多思考。在《瓦尔登湖》一书中，有许多篇幅是关于动物和植物的观察记录。梭罗在这里花费了大量的时间和精力观察鸟类、动物、花草和树木的变化，以至于使其同时代的人误将此书理解成一本有关自然的文献，而忽略了其中关于哲学的内容。其实，梭罗的贡献是建立在这两方面之上的。在自然观察方面，他之前已经有诸如吉伯特·怀特和詹姆斯·奥杜邦等人的自然著作问世。但是只有当梭罗的著作出版后，大家承认他才是自然随笔的创始者。在他之前描写自然界的作品，只是以"书信""插叙"和"杂志文章"的形式出现，报道他们对于自然界的发现。梭罗使自然散文独立门户，赋予了它新的概念。如果我们把梭罗在《瓦尔登湖》中关于鸟的段落与奥杜邦的《美国的鸟类》一书加以比较，不难发现奥杜邦的书仅仅是科学报告，而梭罗的文章则是关于自然的艺术创作。把关于自然的观察与体验详细地记录下来，并赋予通俗的哲学意义，这是梭罗的书真实可爱之处。

梭罗积极倡导一种生活观念，一种与现代物质生活日益丰富对立的简朴的生活方式，是超验主义的实践家。梭罗也是一个有责任感的社会批评家，他的目的是揭露时代的弊端，指出人们自己正将生活变得越来越复杂，最终会导致生命的衰落。相对来讲，原始社会的人类生活较之现代更加幸福和充实。在梭罗看来，人完全可以活得更简单、更质朴；人如果在物质生活方面只求满足最基本的需求，他可以活得幸福快乐，活得更从容、更轻松、更充实、更本真。梭罗认为，人的发展绝不是占有越来越多的物质财富，而是精神生活的充实和丰富，是人格的提升，是人与自然的和谐共处，是人与人的和谐相处。

梭罗的思想产生了巨大的影响，当代美国自然文学作家爱德华·艾比在其 1991 年发表的自然文学散文集《漂流而下》中称"梭罗的影响超过了他的同代人，其中包括爱默生和霍桑"。哈佛大学英文教授劳伦斯·比尔称"梭罗是除了惠特曼之外，美国文艺复兴时期最有影响的作家"。评论界认为，是梭罗最先启蒙了美国人感知大地的思想，是"绿色圣徒"。因此，梭罗在生态文学史上具有举足轻重的地位。

苏联作家艾特玛托夫是一位成就很高的生态文学家，他的创作具有很强烈的生态意识，作品包含着丰富的生态思想内涵，是典型的生态文学。艾特玛托夫生于农牧民家庭，20 世纪 50 年代初登上文坛，他的小说《白轮船》《花狗崖》《死刑台》等表现了深刻的生态情怀，在世界生态文学中影响巨大。

《白轮船》以一个 7 岁男孩的目光，观察了人类贪婪野蛮的暴行。小说讲述了一个自然的不肖子孙对他们的拯救者恩将仇报的神话故事。艾特玛托夫曾说过，他写作《白轮船》的一个主要目的就是要警告人类不能忘记自己对自然的责任。"人很早很早就在考虑一个永恒的问题——要保护周围世界的财富和美丽！这问题是如此重要，以致古代的人们，就已通过各种悲剧的形式，认为有必要在自己对自然的态度上做'自我批评'，有必要讲出对自己良心的谴责。这是对后代的警告：任何时候都不要忘记自己在长角鹿妈妈——换句话，也就是在大自然面前，在万物之母面前的神圣责任"（[苏]艾特玛托夫. 对文学与艺术的思考. 陈学迅译. 乌鲁木齐：新疆大学出版社，1987. 第73 页）。

《断头台》以大量的篇幅描写了母狼阿克巴拉在人类对野生动物灭绝性的掠夺过程中的悲惨命运。作者感叹道："人们，人们——地上神灵啊！……把莫云库梅荒原上的生活搅得天翻地覆！只有人，才能破坏莫云库梅地区的这一万世不移的事物进程。这些人自己活着，却不让别的生灵活下去，特别是不让那些不依赖他们而又生性酷爱自由的生灵活下去！"（[苏]艾特玛托

夫．断头台．冯加译．北京：外国文学出版社，1987．第10、12页）

因此，生态文学致力于先拯救人的失衡的灵魂，进而拯救衰败的自然，通过重塑人的生态观、价值观，采取一种新的合乎生态规律的生活方式，使得整个生态系统重新成为一个生命充盈的整体，真正做到"万物并育而不相害，道并行而不相悖"，实现"天人合一"的理想蓝图。

第三节　文学与法律的关联

文学与法律的跨学科比较研究也是比较文学跨学科研究的重要领域之一。在中西方文学中，有大量的作品涉及法律现象和问题，法律主题可以说是文学众多主题中的一个永恒主题，因为，与爱、成熟、探险、宗教、异化、死亡、政治和艺术本身一样，法律也是人类经历中的永久的特征。法律作为文学的描写对象是如此普遍，以至于人们倾向于认为，文学与法律这两个领域之间有着很深的关系。

一、中西方文学共同的法律主题

在西方文学中，从古希腊悲剧、荷马史诗、莎士比亚戏剧到现代小说，都可以看到有关法律主题的文学元素，如《安提戈涅》《威尼斯商人》《复活》《罪与罚》《悲惨世界》《审判》等无数作品都涉及法律，与法律"有染"；而在中国文学中，从先秦的《韩非子》、唐代传奇、宋元话本和戏剧，以及明清小说到现当代文学都有许多作品表现了法律主题。这些作品在一定程度上表现了人类社会的法律文化现象和法律文明发展的轨迹。综观中外文学，其表现的法律主题众多，涉及平等、复仇、冤狱、侠义、警世等诸多方面。但最为常见的主题则可以概括为两个方面："惩恶扬善"与"追求平等"，这是它们的共同性。东西方文学中"惩恶扬善"与"追求公正与平等"的共同主题，无疑是人类美好人性的表现，具有人道主义色彩，闪烁着人文主义思想的光芒。

首先，东西方文学中都有"惩恶扬善"的法律主题。"善"与"恶"是人类社会中普遍存在的一对矛盾，对"善恶"问题的思考在东西方文明中虽然存在差异，但"惩恶扬善"这一观念却是东西方文明共同的追求。对"善"的高扬和对"恶"的贬抑或是东西方文明最根本的精华——人文主义精神的表征。东西方文学作为对人类社会和精神世界的表征，充分表现了"惩恶扬善"这一共同的主题。中国古代文学中大量的"公案文学"和"清官文学"，如"包公戏"，都是对这一主题的表现。而在西方文学中，西方文学源头之一"古希腊文学"中的神话和戏剧就开启了"惩恶扬善"的主题，是文学中法律主题的滥觞，为西方文学的法律主题创立了"原型"。文艺复兴时期，文学领域最伟大的代表，英国戏剧家莎士比亚的众多戏剧作品都涉及这一主题，如他的喜剧代表作《威尼斯商人》，"惩恶扬善"的主题在这部喜剧中得到充分的表现。而在东西方文学中，"惩恶扬善"主题的主要文学表现形态是"复仇文学"。在人类历史上，在各个社会，复仇都曾普遍存在，以复仇为题材的文学故事曾经且至今仍感动着一代代读者，是一个写不完的主题。因为以文学形式出现的复仇，往往是正义者与邪恶势力的生死较量。东西方文学中的"复仇"从"原型批评"的视域来关照，甚至可以说是文学中"法律"问题的原型。在中国古代文学中，《史记》记载的"伍子婿鞭尸""卧薪尝胆""荆轲刺秦"、魏晋志怪小说《搜神记·三王墓》、唐传奇《谢小娥传》等都是这类题材的作品，而比较有代表性的复仇类作品有《赵氏孤儿》《张文祥刺马案》等。在西方文学中，从古希腊的著名悲剧《安提戈捏》《阿伽门农》，文艺复兴时期莎士比亚的《哈姆雷特》，乃至近现代的《基督山伯爵》，雷马克的《凯旋门》、福克纳的小说等都表现和涉及了复仇主题。譬如法国大仲马的《基督山伯爵》就是一部经典的复仇题材的作品，作品描写邓蒂斯被陷害，最后几经磨难，借用金钱的力量惩恶扬善，让那些陷害他的人都得到了应有的下场。所以，东西方文学借助"复仇"这一文学"母题"或者说"原型"，充分地表现了"惩恶扬善"这个共同的法律主题。

其次，对"公正与平等的追求"也是东西方文学共同的一大法律主题。东西文化虽然存在差异，但对"公正与平等的追求"却是共同的，成了东西方文学中法律问题的又一个突出主题。许多作品通过描写黑暗的社会现实，揭露了法律的不公正和不平等，表达了人们追求"公正与平等"的法律主题。在中国古代的话本小说中，既有对社会不平等现实的揭露，又有对平等理想境界的追求，一些作品充满了追求"公正与平等"理想的法制意识。从文学中"法律主题"的发展历程来看，话本小说中的"公正与平等"主题有着深刻的社会内涵和特殊的文化意蕴。如《错斩崔宁》《下错书》等公案作品透过一桩桩冤假错案，引发人们对当时社会现实的深层思考。这一主题贯穿元明清的小说戏剧之中，得到了进一步的发展，如关汉卿的《窦娥冤》。而"公正与平等"更是西方文化的主导观念，是西方人文主义精神的精华，尤其是在欧洲文艺复兴时期及其之后，主张个性解放、人人平等成了西方文学恒久的主题。所以，西方文学中表现这一主题的作品也最多，如司汤达的《红与黑》、托尔斯泰的《复活》、雨果的《悲惨世界》、狄更斯的《荒凉山庄》、易卜生的《玩偶之家》等，都从不同的侧面表达了对"公正与平等"的追求。如法国 19 世纪浪漫主义文学大师雨果的巨著《悲惨世界》就表现了"追求公正平等"的法律主题。雨果的写作主旨是很明确的：对社会黑暗，特别是法律造成的压迫的揭露，对贫穷给下层人民带来的灾难的反映，构成了《悲惨世界》的基本主题。小说通过主人公冉阿让的悲惨故事，批判了法律的不公正与不平等，从而表达了追求"公正与平等"的主题。而 19 世纪英国现实主义小说家狄更斯的《荒凉山庄》则集中批判了当时英国的法律机器与法律制度。小说中，凡是与法律有牵连的人都没有得到好结果，多少人被它弄得倾家荡产、神智失常。最后案子还未得出结果，高达几万镑的遗产却被诉讼费弄得一干二净。这是一部典型的"法律小说"，充分表现了追求"公正与平等"的法律主题。

二、中西方文学法律主题的差异性

虽然东西方文学中的法律主题有着内容上的共同性，都表现了"惩恶扬善"与"追求公正与平等"的共同主题，但由于东西方文化传统不同，东西方文学法律主题在表现形式和价值取向上却存在差异性，表现出迥然相异的审美范式。

首先，这种差异性表现为外在矛盾和内心冲突的差异。文学作为艺术，它的一个重要属性就是戏剧性，所以冲突必不可少。而法律作为管理冲突的一种体系，提供了一系列丰富的象征素材供作家们使用，在矛盾冲突中来展开故事情节，是东西方文学惯用的手法。但东西方文学在表现冲突时却展现出不同的形态，存在较为明显的区别。这种区别表现在矛盾冲突的处理上，中国表现法律主题的作品更注重矛盾的外在表现，而西方文学则更侧重心灵冲突的描写。如《水浒传》，这是一部宣扬"反贪护法"的作品，梁山英雄一百零八将中，每一个人都有一部反抗暴政的历史。在与贪官污吏的生死斗争中，这些英雄人物的护法故事，情节十分紧张，矛盾冲突异常激烈。林冲、宋江、卢俊义等人的人生轨迹就很有代表性，林冲被逼上梁山的过程正是外部矛盾冲突的结果。中国文学对人物心理的刻画也更多的是从人物的外在行为上得到体现。例如《水浒传》写林冲从不敢反抗、也不愿反抗到不得不反抗这一心理变化，就完全是靠外在的矛盾冲突来实现的。而西方文学作品中，在人与法的矛盾中更多地直接突出人物的内心世界的冲突。如俄国作家陀思妥耶夫斯基的《罪与罚》在表现人与法律的冲突时就主要是通过描写一个学法律的大学生拉斯科尔尼珂夫的心理活动和潜意识来实现的。作品总共六章，除第一章写杀人的过程之外，其余五章都是写拉斯科尔尼珂夫内心的矛盾斗争的。

其次，东西方文学在表现法律主题时，在人物塑造等方面表现出不同的价值取向。中国文学在表现法律主题时将清官豪侠作为一种社会理想来塑造，把"惩恶扬善"与"追求公正与平等"的理想寄托在清官豪侠的身上，体现了中国传统文化的价值取向和特征。清官是中国文学中表现法律主题的作品中最常见的理想化人物。在封建社会，人们往往把清官当作救星，因此文学作品中常常将他们作为理想的化身来塑造口中国古代文学中就有很多公案类作品出现了清官的形象，如《三侠五义》《海公案》《杨乃武与小白菜》《于公案》等作品中的包拯、海瑞等清官形象。在中国文学中还占有较重要的地位。除了清官，豪侠也是作者塑造的理想人物类型，《水浒传》中有不少英雄豪侠，如林冲、李逵、鲁达、石秀、阮氏兄弟等一批反抗贪官污吏的豪侠形象，通过他们除暴安良、惩治贪官污吏的行为，表达了作者疾恶如仇、希望反贪护法的思想愿望。这些作品通过塑造这类理想化的人物形象，表现了当时人们的社会理想。中国文学作品在表现法律主题时所塑造的清官、豪侠只能是一种理想而已。

与中国文学不同，西方文学更多采用道德感化的方式，其最终的途径是宗教。这是由西方特有的文化背景所决定的。例如雨果在《悲惨世界》中，对法国现存法律反人民的本质进行了揭露，他认为法律是"低级正义"，而仁慈、博爱才是"高级正义"。作品通过冉阿让这个罪犯在米里哀主教博爱、仁慈的胸怀感化下弃恶从善，成了一个乐善好施的圣徒的故事，阐明了法律将善良的人变成了小偷，而仁慈、博爱的道德情感使小偷变成了慈善家，这充分表现了作者的文化理想。同样，托尔斯泰的《复活》对俄国司法警察制度的黑暗进行了彻底的揭露。小说的男女主人公最后都在宗教中找到了灵魂的归宿。在托尔斯泰看来，社会秩序之所以能够正常维持，不是因为法律惩治了罪恶，而是人们都抱有一颗博爱的心，彼此相爱，所以托尔斯泰在作品中极力宣扬他的"道德上的自我完善和爱一切人"的基督教人道主义理想，带有强烈的宗教色彩。

总之，法律主题可以说是东西方文学众多主题中的一个永恒主题，东西方文学中"惩恶扬善"与"追求公正与平等"的共同主题，无疑是人类美好人性的表现，闪烁着人文主义思想的光芒。但由于根植于东西方不同的文化与法制土壤之中，东西方文学在表现法律主题时，在表现形式和价值取向上又有很大的差异性。

三、卡夫卡小说《在流放地》的法律内涵

卡夫卡是 20 世纪伟大的小说家，被认为是西方现代派文学的鼻祖之一。卡夫卡在大学所学的专业是法学，而毕业后的工作也是律师，所以，对法律的关注和思考也就必然成为他生活中非常重要的部分，尤其影响了他的文学创作。在西方文学家中，没有人比卡夫卡对法律说得更多了，他的小说经常以法律作为题材，通过法律这个视角来观察和拷问资本主义社会现实及其本质。在卡夫卡的创作中，以法律问题为题材的作品占了很大的比例，众多小说都"播撒"了法律的种子，•处处可窥见法律的"踪迹"。像短篇小说《判决》《在流放地》，长篇小说《审判》和散文《我们时代的法律问题》都是以法律问题为题材和主题，对法律问题进行文学性关照的杰作，其中最典型的代表是《审判》和《在流放地》。这两部小说从不同的角度拷问了奥匈帝国法律体系。如果说《审判》是从宏观的角度反映了奥匈帝国法律体系的腐朽和荒诞及其反人民本质，那么《在流放地》则从微观的角度剖析了奥匈帝国法律制度的荒诞性及其最终的瓦解。本书试以小说中的"法律"主题为切入点，来探讨这篇小说的法律内涵。

《在流放地》写于 1914 年 10 月，是卡夫卡写作《审判》过程中，对法律问题进行思考的一个重要收获。作品以冷峻朴实的笔调不动声色地叙述了一位旅行家在赤道附近的流放地目睹杀人机器处置犯人的令人毛骨悚然的荒诞情景。这里的所谓"犯人"不过是因一点点小事就被判刑，不管什么罪名都一律判处死刑，对犯人的审判、判决和处决都由一台"不寻常的机器"同步进行，而且处决的过程长达 12 个小时，使犯人受尽了凌辱和折磨。但对于这种惨无人道的荒诞法律制度，其执行者却津津乐道，认为这是一台"不寻常的机器""特别欣赏这架机器"，对其充满着热情。从社会学批评的角度来看，作品的寓意是非常明显而深刻的。"杀人机器"象征着杀戮人民的，反动的国家机器，包括法律机器，行刑的"军官"则象征着操纵国家机器的统治者，而"犯人"象征着任人宰割的被奴役的人民。但从法律的视角来审视这部作品，我们就会读出荒诞性——奥匈帝国法律制度的荒诞性——对法和正义的颠倒。在笔者看来，这种荒诞性在小说中主要表现在以下几个方面。

第一，"罪"与"罚"的荒诞性。小说所表现出来法律的荒诞性的第一个方面是"罪"与"罚"的荒诞性。小说中所谓的"犯人"不过是一个犯了小错的士兵。行刑的军官向旅行者介绍说：这个案子非常简单，这个士兵是一个勤务兵，"他的责任是每小时打钟的时候起来向上尉的门口敬礼""昨天晚上那个上尉想考察这个人有没有偷懒。两点钟打响的时候他推开房门，发现这个人蜷成一团睡着了。他拿起鞭子抽他的脸。这个人非但不起来求饶，

反而抱住主子的腿，摇他，还嚷道'把鞭子丢开，不然我要活活把你吃了。'这就是罪证。"就因为睡着了没有向长官的房门敬礼，不服从上级的惩罚就被认为是反抗、是造反、是不服从而被认为有罪，被交给法律机构处理。而所谓的法律机构也只是一个军官和一台机器，犯人没经过任何审判就被判处死刑。这是对事实的颠倒，荒谬性就是通过对这个当事人的本质的颠倒而表现出来的。这个彻底驯服的人被说成是一个叛逆性的个体，所以必须受到处罚。因此，对罪犯罪行的确定和处罚都是不公正的，是非正义的。小说通过对士兵的处决，突出了"罪"与"罚"的不公正和非正义性，从而表现了法律的荒诞性。

第二，法律观念的荒诞性。法律是某个或大或小的群体为了使某种生活可能而共同确定的所有成员都必须遵守的规则。也就是说，所有的人类共同体都是以某种确定的法律观为基础的，这种法律观规定了个人在共同体中有何种义务和哪些权利，而且法律面前，人人平等。在文明社会中法律观念通过法制体现出来，其目的在于保障每个个体的权利，从而体现正义。而《在流放地》其法律观念又是怎样的呢？流放地的法律观念是对正义理念的歪曲。在这里，法律不是为了保障个人的权利，而是为了杀人。无论何种罪行，处罚都是一样的，都由机器对犯人进行判决并执行死刑。法律的核心精神"正义"在这里是缺席的，而处决被放在了首位，被颠倒为法律的实质，一切都集中到刑罚的执行上，军官集法官与行刑者于一身。在这里，法规通过机器被刺在犯人身上，从而把他杀死了。这个法规没有用来维护法律、制度、人类可能的共同生活，它是一个毁灭的法规。所有这一切都是对法律精神的极端反常化和否定，流放地是一个被法律和正义放逐的领域。因此，《在流放地》是对帝国主义海外殖民地本质的艺术概括，也是对帝国主义法律本质的形象化揭示，是西方文学中描绘正义被践踏的一部不朽杰作。

第三，司法程序的荒诞性。《在流放地》的中心问题乃是正义理念的完全反常化，其中最突出的表现为司法程序的反常化。法律主要通过法治来体现，而法治的含义要通过司法程序来保障。在传统的意义上，法律意味着个人拥有的权利。当事人涉及司法案件时要通过一定的司法程序来进行，都要经过起诉—审理—辩护—判决—处罚几个步骤所构成的常规审判过程。法庭根据嫌疑人触犯法规的行为对其进行起诉，根据一定的法规条文对其所犯罪行为进行审理，被告有权为自己辩护，接着法庭根据其罪行合理量刑做出判决，最后才是对犯人的处罚。而且司法机构与执法机构是分离的。但《在流放地》中正常的司法程序已不存在，法律的主体被颠倒，法律的中心已不再是"人"，法律被"异化"为一台机器，机器成了法律的中心。在小说中，士兵因小小的过失，在无任何法律依据的情况下，未经任何审理，也没有任何辩护，就被交给一台"不同寻常"的机器处罚。这台机器才是小说真正的中心，它是由前任司令官设计的杰作，目的是以一种机械的方式在12个小时内完成对犯人的判决和处罚，而用不着人去插手这个过程。按规定，犯人要在12个小时内被这架机器肢解粉碎，同时，这架机器就把所触犯的法律刻写在犯人身上。非常荒诞的是，行刑者把犯人捆绑在一张所谓的"床"上，打开开关，这张"床"就颤动起来。而所谓"耙子"是指由针组成的，安装在床的上面的部分，它将刺破犯人的身体，直到其流血而死。通常，床是一个用来休息的地方，意味着休息和幸福，而在流放地，它却变成了折磨人的刑具，成为一个令人害怕和痛苦的所在；耙子是用来疏松土地，播种庄稼的，而在这里，按照军官的说法，"这个耙子才是真正的处决工具"，它把犯人耙成肉泥，直到其死亡。这个机器的特征就是，处死犯人，而且用被触犯的法律条款文字来杀死犯人。更有甚者，"所有刑罚都是死刑"，犯人对于他的判决也毫不知情，而且也不能为自己辩护。在流放地官员看来，这俨然是最公正的处决，也是非常高明的处罚方式。但从司法程序的角度来看，小说中所描写的这种处罚方式的荒谬性是一目了然的，处罚的手段和过程更是荒谬绝伦、令人发指。这是对法律和正义的肆意践踏。在流放地，正常的司法程序已被打破和颠倒，审判、辩护和判决都是缺席的，唯一剩下的只有执行，处罚被放在了首位，成为中心，一切都集中到刑罚的执行上。在这里法律不是为了保护个人的权利，而是为了杀人，所以正如小说中的旅行家所想的："审判程序的不公正和处决的不人道都是明摆着的"。小说正是通过这种夸张而又逼真的描写，凸显了流放地法律的本质：法律和正义的颠倒和异化。在小说的结尾，军官却被他狂热推崇的机器杀死，机器也自行瓦解。小说的寓意就是明显的，非人性的法律必然自我废除。

总之，卡夫卡毋庸讳言是西方文学中对法律问题思考得最多的文学大师，其短篇小说《在流放地》以高度凝练的艺术手法，以小见大地反映了奥匈帝国法律制度的野蛮和反人民本质，表现了资本主义社会法律体制的荒诞性和异化现象。作者的这种思考具有寓言的性质，通过流放地这个缩影，我们会自然地想起人类历史上的一些"非人"的历史时刻，如"二战"中的"犹太人集中营"、斯大林的集权统治等。伟大的作品是超越时代的，在倡导法治的今天，这部作品对我们仍具有伟大的启示意义。

四、卡夫卡《审判》主题的法律视角

美国诗人 W.H.奥登曾说："就作家与其所处时代的关系而论，当代能与但丁、莎士比亚和歌德相提并论的第一人是卡夫卡……卡夫卡对我们至关重要，因为他的困境就是现代人的困境。"（袁可嘉．欧美现代派文学概论．上海：上海文艺出版社，1993．第 259 页）作为 20 世纪最伟大的小说家之一，卡夫卡通过其小说对现代人的困境进行了最为深刻的表述与思考。"标志着卡夫卡独特艺术风格的形成"的长篇小说《审判》（又译《诉讼》）是一部"寓言"性的作品。这是一部真正的罗兰·巴特所谓的"可写的文本"和艾柯所说的"开放的文本"。对小说主题的解读一直众说纷纭，没有定论。有从神学角度阐释的，如布罗德；有从卡夫卡生平经历阐释的，如卡内蒂在《另一个审判》中认为《审判》是非常细腻地反映他与菲丽斯和格蕾特等女性关系的作品；存在主义批评家则在小说中看到了存在的"荒诞性"；而德勒兹和德里达等解构主义批评家则在小说中看到了"逃亡"和"延异"，等等，（[日]冈平野嘉彦．卡夫卡：身体的相位．刘文柱译．石家庄：河北教育出版社，2002．第 137 页）作品主题的这种不确定性也正是《审判》真正的魅力所在。而我们想以小说中的"审判"为切入点，来探讨小说的法律主题。

在西方文学家中，没有人比卡夫卡对法律说得更多了，他的小说经常以法律为主题，《审判》就是一部以法律为主题的杰作，一部关于"审判"的小说，一部关于"诉讼"的小说，在最终意义上也是一部关于"法"的小说。小说的法律主题从不同层面展开，蕴含了多重内涵。

小说法律主题的第一层面在小说中表现为对约瑟夫·K 的无罪审判，这是小说法律主题最直接的内涵。小说的故事层面虽然非常简单，但情节却显得很离奇，充满着荒诞色彩，是典型的"卡夫卡式"故事。小说描写银行襄理约瑟夫·K 在一天早晨醒来忽然莫名其妙地被某秘密法庭宣布逮捕，这个莫名其妙的法庭胡闹性地对他进行了拿不出任何罪证的审讯，但法庭最终并没有宣布他犯了什么罪，而约瑟夫·K 也自知并没有犯任何罪行，但法庭却认定他是有罪的。这就是约瑟夫·K 案子的荒诞之处。尽管法庭没有关押他，行动仍然自由，但他却感到了无形的巨大压力，不敢轻举妄动，生怕给自己带来更大的麻烦。为了尽快从法律的麻烦中解脱出来，于是约瑟夫·K 开始了他梦魇般的"诉讼"生涯。于是他四处奔走申诉，找律师试图搞清楚自己的案子的进展，找法院的画师托关系，找其他的诉讼人（谷物商）学习诉讼的经验。但律师告诉他法院是藏污纳垢之地，犯人有怨无处诉；画师告诉他"任何人只要被法院起诉，就难以摆脱"；而谷物商已经为自己的案子折腾了 20 年，搞得倾家荡产，还没有结果。约瑟夫·K 却感到自己的案子越来越麻烦，越来越没有头绪。约瑟夫·K 终于认识到：这个法庭的种种作为是有强大的机构作为背景的。它所干的就是把无罪的人抓起来，进行莫名其妙的审讯，这个机构拥有贪污受贿的密探，不负责任的看守和毫无才学的法官。小说表明，在法的大门前，一切努力都是徒劳。在约瑟夫·K 的苦苦煎熬中，终于等来了最终的结果：在他 31 岁生日的前一个晚上，他被两个法警带到了郊外的采石厂"像一条狗似的！"被处死了，至死也没有弄清楚自己犯了什么罪。对约瑟夫·K 的"无罪审判"仿佛是主人公在"法的大门前"所做的一个"噩梦"，他站在"法的大门前"，面对着法，却是一个外行，是一个"局外人"，这个人成了被告，却因为法律中莫名其妙地东西而不知所以，充满恐惧。对约瑟夫·K 的审判就像一场闹剧，但又具有"黑色幽默"的性质，也因此是真正的悲剧。

所以，《审判》通过约瑟夫·K 从一天早晨莫名其妙地被法院宣判被捕，到一年后的一个夜晚被莫名其妙地秘密处决，以"卡夫卡式"的风格表现了小人物陷入法律之网后的"漫画式"图景，展示了卡夫卡所生活的奥匈帝国的法律体制和审判机制，忠实地再现了关于约瑟夫·K 的刑事程序过程，形象地暴露了奥匈帝国的一系列痼疾：令人窒息的官僚制度，神秘莫测的司法系统，以及个人徒劳的挣扎，等等。对无罪的审判凸现了这部小说的法律主题，使小说具有了强烈的社会批判价值。

《审判》法律主题内涵的第二个层面是"对有罪的审判"。正如上文所论述的，"在法的大门前"，约瑟夫·K 还没有进入"法的大门"就被判处了死刑，"像一条狗似的！"死去。的确，从"国家法"的角度而言，约瑟夫·K 是无罪的，但从"道德法"的角度来讲，他却自认为是有罪的。这一点是在约瑟夫·K 上诉的过程中渐渐认识到的。他在被宣布有罪之后，通过种种途径想证明自己是无罪的，几经周折找到了一个隐藏得几乎很难找到的地方法院，但法庭对他的第一次审讯却形同儿戏，几乎是一场闹剧。为了早点结束自己的案子，在漫长的诉讼过程中，约瑟夫·K 几乎找遍了与自己的案子有关系的部门和人物，仿佛患了"强迫症"的病人，对自己的案子着迷，几近于疯狂，但案子却没有一点头绪，似乎越陷越深。在这个过程中他逐渐认识到：人人知道关于他的案子，却没有人知道他犯了什么罪；法院无处不在，法律的大门为他敞开，他却不得其门而入，至死都在"法的大门"外徘徊；法官和律师等级森严，但都是一些贪官和色鬼，他们谁都可以决定被告的命运，却又迟迟不肯办理；所有部门的文件都堆积如山，永远都处理不清楚；官僚制度令人窒息，等等。而约瑟夫·K 作为银行的襄理，就生活在这个罪恶的世界里。他认识到自己就是其中的一分子，是这个罪恶世界的一个环节，是罪恶世界的帮凶，虽然深受其害，但自己也在有意无意地为害他人，在"道德法庭"的面前，自己是有罪的，甚至每一个人都是有罪的。所以，约瑟夫·K

在认识到自己的"有罪"之后，在最后的时刻，他面对死亡，没有反抗，虽然"像一条狗似的！"死去，"他死了，但这种耻辱将留在人间"。在这个意义上，对约瑟夫·K的"审判"，就是一种道德审判，是对"有罪"的审判，也是对罪恶社会的"审判"。从这一角度来看，小说的意义就在于它的自觉的伦理道德意识。正如卡夫卡所说："我们发现自身处于罪孽很深重的状态中，这与实际罪行无关。'审判'是遥遥无期的，只是永恒的法庭的一个总诉讼。"（曾艳兵.西方现代主义文学概论.北京：北京大学出版社，2006.第179页）这样，"在法的大门前"，约瑟夫·K虽然没有犯罪，但他自觉地感受到了自己的"罪孽"，在道德和情感上接受了"审判"，从容地接受了自己的"罪"，如同耶稣一样，在30岁时被捕，经历了自己精神"炼狱"，然后被处死。所以，约瑟夫·K的死是现代知识分子自觉的道德拷问和精神担当，而《审判》也就是对现代人的道德"审判"，甚至是对人类的道德"审判"。

　　《审判》法律主题的内涵除了上面所论述的两个方面外，还有一个内涵就是对"审判"的审判。所谓对"'审判'的审判"也就是对"法"的审判，是对法律的拷问，是作者以小说的形式对"法"所进行的现实的和形而上学的思考。因为卡夫卡在大学所学的专业是法学，而毕业后的工作也是律师，所以对法律的关注和思考也就必然成为他生活中非常重要的部分，尤其影响了他的文学创作，许多作品中都"播撒"了法律的种子，处处可窥见法律的"踪迹"。如他的小说《在流放地》就是一篇关于法律问题的文学思考，还有《判决》《我们时代的法律问题》都与法律有关。而《审判》可以说是以法律问题为题材的杰作，集中体现了卡夫卡对法律的思考。

　　在《审判》中，对约瑟夫·K的审判也就是对"法律"本身的审判，即对"审判"的审判，这构成了小说法律主题的第三层内涵。首先，小说通过主干情节"约瑟夫·K的审判故事"，对当时奥匈帝国的法律系统进行了拷问。卡夫卡学过法律，并获法学博士学位，长期在工伤事故保险公司做律师，基于其渊博的法律知识和丰富的实践经验，他对奥匈帝国的官僚机构和法律体系了如指掌。在这个腐败的帝国里，根据宪法是个自由的国家，但却受着教权派的统治。教权派统治着这个国家，但是公民却宣传自由思想。在法律面前，人人是平等的，但是并非人人都是公民。在这个庞大、软弱、行将就木的帝国机器的顶端坐着卡夫卡祖辈时代就当朝的古老君主。在君主和臣民之间是层层叠叠、运转不灵的官僚机构，它们完全以君主的名义行事，掌握着臣民的生死大权，却又不向任何人汇报，而法律只是一个摆设和幌子。《审判》就是对这种虚幻而又不可抗拒的现实的艺术写照。小说的主人公约瑟夫·K是一个平凡、循规蹈矩而又具有官僚气息的小市民，在他30岁的一个早晨醒来后梦魇似的卷入了一场法律纠纷。逮捕他的法庭不是正式的，却威力无边，它不知在何处，却又无处不在，存在于所有房屋的所有阁楼上。对他的侦讯是秘密进行的，起诉书也没有宣读，直到宣判之前被告都是自由的。对于这个法庭来讲，根本就没有无罪的人。统治者为了保护自己的阶级利益，豢养了一大批大大小小的官吏，依靠着代表自己意志的法律，任意主宰人民的命运。小说通过约瑟夫•K案件的"审判"，艺术地拷问了奥匈帝国的法律体制。

其次，小说还通过第九章嵌入的寓言性故事《法的大门前》对"法"进行了形而上学的思考。这则寓言卡夫卡曾命名为《在法的面前》单独出版，集中体现了卡夫卡对法律的哲学思考。在小说第九章，约瑟夫•K如约来到大教堂等待银行的一位意大利客户参观城市风光，但客人却始终没有出现。正在他迷惑的时候，一位牧师却清晰地喊着他的名字。原来这位牧师是法院的职员——监狱牧师。他给约瑟夫•K讲了一个寓言：在法的大门前站着一个守门人，一个乡下人来到门前要求进去，但守门人说现在不能进去。于是乡下人就在门前等待，最后变成了一个垂死的老人也没能进入法的大门。临死前，乡下人问守门人"这么多年来，除了我以外，却没有一个人想求见法，这是怎么回事呢？"守门人告诉他："除了你以外，谁也不能得到允许走进这道门，因为这道门是专为你而开的。现在我要把它关上了。"（[奥]卡夫卡. 审判•城堡. 钱满素、汤永宽译. 北京；北京燕山出版社，2000. 第 162 页）于是，约瑟夫•K和牧师展开了对故事的阐释。约瑟夫•K认为：乡下人和守门人都是受骗者，因为法的大门内什么也没有，是"空白"。而牧师却反驳说，不能怀疑守门人的尊严，"怀疑他的尊严就等于怀疑法本身""你不必承认他讲的每句话都是真的，只需当作必然的东西而予以接受"。约瑟夫•K最终的结论是：这是"一个令人沮丧的结论""这会把谎言变成普遍的准则"（[奥]卡夫卡. 审判•城堡. 钱满素、汤永宽译. 北京：北京燕山出版社，2000. 第162页）。所以，《审判》中插入的这则寓言高度概括了小说的主题，是卡夫卡对"法"的艺术化阐释。在他看来，法律不过是谎言，是欺骗"乡下人"的谎言，统治者的法律不过是"把谎言变成普遍的准则"。恩格斯曾说，"作为日益同社会脱离的权利的代表，一定要用特别的法律来取得尊敬，由于这种法律，他们就享有特殊神圣不可侵犯的地位了。"（《家庭、私有制和国家的起源》）恩格斯的论述无疑一针见血地指出了问题的实质。

综上所论，《审判》是卡夫卡对法律问题进行审美观照的经典文本，从法律的视角来审视，《审判》从多个层面凸现了法律主题，以高度的艺术性，从社会现实的、精神道德的和哲学的角度对现代资本主义社会的法律体制进行了拷问。

第七章　中西文学的比较研究

第一节　《梁山伯与祝英台》和《罗密欧与朱丽叶》比较

　　爱情历来是文学的主题，而为了爱情而死亡的作品更具感染力和影响力。我国民间故事《梁山伯与祝英台》和英国戏剧艺术大师莎士比亚早期的著名悲剧《罗密欧与朱丽叶》，虽然是不同国家、不同时代的文学作品，但它们描写的都是一对真爱的青年为了自己的爱情，与自己的亲属进行抗争，最后都殉情而死的故事。尽管《梁山伯与祝英台》和《罗密欧与朱丽叶》两部作品分处不同国度和时代，在创作风格、人物塑造的具体方法上不同，但在情节和情感上有着很多的相近或相似的东西。

一、共同的主题

　　尽管《梁山伯与祝英台》和《罗密欧与朱丽叶》两部作品时代不同，国度不同，可它们所表现出的最鲜明的就是有共同的主题——歌颂爱情，反对封建斗争；都是封建社会的叛逆者，是追求个性解放、婚姻自由的光辉形象；主人公都是为了忠贞的爱情，为了心爱的人，选择了死亡，以死来控诉封建制度的罪恶。

　　"梁山伯与祝英台"的故事是中国流传最广的四大民间传说之一，它是一对青年男女反抗封建礼教、争取婚姻自由的颂歌。由于它热情地歌颂青年男女坚贞纯洁、生死不渝的爱情，反映了人们对美好幸福的追求，所以千百年来深受人们喜爱。梁山伯与祝英台矢志不渝的爱情故事，千百年来流传甚广，曾被世界戏剧大师卓别林誉为"中国的罗密欧与朱丽叶"。

　　"梁山伯与祝英台"的故事流传到现在已经有一千多年了。剧作描写的是，祝英台女扮男装，到杭州求学，途中与梁山伯结为兄弟。两人同窗共读，三载相伴，情谊深厚。学成分别之际，英台托言为妹做媒，向山伯自许终身。山伯从师母处得知真情，赶到祝家庄求婚，方知英台之父已将英台许配给太守之子马文才。梁山伯由此悲愤成疾而身亡。马家迎亲之日，花轿途经梁山伯墓，英台到墓前哭祭，墓穴为之裂开，英台随即跃入穴中，双双化为彩蝶飞出。

故事的主角祝英台出身有钱人家，她反抗传统社会对女子的不平等待遇和束缚，争取与男孩子一样有读书受教育的机会，并挑战长久以来"门当户对"的观念，与同窗三年的平民子弟梁山伯相恋，为自己争取婚姻自由。祝英台代表的是千百年来被保守民风所压抑的精神，具有不畏强权为自己争取权利的勇气，却又不失中国传统女子的温柔婉约，更难得的是拥有读书人的知书达理。她一方面表达婚姻自主的想法，另一方面又顾及伦理孝道，但最终仍不能让梁山伯免于一死。在封建社会那样保守的年代，梁祝的真情连天地都被他们感动。于是，在梁山伯的坟前，二人化成了彩蝶翩翩飞舞。

《罗密欧与朱丽叶》是英国戏剧艺术大师莎士比亚的一部悲剧作品。他反映人文主义者爱情、理想与封建压迫之间的一出充满诗意的悲剧，也是描写了两个热恋的男女被拆散后，双双殉情的故事。故事发生在英国维洛那城，因为两家有着积怨很深的世仇，大有不共戴天之势。在一次盛大华丽的宴会上，凯普莱特美丽多情的女儿朱丽叶与蒙太古大人英俊、潇洒的儿子罗密欧一见钟情，罗密欧无法抑制自己对朱丽叶的爱，向她求爱，朱丽叶幸福地投入了他的怀抱，两个家族的深仇大恨阻挡不了爱情的狂潮，花前月下，他们互诉衷肠。来自两个家庭的强烈反对，反而使爱情之火越燃越旺。他们私订终身，并在好心的神父劳伦斯的主持下举行了婚礼，朱丽叶望着身边英俊而多情的罗密欧，心中充满了对未来的憧憬。谁知，罗密欧在街上与凯普莱特的侄子提伯尔特相遇，提伯尔特故意挑衅，两人发生了格斗，罗密欧杀死了对方，被逐出维洛那城。

朱丽叶含泪送别了罗密欧，她的心和情已随着罗密欧去了，她失魂落魄地思念着罗密欧。然而，父亲却逼她忘了这个家族的仇人，嫁给帕里斯伯爵。朱丽叶不敢背叛家族，又不愿意背叛心上人的爱情，她的心被痛苦和矛盾撕咬着，左右为难。好心的劳伦斯神父再次帮助朱丽叶，让她吞服安眠药，以假死来搪塞帕里斯的求婚，拖延时间。不明真相的凯普莱特一家人信以为真，伤心地为朱丽叶送葬。这时罗密欧悄悄地潜回了维洛那城，他以为朱丽叶真的死了，急急忙忙地赶到墓地，望着安详、苍白、停止了呼吸的朱丽叶，他千呼万唤，悲痛欲绝，他无法离开他心爱的朱丽叶，喝下毒药倒在朱丽叶的身边。可不一会儿，朱丽叶的药性过了，她苏醒过来，惊喜地发现心上人就在身旁，但罗密欧告诉他，他快要死了，朱丽叶抱着他，不相信这一切，然而他一点点衰弱下去，朱丽叶不能离开罗密欧，朱丽叶毅然用短剑结束了自己年轻的生命，他们拥抱着爱情升入了天国。

在这一个凄婉的爱情剧中，除了恋人之间那火热的表白之外，其他的一切都完全被死亡的阴影所笼罩。更奇怪的是，这死亡正是两位恋人共同追求的东西——以死来表明心迹。毫无疑问，剧中的主人公为实现他们爱的理想，把生命都看得毫不足惜。

《梁山伯与祝英台》和《罗密欧与朱丽叶》两部作品还有很多相似的地方，比如在主要情节上，两个主人公的遭遇和所阐明的思想意义有很多相同之处，都是以当时的生活为背景，都是以爱情为题材，表现自由的爱情与封建势力的矛盾冲突，热情歌颂男女主人公坚贞的爱情及不屈的反抗精神。梁山伯与祝英台和罗密欧与朱丽叶都是一见钟情，都是女方家长不同意并威逼嫁与他人，接着是抗婚不成，双双以死殉情。此外，作者都将目光集中在女性身上，让她们经受更多的痛苦和折磨，表现更为勇敢的抗争精神和更完美的性格特征。祝英台和朱丽叶都是以惊人的勇气反抗封建道德和偏见的约束，追求自由和爱情。他们最终不能成眷属，加深了作品的悲剧性，深化了主题。

二、不同的内涵和形式

《梁山伯与祝英台》和《罗密欧与朱丽叶》两部作品虽然在表现爱情上有着其相同的一面，由于所处时代和国度环境的不同，在爱情及人物性格上表现出不同的内涵和形式。它们在以下几方面表现出不同特点。

（一）不同爱情和不同的人物形象

中国封建社会中最常见的爱情模式是先结婚后恋爱，尽管故事也发生在中国封建社会，梁山伯与祝英台所表现的爱情故事却是不同的。梁山伯与祝英台同窗三年逐渐产生爱情。祝英台觉得梁山伯为人诚实善良而对其产生爱情。梁山伯虽然也很喜欢祝英台，但他不知道她是女子，同窗三年中一直以兄长的态度关心爱护她，待他明白后一切已晚。这种在婚前通过广泛了解产生的爱情，与中国封建社会男女授受不亲的伦理道德观念截然不同的爱情故事是很少见的。而《罗密欧与朱丽叶》也是描写了两个热恋的男女被拆散后，双双殉情的故事。故事中所描写的爱情则是公开场合所产生的爱情。

罗密欧与朱丽叶的这种爱情，是在大力倡导人性解放感情自由的时代产生的爱情。在情节上虽属悲剧，却也充满了喜剧作品中对生活的热爱、对幸福的向往和对未来的信心，洋溢着积极向上的乐观主义气氛，实际是一首青春与爱情的赞歌。尽管主人公付出了生命的代价，但隔阂却消除了，爱情、理想最终得到胜利，《罗密欧与朱丽叶》也成为世界文学中不朽的典型。从故事的发展情节来看，梁山伯与祝英台经历了相知—相识—相爱—双双殉情的过程。而祝英台的性格是内向型的，表达含蓄，她身上表现出的是东方妇女的温柔和羞涩。而罗密欧与朱丽叶也经历了从相见—相爱—结婚—双双殉情。但朱丽叶的性格是外向型的，她行动大胆，无所畏惧，体现了西方妇女那种富有浪漫色彩的气质。

（二）不同的爱情悲剧

梁山伯与祝英台的悲剧是他们自己造成的。同窗数载，梁山伯连祝英台的心思都不了解。十八相送，英台百般暗示，山伯呆若木鸡；楼台会，他只敢偷偷与英台约会，没敢挺身而出，奋勇抗争；在英台最需要帮助的时候，他束手无策，忍心离去，独留英台孤军奋战；梁山伯愚蠢迟钝，纯粹一个书呆子。而祝英台明知梁山伯老实憨厚，从未挑明女子身份。害羞、恪守封建礼教，使她丧失多次好机会，若没有祝父与马家的苦苦相逼使英台走投无路，祝英台未必会投坟自尽。梁山伯死后祝英台也只有以死表明心迹了。

罗密欧与朱丽叶的悲剧主要在于两家世仇。尽管他们敢于公开，为爱情、自由敢于斗争，但世仇终究使他们不能结合，殉情而死。两家世仇因罗密欧密友之死火上加油，朱丽叶假死信函的耽误使罗密欧误认为她真的死去。朱丽叶醒来后发现罗密欧殉情之后也自尽于其身旁。

（三）不同的悲剧意义

《梁山伯与祝英台》故事中，梁山伯是一个被封建教育严重毒害了的青年，一味死啃书本，追求功名，他没有维护与祝英台的爱情，只是怨天尤人，悲伤悔恨，他的悲剧就在于不敢与封建礼教抗争，不敢追求爱情，是一个自我毁灭的悲剧。祝英台也是由于恪守封建礼教，以牺牲爱情为代价，她是一个向封建礼教妥协退让自我毁灭的悲剧。

《罗密欧与朱丽叶》主人公都是人文主义者的典型，他们敢于冲破封建道德，不惜牺牲一切去追求爱情和自由，他们身上透露出新生和反抗的气息。比如朱丽叶是一个勇于维护爱情自由、争取个性解放的女性，她明知这场恋爱会留下祸根，明知危险的情况还喝下安眠药，当她发现罗密欧已死时，拔出匕首自尽在其遗体旁。同样，罗密欧也是一个热情大胆、忠贞不渝、无所畏惧的勇士，为了爱情，他不但甘愿抛弃家庭姓氏，甚至毫不犹豫献出生命。他们勇敢无畏，他们的死使有着世仇的家族和好，体现了爱情可以战胜一切。他们的悲剧是一曲人文主义新道德战胜封建主义旧道德的凯歌。

（四）不同悲剧的结局

《罗密欧与朱丽叶》的结局是罗密欧和朱丽叶双双以死殉情来实现其生

死相恋的愿望，两家也握手言和。作者既揭露了封建家族争斗的残酷，也表现了爱情的伟大，爱最终战胜了恨。《罗密欧与朱丽叶》的结局是人文主义的胜利。而《梁山伯与祝英台》结局不同，祝英台投坟自尽，双双化作彩蝶，实现了生死相恋的愿望，他们只给后人留下了一个可歌可泣的爱情故事。尽管梁山伯与祝英台全力抗争，最终还是成为封建势力的牺牲品。他们的悲剧是必然的。爱情在人间被恶势力摧毁，但在仙界却如愿以偿，典型的中国式大团圆满足了人们惩恶扬善的愿望，也反映了中国人民淳朴善良和对美好生活的追求。

《梁山伯与祝英台》和《罗密欧与朱丽叶》反映了人们追求真善美的愿望。两部作品的相似之处有助于更科学、更深刻揭示和掌握人类文学创作的基本规律，尽管都是描写悲剧的作品，但在思想内容等方面还是差异巨大的。通过《梁山伯与祝英台》与《罗密欧与朱丽叶》的比较，可以认识不同国家、不同民族的文学作品，也能认识世界各国文学的色泽与香味，看到它们在世界文学中的独特地位和作用。

第二节　安娜和杜十娘比较

爱情历来是文学的主题，而为了爱情而死亡的作品更具感染力和影响力。俄国小说《安娜·卡列尼娜》和我国明代小说《杜十娘》就是这样的文学作品，虽然是不同国家、不同时代的文学作品，但在作品中女主人公都是为了自己的爱情殉情而死。本文拟就这两部作品中的主人公及其造成这一悲剧的原因做一比较和分析。

一、相似的主题

俄国小说《安娜·卡列尼娜》和我国明代小说《杜十娘》两部作品都是悲剧文学作品，作品中的主人公都是女性，作品都反映了这样一个相同的内容——女主人公都是为了追求爱情和自由而殉情的故事。

安娜是俄国著名作家托尔斯泰的文学作品《安娜·卡列尼娜》的主人公。作品通过青年贵族妇女安娜惨痛的爱情悲剧和年轻的贵族地主列文农事改革的失败，深刻地揭露了当时俄国上流社会的道德沦丧和种种罪恶。小说取材于 19 世纪六七十年代俄国社会生活，资本主义的"文明"逐步渗入人们的思想和生活，社会在激烈的动荡之中。追求个性解放、爱情自由的年轻漂亮的女性安娜在姑母的安排下嫁给了一位比她大 20 岁，有钱有势的丈夫卡列宁。对于这种畸形的婚姻，追求自由的安娜并不开心，与追求她的年轻军官渥伦斯基相爱，而卡列宁力图保住与安娜的婚姻关系，正是以卡列宁为首的上层社会的罪恶、虚伪、冷酷造成追求个性解放和爱情自由的安娜最后卧轨自杀。

杜十娘是我国古代脍炙人口的文学作品《杜十娘怒沉百宝箱》的主人公，作品是明代通俗小说家冯梦龙"三言"中的名篇，是根据同时代的文人宋懋澄的《负情侬传》改编而成的，也是描写以男女爱情婚姻为题材的哀婉动人的悲剧故事。故事叙述的是明朝万历年间京城名妓杜十娘的故事。为了摆脱被侮辱、被蹂躏的卖笑承欢生活，在认识贵族公子李甲后，杜十娘想借爱情的力量挣脱苦海，去过一个正常人的生活。在带十娘回家的路上，李甲想到父亲很重家声，见他带妓女回家一定恼怒时，内心非常烦闷。恰巧，他们在渡江途中遇到富商孙富，孙富见杜十娘十分美丽，便抓住李甲惧怕父亲的心理状态和身边已无钱的弱点，要李甲把十娘出卖给他。这时，十娘一片真情化为泡影，刚脱离火坑却又落入了另一个火坑，知道自己所追求的幸福已经破灭时非常痛心。李甲虽然也对杜十娘真心爱恋，但又屈从于社会、家庭的礼教观念，再加上孙富的调唆，他最终出卖了杜十娘，酿成了杜十娘沉箱投江的悲剧。杜十娘用青春和生命控诉了罪恶的社会，表达了她追求爱情的思想。

二、不同的悲剧

安娜和杜十娘她们都是女性，都是爱情的悲剧，但造成她们的悲剧的原因是不同的。安娜用卧轨自杀来反抗这种造成她人生悲剧的社会制度，而杜十娘只是以一种报复的态度来对待这一段所谓的爱情，报复这个负心的人。她们的区别在于，安娜的悲剧是社会制度造成的，而杜十娘的悲剧是社会和人性造成的。

杜十娘的悲剧是一曲社会和人性的双重悲歌。小说中的杜十娘，是一个聪明、美丽而热情的女子，但饱经肉体的折磨和精神的蹂躏，过着人间地狱般的生活。她渴望摆脱这种非人的处境，做一个真正的有价值的人，杜十娘追求的是一份"生死无憾"的真情。杜十娘不肯用百宝箱苟全得到幸福，不肯接受被买卖的命运等种种举动，看得出来她渴望自己的情人不是把自己当作可以随便买卖的烟花，而是相濡以沫的伴侣。

杜十娘的悲剧也是一个由金钱和门第所造成的社会整体性悲剧。根据当时的社会背景，随着城市工商业的发展，社会财富的增长，明代中晚期出现了封建统治的危机，具体表现在以道德信条为基础的国家统治机器迅速显现出它的脆弱性。旧有的道德价值体系，实质上已不可避免地面临瓦解。封建社会的门第观念遭到金钱的冲击。同时，以金钱为纽带的人际关系即金钱关系渗透全社会，金钱意识在人际关系中的作用日益突出，小说揭示的人物中，无不打上金钱的烙印。李甲与十娘之间最初因金钱确立关系，最后也因金钱而解除关系。金钱的力量已经压倒了根深蒂固的门第观念，金钱冲击着传统的价值观念和意识，也使人格、尊严、良知、情感等同样可以被当作商品一样买卖。老鸨与杜十娘，三亲四友与李甲，杜十娘与李布政，甚至李甲与杜十娘，都是这样的利害关系。在这样的利害关系中，每个人在行动时都要权衡自己的利弊。小说中帮助杜十娘赎身的柳遇春开始也并不相信十娘真心要随李甲，她以妓女与嫖客间"以利相交"的通常关系推测，所谓的三百两赎身不过是"烟花逐客之计"，劝李甲不要上当。但当看到李甲拿来杜十娘苦心积蓄的银两时，他却被深深地震撼了，语重心长地嘱咐李甲："此乃真情，不可相负。"因为他也知道在这交织着利害关系的社会中付出真情需要的勇气和分量。

从作品中同样可以发现，杜十娘的"百宝箱"是社会和人性激烈冲突的象征，也是杜十娘悲剧产生的真正原因。杜十娘苦心积攒"百宝箱"，是希望用"百宝箱"来换取真正的爱情。她所生活的环境，是一个封建礼教占统治地位，同时又交织着利害关系的社会。在这样的社会里，她误以为金钱可以买来真情。但是吃人的封建礼教，自私自利的人际关系，使杜十娘彻底地失望了。一个曾经和自己真心相爱的人，只为"一千两"就不惜背信弃义，断然出卖自己，杜十娘只有用死来反抗这个暗无天日的社会。杜十娘看不透封建制度和礼教对人性的毒害和摧残，看不透金钱和利益对人间真情的践踏，成为一个金钱和利益的牺牲品。

托尔斯泰的代表作《安娜·卡列尼娜》中的主人公安娜既是一个追求个性解放的贵妇，也是一个被虚伪道德所束缚和扼杀的悲剧人物。安娜是一个追求资产阶级个性解放的人物，她不愿意过互相欺骗，而没有爱情的家庭生活，她为自己的幸福离家出走，这为上流社会虚伪道德所不容，忠于封建操守和追求个人幸福在她心里形成敏感的冲突。安娜作为一个上流社会的叛逆者，她未能完全摆脱贵族教育给她造成的偏见及宗教对她的影响，她虽然敢于大胆追求爱情，但在追求中又伴随着罪恶。她追求的是高层次的，是精神上的，她的死固然是内心矛盾和爱情破灭后必然的选择，但也反映了她对当时罪恶社会的不满和反抗。安娜父母早逝，在姑母包办下嫁给了比她大20岁的大官僚卡列宁。卡列宁枯燥乏味、感情贫乏，牢狱般的生活窒息了她生命中隐伏的爱情。她对爱情自由的执着追求，体现了贵族妇女个性解放的要求，具有反封建性质。和渥伦斯基的相遇，唤起了她长期受压抑的处于沉睡状态的爱的激情。她渴望自由而大胆的爱，不愿像别特西公爵夫人那样在家宴上公开接待情人，也不愿接受丈夫的建议仍然保持表面的夫妻关系，偷偷与情人往来，终于冲出家庭与渥伦斯基结合，公然与整个上流社会对抗。从此安娜失去了一个贵族妇女在社交界的一切地位和权利，因此，她更加热烈而执着地献身于这种爱。当渥伦斯基明显表现出对安娜的冷淡时，失去了一切的安娜绝望地想找回渥伦斯基最初的激情，找回那种不顾一切的爱，而渥伦斯基对安娜的"反常"越来越反感，安娜的感情受到极为惨重的打击。她的独特的个性是把爱当作生命，她想以死唤回爱的生，这是她的性格所决定的。安娜绝望了，她在临终前满含怨愤地喊出："一切全是虚伪、全是谎言、全是欺骗、全是罪恶。"安娜的悲剧是她的性格与社会环境发生冲突的必然结果。造成安娜悲剧原因是多方面的：一方面是她独特的个性；另一方面是虚伪的上流社会和冷酷的官僚世界，安娜行为本身就是对上流社会的一种挑战，上流社会是绝不能容忍安娜公开与丈夫决裂和不"体面"的行为的。爱情的破裂使安娜失去了生存的精神依据，上流社会通过渥伦斯基的手杀死了她。总之，杜十娘和安娜在性格上均有反抗性，但二者的性格内涵又表现迥异。前者的悲剧是社会悲剧，是男权文化对女性价值尊严的残酷扼杀，是封建桎梏下女性意识沉睡时下层妇女命运的必然，而后者的结局则是启蒙运动"自由、平等"思想深入人心的必然结果。

第三节　《哈姆雷特》与《赵氏孤儿》比较

复仇，是人类几乎各民族都盛行过的历史和文化现象。在中西方文学作品中，有许多以描写复仇为主题的悲剧文学作品。西方著名的复仇悲剧作品有《美狄亚》《哈姆雷特》《基督山伯爵》《呼啸山庄》等，而我国戏曲艺术的宝库中也有很多复仇悲剧作品，其中代表性的古典名剧有《窦娥冤》《赵氏孤儿》《汉宫秋》《梧桐雨》《琵琶记》《桃花扇》《长生殿》等；其中《哈姆雷特》与《赵氏孤儿》对复仇的描写纯粹而集中，它们分别是西方悲剧和中国悲剧的典型代表，反映了各自民族的审美观念和民族特色。

一、同样的复仇悲剧

悲剧是戏剧艺术的重要种类，被称为崇高的诗或艺术之桂冠。中国和西方悲剧观念的发展都有其悠久的历史传统。对于悲剧这一美学范畴，西方文化的传统说法称作悲剧或悲剧性，从中国文化来说，在诗论中把它概括为"怨、愤、哀和悲"，小说称"写悲""写苦"；戏曲则称"苦戏""怨谱""哀曲"等。亚里士多德说过，悲剧是对于一个严肃完整，有一定长度行为的模仿，悲剧所模仿的行为不但要完整，而且要能引起恐惧和怜悯之情。在他的《诗学》中，他认为，悲剧是由悲剧人物遭受的厄运而引起的，他所遭受的厄运是由于自己的某种过失或人性的弱点所致。他还认为，悲剧应该写品格高尚的人，写犯大错误的人，布局要完整，结尾应单一。悲剧应该引起怜悯与恐惧的感情，以使这种情感得到宣泄。事实上，所有的悲剧艺术作品，都是以人的某种不幸、苦难或死亡为其基调，由此而构成的内容也都是邪恶必有、灾祸难免、毁损难补等。因此，在西方戏曲史上，悲剧往往描写主人公所从事的事业由于恶势力的干扰迫害和主人公自身性格的弱点或过失而导致事业前途失败乃至个人的毁灭。而中国悲剧由于受其传统伦理道德思想和戏曲体裁模式的影响，不同于西方悲剧。一般来讲，中国悲剧都有完美的主人公形象，都体现扬善惩恶的目的和结局，这一切都是与中国的传统文化习俗等密不可分。

《哈姆雷特》与《赵氏孤儿》就是中西方典型的悲剧作品，反映了各自的文化特色。《哈姆雷特》与《赵氏孤儿》都是以复仇为主题的悲剧文学作品，复仇是作品的主要线索和中心。《哈姆雷特》写哈姆雷特为父复仇的故事，《赵氏孤儿》写赵氏孤儿在一群救孤义士的帮助下为家族复仇的故事。他们同整个明清戏曲和莎士比亚戏剧一样，同样取材于历史题材，都是以古代传说或者前人著作为题材，以彼时彼地为生活背景去表达作者所处的时代的重大问题，把矛盾指向制造冤案的贪官污吏和杀人害命的邪恶势力。二者同样反映了社会新旧交替时先进力量与反动势力的斗争，描绘了敢于惩治邪恶的正义者形象，使主人公的复仇超越了个人恩怨。

《哈姆雷特》是英国文艺复兴时期的伟大诗人和戏曲家莎士比亚最重要的作品，也是最成功的一部悲剧作品。该剧以古老丹麦王子哈姆雷特替父报仇为主线。这个王子复仇故事最早见于 12 世纪末丹麦历史学家萨克索所著的《丹麦史》，讲述的是发生在 8 世纪末丹麦历史故事，到了莎士比亚的笔下，则改编成了具有强烈的反封建意识的、深刻反映时代的历史悲剧。丹麦王子哈姆雷特在国外求学时，父亲暴死，叔父篡位，母亲改嫁叔叔。回国后见到先王的鬼魂，才知道是叔叔克劳狄斯谋害，决心为父亲复仇。经过正义与邪恶的几番较量和斗争，哈姆雷特杀死恶人并与敌人同归于尽。从其性质来说，这出悲剧是描写王族内部的纷争和残杀。但经过莎士比亚天才的艺术创造，剧本的主题思想由一般的个人复仇、家庭内部的矛盾冲突扩展为个人同社会的矛盾冲突。

元代纪君祥《赵氏孤儿》是中国古典悲剧的杰作，被称为中国文学史上的《哈姆雷特》，它取材于春秋时期晋国发生的宫廷政变，最早见于《左传》，该剧主要描写两家仇杀和搜孤救孤的故事。春秋晋灵公时代，赵盾与屠岸贾文武不和，屠岸贾遂起杀赵之心。在将赵盾一家三百余口全部杀光后，还千方百计杀死赵氏孤儿以斩草除根，而一批仁人志士想法设方保护孤儿。在这场尖锐激烈的冲突中，刻画了程婴、韩厥、公孙杵臼等义士的英雄群像，他们以舍子献身的壮举，保护了孤儿，最后复仇锄奸，伸张了正义。20 年后，孤儿成人，程婴终于揭明真相，计杀屠岸贾，赵氏母子终得团圆。全剧紧紧围绕着搜孤与救孤这一核心事件组织戏剧冲突，展开了一场正义与邪恶、光明与黑暗的生死搏斗。它是中国传统戏曲中最具悲剧力量的一部作品，体现了人心的道德力量。

二、不一样的悲剧艺术

中西方文学作品各有特点，西方的复仇悲剧往往通过主人公的遭遇显示出人生奋斗的崇高和悲壮的哲理，而中国复仇悲剧是通过主人公的遭遇来达到惩恶扬善的目的。《赵氏孤儿》与《哈姆雷特》都是复仇作品，但因为所处时代、国度环境不同，在人物形象、戏剧冲突、结局等方面有较大差异。

（一）人性形象的刻画不同

《赵氏孤儿》主角个性鲜明单纯，作者主要从道德评判角度来展示主角性格的完美，而哈姆雷特主要是通过性格的复杂性和多样性来展示主人公的性格。《赵氏孤儿》的人物塑造明显有类型化倾向，性格比较单一。剧中人物清晰地分作忠奸两类并以忠奸对立为线索来展开戏剧冲突。赵朔、公主、韩厥、程婴等他们是忠贞正义一方的代表。相反，屠岸贾则是奸诈邪恶的代表，他诛杀忠良、残害百姓、阴险狡猾，他的身上集中了古往今来一切奸臣的邪恶本性。

类型化是中国古代戏剧塑造人物的特点，《赵氏孤儿》中主人公程婴就是这种人物描写的代表。他性格单纯鲜明，他善良勇敢具有强烈的自我牺牲精神，是作者笔下"忠"的化身，"义"的代表，保孤儿、尽忠义，顾友情、保亲子，这对程婴来说，是极其艰难、撕心裂肺的选择。程婴在这种充满了内在紧张和矛盾冲突中的伦理夹缝中冒着"全家处斩，九族不留"的巨大风险，将孤儿藏在药箱中逃出了屠岸贾布下的天罗地网；他委身贼府，忍辱负重，抚养孤儿 20 年，受了多少精神上的煎熬，经受了一次又一次巨大的痛楚，克服了种种惨绝人寰的折磨，他终于以"小我"的牺牲换来了最高道德原则的实现。

《哈姆雷特》的主人公哈姆雷特的性格复杂多样，他既是一位受过高等教育有强烈人文主义思想的王子，有软弱的一面，又有坚强的一面，他对现实充满了敌意，为父报仇使他与叔父构成了全剧的主要矛盾。他既有内心灵魂的自我对抗，又有同腐朽罪恶的现实世界的斗争，而优柔寡断、犹豫不决是哈姆雷特最明显的性格缺陷。年轻的主人公丹麦王子哈姆雷特是一个有理想、有魄力、好思索的人文主义者。他结束求学生涯回国时发现，他的祖国已变成了黑暗的牢狱，父亲已被叔父克劳狄斯害死，并且叔父篡夺了王位。哈姆雷特决心杀死奸王但又顾虑重重，而要完成这一重整乾坤的神圣使命，哈姆雷特深感自己无法胜任，反之，要同恶势力妥协，他又深恶痛绝。这一切使哈姆雷特陷入犹豫、忧郁和痛苦的自我分析之中。最后，哈姆雷特在临死前奋力刺死了奸王，但他改变现实的宏伟理想却没能实现。哈姆雷特的性格加上外部因素构成了惊天动地的大悲剧。

（二）主人公的社会地位不同

中国悲剧中的悲剧角色一般都是具有弱小善良的特征。《赵氏孤儿》的悲剧主人公并不是身负血海家仇的孤儿赵武，而是以草泽医生程婴为代表的舍身救孤的忠臣义士。在中国悲剧理论中，悲剧主人公的选择不受限制，可以是帝王将相，也可以是卑微小民。而善良、弱小者的不幸遭遇更能引起人们的同情，所以中国悲剧的风格整体上说是纤小和细弱。他们往往处于被动地位，听任邪恶势力的摆布。由于中国悲剧的目的是取得道德教化的作用，以悲剧主角的至美至善的道德来感化观众，所以中国古典悲剧的主人公多是无辜的普通人，完美的品格和情操使他们成为某种伦理道德的化身，程婴的形象就是代表。

在莎士比亚笔下，作品中处于主导地位的悲剧主人公是王子、国王、大臣等。《哈姆雷特》的主人公是为父报仇的王子，他高贵的身份是构成悲剧的重要因素之一。因为在西方悲剧的定义中，悲剧的风格是崇高，讲究的是英雄气概。只有"高贵"的人才有资格成为悲剧的主人公，只有"崇高"的事件才能成为悲剧的素材。比如古希腊悲剧中的普罗米修斯、俄狄浦斯王，莎士比亚的主角也都是身居高位的人，有国王、将军等。这些主人公因其官高，当他们遭受不幸时，就会深深打动观众，他遭受的痛苦和死亡具有深刻打动人心灵的效果。

（三）反映了不同的社会矛盾和斗争

由于《赵氏孤儿》作品写成于元代，因而它在思想上又有元代的时代特点，间接、曲折地反映了元代的社会矛盾。屠岸贾为了杀尽赵盾全家，连刚刚出生的婴儿也不放过，屠岸贾的暴行反而激起正直人士的反抗，从而形成了一串的悲剧冲突，演出了一场悲壮动人的悲剧。由于作品产生于封建时代，作品中的斗争是从封建忠义出发的，义士助赵救孤其实质是忠奸斗争，《赵氏孤儿》不但反映了封建社会的忠奸斗争，同时也曲折地反映了元代的民族斗争。《哈姆雷特》的故事与产生于中国封建社会的《赵氏孤儿》不同，尽管剧情发生在中世纪的丹麦，然而剧中所写的矛盾冲突和社会环境处处使人联想到 16 世纪末 17 世纪初的英国现实，即伊丽莎白末年。此时正是英国封建关系瓦解，资本主义关系兴起的交替时代。一方面，君主专制进一步加强，并日益暴露出它的腐朽性和反动性；另一方面，资本主义的原始积累，也加紧了对农民的掠夺。作品深刻地揭露了社会的丑恶，资产阶级人文主义者所向往的善良、爱情、道德等一切美好的东西都成了丑恶。哈姆雷特装疯、演戏、比剑，以此来与丑恶的社会作斗争，最终自己与邪恶的势力同归于尽，这充分体现了莎士比亚时代的社会本质，真实地揭示了当时的阶级矛盾。

（四）悲剧的冲突性质不同

从某种意义上来说，《赵氏孤儿》是一部以故事为中心的社会悲剧，而《哈姆雷特》则是一部以性格为中心的性格悲剧。从故事的冲突来看，赵氏孤儿和哈姆雷特冲突不同，哈姆雷特的父亲不是悲剧人物，而为父申冤的哈姆雷特是悲剧人物；赵氏孤儿是一系列自我牺牲人物为悲剧人物，制造冤案的屠岸贾不是悲剧人物。

《赵氏孤儿》着力塑造出道德规范和行为模式。表明其高贵的道德情感。它的矛盾冲突集中在忠奸之间，强调的是赵盾等人的"忠"和屠岸贾"奸"之间的道德对立。赵盾、屠岸贾二者的斗争一开始就笼罩在激烈紧张、扣人心弦的气氛中。程婴和公孙杵臼，不仅为了保护婴儿，也为了拯救全国的小儿，和奸贼屠岸贾展开了更为艰苦卓绝的斗争。《赵氏孤儿》的冲突具有明确的评判性质，忠义和奸邪则是评判的对象，两者之间不可调和的矛盾成了剧本的唯一的矛盾。为了报仇灭敌，一个个忠臣义士前赴后继和阴险残酷、灭绝人性的屠岸贾进行了坚决的斗争，他们可歌可泣的忠义行为构成了剧本的主要内容。

《哈姆雷特》主要通过悲剧人物的心理刻画人物。悲剧冲突的重心并不是克劳狄斯的罪恶行径和哈姆雷特的复仇行为之间的对立，而是集中在主人公的内心挣扎上。"是活着还是死去",构成了剧本主要的矛盾冲突。莎士比亚在哈姆雷特除掉仇人的漫长过程中,尽情展示了复仇主体的内心世界和性格特征。在此,莎翁使行动的复仇悲剧变成了人的复仇悲剧,这种悲剧不再以罪行、灾难等外部的矛盾和冲突为重点,而是以人的内部的矛盾斗争为中心,揭示一个作为自己的精神主宰的人怎样探索自我和外在两个世界。由于无力承担"重整乾坤"的历史重任而产生的苦闷彷徨、悲观厌世,构成了悲剧冲突的主要内容。《哈姆雷特》之所以被称为性格悲剧,正是在于悲剧角色的内心冲突。

(五)反映了不同的思想内容

《赵氏孤儿》是对社会伦理的批判,而《哈姆雷特》是对文化和人性的批判。事实上《赵氏孤儿》悲剧主人公是程婴,作者通过一些细小的事件,细致地刻画出程婴的思想发展过程,即报私恩—救孤儿—救众生—舍己—舍子—抚孤的故事。作品反映的是中国封建社会的矛盾和斗争,因而程婴的思想性格便具有鲜明的封建时代特点和阶级特点。程婴是从忠义这一封建伦理观出发反暴救孤的,作品歌颂的,也正是他们所带有的浓厚的中国封建社会时代色彩的忠义行为。与《赵氏孤儿》不同,为父复仇的王子哈姆雷特是作品的主人公,是一个典型的人文主义者,在他和黑暗现实的接触和斗争的过程中,他的性格也随之发展。起初,他那维护理想、改变现实的强烈愿望使他决定担负起"重整乾坤"的责任,但又感到不堪重任。但哈姆雷特仍然顾虑重重,最后只能凭一时冲动,抱着宿命论观点行动起来。哈姆雷特的思想以及性格正是资产阶级人文主义思想的体现,带有新时代和阶级的特点,他所进行的斗争反映了资产阶级人文主义者和封建邪恶势力的斗争。

(六)同为悲剧,但结局却并不都是悲剧性的

与中国其他大部分古典悲剧一样,《赵氏孤儿》的复仇取得胜利。《氏孤儿》的最后报仇大快人心:20年后,赵氏孤儿学得文武双全。程婴将屈死的忠臣良将画成手卷解说给赵氏孤儿。明白了自己身世的赵氏孤儿,立志报仇雪恨。正义战胜了邪恶,善与恶都得到了应有的报应,体现了中国戏剧传统的"团圆之趣"。

主人公程婴要牺牲自己的孩子,保住了孤儿,坏人受酷刑毙命,孤儿报了仇,程婴的牺牲得到了报答,形成一种"团圆"的结局模式。中国传统美学则重视文艺的情感感染作用,所以中国悲剧不像西方悲剧那样,以大悲惨大毁灭结尾,而是在悲剧结束之后又长出一条欢乐的尾巴。此外,中华民族素有爱憎分明,扬善惩恶的传统。我国戏曲悲剧的性质,通常取决于戏的高

潮性质，而不是像西方悲剧那样取决于结局。这反映了我国戏曲悲剧观与西方传统的悲剧观存在一定的差异，也说明了我国人民特殊的民族审美心理和欣赏习惯。作为戏曲悲剧的喜剧结局，主人公饱受苦难与不幸后，往往以不死而有善报者居多，死了成鬼也要争取胜利，或至少生前的愿望得到实现。反映了古代人民一种强烈爱憎和朴素、善良的愿望，富有浪漫主义精神和民族艺术的个性特色。

相对大团圆结局的《赵氏孤儿》而言，《哈姆雷特》的结局是悲剧性的，哈姆雷特的复仇却显得艰难而又不彻底。虽然他最后侥幸刺杀了克劳狄斯，但自己也中了毒剑，牺牲了性命，"重整乾坤"的历史使命也未能完成。结局显得沉重、悲怆。善恶人物都遭到了毁灭。莎士比亚的悲剧都有个悲惨的结局，高贵的主人公在经历磨难之后，在浓郁的悲剧气氛中死去。在冲突过程中，主人公的斗争是正义的，但命运之神和他作对，不管主人公性格如何，最终的结局是和坏人同步走向死亡。因此，哈姆雷特的悲剧不仅是他个人悲剧，也是时代悲剧和当时资产阶级人文主义者的悲剧，这个悲剧有着丰富的社会内涵和深刻的时代意义。

三、二者不同的文化根源

《赵氏孤儿》与《哈姆雷特》是中西方悲剧文学的代表，反映了各自的民族特色，也表现了中西方不同的悲剧观和其不同的社会基础和文化历史背景。西方社会具有重视商业的传统，其民族心理趋向于冒险竞争，富有探索精神，故表现出重视个人，追求富利，而中国是自给自足的农业经济，一个封闭的社会，提倡自重自爱、安贫乐道、本分等。因此，西方产生了以个人命运的顽强探索与反抗为美的悲剧观，而中国产生了讲究忠孝节义，以全名分保贞节的自我牺牲精神为美的悲剧观。一般来讲，中国的悲剧主人公呈现出一种忠烈气节，而西方悲剧主人公呈现出一种悲愤和抗争；中国的悲剧一般描写的是故事，西方的悲剧一般以人的性格为主；中国的悲剧伦理型文化——惩恶扬善，引导人们树立战胜敌人的信心，西方悲剧哲理型文化，是主人公对人生的沉思——放弃自我的邪恶和污浊的东西；中国的悲剧外部否定，邪恶势力不会自我悔恨，西方悲剧内在否定，悲剧人物自我反省，对罪恶的放弃批判；中国悲剧人物是完美的，往往是通过否定和拒绝邪恶来完成统一，而西方悲剧人物是有缺陷的，所以一般是通过否定人物自身的缺陷和罪过来完成这个统一。

《赵氏孤儿》与《哈姆雷特》反映出中西方一样的复仇不一样的悲剧故事。但这两种不同观念所创造的艺术美各有千秋，都有不可取代的艺术魅力。

第四节 《牡丹亭》和《罗密欧与朱丽叶》比较

爱情历来是文学的主题。中国 16 世纪末期明代汤显祖的《牡丹亭》和英国戏剧艺术大师莎士比亚早期的著名悲剧《罗密欧与朱丽叶》，虽然是不同国家的文学作品，但它们描写的都是一对真爱的青年为了自己的爱情，与自己的亲属和社会进行抗争的故事。汤显祖和莎士比亚是东西方戏剧史上"同时"出现的两位伟人。尽管《牡丹亭》和《罗密欧与朱丽叶》两部作品分处不同国度，但在主题、人物、戏剧冲突等方面有着很多相近或相似的东西。

一、主题追求的共同性

莎士比亚的《罗密欧与朱丽叶》和汤显祖的《牡丹亭》两部作品分别描写了在英国和中国封建社会里两对青年男女罗密欧与朱丽叶、柳梦梅和杜丽娘的爱情故事。尽管《牡丹亭》和《罗密欧与朱丽叶》两部作品国度不同，可它们所表现出的最鲜明的就是有共同的主题——歌颂爱情，反对封建；其主人公都是封建社会的叛逆者，是追求个性解放、婚姻自由的光辉形象；两部作品同整个明清戏曲和莎士比亚戏剧一样，同样取材于历史题材，即是以古代传说或者前人著作为题材，以彼时彼地为生活背景去表达作者所处的时代的重大问题。它们的主题都是为了忠贞的爱情，为了心爱的人，选择了死亡，以死来控诉封建制度的罪恶，表现作者所处时代的重大社会问题——自由恋爱同封建势力之间的尖锐冲突。

《牡丹亭》又名《还魂记》，或称《牡丹亭还魂记》，取材于明《燕居笔记》话本小说《杜丽娘慕色还魂》。《牡丹亭》是汤显祖的代表作，也是中国戏曲史上的浪漫主义杰作。作品通过杜丽娘和柳梦梅生死离合的爱情故事，热情歌颂了反对封建礼教、追求自由幸福的爱情和强烈要求个性解放的精神。南安太守杜宝之女名丽娘，才貌端庄，从师陈最良读书。她由《诗经·关雎》章而伤春寻春，从花园回来后在昏昏睡梦中见一书生持半枝垂柳前来求爱，两人在牡丹亭畔幽会。杜丽娘从此愁闷消瘦，一病不起。她在弥留之际要求母亲把她葬在花园的梅树下，嘱咐丫鬟春香将其自画像藏在太湖石底。其父升任淮阳安抚使，委托陈最良葬女并修建"梅花庵观"。三年后，柳梦梅赴京应试，借宿梅花观中，在太湖石下拾得杜丽娘画像，发现就是梦中见到的佳人。杜丽娘魂游后园，和柳梦梅再度幽会。柳梦梅掘墓开棺，杜丽娘起死回生，两人结为夫妻。

《罗密欧与朱丽叶》是莎士比亚早期创作中的一部悲剧，但出于 1554 年意大利作家班戴洛的一个故事，是一出关于浪漫爱情的悲剧。剧中写蒙太古之子罗密欧和凯普莱特之女朱丽叶一见钟情，却由于双方家族是世仇，无法结合，双双殉情。悲剧以两家的械斗开场，以主人公之死换来的两家和好为结束，作者以此谴责了封建家族的内讧和封建的包办婚姻。罗密欧与朱丽叶为了对自由爱情的追求，敢于不顾家族的世仇，敢于违抗父命，甚至以死殉情。《罗密欧与朱丽叶》是莎士比亚悲剧中浪漫主义抒情色彩最浓的一部悲剧，也是一曲反对封建主义，倡导自由平等、个性解放、婚姻自主的颂歌，也是一种人文主义理想的胜利。

二、不同的艺术特色

《牡丹亭》和《罗密欧与朱丽叶》虽然都有同样的主题和追求，但也有不同之处。

首先，两部作品中一样的爱的渴望但不一样的爱和结局，一个是死而复生，一个是生而复死，感人泪下。《罗密欧与朱丽叶》中所描写的爱情，则是在公开的社交场合所产生的爱情。尽管蒙太古和凯普莱特两个家族之间有世仇，罗密欧与朱丽叶很少有机会交往。然而一旦他们公开交往了，非但不会受到社会舆论的谴责，连双方的家长也不去阻拦。在悲剧中曾这样写道：罗密欧未受邀请而乔装假面去凯普莱特家参加舞会，被朱丽叶的堂兄提尔伯特认出，他要将罗密欧逐出，不仅未得到与会者的响应，反而受到了劝阻，他们认为罗密欧是宾客，不应将其逐出。这样，罗密欧能够在广众的场合中邀请朱丽叶跳舞，向其表白爱慕之情。正是在这样的交往中，罗密欧与朱丽叶之间产生了爱情，并在此基础上，他们自己未经任何人同意就匆匆决定成婚。最后，在各种压力下，为了追求爱情，朱丽叶服用麻醉药假死，而罗密欧误以为真，就自杀于其身旁，朱丽叶醒来后，发现罗密欧殉情，也自尽于罗密欧的身旁。罗密欧与朱丽叶的这种爱情，是在大力倡导人性解放、感情自由的时代环境中产生的爱情。

《牡丹亭》中的爱是一种私下的爱，是一种心中悄悄的爱。杜丽娘是在特定环境下形成的特定身份，作者着力反映了她的内心世界和具有思想力量的形象。《牡丹亭》表现"情"与"理"的冲突。杜丽娘、柳梦梅所追求的"情"与以杜宝为代表的封建礼教势力（"理"）之间的矛盾冲突是戏剧冲突的基础。在杜丽娘的身边，除了顽固的杜宝和迂腐的陈最良以外，她没有跟异性接触的任何机会。于是就出现了一种更为特殊的形式——未见即相爱，梦中相爱。梦中相爱毕竟是虚幻的，不能变成现实；于是因爱而病，因病而死；而死后又因爱情的执着深沉无法化解竟又死而复生，最后经过种种曲折和磨难才得以实现美满的结合。作者通过这一梦一醒的情节安排，显示了理想与现实、情与理的强烈对比，激发起人们对"恒以理相恪"的现实生活中封建礼教的抗争。

其次，两部作品中破坏影响主人公爱情的因素不同。造成罗密欧与朱丽叶的悲剧主要在于两家的世仇。尽管罗密欧与朱丽叶生活的时代环境允许男女之间公开交往，而且罗密欧与朱丽叶又都是敢于公开举起爱情的旗帜，为维护爱情自由而勇敢斗争的人文主义战士，但两家的世仇却使他们的爱情不能顺利地形成婚姻。就在罗密欧与朱丽叶私订终身的当天中午，罗密欧遇到了凯普莱特的侄子提尔伯特的挑衅，尽管罗密欧一再忍让，表示愿意跟提尔伯特讲和，但提尔伯特半点儿也听不进去，一再举剑挑衅。由于提尔伯特残忍地杀死了罗密欧的朋友茂丘西奥，使得罗密欧实在忍无可忍，奋而迎战，杀死了他。这样一来，蒙太古与凯普莱特两个家族间的世仇更是火上浇油。于是罗密欧被逐出了维洛那，在他刚离开之后，凯普莱特就命令朱丽叶嫁给帕里斯伯爵，给罗密欧与朱丽叶的爱情婚姻制造了障碍。朱丽叶感到走投无路，求救于劳伦斯神父，他打算采用让朱丽叶服用安眠药假死的办法来阻止帕里斯伯爵娶朱丽叶。同时，他派人去通知罗密欧，要他尽快赶来娶朱丽叶。谁知，信却未能及时送到，自行赶来的罗密欧不知朱丽叶服用安眠药之事，误以为朱丽叶是真的死去了，就自杀于朱丽叶的身旁。朱丽叶醒来后，发现罗密欧殉情，也自尽于罗密欧的身旁。《牡丹亭》中杜丽娘是个热情大胆的女性，同时又是一个生活于理学统治下的贵族妇女。她在反封建的道路上前进着，又受到无形的精神束缚。封建礼教是扼杀杜丽娘青春的代表，杜夫人是封建礼教的牺牲品。杜丽娘的青春的觉醒，她对爱情的追求，在她那个时代的现实生活中是不可能实现的。惊梦是由女主人公内心的渴求而产生的一种虚幻的境界，或者说是在一种虚幻的境界中去实现她所希望实现的事物。醒来以后，留下的依旧是包围着她的冷冰冰的世界。寻梦是现实中的人的现实要求，这注定是不可能实现的。这才有因情而病，因病而死。人死了，但爱和青春不死，活的生命附到本来并不存在的幽魂身上。人和鬼——富有人情的、美丽的鬼——之间终于实现了爱的结合——一种在人间人们普遍渴求的结合。而后是死而复生，回到现实世界，重又经历种种磨难和曲折。最后才出现人们期待的大团圆的结局。剧本中所描写的那种理想的真挚深厚的爱情，在汤显祖那个时代的现实生活中是不可能实现的。因此只能安排在梦境和幽冥之中。这就更加突出了封建礼教的不合理和统治者的罪恶。

三、两部悲剧作品各不相同的意义

《罗密欧与朱丽叶》反映和宣传了新兴资产阶级的这些愿望和主张。女主人公朱丽叶在舞会上爱上了罗密欧后，虽然曾预感到"这场恋爱怕要种下祸根"，当父母亲逼她嫁给帕里斯伯爵时，她不惧父亲的威严、母亲的责怪，公开反抗。为此，她在明知可能因为解救不及而被闷死或被尸首吓死在墓穴中的情况下，毅然喝下了安眠药而躺进了坟墓里。当她醒来后，发现罗密欧已经死了时，就立即挺起胸膛，拔出匕首自尽在其遗体旁。她真是一个勇于维护爱情与自由，争取个性解放的新女性形象。男主人公罗密欧有丰富的知识、饱满的热情和顽强的冒险精神。在争取婚姻自由问题上，他是热情大胆、忠贞不渝、无所畏惧的，为了爱情，他不但甘愿抛弃家族姓氏，甚至能毫不犹豫地献出生命，这些都表明他是一个人文主义思想的勇士。他们用自己的鲜血使两个有着世仇的家族和好了。这体现了纯洁真挚的爱情和仁爱可以战胜封建和家仇，人文主义的新道德可以战胜封建主义旧道德。

《牡丹亭》以青年男女的"爱情"为题材，却不以表现男女爱情为目的，它通过杜丽娘和柳梦梅由梦生情，因情而死，死而复生，终得团圆的曲折过程，歌颂了超越青年男女间的至情——真挚爱情和对自由幸福生活的追求，揭露批判了封建礼教的残酷和罪恶。《牡丹亭》的主题是反对封建压迫的，反对的是理学和礼教的压迫，深刻反映了明代中叶以后思想领域新旧思想的斗争。杜丽娘的形象概括了封建社会青年追求爱情的艰苦，也揭示了青年的觉醒和对自由的向往以及叛逆精神。

《牡丹亭》和《罗密欧与朱丽叶》虽然是爱情悲剧，但接近喜剧，以主人公的爱情悲剧来谴责封建社会，象征追求爱情和追求幸福的胜利。

参考文献

[1] 郑克鲁．外国文学史[M]．北京：高等教育出版社，1999．

[2] 干永昌等．比较文学译文集[M]．上海：上海译文出版社，1985．

[3] 乐黛云，王宁．超学科比较文学研究[M]．北京：中国社会科学出版社，1989．

[4] 陈惇，孙景尧，谢天振．比较文学[M]．北京：高等教育出版社，2007．

[5] 朱立元．当代西方文艺理论[M]．上海：华东师范大学，1997．

[6] 孟昭毅．比较文学通论[M]．天津：南开大学出版社，2003．

[7] [美]弗雷德里克·R．卡尔．现代与现代艺术[M]．陈永国，等译．北京：中国人民大学出版社，2004．

[8] 袁可嘉．现代主义文学研究[M]．北京：中国社会科学出版社，1989．

[9] [美]厄尔·迈纳，比较诗学[M]．王宇根，宋伟杰，等译．北京：中央编译出版社，2004．

[10] 李文俊．福克纳评论集[M]．北京：中国社会科学出版社，1980．

[11] 刘象愚，从现代主义到后现代主义[M]．北京：高等教育出版社，2002．

[12] 刘勇．中国现代作家的宗教文化情结[M]．北京：北京师范大学出版社，1998 年．

[13] 刘建军．基督教文化与西方文学传统[M]．北京：北京大学出版社，2005．

[14] 周振甫．文心雕龙注释[M]．北京：人民文学出版社，1981．

[15] 朱谦之．中国音乐文学史[M]．上海：上海世纪出版集团，2006．

[16] 冯川．文学与心理学[M]．成都：四川人民出版社，2003．

[17] 汪应果．科学与缪斯[M]．上海：上海文艺出版社，1991．

[18] [美]波斯纳．法律与文学[M]．北京：中国政法大学出版社，2002．

[19] 王诺．欧美生态文学[M]．北京：北京大学出版社，2003．